ICH,
Johannes der V.

Eine
Geschichte
darüber,
wie
es
sein
hätte
können,
möglicherweise
ist
und
werden
kann.

von
TAUCHMASKE

Tiefsten Dank
an
meine Familie,
denn ohne euch,
wäre ich nichts.

Vorwort

Übersetzung aus der Sprache des Voynich-Manuskripts

Diese Geschichte handelt von einem Suchenden.
Ein Suchender ist gewissermaßen jemand, der sich abseits der ausgetretenen Pfade des allgemeingültigen Weltbildes aufmacht, um Antworten zu finden.
Natürlich kann man sich der allgemein gelehrten Meinung anschließen und gemütlich sein Leben leben, wie es so viele tun. Viele Menschen haben auch gar nicht die Zeit, Dinge infrage zu stellen, da sie mit dem tagtäglichen Überlebenskampf für sich und ihre Familie genug zu tun haben.
Aber ist es nicht so, dass zumindest die Menschen, denen es vergönnt ist, Zugang zu Bildung und auch die Zeit dafür zu haben, einmal einen Schritt zur Seite machen sollten, um sich das Gesamtbild anzusehen, und dass sie die Verpflichtung haben sollten, sich Gedanken über mögliche Alternativen zu machen?
Ist es nicht genau das, was uns Menschen ausmacht: Dinge zu hinterfragen, sich eine eigene Meinung zu bilden – und sei sie noch so konträr zur Allgemeinmeinung?

Ein gewisser Christoph Columbus wird in den Geschichtsbüchern immer noch als der Entdecker Amerikas geführt, obwohl viele Fakten darauf hinweisen, dass dem nicht so ist. Einwanderer über Russland und Alaska, Polynesier, Afrikaner, Ägypter und auch die Wikinger waren schon lange vor ihm in der Neuen Welt.
Natürlich, Dinge zu hinterfragen, ist unbequem und politisch inkorrekt, aber versuchen Sie es, es macht unglaublichen Spaß.

Derselbe Text, den Sie jetzt in Ihrer bekannten Sprache lesen, steht auf den Seiten davor. Geschrieben in einer unbekannten, nicht übersetzbaren Sprache. Unglaublich, oder?
Es ist dieselbe Sprache, in der das Voynich-Manuskript geschrieben wurde. Mehr als 500 Jahre alt, mit vielen hundert Seiten, ist es eines der vielen realen Geheimnisse unseres Planeten.

In Europa gibt es unzählige künstlich angelegte Gänge in der Erde, die nachgewiesen über 11.000 Jahre alt sind. Laut unseren Lehrbüchern stammen sie aus dem Neolithikum der Jungsteinzeit.
Geschlagen in härtesten Fels mit einer Präzision, die nicht einmal mit modernsten Geräten erreicht werden kann. All das sind Fakten. Begehbar, besichtigbar und angreifbar.
Man muss es nicht glauben, man kann es auch wissen.
Unsere Vorfahren wussten leider sehr viel mehr als wir heute. Damit meine ich natürlich das Wissen über das, was uns umgibt. Die Natur, das Universum und andere Menschen. Es hat nichts mit Wissen zu tun, wenn man ein Handy bedienen oder eine E-Mail schreiben kann. Das Wissen, von dem ich spreche, ist universell. Es ist das Wissen, sich als Teil des Ganzen zu sehen und mit ihm in Harmonie und Einklang in derselben Schwingung zu sein.

Die Geschichte auf den folgenden Seiten ist meine persönliche Wahrheit, doch ich bin überzeugt, es gibt noch viele andere Wahrheiten.
Die Frage, die sich stellt, ist wohl eher: Sind Sie, lieber Leser und liebe Leserin, bereit, sich mit anderen Wahrheiten auseinanderzusetzen?
Zu entscheiden, ob und was bei dieser Geschichte real oder Fiktion ist, überlasse ich Ihnen.
Wissen ist Faktum, Glauben ist Fiktion. Erst wenn aus Glaube Wissen wird, wird aus der Fiktion ein Faktum.

Wir glauben an so viel, wissen aber leider immer noch so wenig.

Tauchmaske im Jahre 2014

Kapitel 1

Sie kommen.
Ich höre bereits das Knirschen ihrer Schuhe im losen Geröll. Auf meiner Zunge hat sich zäher Schleim gebildet, den ich nervös hinunterschlucke. Schweiß tropft mir von der Stirn. Und fällt, fällt hinab in das Dunkle. Bodenlos. Bodenlos unter mir.
Ich kauere auf dem schmalen Felssims und drücke mich noch näher zum Berg.
Sagt man Berg zu einer Felswand unter der Erde? Ist ein Berg etwas, das unten anfängt und oben im Nichts endet? Gibt es Berge mit einer Decke, einem Ende? Mein Geist macht Sprünge, das passiert immer, wenn ich nervös bin.
Wieder ein Geräusch, näher diesmal.
Werden Sie mich diesmal kriegen? Was würde dann passieren?
Ich muss hier weg. Weiter hinauf. Weg von *ihnen*.
Wer sind *die* überhaupt?
Gesehen habe ich sie noch nie, doch ich weiß – ich fühle –, sie suchen mich. Natürlich könnte ich auf diesem Sims hocken bleiben, vielleicht übersehen sie mich. Aber ich spüre auch, dass sie nicht aufgeben und so lange weitersuchen werden, bis sie mich haben.
Es ist kalt, ich kann meinen Atem sehen. Obwohl es sehr dunkel ist, nehme ich schemenhaft die Umgebung wahr. Wieso eigentlich ist mir das noch nie aufgefallen? Woher kommt das Licht?
Mein Blick wandert aufwärts. Über die schier unbezwingbare Wand nach oben. Bläulich leuchtet das Licht nach unten, wie unterhalb eines Gletschers. Vertraut, ruhig, aber auch kalt und tödlich.
Ich muss mich aufmachen. Sie sind schon nah. Wie viele Male bin ich diesen Weg schon gegangen? Wie oft habe ich diese Situation schon erlebt? Es kommt mir vor wie ein Film, den man zum hundertsten Mal sieht. Man kennt jede Situation auswendig und doch findet sich immer ein kleines neues Detail.
So auch heute.
Heute blicke ich erstmals über meine Schulter zurück und erschrecke bis ins Mark. Nur wenige Zentimeter von meinem Kopf entfernt gewahre ich die gespenstisch große Hand eines meiner Häscher. Sie ruht auf der Felswand und

stützt sich ab. Die Hand ist so gewaltig, einer riesigen, unförmigen Pranke gleich.
Sie ist menschlich, ohne Frage, aber so groß, dass sie meinen ganzen Körper packen könnte.
Bin ich so klein oder ist die Hand so groß? Die Hand ruht ganz entspannt am Fels. Den Arm und den Körper dahinter kann ich nur erahnen, alles verliert sich in der Dunkelheit. Stark behaart ist sie, die Hand. Wobei die Bezeichnung Haare für diese strohhalmdicken schwarzen Dinger eine klassische Untertreibung ist. Die Fingernägel sind so groß wie Teetassen. Eingerissen und mit Schmutz unter den Rändern. Selbst die Rillen in der Haut sind wie die Maserung eines Baumes, wie Jahresringe. Ich muss weg, schießt es mir durch den Kopf.
Vorsichtig schiebe ich mich von der Hand weg. Zentimeter um Zentimeter. Nur kein Geräusch. Das Ende des Vorsprungs ist da. Ich sehe es zwar nicht, aber ich spüre unter meinen Zehen keinen Fels mehr. Jetzt heißt es klettern. Rechte Hand nach vorne. Da ist der Spalt. Ich kralle mich mit den Fingern fest. Nun die linke Hand nach oben. Auch da ist der Spalt. Den rechten Fuß nach vorne in den rechten Spalt, den linken Fuß leicht anheben in den linken Spalt. Und jetzt nach oben, immer im Rhythmus. Rechte Hand, linke Hand, rechter Fuß, linker Fuß. Wie immer komme ich schnell voran. Nach oben, dem blauen Schein entgegen. Bald ist es geschafft, so wie immer.
Kurz vor dem Ende des Felsens oder Berges weiß ich: „Wieder einmal geschafft, gleich ist es vorbei." Trotzdem ist etwas anders. Ich habe erstmals über meine Schulter geblickt und die Hand gesehen. Das ist neu. Eigenartig. So oft habe ich diese Situation schon erlebt, immer war sie gleich. Heute jedoch ... die Hand.
Das blaue Licht verschwimmt vor meinen Augen, der Fels zerrinnt vor meiner Nase. Ein letzter Zug mit den Händen und der Vorsprung ist erreicht.

Ich öffne die Augen und starre an die Decke des Schlafzimmers. Ich bin leicht verwirrt, hänge noch im Traum fest. Anders. Diesmal war mein Traum anders gewesen als sonst. Was war es? Die ... Hand.
Bestimmt schon hundert Mal habe ich diesen Traum durchlebt, dieses Mal war er jedoch verändert. Ich habe gehört, man kann Träume steuern, etwas

hinzufügen, weglassen oder dem Traum bewusst eine andere Richtung geben. Hatte ich das getan?

Nicht bewusst – oder doch?

Ich habe erstmals bewusst über die Schulter zurückgeblickt und dann die Hand gesehen. Warum kann der Traum nicht länger dauern oder früher anfangen?

Immer dieselbe Situation. Ich hocke auf einem Felssims, unter mir bodenlose Schwärze, über mir die Felswand oder der Berg oder was auch immer. Immer höre ich Verfolger, sehe sie aber nie. Immer rutsche ich an den Rand des Vorsprungs, ertaste die Spalten im Fels und ziehe mich nach oben. Fort von den Verfolgern in Richtung der blau schimmernden Wand. Kaum ziehe ich mich über die Kante, wache ich auf.

Noch nie habe ich die blaue Wand berührt, noch nie begann der Traum früher oder endete später. Ich verstehe es nicht. Eigentlich heißt es, in den Träumen verarbeitet unser Gehirn das über den Tag Erlebte. Gut. Aber ich klettere nicht, laufe vor niemandem davon, und vor dunklen Höhlen oder Tiefen habe ich Respekt, sodass ich ihnen aus dem Weg gehe. Sehen heißt verstehen, sagt man.

Alles Quatsch, denke ich mir. Seit mittlerweile 35 Jahren träume ich diesen Traum in mehr oder weniger regelmäßigen Abständen. Aber zumindest zehn Mal im Jahr, das heißt mittlerweile also zirka 350 Mal. Wahnsinn. Erzählen kann ich es auch niemandem, die Leute würden mich für verrückt halten und wahrscheinlich therapieren wollen.

Ich weiß noch, wie es anfing, ich war 14 Jahre alt, mitten in der Pubertät. Es war nach einer Wanderung auf unseren Hausberg. Ich war nicht sonderlich müde damals. Also Erschöpfung kann es nicht gewesen sein.

Außerdem habe ich in den letzten Jahren alle Möglichkeiten durchgedacht, die Auslöser für diesen immer wiederkehrenden Traum sein könnten: Erschöpfung, Alkohol, Stress, Lust, Freude, bestimmtes Essen, Drogen, Depression, Nachrichten, Dinge, die ich gelesen habe, Leute, die ich getroffen habe, und so weiter. Es lässt sich kein Muster erkennen. Gar keines. Oft träume ich den Traum monatelang nicht, dann wieder in einem Monat drei Mal.

Es ist zum Verrücktwerden. Ich habe den Traum aufgeschrieben und sogar versucht, ihn zu zeichnen, was aber zu einer Farce geriet, da ich ein echt mieser Zeichner bin. Das Einzige, was ich gut getroffen habe, waren die Farben, diese waren fast gleich wie in meinem Traum.

Ich starte mit meinen Übungen: Auf dem Rücken liegend verschiebe ich die Hüfte, einmal nach rechts hoch, links runter und umgekehrt links hoch, rechts runter. Ich zähle nicht mehr mit, beende aber meine Übung nach dreißig Sekunden.
Zweite Übung, die Beine anwinkeln und nach rechts kippen, bis das rechte Knie auf dem Bett aufliegt und dann nach links kippen, bis das linke Knie aufliegt. Wieder dreißig Sekunden.
Mit einer mehr oder weniger eleganten, geschmeidigen Bewegung wälze ich mich auf den Bauch, fünfzehn Mal die sogenannte Kobra, wie es in der Yogalehre heißt. Jedes Mal mit einer kleinen Pause am oberen Totpunkt, wie es in der Kinematik genannt wird.
Was habe ich Kinematik in der Schule gehasst. Gut, vielleicht nicht die Kinematik, sondern wahrscheinlich eher den Lehrer, der uns sein Wissen vermitteln wollte. Ein waschechter Grieche. Er war vielleicht sogar nett, das Problem war nur, dass ihn niemand aus meiner Klasse verstehen konnte. Ein Grieche, der nur gebrochen Deutsch spricht, in einer technischen Schule mitten in den Alpen. Er stammte von einer griechischen Insel und fror bei uns immer nur. Ich werde nie dieses Bild vergessen: Winter, zehn Grad minus, leichter Schneesturm, er steht in der Klasse mit Haube und sage und schreibe drei griechischen Pullovern übereinander. Wir ihm gegenüber mit T-Shirts.
Was für ein schwachsinniger Plan das war, dass ein kaum verständlich sprechender Grieche uns Kinematik und Elektrotechnik beibringen sollte, habe ich bis heute nicht kapiert. Auch seinen berühmten Satz: „Glühend bei Spannung ergibt ein Licht" hat nie jemand verstanden. Aber nachdem wir ihn sicherlich hundert Mal gehört hatten, hatte er einfach Kultstatus und wir benutzten ihn bei jeder Gelegenheit, sogar bei Prüfungen, um unsere Aufmerksamkeit zu demonstrieren.
Schmunzelnd drehte ich mich auf die Seite und rollte mich über die Hüfte aus dem Bett. Mein tägliches morgendliches Ritual seit vielen Jahren. Die Physiotherapeutin meinte, morgens die Bandscheiben ausquetschen, abends die Wirbel auseinanderziehen, um über Nacht Flüssigkeit hineinzupumpen. Ich war

zwar anfangs sehr skeptisch, muss aber sagen, es funktionierte. Meine Rückenschmerzen waren praktisch verschwunden.

Ich schlurfte um das Bett, nackt wie immer, und nach dem allmorgendlichen Wasserlassen stellte ich mich im Bad vor den Spiegel. Ein befreundeter Arzt meinte einmal, dass, wenn das Wasserlassen oder die andere Variante des „Leerstoffabwurfes" nicht mehr funktioniert, es dem Ende zugeht und dass dann die richtigen Probleme anfangen. Ich denke, er hatte damit vollkommen recht. Glücklicherweise funktionierten all diese Dinge noch wunderbar. Diese Gedanken schossen mir durch den Kopf, als ich eben diesen im Badezimmerspiegel betrachtete. Alt war ich geworden. Naja, körperlich war ich zwar erst 49, aber Anzeichen des sogenannten Alterns sah ich überall an meinem Gesicht und Körper: Falten um die Augen, weiße Haare im Kinnbart, die blauen Augen nicht mehr ganz so strahlend, die langen Wimpern waren durch das ewige Brillentragen auch kürzer geworden, dafür war der Haaransatz nach hinten gewandert. Seit ein paar Jahren trug ich die Haare wieder schulterlang und meine Naturwellen waren stärker zu sehen. Und irgendwie war mit meinen Haaren auch mein Bauch gewachsen, wie das allerdings zusammenhing, war mir noch nicht eindeutig klar, aber vielleicht würde ich ja einmal meinen Freund, den Arzt konsultieren, möglicherweise hatte der eine Idee.

Grinsend zog ich den Bauch ein und posierte vor dem Spiegel. So schlimm sah's ja doch noch nicht aus. Ich hatte auch das Glück, dass sich meine 110 kg auf 185 cm verteilten. Die Jahre in der Kraftkammer hatten meine Schultern breit, meine Oberschenkel stark, aber auch meine Mitte kräftig werden lassen. Egal. Immerhin war ich mehrmaliger Landesmeister in den diversesten Kraftwettkämpfen. Speziell in der Disziplin Steinheben war ich zu meiner Zeit unschlagbar gewesen. Man kann nicht schlank bleiben und trotzdem solche Sportarten ausüben. Beides geht nicht.

Mein Äußeres kam mir auch bei meinem Beruf zugute. Denn wer vermutete bei einem Menschen mit der Figur eines Leibwächters, dass er im Brotberuf Bücher und Schriften kaufte und verkaufte?

Was mein Aussehen anging, war ich eigentlich ganz zufrieden, nur meine üppige Körperbehaarung nervte hin und wieder ein bisschen. Denn wenn die Friseurin einmal nicht mehr weiß, wo die Kopfhaare enden und die Körperbehaarung anfängt, und die Masseurin literweise Öl benötigt, wird es problematisch. Aber richtig lästig war es im Sommer, denn eigenartigerweise hatte ich

unter den vielen dunklen Haaren eine sehr helle Haut, und wenn ich mich nicht einschmierte, tja, dann gab's einen wunderbaren Sonnenbrand.
Und deshalb schlafe ich auch nackt, denn meinen Naturpyjama habe ich immer an, und warm ist mir auch sowieso immer. Schon als Kind hatte ich es geliebt, im Schnee zu liegen. Irgendwie hatte ich das Gefühl, er kühle mich und mache mich zu einem Teil von sich – und das gefiel mir.
Genug der Träumerei. Ich musste sehen, dass ich in die Gänge kam. Ich hatte zwar Urlaub, aber trotzdem musste man sich sputen, wollte man von der Stadt etwas sehen: Paris, endlich. Seit Jahren hatte ich mir gewünscht, endlich einmal der Stadt an der Seine einen Besuch abzustatten.
Ich war zwar erst vor zwei Tagen angereist, hatte aber schon mächtig was gesehen. Natürlich am ersten und zweiten Tag die Klassiker: Eiffelturm, Champs-Élysées und so weiter. Nun wollte ich mich von meiner Nase leiten lassen, das machte ich am liebsten. Die kleinen Gassen, verträumte Cafés, verstaubte kleine Geschäfte, die Menschen beobachten.
Also hinein in meine Trekkinghose, eines meiner alten Lieblings-T-Shirts übergestreift, fertig. Hmm, ein Klassiker. Ein originales Jethro-Tull-Tour-Shirt aus dem Jahr 1985. Das war ein sensationelles Konzert gewesen. Der Leader der Band, Ian Anderson, auf einem Bein stehend und die Querflöte zu rockigen Klängen spielend. Hatte sogar noch seine Stimme im Ohr. Ein wohltönender Bariton und super verständlich. Es gibt wohl kaum etwas Nervigeres als ein Rockkonzert, wo man kein Wort versteht. Die meisten Menschen stört es nicht, sie hören nur die Melodie. Doch für mich waren es zusätzlich die Worte und die Botschaft dahinter, denn fast alle Musiker haben sich etwas dabei gedacht, wenn sie ihre Texte schrieben. Sonst könnten sie alle gleich nur „Trallala" zu einer hübschen Melodie singen.
Ab ging's. Raus aus dem Hotel und ein feines Bistro gesucht. Ich machte mich auf in Richtung Montmartre, dem berühmten Künstlerviertel von Paris. Vorher noch in das Bistro „Chantal". Dort war nicht viel los, ich war offensichtlich der einzige Gast. Es war zwar bereits kurz vor acht Uhr, aber die Pariser waren Langschläfer und außerdem war Sonntag. Ich bestellte mir ein Frühstück international, was so viel heißt wie: von allem etwas. Dann setzte ich mich direkt an die Fensterfront, so konnte ich während des Frühstücks die Straße und die Menschen beobachten. Ich beobachtete gerne, habe ich das schon erwähnt?

Ah, eine junge Dunkelhaarige servierte mir schon den Kaffee. Chantal stand auf ihrem Namensschild, aha, also die Besitzerin selbst. Ich lächelte sie an und bedankte mich mit einem freundlichen „Merci". Zu viel mehr reichten meine Französischkenntnisse leider nicht. Sie bedankte sich mit einem Augenzwinkern, was international so viel heißt wie: „Du kannst zwar meine Sprache nicht, aber du bemühst dich zumindest und dafür danke ich dir." Ich versuchte immer in einem fremden Land zumindest die Grundbegriffe der Kommunikation zu erlernen, wie „Guten Tag", „Auf Wiedersehen", „Bitte", „Danke", „1, 2, 3, 4, 5" und so weiter. Wenn die Leute sehen, dass sich ein Ausländer bemüht, sind sie unheimlich freundlich und helfen ihm weiter, wo sie nur können. Das habe ich von Griechenland über Rumänien bis nach Finnland erfahren.

Aah, das Croissant und das Omelette, herrlich. Und vor allem frisch gemacht, mit Käse und Kräutern. Wieder mein obligatorisches „Merci" und wieder das Zwinkern. Ich sah Chantal nach, als sie sich umdrehte und wieder in die Küche marschierte. Sie trug einen dunkelblauen Faltenrock und darüber eine weiße Bluse, die Füße steckten in dunkelblauen Ballerinas. Sie hatte dunkelbraune Locken, die ihr bis zu den Schultern reichten. Um die Nase herum war ihr Gesicht voller Sommersprossen und sie trug eine Spitzenschürze. Was natürlich für eine Bistrokellnerin mitten in Paris das klischeehafteste Teil ihrer Ausstattung war. Ihr Alter schätzte ich auf etwas über dreißig Jahre.

Jetzt aber, jetzt war das Omelette fällig. Salz und ordentlich Pfeffer noch darüber, dazu das bereits von Chantal netterweise vorgebutterte Baguette, ein Traum! Der Tag begann perfekt.

Nachdem ich alle von Chantal aufgetischten Köstlichkeiten gegessen hatte, zahlte ich – natürlich ein vernünftiges Trinkgeld gebend – und ließ meine Französischkenntnisse beim Hinausgehen wieder aufblitzen, mit einem Ciao, so hatte ich zumindest auch ihren Tag perfekt gemacht.

Vor dem Bistro drehte ich mich noch mal um und rief: „Pardon, …". Was Chantal mit einem kurzen Lacher und einem Zwinkern kommentierte.

In Paris fährt man U-Bahn. Mit meinem 4-Tages-Ticket und nach dem zweistündigen Studium des U-Bahn-Planes traute ich mir auch das zu.

Es war wieder wärmer geworden. Nach kühleren Tagen genossen viele Menschen nun wieder die neu erwachten Sonnenstrahlen.

Die Menschen strömten vorbei. Die Gesichter konnte man kaum erkennen. Ein unendlicher Strom von Leibern und Geräuschen. Ein Gewirr aus unterschiedlichsten Sprachen dieser Welt. Nur hin und wieder drangen Fetzen von Gesprächen zu mir durch. Französisch, Portugiesisch, Spanisch, Englisch, Deutsch und eine große Zahl an slawischen Sprachen. Man hätte meinen können, jemand habe den Turm zu Babel gerade zerstört. Musik drang an meine Ohren, brasilianischer Capoeira-Gesang und Trommeln. Zwischen den Menschenmassen hindurch erblickte ich die Sänger und Tänzer. Ein junger Mann, offensichtlich Südamerikaner, warf seine Beine in die Luft, um auf seinen Händen zu landen. Schön anzusehen, aber wozu? Nachdem ich eine Weile zugesehen hatte, verstand ich ihre Beweggründe. Sie lachten, tanzten, hatten Spaß, einfach nur so. Bewundernswert, wie ich meinte. Ein Mann stand plötzlich vor mir, direkt in der Sonne. Ich sah, dass er eine Schere und ein Blatt Papier in der Hand hielt. Was wollte er? Ein Portrait in Form eines Scherenschnittes? Nein, danke. Mit dem internationalen Zeichen für Ablehnung, dem Kopfschütteln, gab ich ihm zu verstehen, dass ich an seiner Dienstleistung nicht interessiert war. Zur Bekräftigung legte ich noch ein kräftiges: „NO, merci" darauf. Er schimpfte irgendetwas in seinen nicht vorhandenen Bart und trollte sich, um andere Touristen zu beglücken.
Nun ja, am Künstlermarkt am Montmartre in Paris durfte man nicht intolerant sein. Vor meinem Platz im Café an der Nordseite des Platzes der Künstler zogen die Touristenströme vorbei. Hunderte, nein eher Tausende, wuselten in einer endlosen Schlange dahin. Ich betrachtete sie. Jeder Einzelne von ihnen war erfüllt von Träumen und Wünschen, so zogen sie an mir vorüber wie Ameisen auf der Suche nach Nahrung.
Träume.
Wieder fiel mir mein Traum ein. Absurde Geschichte, die riesige Hand von heute Nacht war neu, vielleicht kamen jetzt immer neue Details hinzu? Vielleicht konnte ich auch versuchen, den Traum zu lenken? Aah, ein Kellner in einem auf alt getrimmten Pariser Outfit brachte mir meinen Espresso und mein Wasser. Espresso und Wasser, so etwas wie mein Lebenselixier. Dazu noch eine Zigarette und ich war glücklich. Ich fischte mir eine aus der Softpackung, zündete sie mir an und ließ meinen Blick schweifen.

Kapitel 2

Das Portrait nahm bereits Formen an. Schwungvoll zog der Künstler seinen Kohlestift über das weiße Papier. Seine Finger waren schwarz vom Verwischen seiner Zeichnung. Er hatte bei den Haaren begonnen und zeichnete dann den Umriss des Kopfes. Dann wechselte er den Griff an der Kohle, um eine Augenpartie zu schraffieren, gleichzeitig verwischte er die Schraffur und so entstand ein Schatten oder besser gesagt ein dunklerer Bereich im Gesicht. Die Augen, wahrscheinlich das Wichtigste an einem Portrait, zeichnete er mit der Spitze des Stiftes. Für die Iris nahm er einen anderen Stift, benetzte ihn mit der Zunge und drückt ihn mit einer einzigen schwungvollen, intuitiven Bewegung aufs Papier und plötzlich wirkte das Auge lebendig. Unglaublich, von einem Moment auf den anderen, nur durch das Setzen eines weißen Punktes in der ansonsten schwarzen und grauen Zeichnung, hauchte der Künstler dem Bild Leben ein. Der Portraitierte, ein junger Bursche von vielleicht 14 Jahren, saß jetzt schon seit einer halben Stunde praktisch bewegungslos auf einem Schemel.
Was stand da? 40 Euro für ein Portrait. Eigentlich viel zu wenig, um die Kunstfertigkeit dieses Malers wirklich zu honorieren. Dieser lehnte sich gerade zurück und streckte sich durch, denn auch er saß auf einem kleinen Schemel. Neben ihm waren seine Kollegen wie aufgefädelt und versuchten verzweifelt, auch an Kunden zu kommen. Durch Zurufen und heftiges Gestikulieren in Richtung ihrer ausgestellten Werke versuchten sie, die vorbeiziehenden Touristenströme auf sich aufmerksam zu machen. Viele der Vorbeikommenden blieben stehen und beobachteten den jungen Künstler, der den Jugendlichen malte. Er lehnte sich noch einmal zurück, machte einen letzten Wisch an der Seite und nickte dem Jungen zu.
Dieser löste sich dankbar aus seiner Erstarrung und streckte sich auch erst einmal durch. Der Künstler zeigte ihm das Bild und das Lächeln des Jungen erhellte sich und wurde zu einem Strahlen. Er war zufrieden, mehr noch: Er war glücklich. Und das zu Recht. Der Künstler hatte ein Portrait geschaffen, welches ihm unheimlich ähnlich war. Ich war tief beeindruckt.

Der Künstler rollte das Bild zusammen, gab es dem Jungen und dieser zückte sein Portemonnaie und bezahlte die 40 Euro. Er grüßte noch einmal und verschwand in der Touristenmasse.

Ich widmete mich wieder meinem Espresso und ließ meinen Blick weiter schweifen.

Wenn ich zu der Zeit gewusst hätte, was ich heute weiß, Jahre später, wäre ich sicherlich nicht so entspannt gewesen. Damals jedoch, an diesem herrlichen Maitag in Paris, war ich der Meinung, alles zu wissen, was die Welt mir zu bieten hatte. Aufgrund meines Berufes war ich natürlich sehr belesen und hatte auch praktisch mein Hobby zum Beruf gemacht. Gelernt hatte ich ursprünglich aber Maschinenbau-Ingenieur.

In meiner Heimat war es leider so üblich, dass bei einem Kind mit 14 Jahren die ersten Weichen zur späteren Berufsauswahl gestellt wurden. Mein Vater hatte eine kleine Firma, praktisch in der erweiterten Garage, wo er mit drei Mitarbeitern Maschinen für Firmen herstellte. So war es natürlich irgendwie vorgegeben, dass der Sohn in die Fußstapfen des Vaters trat. Nachdem ich zu diesem Zeitpunkt keine Ahnung hatte, was ich als Erwachsener tun würde, schien es mir die beste Idee zu sein, die maschinenbautechnische Richtung einzuschlagen. Da hatte ich natürlich auch schon Jobaussichten nach der Schule.

Doch es kam ganz anders.

Im Jahr meines Schulabschlusses brach der Markt der Maschinenbau-Industrie komplett ein. Es hieß, eine Krise in den USA sei dafür verantwortlich und die Firmen in Europa bereiteten sich darauf vor, dass die Krise auch zu uns kommen würde und investierten nicht mehr. Knapp vor meiner Matura war mein Vater mit seiner Firma zahlungsunfähig und ging in Konkurs.

Anfangs nahm er es mit Humor und sagte: „Jetzt habe ich endlich mehr Zeit für meine Familie und für meine Hobbys." Das Problem dabei war nur: Mein Vater hatte keine Hobbys, da er jahrelang teilweise auch am Wochenende gearbeitet hatte. Und Familie? Auch das war etwas schwierig. Meine Mutter hatte immer den Haushalt und ihren Gemüsegarten. Auch da war kein Platz für etwas Neues, schon gar nicht für einen unausgelasteten Maschinenbauer mit grobschlächtigen Händen, die einen Salat eher zerdrücken würden, als die braunen Blätter abzuzupfen.

Und ich? Ich war 19 Jahre alt. Ich hatte meine Freunde, viele Partys und sowieso nicht mehr vor, Maschinenbauer zu werden. Was ich einmal tun wollte, wusste ich nicht, aber zuallererst wollte ich einmal zumindest zwei Jahre darüber nachdenken, das hatte ich mir vorgenommen. Und ich bemerkte auch nicht, wie sich mein Vater immer mehr zurückzog.

Eines Tages rief mich meine Mutter und sagte mir, Vater sei krank. Ich liebte meinen Vater trotz oder vielleicht genau wegen seiner Unnahbarkeit. Wir redeten nie viel miteinander, aber wir verstanden uns auch meist ohne Worte. Irgendwie hatte ich das Gefühl, er akzeptierte meine Entscheidung, nicht in die Richtung des Maschinenbaues gehen zu wollen, obwohl er es nie aussprach. Ich wohnte zwar noch im Haus meiner Eltern, hatte aber meinen eigenen Eingang und drei Zimmer, die ich bewohnte. Es ging mir gut, bis mich meine Mutter wegen des kranken Vaters rief. Ich hastete also hinaus – ums Haus herum – zum Eingang meiner Eltern. Schuhe wären sicherlich eine gute Idee gewesen, denn es hatte gerade geregnet und barfuß mit Höchstgeschwindigkeit um eine 90-Grad-Ecke zu sprinten, wenn der Untergrund eine regennasse Wiese ist, war eine wunderbare Idee. Innerhalb eines Sekundenbruchteils riss es mir die Füße unter dem Körper weg und ich klatschte der Länge nach hin. Wobei „klatschte" eher „platschte" heißen müsste, denn an der Ecke hatte sich eine monströse Wasserfläche gebildet. Ich war komplett nass und mit einzelnen Gräsern, die mir im Gesicht klebten, bedeckt. Als ich, nachdem ich mich wieder aufgerappelt hatte, in den Vorraum schlitterte, wobei Fliesen unter nassen Füßen das Tempo auch nicht unbedingt verringern, muss ich wohl sehr eigenartig ausgesehen haben, denn meine Eltern, die in der Küche saßen und mir praktisch bei meinen außerordentlich geschickten Bewegungen zusahen, schauten ziemlich verschreckt.

Als ich mich gefangen hatte und endlich schnaufend zum Stillstand gekommen war, hielt meine Mutter den etwas erschreckten Blick aufrecht. Er verstärkte sich sogar, als ihr Blick auf meine Füße fiel. Das Gesicht meines Vaters erhellte sich jedoch und ein Mundwinkel bewegte sich in Richtung Ohr. Was bei meinem Vater ungefähr gleich bedeutend war wie schallendes Gelächter.

Nachdem sich die Aufregung um meinen Auftritt gelegt hatte und meine Mutter die nassen, von Grashalmen geschmückten Spuren im Vorhaus entfernt hatte, setzten wir uns an den Küchentisch.

„Wir müssen reden", begann meine Mutter.

Kapitel 3

Es war früher Nachmittag in Paris, die Menschen saßen beim Mittagessen oder stellten sich in Schlangen vor den touristischen Zentren an. Ich hasste Schlangen. Zumindest die, bei denen Menschen sich in einer Reihe anstellen, wie die Rinder beim Markieren. Aber ich liebte Flohmärkte. So richtige Flohmärkte mit alten Dingen aus längst vergangenen Zeiten. Nicht die Flohmärkte, wo Alt- und Neukleider angeboten werden, oder jene, wo Gerümpel, das niemand mehr braucht, zum Verkauf steht. Ich liebe die sogenannten Expertenflohmärkte, wo die Verkäufer Bescheid wissen, was sie verkaufen.
So etwas gab es in Paris. Einen Berufsflohmarkt, der über ein ganzes Stadtviertel reichte, in einem Tag fast nicht schaffbar. Ein Gewirr aus kleinen, schummrigen Gassen mit winzigen vollgestopften Geschäften. Fast wie eine Stadt in der Stadt. Dort gab es alles.
Schon am Eingang, wenn man den Beginn des Marktes so bezeichnen kann, priesen drei Händler das jeweils originale Schwert des d'Artagnan an. Dreimal das Original, sehr lustig. „Vielleicht sollten sie sich besser absprechen", dachte ich mir und betrachtete eine Stehlampe in der Form einer nackten, afrikanischen Dame, die einen Regenschirm nach oben hielt, unter dem drei Glühbirnen montiert waren. Die Dame war in Lebensgröße und üppig proportioniert. Wer kaufte sich denn so etwas? Ich würde mich jedes Mal zu Tode erschrecken, wenn ich in meine Wohnung käme und da stünde jemand, der einen Regenschirm nach oben reckte. Kuriositäten gab es natürlich unzählige auf diesem Flohmarkt.
Von der afrikanischen Potenzholzpuppe über ausgestopfte Tiere aller Arten, weiter zu unzähligen Kasten und Kästchen in jeder Form, Farbe und von jeglicher Herkunft. Vom alten chinesischen Apothekerschränkchen bis zum altdeutschen Bauernkasten. Ich schlenderte durch die Gassen und ließ mich treiben. Heute war nicht viel los. Die Verkäufer waren sichtlich genervt von der Abwesenheit der Kunden. Ich suchte eigentlich nichts Bestimmtes, ließ gerne die Sachen auf mich zukommen. Bestimmung vom Universum, sozusagen.
Also zog ich weiter, rauchte entspannt eine Zigarette und bog um die nächste Ecke. „Ups!", dachte ich, eine Sackgasse. Naja, nicht ganz. Am Ende ging es dann doch weiter und die Gasse wurde zu einem Gässchen. Herrlich – und

hinein –, weg vom Mainstream, hinein in das Unbekannte. Die Gasse war so schmal, dass ich, wenn ich meine Arme ausstreckte, an beiden Seiten die Hauswände berühren konnte.

Und immer noch reihte sich ein Geschäft an das andere, aber es wurden weniger und die Mauern wurden breiter. Es sah mittlerweile nicht mehr wie aneinandergebaute Häuser aus, sondern eher wie zwei Stadtmauern, die irgendwie zueinander rückten. Jemand hatte sich die Mühe gemacht, in drei Metern Höhe Stoffbahnen zu spannen und durch das zurückgehaltene Licht entstand eine schummrige Stimmung. Ich kam mir vor wie in einem Hinterhof in Damaskus. Menschen sah ich keine mehr, Geschäfte eigentlich auch nicht, es sah eher aus wie in einem schmutzigen, desolaten Innenhof, wohin man sich als Tourist nicht verirren sollte, schon gar nicht als deutschsprachiger.

Da, im hintersten Eck dieses immer enger werdenden Schlauches, endete die Gasse an einer vier Stock hohen Mauer. Na super.

Aber ganz im letzten Winkel war wirklich noch ein Geschäft untergebracht. Wobei die Bezeichnung Geschäft ziemlich übertrieben ist. Es bestand aus einer uralten Holztür mit Glasfeldern und daneben befand sich ein von modrigen Sprossen durchzogenes Fenster in derselben Breite. Wenn mir jetzt noch eine Frau mit spitzem Hut entgegenkam, glaubte ich endgültig, dass ich mich in der Winkelgasse der Harry-Potter-Romane befand.

Aber nichts passierte. Ich war völlig allein in der Gasse.

An der Tür hing sogar ein Schild, auf dem stand: *le Francois, Antique Photographs, Lithographies.*

Was sagte die Uhr? 15.30 – Zeit ohne Ende und außerdem war ich auf Urlaub. Ein Blick durch die Tür war fast nicht möglich, ich sah gar nichts, so stumpf war das alte Glas. Aber ich war neugierig, drückte die Klinke nach unten und langsam öffnete ich die Türe nach innen. Ein unglaublicher Duft nach altem Papier und Staub empfing mich. Viele Leute würden diesen Duft wahrscheinlich eher als unangenehmen Geruch empfinden, für mich hatte er jedoch etwas Erhabenes, Geheimnisvolles und vor allem war dieser Geruch in meinem Gehirn verbunden mit dem Begriff Wissen. In unserer heutigen, vernetzten Zeit wird so viel geschrieben und das von jedermann, dass leider 90 Prozent davon schlicht und einfach ausgedrückt Mist sind. Vor 100 oder mehr Jahren war es etwas Besonderes, wenn ein Buch gedruckt wurde.

Eine Faustregel in meinem Beruf besagte, dass, je älter ein Buch oder Pergament war, es umso mehr Wissen und Weisheiten enthielt. Hier gab es jedoch keine Bücher, sondern etwas vergleichbar Interessantes: Fotos, Bilder, Gemälde und Drucke. Soweit ich es bei meinem ersten Rundblick durch dieses winzige Geschäft erkenn konnte, waren es Hunderte, nein eher Tausende. Sie lagen auf dem Boden und auf den Regalen in Stößen herum. Die Wände waren voll mit Portraits von Menschen vergangener Zeiten. Kinderportraits, Familienportraits, Bilder von Menschen bei der Arbeit, vor ihren Häusern, und allesamt in Schwarz-Weiß.
Ich drehte mich langsam um die eigene Achse, alles war schwarz-weiß, keine Farbe. Überhaupt war in diesem Laden alles schwarz, grau und weiß. Der Boden war dunkelgrau. Aus welchem Material er wohl gefertigt war? Ich nahm an aus Stein, aber sicher war ich mir nicht. Ja, wird wohl Stein gewesen sein, da war eine Fuge, aber kaum zu sehen, hier hatte alles eine dunkelgraue Patina angenommen.
Ein Scharren riss mich aus meiner Raumgestaltungsfantasie.
Hinter einem über und über bepackten Tresen sah ich einen hellgrauen Haarschopf auftauchen. Der Haarschopf gehörte zu einem Kopf und dieser zu einem Körper, der sich langsam aufrichtete. Der Haarschopf wanderte immer weiter nach oben und berührte schon fast die Decke, als die Bewegung endete. Ich bin nicht gerade schmächtig und mit meinen 185 cm auch nicht gerade klein, aber was sich da vor mir aufgebaut hatte, war unglaublich.
Ich hatte natürlich schon viele große Menschen gesehen, aber in diesem Miniladen im letzten Winkel von Paris hätte ich keinen Verkäufer erwartet, dessen Kopf fast an der Decke streifte. Ich schätzte, dass der Raum 230 cm hoch war und sein Kopf knapp fünf Zentimeter darunter aufhörte, also musste dieser Mensch 225 cm groß sein. Mein Blick löste sich von der Decke und wanderte zum Gesicht meines Gegenübers.
Ein sehr großer Mensch sieht immer ein bisschen grobschlächtig aus, dieser Mann jedoch hatte unglaublich feine Züge und die Nickelbrille auf der Nase verstärkte in mir noch das Gefühl, dass der Kopf nicht zum restlichen Körper passte. Auch ein gehauchtes „Bonjour" passte nicht recht dazu.
Der Mann war spindeldürr. Seine Hose wurde von dunkelbraunen Hosenträgern gehalten und es sah so aus, als ob sie und das hellgraue Hemd den Mann wie eine zu große Haut umschließen würden.

Ich antwortete ebenfalls mit „Bonjour" und nickte leicht mit dem Kopf. Er plauderte nun munter drauflos und ich verstand natürlich kein Wort. Gestikulierend versuchte ich ihm klarzumachen, dass ich kein Französisch sprach. Sein Blick wurde etwas härter und er sprach aus, was alle Franzosen bei einem nicht französisch sprechenden Menschen als Erstes denken: „Allemagne?" Ich streckte die Hände aufgerichtet nach vor und ließ die Handflächen abwehrend winken. Mit einem dreifachen „Non, Non, Non" rundete ich mein Bekennen, dass ich kein Deutscher sei, ab. Mit einem Lächeln sagte ich: „Autriche". Auch mein Gegenüber entspannte sich jetzt und atmete die angehaltene Luft aus.

An den meisten Plätzen unserer Welt kennt man das kleine Österreich nicht, oder kann es geografisch nicht zuordnen. Immer wieder kommt es zu Verwechslungen mit Australien. Erst wenn man mit „typisch" österreichischen Klischees wie Mozart, Lipizzaner und Schwarzenegger aufwartet, erkennen die Menschen, dass man nicht aus Down Under kommt. Speziell in Frankreich hat man es als Österreicher wesentlich einfacher denn als Deutscher. Die Ablehnung, die den Deutschen in Frankreich widerfährt, ist größtenteils sehr absurd und wird gesellschaftspolitisch leider immer wieder geschürt.

Nachdem geklärt war, dass ich nicht aus Deutschland, sondern aus dem südlichen Nachbarland stammte, entspannte sich mein französisches Gegenüber. Irgendwie ist das ziemlich doof. Die ganze Welt hält den Deutschen vor, was eigentlich ein Österreicher verbrochen hat, und wirklich gelernt hat niemand daraus. Immer noch gibt es Vertreibungen und rassistisch motivierte Kriege, eigentlich sogar mehr denn je. Schwachsinn.

Mein riesenhafter französischer Verkäufer grinste mich an und sagte: „Schwarzenegger!" und hob dabei seinen dünnen Oberarm zur Pose. Ich lächelte zurück und drehte mich zum Regal an meiner linken Seite. Ich hatte es ja gewusst. Eines der drei Dinge, die typisch österreichisch erscheinen, musste ja kommen. Bevor ich mich jedoch weiter ärgern konnte, hatten meine Augen schon den ersten Stapel gescannt und ich erkannte, dass es in all dem Chaos durchaus ein System gab. Sämtliche Stapel waren nach Jahreszahlen in Zehnerschritten geordnet, beginnend mit 2000, 1990, 1980, 1970, 1960 und so weiter.

Ich schlenderte herum, wie ich es immer tue, und wartete darauf, dass mich etwas anzog. Dabei stöberte ich etwas im Stapel 1900 und schlich weiter zum Stapel 1890. Immer beobachtet von dem giraffenartigen Österreich-Kenner.
Als ich den Stapel 1890 durchblätterte, hielt ich bei einem Schwarz-Weiß-Foto inne. Ich sah das Foto an und hatte ein Déjà-vu. Ich kannte dieses Bild, die Leute darauf, und ich wusste sogar, zu welchem Anlass es gemacht worden war. Zur Bestätigung drehte ich es um und erkannte sogleich den Stempel des Fotografenmeisters Helmut Rasinger. Fantastisch, dieselbe Aufnahme aus dem Jahre 1895, die mir meine Eltern vor langer Zeit gezeigt hatten. Aber wie kam sie nach Paris? In dieses Geschäft?
Ich musste sie kaufen und zückte daher meine Kreditkarte. Nachdem ich bezahlt hatte, verabschiedeten wir uns. Wir gaben einander die Hand, wobei er meine sehr lange festhielt und sie intensiv anschaute. Dann blickte er mir in die Augen, lächelte und hauchte „Adieu".
Im Kaffeehaus ging ich noch einmal meine Erinnerung durch. Ich holte die Fotografie aus meiner Umhängetasche hervor und betrachtete sie. Kein Zweifel. Das, was ich im hintersten Winkel von Paris entdeckt hatte, war ein altes Familienfoto. Und zwar nicht irgendeines, sondern eines meiner eigenen Familie. Auf dieser Schwarz-Weiß-Fotografie befanden sich fünf Personen, drei Kinder und zwei Erwachsene. Das Besondere an dieser Fotografie war mein Ururgroßvater.
Er saß in der Mitte auf einem Stuhl, hatte die Hände ganz entspannt auf den Armlehnen und sah sehr zufrieden aus. Ein mächtiger grauer Vollbart umrahmte sein Gesicht und seine Augen hatten eine dunkle Intensität und einen stolzen Ausdruck, wie es nur alte Fotografien wiedergeben können.
Das Besondere an meinem Ururgroßvater war jedoch, dass er ein Zwerg war. Seine Beine baumelten vom Stuhl wie bei einem achtjährigen Kind, denn genau diese Körpergröße hatte er in etwa auch. Zu seiner linken Seite standen seine Frau und die älteste Tochter, zu seiner rechten sein Sohn, der zu diesem Zeitpunkt ungefähr acht Jahre alt sein musste, und die zweitälteste Tochter. Alle fünf waren in dem damals typischen Sonntagsgewand der Menschen des 19. Jahrhunderts gekleidet: Grobe dunkle Stoffhosen, weißes Hemd samt dunklem Wams und die Frauen in weiten, mehrfach gerafften dunklen Röcken mit weißen Blusen und dunklen Westen. Ich kannte die Geschichte meines Ururgroßvaters.

Meine Eltern haben sie mir immer wieder erzählt:
Der Vater meiner Ururgroßmutter war Köhler und lebte in einem Seitental in der Nähe meines heutigen Wohnortes. Es war ein sehr karges Leben und die Köhlerfamilie hatte nur eine Tochter, die sie mit Mühe ernähren konnte. Die Herstellung der Holzkohle war ein langwieriger und zeitintensiver Prozess, jedoch die einzige Möglichkeit für den Vater meiner Ururgroßmutter, für seine Familie Geld zu verdienen, da es sonst nicht übermäßig viel Arbeit gab. Es gab zwar bereits eine starke Eisenindustrie in der Gegend, aber auch die brauchte Kohle. Diese wurde von weither transportiert, denn dafür produzierte der Köhler alleine viel zu wenig. Die in seinem Meiler hergestellte Kohle erwärmte die Herde und Küchen der Bauern, Arbeiter und Bürgerhäuser.
Genaue Jahreszahlen verlieren sich leider im Strudel der Geschichte, aber es muss so um das Jahr 1850 gewesen sein, als mein Vorfahr gerade wieder dabei war, nach der Kohle zu sehen, als er im Augenwinkel eine Bewegung am Berg gewahrte. Ein Kind mit Umhang samt Kapuze, aber ohne Schuhe taumelte durch den Schnee vom Berg in Richtung Tal. Mein Vorfahr fing es auf und trug es zum Aufwärmen in die Stube. Seine Frau stellte Wasser zum Erhitzen auf den Herd und die Tochter bereitete schnell eine notdürftige Bettstatt für das vermeintliche Kind.
Wie müssen sie wohl gestaunt haben, als beim Ablegen des Mantels das Gesicht eines jungen Mannes auf dem Körper eines Kindes zum Vorschein kam?

Kapitel 4

Ich saß also da am Küchentisch meiner Eltern.
Ich weiß es noch genau, es standen drei Gläser auf dem Tisch und eine Karaffe mit Wasser. Das Tischtuch war aus weißem Leinen und meine Mutter hatte unterschiedlichste Blumen daraufgestickt. Mein Vater saß auf seinem Platz und blickte mich mit traurigen Augen an. Meine Mutter saß neben ihm und sagte: „Dein Vater, er wird sterben".
Bevor ich noch irgendetwas sagen konnte, begann meine Mutter zu erzählen: „Dein Vater ist jetzt 63 Jahre alt und hat nächste Woche Geburtstag. Alle Väter vor ihm sind am Tag ihres 64. Geburtstags gestorben, und ich denke, das solltest du wissen. Es fehlt ihm nichts. Er ist auch nicht krank im herkömmlichen Sinn, das waren sein Vater, Großvater, und Urgroßvater aber auch nicht. Wir waren heute beim Arzt und der meinte, dein Vater sei kerngesund. Wir wissen nicht, was es sein könnte, dass alle männlichen erstgeborenen Mitglieder unserer Familie nur exakt 64 Jahre alt werden."
Nachdem ich das fürs Erste einmal verdaut hatte, sagte ich, dass das schlichtweg Unsinn sei. Warum sollte jemand, der nicht krank sei, einfach so sterben? Und was war das für eine eigenartige Geschichte mit den „allen männlichen Erstgeborenen"? Meine Mutter seufzte, beugte sich zur Seite und hob eine Kiste auf den Tisch.
„Das, mein lieber Sohn, ist die Geschichte deiner Familie. Deine Vergangenheit und deine Zukunft."
Mein Vater setzte sich auf und sagte: „Du weißt erst, wohin du gehst, wenn du weißt, woher du kommst. Stimmt's, Sohn?"
Wenn ich etwas nicht ausstehen konnte, dann waren das weise Sprüche aus dem letzten Jahrhundert, aber angesichts der Situation, in der ich mich befand, blieb ich still und sagte nichts. Meine Mutter wühlte in der Kiste und beförderte einen Packen Papier hervor, den sie auf den Tisch legte. Ich weiß noch genau, wie ich mich vor dem staubigen, muffig riechenden alten Papier geekelt habe, heute aber liebe ich den Geruch mehr als den Geruch eines guten Essens. Naja, zumindest rieche ich ihn gleich gern.
„Hier", sagte meine Mutter, „dein Großvater." Mutter legte ein Familienfoto auf den Tisch. „Und hier seine Sterbeurkunde, geboren am 16. Mai 1887,

gestorben am 16. Mai 1951; dein Urgroßvater", wieder legte sie ein Foto auf den Tisch, dieses Mal ein etwas vergilbtes Schwarz-Weiß-Bild. Und seine Sterbeurkunde. Geboren am 31. August 1861, gestorben am 31. August 1925. „Und dein Ururgroßvater", wieder ein Schwarz-Weiß-Familienbild, aber noch perfekt erhalten. „Moment, Moment", rief ich. „Das ist mein Ururgroßvater? Ein Zwerg?" Mein Vater räusperte sich und sagte: „Ich erzähle dir später die Geschichte deines Ururgroßvaters und wie er unsere Familie gründete."
Meine Mutter hatte inzwischen die Todesurkunde meines Ururgroßvaters gefunden und legte sie zu dem Foto. „Hier, geboren wahrscheinlich 1830, gestorben am 10. Dezember im Jahre des Herrn 1894". „Ha", rief ich aus, „hier ist ein Fehler! Wahrscheinlich geboren 1830 und sogar ohne genaues Datum, was soll das denn heißen?"
„Naja, dein Ururgroßvater tauchte im Jahre 1850 einfach auf, ohne Papiere, mit einer massiven Amnesie, so stark, dass er bis zu seinem Tod nicht wusste, wie sein richtiger Name lautete und wo er hergekommen war. Im Prinzip war seine Erinnerung vor dem Zeitpunkt seines Erscheinens in der Köhlerhütte komplett ausgelöscht", sagte mein Vater.
„Ja, aber ...", begann ich, „wie? Warum mit 64 Jahren?"
„Warum wissen wir auch nicht. Die Ärzte meinen, es muss eine Art Gendefekt sein", sagte meine Mutter. „Ein Zufall ist ausgeschlossen", meinte Vater. Ich schluckte den Kloß in meinem Hals hinunter und würgte hervor: „Und wie?" Mein Vater sah jetzt sehr traurig aus und murmelte: „Das Herz hört einfach zu schlagen auf, und es gibt nichts, was es wieder in Gang bringt."
„Aber das ist ja verrückt!", schrie ich und sprang auf. Plötzlich war ich wieder in der Pubertät und wollte das, was meine Eltern sagten, einfach nicht akzeptieren. In meiner Pubertät war alles, was meine Eltern sagten, für mich ein Grund, dagegen zu sein und zu rebellieren. Meine Eltern ertrugen alles mit stoischer Ruhe und nur ein einziges Mal rutschte meinem Vater die Hand aus und er verpasste mir eine Ohrfeige. Später gestand er mir, dass er von seinem Verhalten mehr geschockt war, als er damals zugeben konnte. Ich erinnere mich noch gut. Es ging, wie so manches Mal, um eine Nichtigkeit. Meine Mutter hatte Geburtstag und meine Eltern wollten mit mir gemeinsam am Abend fein Essen gehen. Ich hatte jedoch mit Freunden ausgemacht, dass wir uns noch treffen, und wollte daher partout nicht mitgehen. Alle Beteuerungen und Versprechungen meiner Eltern halfen nicht, denn ich hatte auf stur ge-

schaltet. Mitten in der immer hitziger werdenden Diskussion verlor ich völlig die Beherrschung und schrie meinen Eltern entgegen: „Was interessiert mich der Scheiß-Geburtstag meiner Mutter!"
Und da klatschte die Hand meines Vaters gegen meine Backe und fegte mich vom Sessel. Meine Mutter weinte und ich rannte auf mein Zimmer.
Beschämenderweise muss ich heute sagen, gingen weder meine Eltern noch ich an diesem Abend aus dem Haus. Meine Eltern redeten lange in der Küche, und ich schmollte elternverachtend in meinem Zimmer. Heute tut es mir unendlich leid, den Abend so versaut zu haben, aber damals war ich mir meiner Schuld nicht bewusst.
Diese Situation holte mich wieder ein, als ich vom Küchensessel aufsprang. Dieses Mal jedoch sah ich in die traurigen Gesichter meiner Eltern, murmelte eine Entschuldigung und setzte mich wieder auf den Stuhl, der durch meinen heftigen Ausbruch nach hinten gekippt war.
„Und was machen wir jetzt?", murmelte ich, den Tränen nahe.
Mein Vater setzte sich gerade, nahm einen Schluck Wasser und sagte: „Jetzt, mein Sohn, erzähle ich dir die Geschichte deiner Familie."

Kapitel 5

20. März 1995

Am 20. März 1995 wurden von fünf Ōmu-Shinrikyō-Mitgliedern zur morgendlichen Hauptverkehrszeit in fünf im Bahnhof Kasumigaseki zusammentreffenden Pendlerzügen von drei Tokioter U-Bahn-Linien in Zeitungspapier eingewickelte Kunststoffbeutel deponiert, die das Nervengift Sarin enthielten. Unmittelbar vor dem Aussteigen bohrten die Täter mit Regenschirmen Löcher in die elf verteilten Beutel, um das flüssige Sarin freizusetzen. Die Attentäter entkamen zunächst mittels an ihren Aussteigestationen bereitgestellten Fluchtautos samt Fahrer. Die austretenden Dämpfe verbreiteten sich in den betroffenen U-Bahnen und circa 15 U-Bahn-Stationen. Durch den Anschlag starben insgesamt 13 Menschen (neun sofort, einer später am selben Tag, einer zwei Tage später, zwei weitere nach einigen Wochen), es gab etwa 1.000 Verletzte, 37 davon schwer (5.000 meldeten sich in Krankenhäusern). 2010 wurde die Zahl der Opfer durch die Polizei auf 6.252 revidiert.
[...]
Ōmu Shinrikyōs eklektische Lehre bezieht sich primär auf hinduistische Yoga-Traditionen und Tibetischen Buddhismus. Außerdem benutzt die apokalyptische Ideologie Elemente aus pseudowissenschaftlichen Traditionen, Nostradamus-Weissagungen, chiliastischem Christentum sowie dem Foundation-Zyklus des Science-Fiction-Schriftstellers Isaac Asimov. Einige Ideen waren auch aus der Anime-Serie „Raumkriegsschiff Yamato" entnommen. Die zentrale Gottheit für die Sekte ist der Hindugott Shiva, und wahre Erleuchtung ist nur innerhalb der abgeschlossenen Gemeinschaft möglich. Die „äußere Welt" wird als korrupt und verdorben betrachtet und muss notfalls gewaltsam bekämpft werden.
Einer der zentralen Punkte der Doktrin ist die kontroverse buddhistische Vorstellung von *poa* (vermutlich Phowa), in der unter bestimmten Bedingungen ein Mord demnach sowohl das Opfer als auch den Täter der Erleuchtung näher bringen kann.

(Quelle: vgl. https://de.wikipedia.org/wiki/%C5%8Cmu_Shinriky%C5%8D)

Kapitel 6

Nachdem mein Vater sein Glas geleert hatte, lehnte er sich zurück und begann mit der Geschichte unserer Familie: „Dein Ururgroßvater kam aus dem Nirgendwo, denn dort oben, wo er herkam, gab es nichts außer Felsen, Schnee und Eis. Es ist bekannt unter dem Namen Truglingergebirge. Du kennst diese Gegend, wir waren dort schon öfters wandern. Zwischen den zwei schroffen Spitzen des Gebirges war letztes Jahrhundert sogar noch ein Gletscher, der jedoch mittlerweile abgetaut ist. Das Interessante ist aber, dass für die Bevölkerung dieses Gebirge schon seit Jahrhunderten einen anderen Namen hatte. Weißt du welchen?", fragte mein Vater und hob verschwörerisch die Augenbrauen. Ich verneinte, denn ich hatte keine Ahnung.
„Die Menschen nennen dieses Gebirge seit jeher ‚Dwergaz-Höh', das ist altgermanisch und bedeutet Zwergen-Höhe. Der Name kommt daher, dass die Menschen in den Jahrhunderten davor immer wieder behauptet haben, kleine Menschen in dem Gebirge gesehen zu haben. Später, in der Reformzeit, wo alles irgendwie erklärt werden musste, wurden alle Sichtungen als Trugbilder abgetan, und deshalb wurde dieses Gebirge offiziell als Truglingergebirge bezeichnet."
Mein Vater setzte kurz ab und schenkte sich noch Wasser ein. Er setzte das Glas an seine Lippen und blickte über den Rand direkt in meine Augen, als wollte er überprüfen, ob ich noch bei der Sache war. Was heißt bei der Sache? Ich war gespannt wie eine Geigensaite, man hätte mit einem Geigenbogen auf mir spielen können, so gespannt war ich.
Mein Vater setzte sein Glas ab und fuhr fort: „... im April 1850 tauchte dein Ururgroßvater im Tal auf, und er war ein Zwerg. Der Vater deiner Ururgroßmutter nahm den kleinen Menschen unter seinem Dach auf und pflegte ihn, so gut es seine Mittel zuließen. Mehr als zwei Wochen lang lag er auf dem improvisierten Lager in einer Art komatösem Schlaf. Alle kümmerten sich um den Besucher. Er wurde mit Suppe versorgt, regelmäßig umgebettet, damit er sich nicht wundliegen konnte, nur waschen wollte ihn niemand, da die Menschen einfach Angst vor dem Unbekannten hatten. Du musst dir vorstellen", sagte mein Vater, „da kommt ein Zwerg aus dem Gebirge, das Zwergen-Höh heißt, und fällt der Köhlerfamilie in die Arme. Ich denke, der Vater deiner

Ururgroßmutter muss richtig geschockt gewesen sein, angeblich hat er es auch niemandem erzählt, denn die Leute waren damals sehr abergläubisch. Wer weiß, was den Leuten außerhalb des Tales eingefallen wäre und einen möglichen Kundenverlust konnte sich der Köhler nicht leisten. Deshalb teilte er das Wenige, was er hatte, gerne mit dem Zwerg, er konnte ihn ja auch schlecht im Schnee liegen lassen oder noch schlimmer, ins Gebirge zurücktragen! Doch dazu kam es glücklicherweise nicht. Der Zwerg erholte sich. Doch er sprach nicht. Nicht ein einziges Wort kam über seine Lippen. Die Tochter des Köhlers kümmerte sich um den Gast. Versorgte ihn mit Suppe und Speisen und sah zu, dass er wieder zu Kräften kam. Am Abend las sie ihm aus den zwei Büchern vor, die die Familie besaß. Da nur sie des Lesens mächtig war, hörten auch immer der Köhler und seine Frau den Geschichten zu. Ein Buch war ein Märchenbuch, das andere die Bibel. Wobei bei den Geschichten aus der Bibel der Zwerg stets sehr aufmerksam war und buchstäblich an ihren Lippen hang. Das Märchenbuch behagte ihm gar nicht, denn es hatte Bilder zu den Geschichten, und der Zwerg wurde immer sehr unruhig, wenn er die Bilder der Riesen, Feen und Zwerge sah. Er war von kräftiger Gestalt, hatte gut ausgebildete Muskeln auf seinen Oberarmen und Schultern. Er war ungefähr im selben Alter wie deine Urururgroßmutter, aber vier Köpfe kleiner. Am Ende des Winters hatte sich der Zwerg soweit erholt, dass er im Haus helfen konnte. Nach draußen wollte er nicht, was auch deinem Urururgroßvater recht war. Denn stell dir vor, jemand hätte gesehen, dass plötzlich ein Zwerg bei der Köhlerfamilie wohnte, die Leute hätten Fragen gestellt. Der Zwerg sprach immer noch nicht, aber er hörte zu. Mehr noch, wenn jemand redete, starrte er mit seinen intensiv blauen Augen dem Sprecher ins Gesicht und versuchte, mit seinen Lippen dieselben Bewegungen nachzumachen. Eines Tages, es war Anfang April, die bereits kräftige Sonne hatte schon fast den ganzen Schnee geschmolzen und an vielen Flecken zeigten sich bereits die ersten Frühlingsboten, sprach der Zwerg sein erstes Wort. Es war Mittag und es gab einen kräftigen Eintopf mit großen Stücken Hühnerfleisch, da der Köhler einen guten Verkauf getätigt hatte. Der Zwerg bekam seinen Teller und murmelte: ‚Danke'. Er hatte mittlerweile einen dichten schwarzen Bart bekommen, und die Familie war sich nicht sicher, ob sie richtig gehört hatte, jedenfalls starrten alle den Zwerg mit offenem Mund an. Der blickte auf, grinste und sagte diesmal deutlicher: ‚Danke sehr für das gute Essen'. Von diesem Zeitpunkt an war der Bann endgültig gebrochen und der Zwerg war als Mitglied der Familie aufgenommen. Warum er so lange nicht gesprochen hatte, und wer er war, von wo er gekommen war und wo er hin wollte, sollte ihm aber Zeit seines Lebens nie mehr einfallen. Seit diesem Tag jedoch beteiligte sich der Zwerg rege an den Arbeiten des Tages. Mehr noch, durch seinen Fleiß und seinen Arbeitseifer konnten sie noch mehr Holzkohle erzeugen, und bekamen immer mehr Kunden. Am Abend, wenn ihr Tagwerk verrichtet war, saßen alle zusammen in der Stube und lauschten der Tochter, wenn sie aus der Bibel vorlas.

Nachdem die Bibel eine lutherische war, wurde Johannes in ihr als der Lichtbringer bezeichnet. Als derjenige, der Licht, also Klarheit und Glauben, zu den Menschen bringt. Da der Zwerg sich von diesen Geschichten besonders begeistert zeigte, schlug der Köhler vor, dass, nachdem er sich an seinen richtigen Namen nicht erinnern könne, er den Namen Johannes annehmen solle. Von diesem Tag an hieß der Zwerg Johannes. Und das ist auch der Grund, warum seit ihm jeder männliche Erstgeborene in unserer Familie Johannes heißt", sagte mein Vater.

„Für heute ist es aber gut, ich erzähle dir morgen nach dem Frühstück mehr. Morgen habe wir Zeit, es ist Sonntag."

Ich wollte protestieren, aber beim Blick auf die Küchenuhr und die müden Augen meines Vaters bemerkte ich erst, dass es bereits weit nach Mitternacht war. Ich nickte und antwortete: „Bin schon gespannt, wie es weitergeht."

Als ich später in meinem Bett lag, kreisten meine Gedanken um die Vergangenheit. Ich sah die Köhlerhütte, die Familie meines Ururugroßvaters, den Zwerg und auch meinen Vater, und verfiel in eine tiefe Melancholie. Ich verstand nicht, dass man sich mit seinem Schicksal einfach so abfinden konnte.

Zu wissen, wann man stirbt.

Zu akzeptieren, dass man stirbt.

Mit wirren, traurigen Gedanken schlief ich ein. Am nächsten Tag konnte ich das Frühstück fast nicht abwarten und schlang es hinunter. Normalerweise liebte ich das sonntägige Frühstück. Mutter machte immer ihre Spezialeierspeise: Sie nahm Schwarzbrot und röstete dieses mit viel Butter in einer Pfanne an. Über die Brotstücke kamen geschlagene Eier, vier Stück, die vorher mit Salz, Pfeffer, Petersilie und ein bisschen Kernöl vermischt wurden. Herrlich. Dazu ein Milchkaffee, ein Traum!

Dieses Mal konnte ich, wie gesagt mein Frühstück nicht genießen, zu gespannt war ich auf die darauffolgende weitere Erzählung meines Vaters.
Als er endlich mit dem Frühstück fertig war und mich belustigt mit den Worten: „Na? Neugierig, wie es weiter geht?", aufzog, hielt ich es schon fast nicht mehr aus. Außer einem hektischen Nicken brachte ich nichts zustande. Während meine Mutter den Tisch abräumte, lehnte sich mein Vater zurück und begann: „Also der Zwerg, der nunmehr Johannes hieß, brachte wirklich Licht in die Familie. Das kann man sagen, denn er war nicht nur ausgesprochen fleißig, sondern hatte auch anderweitige Qualitäten, die nun hervorkamen. Er schlug meinem Vater vor, einen Stollen in den Berg zu treiben, um Steinkohle zu gewinnen, die brenne heißer und länger und würde ihnen noch mehr Profit einbringen. Er habe so ein Gefühl, dass der Berg ein Steinkohlevorkommen verberge. Dein Urururgroßvater war skeptisch, denn er hasste die Arbeit unter Tage. Zu gefährlich und eher ein Glücksspiel als ehrliche Arbeit. Doch Johannes kannte den Köhler mittlerweile so gut, dass er wusste, welche Tricks er anwenden musste, um ihn für seine Idee zu begeistern. Und es funktionierte. Johannes wusste, wie man einen Stollen trieb, wo man ihn abstützte und wie, beziehungsweise wo man die Steinkohle finden konnte. Innerhalb einer Woche hatten sie die dreifache Menge an Steinkohle ins Freie geschafft, als sie bisher Holzkohle hatten erzeugen können. Nach dem ersten Verkauf an einen Schmied sprach sich sehr schnell herum, dass der Köhler und sein neuer Helfer Steinkohle verkauften. Die Leute kamen direkt zu ihnen, von nah und sogar von fern. Innerhalb von drei Monaten hatten sie mehr verdient als im ganzen vorherigen Jahr. Der Köhler, dein Urururgroßvater, mochte Johannes von Anfang an, aber nach diesem Erfolg natürlich noch mehr, und so konnte es Johannes wagen, ihn zu fragen."
„Was zu fragen?", warf ich verwundert ein.
„Na, was denkst du?", schmunzelte mein Vater. „Zu fragen, ob er ihm seine Tochter zur Frau gibt! Was denn sonst?"
„Aaaahaa!", rief ich, denn ich hatte es wirklich nicht gewusst.
„Und weil dein Urururgroßvater einwilligte, bist du heute hier", sagte mein Vater.
„Wie ging es weiter?", fragte ich.
„Naja, ich denke mal, so romantisch einfach wird es nicht gewesen sein. Ich bin sicher, der Köhler hatte große Bedenken, einem Zwerg die Hand seiner

einzigen Tochter zu geben, aber er war ein vernünftiger Mann, der seine Tochter über alles liebte und auch spürte, dass sie ebenfalls Zuneigung für Johannes hatte. Und wahrscheinlich hatte er Johannes auch schon längst ins Herz geschlossen und sah ihn mit anderen Augen, nämlich seinen Charakter und seine Seele und nicht seine Körpergröße. Ja, und so war es. Sie heirateten und am 31. August 1861 kam dein Urgroßvater auf die Welt."

„Sie erreichten mit ihrem Steinkohle-Abbau einen bescheidenen Wohlstand, und dein Ururgroßvater ‚Johannes der Erste', der Zwerg, war somit Begründer unserer Familie und Namensgeber für alle folgenden Erstgeborenen. Auch für dich, ‚Johannes der Fünfte.'"

Und mit diesen Worten beendete mein Vater damals die Geschichte meiner Familie.

Kapitel 7

Die FLDS (*Fundamentalist Church of Jesus Christ of Latter-day Saints*)
Die **Fundamentalistische Kirche Jesu Christi der Heiligen der Letzten Tage**

Die Kirche hält die Polygynie mit der Unterordnung der Frauen unter die Männer für notwendig, damit der Mensch die höchste ewige Erlösung erreicht: die Gottheit. Um das zu erlangen, müsse ein Mann mindestens drei Frauen heiraten.
In der FLDS wird „das Gesetz der Ehevermittlung" (*„The Law of Placing"*) angewandt. Vermählungen bedürfen der Vermittlung durch den Propheten der Kirche, und er ist zudem berechtigt, nach eigenem Ermessen Ehen zu lösen und die Frauen anderen Männern zu geben.
Am 11. Juli 2005 wurden acht Männer der FLDS wegen sexueller Kontakte mit Minderjährigen angeklagt. Zumindest einige von ihnen stellten sich den Behörden von Kingman, Arizona. In seinem Frühjahrsbericht 2005 führte das Southern Poverty Law Center die FLDS als „Hass-Gruppe" (engl. „Hate Group") auf, da ihre Lehren rassistische Elemente beinhalte. Unter anderem habe Warren Jeffs gesagt: „Die schwarze Rasse ist das Volk, durch das der Teufel immer in der Lage war, das Böse auf die Welt zu bringen".
Im Mai 2006 nahm das FBI Warren Jeffs in die Liste der zehn am meisten gesuchten Verbrecher der USA wegen sexueller Verfehlungen gegenüber Minderjährigen auf.

(Quelle: vgl. https://de.wikipedia.org/wiki/Fundamentalistische_Kirche_Jesu_Christi_der_Heiligen_der_Letzten_Tage, zuletzt abgerufen am 12. Juli 2015)

Kapitel 8

Leider ging mein Kurzurlaub in Paris viel zu schnell zu Ende, mit der Abendmaschine war ich zurückgeflogen. Mein Auto stand am Flughafen in Wien und nur zwei Stunden später war ich schon wieder in meinem Haus in meiner Heimatgemeinde. Es ist irgendwie komisch. Nach einem Urlaub ist man traurig, dass er schon vorbei ist und auf der anderen Seite freut man sich, wieder nach Hause zu kommen. Man hat irgendwie ein warmes Gefühl in der Bauchgegend und fühlt sich zufrieden und geerdet. Zu Hause. Vertraute Gefühle, vertraute Gerüche, vertraute Anordnung der Möbel und Gegenstände, vertrautes Licht.
Ich fuhr von der Autobahn ab und steuerte meinen alten treuen Defender in Richtung der Müllerteiche. Es hatte kurz zuvor geregnet, und trotz der Finsternis, es war schon nach 22 Uhr, sah ich ein kleines Licht auf dem größten Teich auf und ab wackeln. Das war sicher Finn. Der fischte immer am Samstagabend, denn da hatte er Zeit und das Wetter, sagte er, sei ihm egal. Finn heißt eigentlich Martin Kofler, aber seit er mindestens einmal im Jahr nach Finnland zum Fischen fährt, hat er diesen Spitznamen bekommen.
Nach den Müllerteichen kam die Bahnunterführung in Richtung Ortszentrum. Man fuhr geradewegs auf unsere Kirche zu, die wie immer wunderbar beleuchtet war, bog rechts ab, beim Café Anneliese vorbei, scharf links zwischen zwei Maisfeldern einen Feldweg entlang, und da war schon mein trautes Heim. Ein kleines Wohnhaus mit angebauter großer Fertigungshalle. Hier bin ich aufgewachsen, hier habe ich mit meinen Eltern gewohnt.
Leider ist meine Mutter bereits vier Jahre nach meinem Vater gestorben, sodass ich mit 24 Jahren Vollwaise war. Ich hatte keine Geschwister, daher fiel der komplette Besitz meiner Eltern auf mich. Ich erhielt das Haus mit der Halle und Grund und Boden.
Des Weiteren hatten meine Eltern vorgesorgt. Mein Vater hatte eine Lebensversicherung abgeschlossen, die meine Mutter jedoch nicht anrührte und für mich aufsparte. Sie hatte ebenfalls eine Versicherung abgeschlossen, sodass ich eigentlich, wenn ich sparsam und vernünftig mit dem Geld haushalten würde, gut über die Runden kommen könnte. Das natürlich nur, solange ich allein bliebe.

Ich hatte und habe auch nicht vor, mich auf eine engere Beziehung einzulassen. Es ist für die meisten Menschen schwer zu verstehen, aber wenn du mit 24 Jahren völlig alleine ankommst, musst du lernen, auf dich selbst gestellt zu sein. Die vier Jahre, von meinem 20. Lebensjahr, als mein Vater starb, bis zum 24. Lebensjahr, als meine Mutter von mir ging, sind für mich im Nachhinein in einem Nebel von Trauer, Wut und Unverständnis verborgen. Wenn ich so zurückdenke, war auch meine Mutter in diesem Nebel gefangen und wir konnten uns daraus nicht befreien. Es waren traurige Jahre, voller Selbstzweifel und Verständnislosigkeit gegenüber der Situation.

Im Jahr 1982, ich hatte gerade meinen 24. Geburtstag gefeiert, wobei gefeiert ein bisschen übertrieben ist, denn ich hatte nur mit meiner Mutter ein gemütliches Abendessen im Restaurant der Burg im Nachbarort eingenommen, hatte meine Mutter einen verhängnisvollen Kreislaufkollaps und stürzte über unsere Dachbodentreppe.

Sie war bewusstlos und wurde mit einem schweren Schädel-Hirn-Trauma ins Krankenhaus eingeliefert. Dort fiel sie ins Koma, von dem sie nie mehr erwachte und eine Woche später verstarb. Von diesem Zeitpunkt an war ich allein. Zumindest dachte ich damals, dass es so wäre.

Ich lenkte meinen ehemals weißen, mittlerweile eher eierschalenfärbigen Landrover, von mir liebevoll „Landy" genannt, in meine Einfahrt. Obwohl ich kaum Platz in diesem Auto finde, habe ich mich vom ersten Augenblick an in ihn verliebt. Für mich vereint er zeitlose Eleganz mit einem praktischen Nutzen. Gut, er hat keine Klimaanlage, keine vernünftige Heizung, schlechte Sitze, eine Windschlüpfrigkeit wie ein Reihenhaus, aber er hat Stil und eine Seele und ist für mich wie ein alter Esel oder eine alte, liebgewonnene Gewohnheit, die man nicht ablegen kann, ohne ein Stück von sich selbst herzugeben. Auf der Sonnenblende, übrigens Serienausstattung, habe ich den Garagenöffner montiert und nach dessen Betätigung öffnet sich das überbreite und knapp vier Meter hohe Tor. Ich rollte hinein und befand mich praktisch in meinem Vorzimmer. Der komplette Bereich im Erdgeschoß der ehemaligen Fertigungshalle meines Vaters war, wenn man so will, Garage und Vorzimmer.

Nachdem ich alleine lebte, hatte ich immer viel Zeit für diverse Hobbys. Und so reihten sich jetzt in meinem „Vorzimmer" zwei Motorräder, ein Kanu, ein Katamaran, ein Anhänger und ein alter Pritschen-LKW aneinander. Die Wände waren geziert von Regalen mit diversen kleinen Zeitvertreiben: Angeln, Skates, Hanteln, Wurfgewichte, Surfbretter. Daneben befanden sich Kästen für die diversen Textilien, die man zum Ausüben der Aktivitäten benötigt.

Das sanfte Gelblicht der LED-Beleuchtung hatte die ganze Halle beim Einfahren in ein warmes Licht getaucht, welches mich jedes Mal angenehm empfing. Den Bewegungsmelder hatte die Alarmanlagenfirma mit ihrer Anlage gekoppelt und mir erklärt, dass die Kombination von Alarm und Licht perfekt sei. Bis jetzt schienen sie recht gehabt zu haben, es gab noch nicht einmal den Versuch eines Einbruchs.

Nachdem ich meinen eierschalenfarbigen Freund abgestellt und ihn seiner Last, nämlich zweier Koffer und meiner selbst, entledigt hatte, fuhr ich mit dem Lastenaufzug in den ersten Stock, wo der Wohnbereich lag.

Als ich den Lift verließ und das Licht einschaltete, hatte ich das Gefühl, im Augenwinkel eine Bewegung wahrzunehmen, aber als ich meinen Kopf nach rechts drehte, war nichts zu sehen, außer dem alten Sekretär, den ich als Ablage in meinem Eingangsbereich positioniert und den ich in Florenz erstanden hatte. Komisch, denke ich, ich hätte schwören können, dass da eine Bewegung war, ganz schemenhaft, aber wahrnehmbar.

Egal. Ich ließ meine Schlüssel auf die Tischplatte des Sekretärs fallen und verstaute meinen Reisepass samt meiner Geldspange mit den Kreditkarten im Geheimfach. Dafür musste man die Tischplatte etwas anheben und nach vorne ziehen, dann öffnete sich hinten über die gesamte Länge ein 20 cm breiter Spalt. Hier hatte ich meine wichtigsten Dokumente und mein Bargeld gebunkert.

In eben diesem Geheimfach hatte ich, nachdem ich den Sekretär gekauft hatte, die Schriftrollen, die mich in der Buch- und Pergamentszene bekannt gemacht haben, gefunden. Im Jahr 1984, zwei Jahre nach dem Tod meiner Mutter, war ich in Florenz gewesen und streunte durch die engen Gassen. Wie immer hatten es mir die alten unscheinbaren Trödlerläden angetan. In einem dieser Läden fand ich den alten Sekretär. Er war eher stumpf und unansehnlich, aber mit wunderschönen Schnitzereien versehen, die, wie mir der Besitzer erklärte, venezianisch seien. Ich fackelte nicht lange und kaufte den Sekretär. Der Heimtransport gestaltete sich schwieriger als gedacht, denn ins Auto passte er nicht. Also band ich ihn kurzerhand auf das Dach.

Wenn ich gewusst hätte, welch wertvolle Fracht ich da auf dem Dach spazieren fuhr, wäre ich sicherlich nervöser gewesen. Ich musste grinsen, als ich daran dachte. Zuhause angekommen wollte ich den Staub und Grind der Jahrzehnte und Jahrhunderte beseitigen und ging mit Sandpapier an die Arbeit. Aber als ich ihn zur Seite heben wollte, krachte es und die Tischplatte schob sich nach vorne. Ich erschrak, denn ich dachte: Na toll, jetzt hast du wieder einmal etwas zerstört.

Bei genauerem Hinsehen erkannte ich jedoch, dass ich einen Mechanismus betätigt hatte, also war die Schule doch nicht ganz umsonst gewesen. Doch richtig Augen machte ich, als ich in den entstandenen Spalt blickte. Er war über und über voll mit alten Papieren und Pergamenten. Vergilbte, eingerissene, aber auch sorgsam in Wachspapier verpackte gerollte Blätter. „Was in aller Welt …!", rief ich damals aus.

Vorsichtig barg ich alle Blätter und Rollen und ging damit in die Küche, wo ich sie sorgsam auf dem Küchentisch ablegte. Ich kann mich noch gut an die folgende Nacht erinnern, denn ich war wach bis zum Morgengrauen und versuchte zu verstehen, was ich da gefunden hatte. Es waren 27 Papiere und Schriftrollen. Viele von ihnen waren in Latein verfasst, was ich zu diesem Zeitpunkt noch nicht lesen konnte. Mein Hauptinteresse galt aber den eingerollten Bildern. Diese konnten unterschiedlicher kaum sein. Sie waren von überall auf der Welt. Bilder mythologischer Personen – oder besser noch: Gestalten. Da waren Bilder aus China, von den Göttern der Nordmänner, die griechische Mythologie war vertreten, und auch die indische und sogar die ägyptische. Es war überwältigend, denn der Sekretär war kaum älter als 200 Jahre, die Bilder jedoch mussten weitaus älteren Datums sein. Für mich war es der eigentliche Startschuss in mein jetziges Leben: Ankauf, Handel und Verkauf mythologischer und theologischer Schriften aller Kulturen.

Die lateinischen Schriften, alle auf Pergament, verkaufte ich damals, und meinen damaligen Kenntnissen entsprechend dachte ich mir, ein richtig gutes Geschäft gemacht zu haben. Heute weiß ich, es war viel zu wenig, was ich damals verlangt habe. Aber es war mehr als genug, um mein Zuhause so umzubauen, wie ich es heute immer noch genieße.

Ich wollte immer schon eine Art Loft im oberen Stock einer Fabrikshalle bewohnen. Diesen Traum habe ich mir durch den Umbau erfüllt. An der Südseite befindet sich eine drei Meter hohe Schrägfassade mit verspiegeltem Glas vom Boden bis zur Decke über die ganze Länge der Wohnung, sodass ich immer, ob im Wohnzimmer, in der Küche oder im Schlafzimmer einen Blick über die Maisfelder hatte. Im Winter, wenn der Mais abgeerntet war, konnte man fast täglich Waldtiere beobachten. Jede Menge Rehe, Hasen und gelegentlich auch einen Fuchs, der auf unvorsichtige Mäuse lauerte. Im Frühjahr begann der Mais zu wachsen und im Spätsommer blickte ich über ein Meer aus Maisstauden.

Für diesen Ausblick war mein Lieblingsplatz eine alte Jugendstil-Couch im Wohnzimmer. Dahinter war mitten im Raum ein offener Kamin, um den sich Sitzpolster gruppierten, dieser Bereich war in den Boden eingelassen und im Vergleich zum restlichen Wohnungsniveau um 90 Zentimeter tiefer.

Der ganze Wohnbereich war sehr offen gestaltet und Türen hatte ich nur zum Badezimmer und zu den Toiletten. Nachdem ich zwar alleine wohnte, wären Türen nicht unbedingt notwendig gewesen, aber hin und wieder bekam ich ja auch Besuch, und da ich ohnedies schon als spleenig verrufen war, würde es dem Ganzen sicherlich die Krone aufsetzen, wenn mir meine Besucher beim Erledigen „diverser" Geschäfte zusehen müssten.

Die ganze Wohnung war L-förmig angelegt, wobei sich der kurze Schenkel des Ls mit dem ehemaligen Wohnhaus verband. Hier hatte ich auch mein Arbeitszimmer angelegt.

Und hierhin zog es mich jedes Mal, wenn ich von einer Reise zurückkam, als Erstes. Ich schaltete den Hauptschalter des Computers ein und fuhr ihn hoch. Während er surrend zum Leben erwachte, holte ich meine erstandene Beute aus meinen Koffern. Viel war es dieses Mal ja nicht: Ein paar reich illustrierte Bücher in Altfranzösisch aus dem 18. Jahrhundert, eine Ausgabe des Alten Testaments auf Latein aus dem 17. Jahrhundert, leider aber in schlechtem Zustand, und das Foto meines Ururgroßvaters samt Familie.

Ich legte alles zusammen auf meinen Arbeitstisch, holte mir noch einen Kaffee aus der Küche und setzte mich vor den Computer. Mit einem harmonischen Ping öffnete sich mein E-Mail-Programm. Parallel dazu öffnete ich mein Internetportal, meine eigene Homepage, wo ich mit den Büchern und Pergamenten längst vergangener Zeiten handelte. Und genauso heißt auch meine Firma: „Vergangene Zeiten".

Auf meiner Homepage stellte ich immer meine zu verkaufenden Stücke aus, mit vielen Fotos und einer genauen Beschreibung, was zu sehen war.

Der interessierte Kunde konnte mir dann eine E-Mail schicken, Fragen stellen und ein Kaufangebot machen. Ich habe die Erfahrung gemacht, dass, wenn der Kunde den Preis selbst bestimmen darf, meist mehr herauskommt, als wenn man ihm einen Preis vorschlägt.
Meist sind es Berufskollegen, die mich kontaktieren, um die Schriften ihrerseits an bekannte Kunden weiterzuverkaufen. Hin und wieder melden sich aber auch private Sammler, da ich in der Szene seit meinem Einstieg vor über 25 Jahren kein Unbekannter mehr bin und mittlerweile zu den großen Drei gezählt werde. Speziell meine „Der Kunde macht den Preis"-Strategie hatte sich herumgesprochen. Dabei hasste ich es nur, zu handeln. Wenn mir ein Kunde einen zu niedrigen Preis nannte, was selten vorkam, sagte ich einfach nein, und er probierte es noch einmal. Ganz einfach.
Dieses Mal waren drei Angebote eingetrudelt, die alle meinen Vorstellungen entsprachen. Ich würde sie morgen bestätigen.
Bei den anderen E-Mails der übliche Schrott. Wer würde schon Antihaarausfall-Tabletten von einer russischen Firma übers Internet kaufen? Unglaublich, aber anscheinend gab es immer wieder jemanden, der so etwas machte, denn sonst würden diese Versandhäuser wohl kaum mehr existieren.
Hoppla, eine Einladung meines alten Jugendfreundes und Leibarztes – am Wochenende zum Grillen, bei seiner Almhütte. Wahrscheinlich das letzte Mal dieses Jahr. Es war Ende September, der Herbst klopfte schon mächtig an und erinnerte die Natur, mit dem Färben der Blätter zu beginnen. Ich sagte zu und freute mich auf die Gesellschaft, da ich alle schon seit Jahrzehnten kannte und leider viel zu selten sah.
Mittlerweile doch etwas müde, schlurfte ich in die Küche, um zu überprüfen, ob genug für ein ausgiebiges Frühstück vorrätig war. Der Kühlschrank war angenehm gefüllt und selbst der von mir so heiß geliebte Blutorangensaft war da. Ich musste Guggi, meiner guten Seele, wieder einmal einen Blumenstrauß schenken. Sie war zwar meine Haushälterin und sorgte dafür, dass immer alles sauber, meine Wäsche in Ordnung und der Kühlschrank gut gefüllt war, aber eigentlich war sie mittlerweile zu einer guten alten Freundin geworden. Wobei dieses „alte Freundin" würde sie mir sicherlich übelnehmen.
Sie war zehn Jahre älter als ich und wohl nicht viel aus unserem Dorf hinausgekommen, aber sie hatte so eine einfache Weisheit, die mir manchmal die Augen öffnete, wenn ich wieder einmal alles zu kompliziert sah.

Schon wieder ein Geräusch, näher diesmal. Werden Sie mich diesmal kriegen? Was würde dann passieren? Ich muss hier weg. Weiter hinauf. Weg von ihnen. Wer sind die überhaupt?
Gesehen hatte ich sie noch nie, doch ich weiß, ich fühle, sie suchen mich. Natürlich könnte ich auf diesem Sims hocken bleiben, vielleicht übersehen sie mich. Aber ich spüre auch, dass sie nicht aufgeben und so lange weitersuchen werden, bis sie mich haben.

Ich schlage die Augen auf, es ist noch früh. Schon wieder dieser Traum. Vielleicht sollte ich einen Arzt konsultieren, möglicherweise habe ich einen Hirntumor oder etwas Ähnliches, aber warum immer denselben Traum? Quatsch, Hirntumor. Ich drehte mich auf die Seite und schlief sofort wieder ein.

Kapitel 9

Ich war schon jahrelang nicht mehr hier oben gewesen. Aber es sah alles noch genauso aus wie vor vielen Jahren, als ich das letzte Mal auf dem Dachboden meines Elternhauses gestöbert hatte. Ich bin auf der Suche nach meiner Vergangenheit. Genauer gesagt nach dem Foto meines Ururgroßvaters, welches ich vor Jahren schon einmal gesehen hatte. Und so stolperte ich über Kisten, alte Nähmaschinen und andere Dinge, die meine Eltern auf dem Dachboden verwahrt hatten. Vielleicht im Kasten bei den Fotoalben, dachte ich mir und ging hinüber.
Auf den wenigen Schritten zum Kasten kam ich an einer Dachluke vorbei und schaute beiläufig hinaus. Im Maisfeld unweit meines Hauses stand jemand und schaute in Richtung Haus. Als ich einen Schritt zurück machte, um noch mal hinzusehen, sah ich niemanden. Einbildung ist auch eine Bildung, sagte ich mir und ging zum Kasten. Nach einigen energischen Versuchen, den schon etwas in die Jahre gekommenen Kasten zu öffnen, gelang es mir und ein herrlich muffiger Geruch nach altem Papiers strömte mir entgegen: Die Buchhaltung des Betriebes meines Vaters. Sauber nummerierte Ordner nach Jahreszahlen sortiert. Drei Fächer voll.
Im obersten Fach jedoch waren die Fotoalben, die ich gesucht hatte. Ich schnappte mir das ganze Paket und wollte schon wieder in mein Arbeitszimmer zurückgehen, da fiel mir ein kleines schwarzes Büchlein auf, das hinter den Fotoalben lag. Ich griff danach und blätterte es auf. Eine Art Tagebuch. Der Schrift nach von meinem Vater.
Mein Vater hatte ein Tagebuch geschrieben? Nicht möglich, dachte ich mir, aber es war zweifelsfrei seine Schrift. Das musste also auch mit.
In meinem Arbeitszimmer breitete ich meine soeben gefundenen Schätze auf meinem Schreibtisch aus und schaltete die LED-Beleuchtung über dem Tisch ein. Zuerst wollte ich das Familienfoto meines Ururgroßvaters finden. Faszinierend war es schon, so in die Vergangenheit zu reisen.
Ich ging methodisch vor und begann mit dem jüngsten Album, welches naturgemäß am meisten Fotos aufwies, da die fotografische Entwicklung je neuer umso günstiger geworden war.

Ich sah Fotos von mir als Jugendlichem, Firmung, Erstkommunion, als Baby. Das Hochzeitsbild meiner Eltern, Vaters erstes Auto, meine Großeltern in ihrer Hütte am Waldrand.

Bei einem Familienfoto meiner Großeltern blieb ich erstmals hängen. Es zeigte meinen Großvater Johannes den Dritten, seine Frau und ihren Sohn Johannes den Vierten, meinen Vater. Das Foto war, wie man am Stempel sehen konnte, im Mai 1928 aufgenommen worden, mein Vater war damals 14 Jahre alt gewesen und hatte nicht besonders glücklich ausgesehen in seinem Sonntagsanzug.

Das nächste Familienfoto, welches mir auffiel, war aus dem Jahre 1914. Drei Generationen auf einem Foto. Mein Urgroßvater und meine Urgroßmutter saßen in der Mitte, flankiert von meinen Großeltern, meine Großmutter hielt ein Baby im Arm, meinen Vater.

Drei Mal Johannes, ging es mir durch den Kopf. Es folgten noch andere Bilder auf meiner Reise in die Vergangenheit. Bilder von einem Almabtrieb, Hochzeitsgesellschaften, auf denen ich aber keine Verwandten erkennen konnte.

Und da, da war das Foto, das letzte im Album oder das erste, je nachdem. Ich holte das Foto, welches ich in Paris erstanden hatte, dazu und verglich die beiden. Kein Zweifel, dieselbe Aufnahme. Unglaublich, was für ein Zufall!

Dummerweise glaube ich nicht an Zufälle. Zufälle gibt es nicht, es gibt immer eine logische Erklärung beziehungsweise bin ich der Überzeugung, dass man gewisse Begebenheiten selbst herbeiführt, wenn man nur intensiv daran glaubt und dabei natürlich unbewusst sämtliche Energien in diese Richtung lenkt.

Also gut, analysieren. Wie könnte dieses Bild den Weg nach Paris gefunden haben? Vielleicht war der Fotograf oder ein Nachkomme von ihm unterwegs und hatte alte Fotos verkauft, vielleicht war „der Lange" aus Paris in unserer Gegend und hatte es hier gefunden.

Das wären zwei logische Erklärungen. Aber warum ich dann ausgerechnet in dieses Geschäft in dem kleinen Gässchen mitten in Paris stolperte und dieses Foto fand, wird wohl etwas schwieriger nachzuvollziehen sein. Vielleicht, weil ich insgeheim den brennenden Wunsch hatte, mehr über meine Familie und deren Vergangenheit herauszufinden? Wird wohl so gewesen sein. Diese Logik hinkte zwar ein bisschen, aber vorerst gab ich mich damit zufrieden.

Apropos Vergangenheit, da war ja noch das Tagebuch!

Das würde ich mir aber gemütlich auf meiner Couch im Wohnzimmer mit einem herrlichen Rotwein aus dem Burgenland vornehmen.
Wir haben zwar in der Steiermark auch herrliche Weine, aber eher nur Weißweine und um diese Jahreszeit stand mir der Sinn eher nach Rotwein.

Also gut, was hatten wir:
Letzter Eintrag, 1978.
Ich habe mit Johannes gesprochen und ihm erklärt, was mit mir nächste Woche passieren wird.
Er hat es ganz gut aufgenommen, nur mit Sicherheit nicht realisiert.
Am Ende der nächsten Woche wird er ohne Vater sein.
Es ist schwer, es ist eine riesige Bürde zu wissen, man stirbt und es ist aus und vorbei.
Aufgrund meiner Nachforschungen weiß ich, es gibt keinen Himmel und keine Hölle.
Aber es gibt zumindest Hoffnung, wenn ...

Ich blätterte um.
Leere Blätter. Was sollte das denn, das war's?
Wo waren die Abschlussworte, wo das Ergebnis seiner Gedanken? Kein Eintrag mehr. Eigenartig, wieso brach er einfach ab und ließ sein Tagebuch so unvollendet zurück? Hatte er keine Zeit mehr, es weiterzuschreiben? Wollte er nicht weiterschreiben? Ich blätterte nochmals zum letzten Eintrag.
Jetzt erkannte ich, warum das Tagebuch mitten im Satz endete, es waren Seiten herausgerissen worden. Nun wurde es immer interessanter. Hatte er das selbst getan? Es musste so sein, wer sollte sonst ... Meine Mutter vielleicht? Nein, das glaubte ich nicht. Ob ich das jemals herausbekommen würde?
Ich blätterte in Gedanken versunken im Tagebuch nach vor.
Es gab nicht viele Einträge, ich hatte meinen Vater doch richtig eingeschätzt.
Er war kein Literat, der seitenweise schreiben konnte beziehungsweise es überhaupt wollte. Seine Einträge waren eher kurz und informativ in drei bis vier Zeilen gefasst.
Wie dieser:

18. Mai 1963
Heute zu Mittag gab es Reisfleisch. Johannes wird im Herbst mit der Volksschule beginnen.
Ich bin ein bisschen enttäuscht, dass Meier den Auftrag nicht uns gegeben hat.
Heute Abend werden wir zum Dorffest gehen.

Deswegen wunderte mich der letzte Eintrag noch immer.
Wie war das noch einmal? Ich blätterte zurück: *„Aber es gibt zumindest Hoffnung, wenn ..."*

Was hatte mein Vater damit gemeint?
Er war eigentlich überhaupt nicht gläubig und in unserer Familie bedeutete Religion eher so etwas wie Richtlinien des Zusammenlebens. So hatte sie sich in unserer Gesellschaft entwickelt: Man feierte Weihnachten, Ostern, die Taufe, die Erstkommunion, die Firmung, Hochzeiten in der Kirche und wenn jemand starb, sprach der Pfarrer letzte Worte. Die christliche Religion in Europa ist eher so etwas wie eine traditionelle Abfolge verschiedener Riten. Natürlich gab es auch Menschen, die die Religion etwas ernster nahmen, als wir es in unserer Familie taten. Ich kann mich noch gut an einen Kindergeburtstag erinnern, bei dem alle aus meiner Volksschulklasse eingeladen waren. Nur ein Kind kam nicht. Es war der kleine Josef. Schon damals in der Volksschule fiel uns Kindern auf, dass er anders aufwuchs als wir. Er war sehr leise, fast eingeschüchtert, als wir in fragten, warum er nicht bei der Geburtstagsfeier gewesen sei. Er sagte darauf so etwas wie: „In meinem Glauben feiern wir keine Geburtstage." Ich habe es damals nicht verstanden und tue es heute noch nicht. Was ist das für eine Religion, die das Leben nicht leichter, sondern schwieriger macht? Als wenn das Leben nicht schon schwierig genug wäre.

Ich blätterte gedankenverloren durch die Seiten des Tagebuchs.
Ein Einlageblatt zog meine Aufmerksamkeit auf sich. Ich nahm es heraus, es schien schon etwas älter zu sein, und legte es vor mich auf die Couch. Es war offensichtlich mehrfach gefaltet und sah wirklich alt aus. Gelbliche, eingeris-

sene Ränder – und es verströmte den Duft, den ich so sehr liebe, es roch nach altem Wissen und Weisheit.

Vorsichtig faltete ich es auseinander. Ein Plan, oder nein besser, eine Karte. Eine Landkarte mit Markierungen von einem Teil meines Heimatlandes.

Diese Karte sah nicht nach einem Druck aus, sie war händisch gezeichnet worden. Eine relative genaue Karte mit den größten Städten im Umkreis und jedem einzelnen Berg. Ich würde sagen, zirka 50 Kilometer Umkreis wurden hier dargestellt. Die Zentralsteiermark sozusagen.

Auf der linken Seite der Karte, im Westen, war sogar noch das Truglingergebirge zu sehen. Beim genaueren Betrachten stellte ich fest, dass dies eine sehr eigenartige Karte war. Normalerweise haben Karten die Aufgabe, uns den Weg zu weisen. Auf dieser Karte waren aber keine Wege. Die Orte waren Punkte samt Namen, ebenso die Gebirge, ebenfalls eingezeichnet waren Kirchen und Burgen und größere Gehöfte.

Von jedem dieser Punkte gingen Linien weg – kurze, lange, gerade, gebogene mit Abzweigungen und ohne. Am meisten Linien waren rund um das Stift Rovau eingezeichnet. Was war das, was ich da vor mir liegen hatte? Straßen waren es keine – plötzlich fiel es mir wie Schuppen von den Augen: Es war eine Höhlenkarte, eine Karte der Zentralsteiermark mit sämtlichen Höhlen und Gängen, aber das Bemerkenswerte war, dass anscheinend diese Karte von mehreren Personen immer wieder erweitert worden war. Auf der rechten Seite war so eine Art Legende zu sehen.

Ich setzte mich kerzengerade hin. „Das gibt es jetzt nicht!", rief ich laut aus. Bei der Legende stand Johannes I, Johannes II, Johannes III und sie endete mit Johannes IV.

Was sollte das? Hatten meine Vorväter an einer Karte herumgezeichnet, die Höhlen und Gänge in unserer Umgebung markierte? Jeder zu seiner Zeit und mit seiner Art der Markierung? Jetzt erst erkannte ich, dass bei den Linien römische Zahlen standen, und zwar von I bis IV.

Ich ließ die Karte sinken und während ich mich zurücklehnte, schloss ich meine Augen. Was war das? Warum in Gottes Namen hatten sie so etwas gemacht? In meinem Kopf schwirrten die Gedanken nur so durch die Synapsen. Ich hatte das Gefühl, mein ganzes Hirn pulsiere wie ein Stromgenerator.

Ich öffnete die Augen und starrte in die Ferne des Maisfeldes. Da! Da stand doch jemand und sah zum Haus. Täuschte ich mich? Es war leider mittlerwei-

le etwas nebelig und da können die Sinne einem schon einen Streich spielen. Aber trotzdem, ungefähr 70 Meter entfernt stand eine hochgewachsene Gestalt in einer Art Umhang mit Kapuze und sah genau zum Haus. Ich hatte sogar das Gefühl, sie sah mich an.
Das Fernglas. Wo war dieses Fernglas nur wieder?
Ich sprang von der Couch und machte fünf schnelle Schritte zum Wandverbau. Unterste Lade. Es geht doch nichts über Ordnung.
Zurück auf der Couch suchte ich die Gestalt und natürlich, wie in einem schlechten Film, war niemand zu sehen. Natürlich. Ich brauchte eine Pause und schlurfte in die Küche. Ein Espresso würde mir jetzt gut tun.
Das tat er dann auch. Aber die quälenden Fragen war ich nicht losgeworden.
Auf welcher Seite hatte der Plan im Tagebuch gelegen?
Glücklicherweise lag es noch aufgeschlagen da, vielleicht fand ich einen Hinweis darauf, was es mit dieser Landkarte oder besser noch, Höhlenkarte meiner Vorväter, auf sich hatte. Ich pflanzte mich wieder auf die Couch, das Fernglas in greifbarer Nähe, und wollte gerade anfangen, nach dem Hinweis zu suchen, da hörte ich eine Fanfare aus meinem Büro. Eine E-Mail war eingegangen. Die Arbeit rief. Ich würde mich am späteren Nachmittag wieder dem Tagebuch widmen. So ließ ich es aufgeschlagen liegen und ging in mein Büro.

Kapitel 10

Die älteren E-Mails, allesamt mit einem Kaufvorschlag für Bücher von meiner Homepage, hatte ich sehr rasch bearbeitet und den Verkauf zugesagt. Alle Angebote waren fair und versprachen mir einen guten Gewinn. Es hatte schon so seinen Vorteil, wenn man eigentlich genug zum Leben hat und diese Verkäufe einen feinen Zusatzbonus bringen, sodass ich mein Erbe noch nie angreifen hatte müssen. Die aktuelle E-Mail allerdings machte mich etwas stutzig:

Liebes „Vergangene-Zeiten-Team"!

Wir sind durch Zufall auf Ihrer Homepage gelandet und fanden sie sehr interessant und informativ.
Wir interessieren uns jedoch für keines Ihrer zum Verkauf angebotenen Druckwerke, sondern würden gerne wissen, ob sich das Bild, welches Sie als Titelbild Ihrer Homepage eingesetzt haben, in Ihrem Besitz befindet.
Sollte es so sein, würden wir es gerne käuflich erwerben.
Wir haben gesehen, dass es Ihr Verkaufsprinzip ist, sich die Preise vom Käufer vorschlagen zu lassen. Wir würden in diesem speziellen Fall ersuchen, nachdem wir nicht wissen, ob sich das Objekt in Ihrem Besitz befindet, dass Sie uns eine Antwort übermitteln, ob Sie das Bild besitzen, ob Sie es verkaufen würden, und wenn ja, zu welchem Preis.

Herzlichen Dank für Ihre Antwort,

M. F.

Sehr, sehr sachlich und formell, dieses Schreiben, dachte ich mir. Man wusste nicht wirklich, wer dahintersteckte: eine Einzelperson, die von sich im Plural schrieb, oder eine Firma, ein Museum, vielleicht ein anonymer Sammler?
Auf jeden Fall wusste ich, was sie haben wollten. Es war eines der Bilder, die ich im Sekretär aus Venedig gefunden hatte, und zeigte Yggdrasil, den Weltenbaum aus der nordischen Mythologie.

Ich hatte es als Startseite für meine Homepage gewählt, weil er perfekt zum Namen meiner Firma passte. Vergangene Zeiten.

Heutzutage weiß man kaum noch etwas über die alten Kulturen und Mythologien, speziell von der nordischen Mythologie sind wohl nur mehr Odin, Thor und vielleicht noch Ragnarök als der Weltuntergang ein Begriff.

Yggdrasil, die Weltesche, war ein Weltenbaum, der die Welten des nordischen Universums miteinander verband. Er wuchs durch die drei Ebenen Himmel, Erde und Unterwelt hindurch. Die Götter lebten vorwiegend in Asgard (die Heimat der Asen, einem Göttergeschlecht), welches sich ganz oben in den Zweigen befand. Ganz unten, unterhalb der Wurzeln, war Hel, das Totenreich. Dazwischen lagen Wanaheim (Heimat der Wanen, ebenfalls ein Göttergeschlecht), Jötunheim (Heimat der Frost- und Reif-Riesen), Muspelheim (Heimat der Feuer-Riesen), Schwarzalbenheim (das Reich der Zwerge), Niflheim (das Reich des Eises und der Dunkelheit), Lichtelfenheim (das Elfenreich) und Midgard (die Welt der Menschen).

51

Midgard war vom Meer und einer Mauer umgeben, die die Götter gebaut hatten, um die Welt der Menschen vor den Riesen zu beschützen. Asgard und Midgard waren durch Bifröst miteinander verbunden, der sogenannten Regenbogenbrücke.

All das war auf diesem wunderbaren Gemälde zu sehen. Natürlich hatten die Zeit und die unsachgemäße Lagerung etwas dazu beigetragen, dass die Farben sehr verblasst waren, aber die Fülle an Informationen, die in diesem einen Bild steckten, hatte etwas Faszinierendes. Es lag eine Kraft in diesem Bild und man merkte, wie der Künstler versucht hatte, eine Erklärung der Welt für die Menschen bildhaft darzustellen.

Die Botschaft dahinter könnte natürlich lauten: Du, der du dieses Bildnis siehst, versuche zu verstehen, dass du nur ein Teil eines Ganzen bist und nur durch das Wohlwollen der Götter vor Sklaventum unter dem Joch der Riesen geschützt bist. Ich dachte, das Bild dürfte ungefähr 400 Jahre alt gewesen sein, es war zu einer Zeit gemalt worden, als die christliche Missionierung im Norden bereits abgeschlossen gewesen war. Vielleicht war der Künstler ein Anhänger der alten Sitten und Gebräuche und auch deren Götter gewesen.

Faktum war jedoch, dass ich es nicht verkaufen würde. Und das konnte ich dem mysteriösen M. F. auch gleich schreiben. Ich wollte aber nicht unhöflich erscheinen, deshalb teilte ich ihm mit, dass ich es momentan nicht verkaufen wollte.

Erledigt, abgeschickt.

Ein leichtes Hungergefühl machte sich bemerkbar. Ich stand auf und ging in die Küche. Auf dem Weg dorthin hörte ich die Fanfare des E-Mail-Eingangs. Hm, noch was?, dachte ich und machte kehrt, wieder zurück ins Büro.

Eine Nachricht von M. F. – So schnell? Saß der direkt vor dem Computer? Neugierig öffnete ich die Nachricht:

Guten Tag nochmal, Vergangene-Zeiten-Team!

Es freut uns zu hören, dass Sie dieses Bild Ihr Eigen nennen können, es enttäuscht uns jedoch, dass Sie es noch nicht verkaufen möchten. Gemäß Ihren Geschäftsbedingungen möchten wir Ihnen aber trotzdem einen Vorschlag unterbreiten.

Sollten Sie sich entscheiden, dieses Bild verkaufen zu wollen, würden wir Ihnen einen Preis von 500.000 € bezahlen.
Wir würden uns sehr glücklich schätzen, wenn Sie unser Angebot annehmen.
In Erwartung Ihrer Antwort verbleiben wir
mit freundlichen Grüßen M. F.

Was in aller Welt ...?
Wie viel wollten die bezahlen? Fünfhunderttausend Euro?
Ich las die Mail noch einmal, Wort für Wort, insgeheim erwartete ich mir, einem Lesefehler aufgesessen zu sein, da stand sicher 5000 €. Was an sich auch schon mehr wäre, als ich mir erwartet hätte.
Tatsächlich: „... *würden wir Ihnen einen Preis von 500.000 € bezahlen.*"
Mein Hunger war wie weggewischt. In meinem Kopf malte ich mir gerade aus, was ich mit den vielen Euros alles tun könnte: Ein neues Auto, ein Sportwagen, eine Almhütte, ein Segelboot, eine Wohnung am Meer ... Nach ein paar Sekunden des Träumens übernahm wieder der rationell tickende Verstand das Denken. Ich konnte richtig spüren, wie der praktische, vernünftige und logische Teil meines Verstandes den träumerischen, leichtlebigen und leider auch etwas naiven Burschen zur Seite schob, über die harmlose Gegenwehr lächelte, die Hände in seine Cargohosen steckte und grinsend sagte: „Jetzt denken wir einmal ein bisschen nach, ok?! Ein Sportwagen? Super Idee, mit deinen Bandscheiben. Eine Almhütte? Bist du Jäger oder hättest du Zeit dafür? Ein Segelboot? Ja sicher, für jemanden, der sich auf dem Wasser nicht wohl fühlt eine grandiose Idee. Eine Wohnung am Meer? Ja richtig, du liebst es ja, dir mit tausenden Menschen einen Strand zu teilen. Jetzt mal ernsthaft. Erstens hast du das Geld noch nicht, und zweitens würde ich mich zuallererst einmal fragen, warum sie so viel bezahlen würden. Das ist unlogisch."
„Ist doch egal, warum!", meldete sich der Träumer wieder. „Nehmen und sich einen Traum erfüllen und damit Spaß haben."
„Spaß, Spaß, Spaß, das ist alles, woran du denken kannst. Im Leben geht es nicht nur um Spaß!", warf der rationelle Typ ein.
„Jetzt seid einmal beide ruhig", meldete ich mich schließlich auch zu Wort und wunderte mich im gleichen Augenblick über meinen leicht schizophrenen Anfall. Aber gleichzeitig musste ich dem logischen Teil meines Verstandes

recht geben. Warum würden sie mir so viel Geld bezahlen? Da musste doch noch etwas anderes dahinterstecken. Am besten, ich hole das Bild von Yggdrasil und untersuchte es nochmals, vielleicht fiel mir irgendetwas auf. Ich stand auf und verließ das Büro.
Zwischen Büro und dem nächsten Raum, dem Wohnzimmer, war ein kurzer Flur von gerade einmal zwei Metern Länge. Zwei gegenüberstehende Wände, wobei eine gar keine Wand war, sondern einen versteckten Raum enthielt, den ich beim Umbau der Werkshalle zu einem Wohnbereich mitplanen hatte lassen. Beide Wände waren mit großflächigen Holzvertäfelungen überzogen und an der vom Büro aus gesehen linken Wand war oben rechts ein Astloch. Zumindest hatte es den Anschein eines Astlochs. In diesem war ein Knopf versteckt, der beim Drücken einen Verschluss öffnete und die Holzvertäfelung mit einem Klick nach innen aufschwingen ließ. Wenn man diese nun ganz aufmachte, gelangte man in meinen Tresorraum. Dieser war feuerfest und klimatisiert und ich bewahrte in ihm meine Verkaufsobjekte genauso wie auch die Objekte, die ich nicht verkaufen wollte, auf. Nach der Eingabe des Codes öffnete ich meinen überdimensionalen „Humidor", ich nahm mir ein paar Handschuhe aus der Box und ging zu einer der letzten Laden. Sämtliche dieser Laden waren unterschiedlich temperiert und wiesen auch unterschiedliche Feuchtigkeit und divergierenden Luftdruck auf.
Vorsichtig zog ich die eine Lade auf und nahm das Bild des Yggdrasil heraus. Es steckte in einer Kunststofffolie und hatte ungefähr die Größe eines A3-Formates.
Zurück an meinem Schreibtisch legte ich das Bild auf die Arbeitsfläche und betrachtete es. Es war alt und wunderschön, aber eine halbe Million Euro? Vielleicht fand sich etwas vom Künstler selbst, eine Signatur eines berühmten Malers? Doch selbst beim Absuchen jedes Quadratzentimeters fand ich keine Wörter oder Initialen.
Gut, noch einmal logisch überlegen.
Ich hatte dieses Bild mit vielen anderen und den lateinischen Schriften in einem zirka 200 Jahre alten Sekretär gefunden. Den Sekretär hatte ich aus Florenz, er stammte aber laut Verkäufer aus Venedig. Der Inhalt musste einem Sammler gehört haben, oder jemandem, der sich mit Mythologie und Religion beschäftigte. Nachdem der Sekretär aus Venedig stammte, könnte man annehmen, auch der Besitzer war Venezianer gewesen. Die von mir angenom-

mene Datierung der Bilder passte nicht schlecht, da Venedig am Ende des 16. Jahrhunderts einer der wichtigsten Handelshäfen war und mit 180.000 Einwohnern auch ein Schmelztiegel unterschiedlichster Menschen aus aller Herren Länder. Somit könnte der ehemalige Besitzer des Sekretärs auch relativ einfach an die unterschiedlichen mythologischen Bilder gelangt sein.
Gut, weiter. Was gab es noch auf dem Bild von Yggdrasil zu sehen?
Ich nahm meine Lupe zur Hand und begann in der linken oberen Ecke des Baumes zu suchen. Ich wusste zwar noch nicht, wonach ich suchte, aber vielleicht fiel mir irgendetwas auf, was nicht dazupasste. Vielleicht hatte der Künstler doch irgendwo seinen Namen oder sein Monogramm versteckt.
Blätter, Äste, der Adler mit dem Habicht zwischen seinen Augen, unterhalb der ersten Krone grasten vier Hirsche, deren Namen ich vergessen hatte. In der Mitte, umgeben von einer Mauer, war Midgard, das Land der Menschen, da standen ein paar Hütten. Ich musste schmunzeln, denn da war nicht viel los. Aber unterhalb von Midgard ging es richtig zur Sache.
Da entsprangen unter den Wurzeln drei Flüsse. Die Wurzeln selbst erstreckten sich zu drei Welten oberhalb, und unter dem Baum saßen drei Frauen, die Nornen. Diese drei repräsentierten sozusagen die Vergangenheit, die Gegenwart und die Zukunft und bestimmten das Schicksal aller Menschen.
Faszinierend, so ein komplexes Weltbild und schon so alt.
Apropos alt. Ich musste mir einmal die drei Damen ansehen, war gespannt, wie sie mit dem Vergrößerungsglas aussahen.
Mir blieb kurz die Luft weg. Was ich da stark vergrößert vor mir sah, war keine schnell hingepinselte Malerei, das war unglaublich. Erst unter meinem Vergrößerungsglas offenbarte sich mir die Detailtreue, mit welcher der Künstler die Gesichter gemalt hatte. Diese waren auf dem Bild vielleicht zehn Millimeter im Quadrat groß, aber so exakt, als wären es Fotografien. Die Gesichter der drei Nornen waren so echt, mit Schatten bei den Nasen, Falten unter den Augen, sie sahen fast lebendig aus.
Wer hatte das gemalt? Mir fiel auch auf, dass der Untergrund des Bildes in diesem Bereich viel glatter war als der Rest. Wie gewalzt, fiel mir als Wort zur Beschaffenheit der Leinwand ein. Solche Gesichter kannte ich aus dem Amsterdamer Reichsmuseum von dem Bild „Die Nachtwache" oder von Jan Vermeers Bildern.
Aber wie kann man Gesichter so klein malen und vor allem wozu?

Das Bild birgt doch noch mehr, als das Auge auf Anhieb sieht, dachte ich mir und glitt vorsichtig mit meinem Vergrößerungsglas weiter. Erst jetzt, nachdem ich wusste, worauf ich achten musste, fiel mir die Detailtreue der einzelnen Passagen auf. Der Adler mit dem Habicht zwischen den Augen hatte einen stechenden Blick und man fühlte sich beim Betrachten sofort von ihm beobachtet. Selbst die Blätter waren von einer realistischen Schönheit, die unvorstellbar war.
So vergingen die Stunden. Ich merkte nicht einmal, dass es bereits Abend geworden war. Plötzlich begann sich das Zimmer zu drehen. Unterzuckerung und totale Übermüdung, das passierte mir leider immer, wenn mein Geist von etwas gefangen wurde, da hatte der Körper einfach Pause. Jetzt, nachdem die Maschine wieder anlief, brauchte sie dringend Treibstoff. Also ab in die Küche und gekocht.

Wie immer, wenn man hungrig einkauft oder kocht, wird es einfach zu viel. Der gute Rote tat ein Übriges und mein kurzes Ausrasten auf der Couch wurde zu einem ausgewachsenen frühabendlichen Nickerchen.
Als ich nach zwei Stunden wieder erwachte, musste ich mich richtig von meinen Träumen losreißen. Ich hatte von einem Wald geträumt, einem Wald voller riesiger Eschen. Überall grasten Hirsche und unter dem größten Baum saßen drei Frauen. Sie waren zwar sehr weit weg, aber ihre Gesichter waren klar zu erkennen und sie schienen auf mich zu warten. Sie sagten etwas zu mir, was ich nicht verstand. Es war eine Sprache, die mir vollkommen unbekannt war. Sie lächelten aber gütig und fuhren fort, sich miteinander zu unterhalten. Dann wachte ich auf.
Es war ein guter, positiver Traum, ich fühlte mich nach dem Aufwachen sehr zufrieden. Trotzdem wollte ich den Tag beenden und mich auf der Matratze lang machen. Beim Zu-Bett-Gehen ging ich noch ins Büro und schaltete das Licht aus. Und dann geschah etwas, das mich komplett aus meiner „Zu-Bett-Gehen-Stimmung" riss: Ich warf einen letzten Blick ins dunkle Bürozimmer und erschrak. Das Bild des Yggdrasil leuchtete.
Nicht insgesamt, nur an vielen einzelnen Stellen.
In meiner Verwirrung schaltete ich das Licht wieder ein, und alles war wie vorher. Ich schaltete das Licht nochmals aus und eilte zum Arbeitstisch.

Tatsächlich, kleine einzelne Punkte auf dem Bild leuchteten. Das mussten fluoreszierende Farben sein, aber auf einem über 400 Jahre alten Bild?
Aber es stimmte, überall im Geäst der Weltesche leuchteten Blätter.
Mein Vergrößerungsglas, wo war es?
Unter der Lupe erkannte ich den wahren Grund des Strahlens: Nicht die Blätter strahlten, sondern die Buchstaben oder Zeichen, die auf sie gemalt waren. Beim Einschalten der Tischlampe bewahrheitete sich meine Vermutung. Unter normalem Licht waren die Blätter, wie eben Blätter sind, grün und von elliptischer Form.
Nach der Lichtbestrahlung leuchteten auf manchen Blättern die Zeichen nach, diese waren aber in derselben Farbe gemalt wie das Blatt, deswegen waren sie bei Licht praktisch unsichtbar. Die Zeichen begannen mich zu interessieren: Eine Art doppeltes t und daneben eine Art Alpha, ein Q, nur spitzer, und eine schräge Acht. Was sollte denn das sein, ein Wort? Aber welche Sprache?
Aber ich wusste, irgendwo hatte ich diese Schreibweise schon einmal gesehen. Sanskrit? Hindi? Nein, stimmte beides nicht. Ich tüftelte noch eine Weile herum, versuchte mir auch vorzustellen, wie sie das mit der Farbe geschafft hatten, aber schlussendlich schlug die Müdigkeit erbarmungslos zu. Ich musste ins Bett. Ich ging in Richtung Schlafzimmer, aber nicht ohne noch einmal einen Blick auf meine Entdeckung zu werfen. Die leuchtenden Zeichen schwirrten mir im Kopf umher.
Verflixt!, dachte ich, die habe ich doch schon einmal gesehen, aber wo?
Ich durchforschte mein Gedächtnis wie einen Aktenschrank, zog die verschiedensten Alphabete aus den Laden des Schrankes und versuchte zu vergleichen. Nichts, njet, nada.
Naja, vielleicht morgen, nach einem ausgiebigen Schlaf sah immer alles ganz anders aus. Als ich gerade am Einschlafen war, fiel es mir ein. Ich setzte mich auf und rief laut aus: „Das Voynich-Manuskript!"

Kapitel 11

Ich hatte mir zur Gewohnheit gemacht, die Nachrichten dieser Welt abzublocken. Nachdem ich gemerkt hatte, dass Medien grundsätzlich ihre Meldungen nur mehr auf „Bad News" beschränkten, entschloss ich mich, geistig zuzumachen.

Du stehst am Morgen auf und willst dem Tag positiv und mit einem Lächeln entgegentreten. Spätestens beim Vorbereiten des Frühstücks vergeht dir das erste Mal die Freude am Leben, wenn im Radio die ersten Nachrichten verbreitet werden. Ein Amoklauf in den USA. Gut, weit weg, könnte man jetzt sagen, viele tausend Kilometer, ein völlig anderes Land mit anderen Lebensweisen und so weiter.

Man vergisst es und widmet sich dem Frühstück, und da fällt der Blick auf die Zeitung. Amoklauf in den USA, mit gestochen scharfen Bildern. Alles ist zu sehen. Opfer, Täter, Polizisten, Krankenwägen, Blutlachen. Und daneben gibt gleich ein Kolumnist seinen ewig gleichen Kauderwelsch von sich. Wenn du dann in die Arbeit gehst, zum Lebensmittelmarkt, ins Fitnesscenter, ist es überall dasselbe. Alle reden nur mehr von dieser Schlagzeile und vergessen, möglicherweise aufgrund ihrer scheinbaren Betroffenheit, völlig die sie betreffende Realität.

Verstehen Sie mich nicht falsch, natürlich ist alles tragisch und die Menschen, denen so etwas widerfährt, tun mir natürlich leid, aber nachdem ich es nicht ändern kann, warum muss ich mich damit belasten? Ist es nicht wichtiger und vernünftiger, sich um die Dinge zu kümmern, die sich im eigenen Sichtfeld befinden?

Das Problem dabei ist, dass die Medien natürlich mit dem Voyeurismus der Menschen spekulieren. Möglicherweise beruhigt es Menschen, wenn sie Katastrophen und Tragödien sehen, dass es ihnen besser ergangen ist oder sie davon verschont blieben.

Ich möchte jedoch hier und jetzt meine Abneigung gegen Sensationsmedien und deren Reporter kundtun, die wohl kaum so viel Intellekt besitzen, um zu wissen, was sie mit einem schnell gefundenen „journalistischen Fressen" alles anrichten können.

Am dem Tag, als das World Trade Center zerstört wurde, strahlte die BBC eine kurze Sequenz von vor Freude tanzenden Palästinensern aus. Der Hass, der damit geschürt wurde, war unvorstellbar. Später stellte sich heraus, dass dies bereits ein älterer Beitrag war und die tanzenden Menschen einen palästinensischen Feiertag begingen.
Medien manipulieren Menschen. Leider.
Aus diesen und noch vielen anderen Gründen hatte ich beschlossen, mediale Berichterstattung und vor allem reißerische Schlagzeilen aus meinem Leben zu verbannen. Keine Zeitung, keine Fernsehnachrichten, keine Radionachrichten. Das, was wirklich wichtig war und mich betraf, bekam ich mit oder ich sah es vor mir. So blieb mir auch viel mehr Zeit, mich um mein Sichtfeld zu kümmern. Freunde, Nachbarn oder einfach Menschen, die mir begegneten.
Das Schöne ist auch, dass man nicht in jedem Fremden gleich einen Terroristen oder Mörder sieht, sondern einfach einen Menschen, der sich über ein Lächeln oder eine andere Höflichkeit freut. Einfach ausgedrückt: Das Leben ist einfach schöner und erfüllter.

Als ich an diesem Morgen aufstand, war ich voller Vorfreude und Spannung, wie ein Kind am ersten Tag der Sommerferien und mit einer langen Liste im Kopf, was es alles tun werde.
Nach meinen allmorgendlichen Mobilitätsübungen, einer Dusche samt Gesang und einem reichhaltigen Frühstück – Guggi sei Dank – hatte ich einen genauen Plan, wie ich in der Sache des Yggdrasil-Bildes weiter vorgehen würde: Ich hatte ungefähr sechs Stunden Zeit, dann musste ich mich auf den Weg machen, um rechtzeitig zur Grillparty meines Freundes zu erscheinen. Sechs Stunden, mal sehen, was ich in dieser Zeit über das Geheimnis des Bildes herausfinden konnte.
Gestern, vor dem Einschlafen, war mir eine mögliche Ähnlichkeit zum Voynich-Manuskript aufgefallen und dem wollte ich als Allererstes nachgehen. Auf der Homepage der Yale University findet man den kompletten Kodex als Scan vor. Ich öffnete sämtliche Seiten. Parallel suchte ich auch nach Informationen über Voynich im Internet. Es war ja nicht so, dass ich noch nicht genug darüber wusste. Eigentlich wusste ich alles, denn es war in meiner Branche so etwas wie eine Legende.

Wilfrid Michael Voynich war ein Buch- und Schriftensammler, ähnlich wie ich selbst, nur vor über 100 Jahren. Im Jahre 1912 fand er das mittlerweile nach ihm benannte Manuskript in einem Jesuitenkloster in Norditalien. Er kaufte es, da er die darin vorkommende Sprache nicht zuordnen konnte, und Bücher, die in einer Geheimsprache geschrieben sind, auf einen Buchsammler natürlich magnetische Wirkung haben.
Die Erzeugung des Manuskripts wurde ins Jahr 1500 nach Christus datiert und es konnte bis zum heutigen Tage nicht dechiffriert werden, obwohl sich seit Jahrzehnten zahlreiche Experten weltweit daran versuchten.
Ein Traum für jeden Buchsammler und Historiker.
Wunderbar, alle Seiten des Scans waren als Download verfügbar, ein Hoch auf die moderne Technik. Ich sah mir die ersten Seiten an und stellte fest, dass ich eigentlich keinen Vergleich hatte, außer der Bilder von gestern Abend in meinem Gedächtnis. Also gut, ich sollte es wohl professionell angehen. So baute ich Kamera und Stativ über dem Bild auf, überprüfte die Kameraeinstellungen und machte das Licht aus. Da waren sie wieder, die Zeichen in den Blättern. Ich drückte den Auslöser der Kamera, schaltete das Licht wieder ein, lud die Bilder auf den Computer und: „voilà". Nun noch auf dem Bildschirm die ersten Zeichen links oben im Baum vergrößern und ab ging es ans Vergleichen. So weit, so gut.
Drei Stunden später, mit drei Zigaretten in der Lunge und drei Espressi im Magen, hatte mein Enthusiasmus schon etwas abgenommen. Ich kam nicht weiter. Es waren zwar definitiv dieselben Buchstaben beziehungsweise war es dieselbe Schreibweise wie im Voynich-Manuskript, aber das Wort oder die Wörter, die ich fotografiert hatte, ließen sich nicht finden. Mir war schon etwas schwummerig vom Anstarren des Bildschirms und es machte sich auch leichte Frustration breit.
Das Voynich-Manuskript war in seiner Gestaltung für das Hirn „schräg", denn sämtliche Pflanzenzeichnungen waren dermaßen abstrakt, dass es irgendwie fast körperlich unangenehm war.
Die gezeichneten Menschen waren größtenteils Frauen, viele davon auch möglicherweise schwanger, die in diversen Bottichen badeten, warum das so war, entzog sich mir aber leider völlig. Jetzt verstand ich auch, warum selbst die klügsten Code-Entschlüssler und auch diverse Computer gescheitert sind. Das, was man in diesem Kodex sah, konnte man nicht verstehen oder ent-

schlüsseln, weil es so surrealistisch war, dass man meinen könnte, es sei ein Blick in eine völlig andere Welt.
Ein Bild war sogar eine ausklappbare Karte mit neun kreisförmigen und verzierten Ringen. Und wenn man genauer hineinzoomte, sah man ...
Moment. Im innersten Kreis waren Türme eingezeichnet. Sechs Türme im Kreis angeordnet mit einer Art Baldachin, der dazwischen gespannt ist. Außen herum wieder mit Kreisen verziert, oder sind das Höhenlinien? Wollte der Zeichner eine erhobene Burg damit andeuten?

Nächste Seite: Bild aus dem Voynich-Manuskript Nr. 86v

Alle neun Kreise sahen unterschiedlich aus, manche waren sehr detailgenau gestaltet und im Kreis rechts oben war sogar eine Burg mit Schwalbenschwanzzinnen gezeichnet. Andere Kreise waren eher stilistisch angedeutet, als ob der Zeichner nur vermutet hätte, wie es dort aussehen könnte oder er es erzählt bekommen hatte. Irgendwie sah es aus wie eine Landkarte, dachte ich mir und blickte noch einmal auf das Gesamtbild.
Neun Kreise, neun Inseln, neun Länder, neun Reiche, wie sie unterschiedlicher kaum sein könnten.

Ich drehte meinen Kopf nach rechts und blickte auf mein Bild des Weltenbaumes Yggdrasil.
Asgard, Wanaheim, Jötunheim, Muspelheim, Schwarzalbenheim, Niflheim, Lichtelfenheim, Midgard, Hel. Neun Reiche, und alle miteinander verbunden.
Sollte es wirklich so sein, dass dieses Bild im Voynich-Manuskript den Weltenbaum als eine Art Schnittzeichnung darstellte? So, als ob man eine Wurst in neun Teile schneidet und diese auf die Schnittkanten legt? Zufall?
Ich glaubte nicht an Zufälle.
Wenn es so wäre, dann könnte man sagen, das Manuskript sei so eine Art Reiseführer mit einem botanischen, astronomischen und sozialen Teil durch den nordgermanischen mythologischen Weltenbaum Yggdrasil.
Eigenartig war es dennoch, denn wenn es so wäre, wer verfasste im 15. Jahrhundert nach Christus eine Beschreibung der Welten aus der nordgermanischen Mythologie, die es zu dieser Zeit schon lange nicht mehr gab beziehungsweise kaum noch in den Köpfen der Menschen existierte? Und wie schon erwähnt, wenn man sich das Voynich-Manuskript ansah, war dieses wirklich ausgesprochen detailliert aufbereitet, was zu dieser Zeit eine Heidenarbeit war und größtenteils von Mönchen in jahrelanger Arbeit erledigt wurde.
Moment – Mönche? Das Voynich-Manuskript war doch in einem Jesuitenkloster gefunden worden? Könnte nicht ein Mönch es im Zuge seiner Missionierung der skandinavischen Länder verfasst haben? Gut, Jesuit wird es keiner gewesen sein, denn die gab es erst ab dem 15. August 1534.
Aber wer dann? Ein Missionar?
Aufgrund der Zeichnungen im Manuskript, die, sagen wir einmal, alles andere als von einer Künstlerhand geschaffen worden waren, könnte man vermuten, dieses Buch sei von einem Ungeübten verfasst worden. Irgendwie drängte sich mir sogar der Eindruck auf, es sei eine Beschreibung von einem Land oder einer Zivilisation, die der oder die Unbekannte erforscht und die Ergebnisse zu Papier gebracht hatte. Ein Spaß, der dahinterstecken könnte, wie von manchen meiner Kollegen vermutet wurde, den schloss ich gänzlich aus, denn erstens hatte man im 14. und 15. Jahrhundert sicher Besseres zu tun, als über Monate oder Jahre ein Buch zu schreiben, um die Nachwelt vor Rätsel zu stellen. Geschweige denn eine Schrift zu erfinden. Zu dieser Zeit war es außerdem nicht gerade billig, ein Buch auf den Markt zu bringen.
Gut – Zusammenfassung: Was hatte ich?

Ich hatte ein Bild von Yggdrasil, bei dem die Gesichter extrem aufwendig detailgetreu gearbeitet worden waren, wie sie zu dieser Zeit von einem Tizian oder später von einem da Vinci gestaltet wurden. Zusätzlich barg das Bild das Geheimnis, dass im Dunkeln Schriftzeichen erkennbar waren, die den Buchstaben im Voynich-Manuskript glichen.

Im Voynich-Manuskript fand sich eine ausklappbare Karte mit neun Inseln oder Bergen oder Reichen, die wiederum die neun Reiche des Yggdrasil sein könnten. Die Zinnen auf den Burgen würde ich jedoch eher den norditalienischen Burgen zu dieser Zeit zuordnen. Und ich hatten natürlich noch einen Mr. Anonymus, respektive Mr. M. F., der bereit war, eine halbe Million Euro für dieses Bild zu zahlen. Irgendwie kam ich nicht weiter. Mein Vater hatte immer zu mir gesagt: „Wenn du ein Problem hast und dir will einfach keine Lösung dafür einfallen, lege es zur Seite, mach etwas komplett anderes, schlafe einmal drüber und am Tag darauf wirst du die Lösung wissen."

Es klingt natürlich schon ziemlich abgedroschen, aber ich muss sagen, der Spruch hatte sich schon mehrfach bewahrheitet, und ich versuchte ihn wirklich auch zu leben. Heutzutage war es schwierig. Die Menschen waren mit Informationen dermaßen zugeschüttet, dass sie kaum noch zwischen wertvollen und völlig unnötigen Informationen unterscheiden konnten.

Das war mit ein Grund, warum ich versuchte, meinen Geist vor der unnützen Informationsflut zu beschützen, denn ich wollte nicht mein Hirn mit Mist füllen, sondern mit Wissen. Wenn man sein Hirn nur mit Mist füttert, was soll anderes als Mist aus dem Mund kommen?

Aber dieses Problem war anscheinend so alt wie die Menschheit selbst. Auch Leonardo da Vinci sagte einmal: „Zahlreich sind jene, die sich als einfache Kanäle für die Nahrung, Erzeuger von Dung, Füller von Latrinen bezeichnen können, denn sie kennen keine andere Beschäftigung in dieser Welt. Sie befleißigen sich keiner Tugend. Von ihnen bleiben nur volle Latrinen übrig."

Kapitel 12

Da ich meines Vaters Rat beherzigte, räumte ich alles zusammen und legte die Fotos des Yggdrasil und die Scans des Voynich-Manuskripts in einer Datei ab.
Das Bild des Yggdrasil trug ich zurück in den Saferaum, wobei ich wesentlich vorsichtiger und konzentrierter an die Sache heranging als vorher beim Hervorholen. Zweimal kontrollierte ich die Temperatur und den Verschluss des Geheimraumes, erst dann konnte ich mich geistig etwas lösen und das erste Mal an die Grillparty denken.

Auf dem Weg zur Almhütte versuchte ich bewusst, nicht an mein kniffliges Rätsel zu denken und auch nicht an das Gebot für das Bild, sondern an all die Menschen, die ich gleich wieder einmal sehen würde. Leider trafen wir uns viel zu selten, obwohl wir uns seit dem Kindergarten kannten und das eine oder andere schon gemeinsam erlebt hatten. Was man alles für Blödsinn in seiner Sturm-und-Drang-Zeit anstellt, echt unglaublich. Ich konnte mich noch sehr gut an eine unserer letzten Missetaten erinnern. Es war viel Alkohol im Spiel gewesen und leider auch ein paar dumme, übermotivierte Mutproben mit Autos. Das war aber auch der Abend gewesen, an dem mein Freund seine zukünftige Gefährtin kennenlernte, und die beiden waren bis zum heutigen Tag ein untrennbares Team. Dieser besondere Abend war nun auch schon dreißig Jahre her und ich war stolz, dabei gewesen zu sein, als sich zwei Menschen sahen und beide auf Anhieb wussten, sie würden jetzt bis zum Ende ihrer Tage als Partner weiter durchs Leben gehen.
Sie hatten beide Medizin zu studieren begonnen, aber nur er beendete sein Studium und war seitdem ein hochangesehener Spezialist im Krankenhaus in der Abteilung für Innere Medizin. Sie brach ihr Studium ab, da sie schwanger wurde und sich für das Familienleben entschied. Das Interessante bei diesem Paar war jedoch der Rollentausch von beruflich zu privat. Während er im Krankenhaus der Chef einer riesigen Abteilung, ein gefeierter Redner und Vortragender bei diversen Kongressen war, schmiss sie den Haushalt mit einem technischen Verständnis, das jeden Handwerker nur verblüfft den Kopf schütteln ließ.

Ich würde sogar sagen, zu Hause war er die Frau und sie der Mann. Es gab nichts, was sie nicht reparieren konnte. Sie hatte einen neuen Boden verlegt, ausgemalt, die Waschmaschine repariert, ein Heimkino angelegt, sogar das Dach ausgebessert und im kompletten Haus ein Wireless-Lan-Netz samt zentralem Server installiert. Was machte er zu Hause? Er ging einkaufen, kochte und putzte – das entspanne ihn und lasse ihn seinen täglichen Stress in der Arbeit vergessen, meinte er. Ich freute mich auf das Grillen, denn er kochte beziehungsweise grillte richtig gut.

Ich sah schon das Bild vor mir, wie er mit der blütenweißen Schürze und seinen Ölen, Gewürzen und Zauberfläschchen am Griller stand und sie in der Zwischenzeit den Rasenmäher reparierte oder Holz hackte.

Auch mein Landy schien das Grillfeuer schon zu riechen, denn er lief richtig rund. Da es Ende September war, hatte die Natur schon damit angefangen, sich in ein farbenfrohes Kleid zu hüllen. Ich blickte von der Forststraße auf ein Tal voll mit bunt gefärbten Blättern auf den Bäumen eines freundlichen, einladenden Waldes.

Es sah irgendwie wie eine lustige Gesellschaft aus, wie ein letztes Zusammentreffen alter Freunde vor dem herannahenden Winter, ein letztes Aufbäumen, in dem die Natur zeigen konnte, was sie doch für ein großartiger Künstler sei. Kurz darauf war ich auch schon angekommen.

Die Hütte stand einsam am Rande eines Hochplateaus und war früher als Sennerhütte genutzt worden – zu einer Zeit, in der noch Tiere auf der Alm weideten.

Umgeben von mächtigen Fichten war sie gut geschützt gegen Wind und Wetter. Sieben Autos standen auf dem Umkehrplatz vor der Hütte, die meisten kannte ich. Sofort fiel mir aber ein alter Land Rover auf. Der war sogar noch älter als meiner und dürfte auch schon einiges mitgemacht haben. Die Lackierung dieses Landys war schon so stumpf, schwer zu sagen, was er ursprünglich einmal für eine Farbe gehabt hatte. Ich tippte auf Dunkelgrau.

Ein neugieriger Blick in den hinteren Teil des Landys bestätigte das äußere Bild nur noch mehr. Dieser Landy war ein Expeditionsfahrzeug. Im Inneren lagen Seile, Karabiner, Overalls, Helme und Stirnlampen, daneben Schaufeln und diverses Kleinwerkzeug, Gummistiefel und eine Erste-Hilfe-Box von monströsen Ausmaßen. Irgendwie sah er aus wie das Auto einer Baufirma, nur die Stirnlampen passten nicht so recht ins Bild. Aber egal, ich war neugierig, wen meine Freunde noch geladen hatten.

Beim Betreten der Terrasse mit dem Blick über das Tal hatte ich den alten Landy fast vergessen. Waren doch alle meine Freunde aus vielen gemeinsamen Jahren anwesend. Mit manchen war ich schon zur Schule gegangen, mit anderen habe ich mich erst später angefreundet, aber eines war sicher: Das würde ein langer Abend werden.

Wie ich es geahnt hatte, war mein alter Freund direkt beim riesigen Griller am Werken. Er winkte mir kurz mit einem Bier und deutet mir, zu ihm rüberzukommen.

Doch das war leichter gesagt als getan, denn schließlich kannte ich hier fast jeden und hatte viele schon seit Monaten nicht mehr gesehen.

Nach einigen Begrüßungsküssen und Schulterklopfern hatte ich es fast geschafft, doch dann stand plötzlich die Herrin des Hauses vor mir und baute ihre einmeterundsiebenundfünfzig drohend vor mir auf. Mit einem „Mich begrüßt du wohl als Letztes" umarmte sie mich und kniff mir in den Oberarm. Wenn ich schon selbst keine Familie hatte, bei meinen Freunden hatte ich eine. Ich kannte sie alle so gut, kannte ihre Stärken und Schwächen – und was noch wichtiger war: Ich wusste, dass sie immer für mich da sein würden, sollte ich sie einmal brauchen. „Nun geh schon zum großen Grillmeister, er fragt schon seit einer Stunde, wann du endlich kommst", sagte sie und bugsierte mich in Richtung Grill.

Gut, „Grill" war eigentlich mächtig untertrieben, denn was sich da vor mir aufbaute, war eine monumentale Feuerstelle, bei der Höhlenmenschen applaudieren und Pyromanen feuchte Augen bekommen würden: eine gemauerte Glutstelle, zwei Meter breit und einen Meter tief, auf der ein Rost lag, der gleichzeitig dreißig Menschen verköstigen könnte. Rundherum ausgekleidet mit Schamott und einem Dach darüber, welches bei Bedarf mit Kettenantrieb über einen Flaschenzug gesenkt werden konnte, um auch backen zu können, wie bei einem Pizzaofen.

Und direkt davor, in der nicht mehr ganz so blütenweißen Schürze, stand mein Freund, der „Doc Emmerich".

Was haben wir ihn geärgert wegen seines Vornamens, mit den absurdesten Abkürzungen wurde er bedacht. Mittlerweile war er für alle nur mehr der

„Emm". Grinsend drückte er mir ein Bier in die Hand und sagte: „Haben sie dich endlich durchgelassen!?"
Mit einem Blick auf die Steaks, Rippchen, Koteletts und Folienkartoffeln antwortete ich: „Ja, glücklicherweise, ansonsten würde doch viel zu viel übrig bleiben." Wir prosteten uns zu und nahmen beide einen kräftigen Schluck aus dem wunderbar gekühlten Fläschchen Bier. Wir sagten zu den mittlerweile leider üblichen 0,33-Liter-Bierflaschen nur Fläschchen, da es zu der Zeit, in der wir mit dem Biertrinken angefangen hatten, sogar noch ganze Literflaschen gegeben hatte und es für uns deshalb einfach ein Fläschchen war. Emms Frau belächelte uns Männer deshalb und sagte immer irgendetwas von Babys und Fläschchen, was wir aber nie so richtig verstanden und auch immer sehr schnell vergaßen.
Nach dem herrlichen Gegrillten samt Beilagen zauberte Emms Frau Kaffee und Schnäpse hervor und die Gesellschaft entspannte sich auf der riesigen Terrasse und im angeschlossenen Garten. Emm tauchte vor mir mit einem älteren Herrn auf, den er mir als seinen Onkel aus Wien vorstellte. „Er fährt dieselbe alte Klapperkiste wie du", feixte er, „und er ist auch ähnlich verschroben, ihr werdet euch wunderbar verstehen!" Und weg war er, um den Nachtisch vorzubereiten. Ich musterte Emms Onkel, der sich mir gegenüber hingesetzt hatte. Ganz klar, der Landy-Fahrer. Das Markanteste an dem alten Herrn waren seine Haare. Er hatte schulterlange weiße Haare, die wie eine Mähne wirkten, dazu lange, ebenfalls weiße Koteletten, und mit den aufmerksam blitzenden blauen Augen war er der Typ Mensch, den man nicht so schnell vergisst.
Er trug eine abgewetzte beige Cargohose und ein braunes Expeditionshemd mit mindestens zwanzig aufgenähten Taschen. Um seinen Hals baumelte eine silberne Kette mit einer Art Zahn oder Klaue, in Silber gefasst. Der klassische, schon fast klischeehafte „Quatermain-Lookalike"-Gewinner.
Nach knapp fünfzehn Minuten Unterhaltung musste ich meine Meinung jedoch revidieren. Emms Onkel namens Siegfried war ein unheimlich belesener und erfahrener Historiker, der seit vierzig Jahren archäologische Höhlenforschung als sein Hobby betrieb, und das immer noch, obwohl er bereits über 70 Jahre alt war. Er hatte bis vor Kurzem in Wien an der Universität gelehrt und nachdem seine Frau vor zwei Jahren gestorben war, hatte er damit begonnen, seine ganze Zeit wieder der Höhlenforschung zu widmen. Er erzählte mir

Geschichten über all die Orte auf der Welt, die er schon untersuchen hatte dürfen. Da waren Höhlendörfer in Anatolien genauso dabei wie Höhlen im tiefsten Dschungel Mittelamerikas, in denen sie bergeweise Knochen von Menschen und Opfergaben fanden, die die Inka-Priester dort hineingeworfen hatten, um die Götter der Erde zu besänftigen. Ich lauschte so fasziniert seinen Geschichten, dass ich meine Umgebung vollkommen vergaß.

Siegfried war nicht nur außergewöhnlich gebildet, sondern auch ein ausgesprochen fesselnder Geschichtenerzähler. Doch er war Gentleman genug, auch mich zu Wort kommen zu lassen. Also erzählte ich ihm, was ich so tat und womit ich meine Brötchen verdiente und auch, dass ich zu Beginn als junger Mann zwar noch nicht viel Wissen und auch keine Ahnung, aber anscheinend immer ein gutes Händchen gehabt hatte. Am Ende meines Lebensberichtes erwähnte ich eher beiläufig das alte Tagebuch und die Höhlenkarte meiner Vorväter. Emms Onkel drehte den Kopf zu mir und fragte nur: „Höhlensysteme?" Vom abgeklärten Professor war jetzt nicht mehr viel übrig, er kam mir eher wie jemand vor, den das Goldfieber gepackt hatte.

„Sie meinen", sagte er weiter, „dass Ihnen Ihr Vater, Großvater, Urgroßvater und Ururgroßvater eine Karte über Höhlensysteme in der Region hinterlassen haben?" Ich bejahte, worauf er meinte: „Und Sie haben noch nicht nachgeforscht, ob diese Höhlen noch existieren? Warum denn nicht?"

Der Professor hatte jetzt eine nicht mehr ganz so entspannte Körperhaltung. Er war auf dem Sessel schon ganz nach vorne gerutscht, bereit, jederzeit aufzuspringen. Ohne groß nachzudenken sagte ich: „Naja, wenn Sie möchten, können wir uns die Karte einmal ansehen, und schauen, ob's die eine oder andere Höhle noch gibt." Er sagte nur: „Abgemacht, ich komme Sie morgen besuchen."

Erst da bemerkte ich, dass Emm und seine Frau uns zugehört hatten. Grinsend kommentierten sie: „Wenn unser Onkel sich einmal etwas in den Kopf gesetzt hat, zieht er es auch durch, vor allem, wenn es sich um irgendetwas mit Höhlen handelt." Der restliche Abend verlief sehr gemütlich, mit hervorragenden Schnäpsen und kleinen Snacks in Form von kaltem Gegrilltem in Blätterteig, aber vor allem mit tollen alten und neuen Geschichten meiner Freunde.

Ich hatte eine unruhige Nacht hinter mir und konnte nicht sonderlich gut schlafen. Möglicherweise hatte ich zu viel gegessen oder zu viel getrunken,

vielleicht lag es auch am ungewohnten Bett, denn ich habe wie die meisten meiner Freunde auf der Hütte übernachtet. Auf jeden Fall träumte ich wieder diesen einen Traum. Immer wieder dieser Traum.
Nachdem ich das Frühstück ausfallen hatte lassen und mich mit drei Espressi und mehreren Gläsern Wasser wieder fahrtüchtig getrunken hatte, fuhr ich nach Hause. Natürlich nicht ohne herzliche Verabschiedungen und dem Versprechen, bis zum nächsten Besuch nicht so viel Zeit verstreichen zu lassen.

Der Professor kam am Nachmittag. Ohne lange Umschweife fragte er mich sofort nach dem Plan der Höhlen und er war vom ersten Blick auf die Karte so begeistert wie ein Kind vor der Weihnachtsbescherung. Er hatte seine Landkarte von der Gegend mitgebracht und verglich meine Karte mit seinen Aufzeichnungen. Manche stimmten überein, doch die meisten waren ihm völlig unbekannt. Einmal sagte er sogar, dass meine Karte nicht stimmen konnte, denn auf dem Punkt, den die Karte markierte, sei eine Kapelle, die er kenne, und dort sei keine Höhle geschweige denn ein ganzes Höhlensystem. Nach dem Maßstab nach müsste dieses System sehr lang sein.
Der alte Mann war richtig aufgeregt und murmelte die ganze Zeit davon, dass man einfach nachsehen müsste. Und nachdem ich nichts Besseres zu tun hatte, saß ich kurze Zeit später in seinem Landy und wir fuhren zu dieser Kapelle. Insgeheim dachte ich zwar auch an mein Bild mit den Symbolen, wollte aber nichts davon erzählen, um ihn nicht noch mehr aufzuregen.
Vielleicht eine gute Abwechslung, dachte ich mir, einmal wieder die Gegend zu erkunden. Ich muss auch ehrlich sagen, ich gab nicht besonders viel auf die Karte. Gut, wenn dort eine Höhle war – wenn nicht, war es eigentlich auch egal. Meine Vorväter hatten einfach alle ein zugegebenermaßen sehr eigenartiges Hobby gehabt, aber wie mich das in meinem Leben beeinflussen sollte, war mir zu dem Zeitpunkt in keinster Weise klar.
Abgesehen davon war ich aufgrund meiner Größe und Geschmeidigkeit nicht unbedingt als Höhlenforscher geeignet. Und sogar der Gedanke daran, in einer Höhle herumzukriechen, erinnerte mich wieder an meinen lästigen Traum. Ich hatte wirklich keine Lust, meine Realität meinem Traum anzunähern.

Wir fanden die Kapelle sehr schnell, da ich sie von meiner Jugend her kannte und ungefähr wusste, wo sie sich befand, und außerdem hatten wir ja auch

noch die Karte zur Verfügung. Auf einem kleinen Platz vor der Kapelle stellten wir den alten Landy ab. Siegfried öffnete den Kofferraum und holte seinen Rucksack hervor. Dann füllte er ihn mit Helmen, Stirnlampen, Seilen, einem kleinen Pickel und noch anderen Dingen, die er zu benötigen meinte. Erst dann stapften wir zur Kapelle.
Der Platz, auf dem die Kapelle stand, war atemberaubend schön: Fast auf der Spitze des Berges mit freiem Blick in alle vier Himmelsrichtungen.
„So, jetzt zeig mir nochmal die Karte", sagte Siegfried und faltete sie auf einer kleinen Holzbank vor der Kapelle auseinander. „Gut, gut, aha, so, so", murmelte er. „Deine Höhle führt direkt unter der Kapelle in Richtung Süden, das werden wir überprüfen", und schon holte er zwei eigenartige, L-förmige Drähte aus seinem Rucksack. Eine Wünschelrute, dachte ich und konnte mir ein Grinsen nicht verkneifen. Siegfried sah das und meinte nur: „Lass dich überraschen!"
Er hielt sie mit abgewinkelten Unterarmen auf Bauchhöhe, wobei der lange Schenkel des Ls nach vorne zeigte. Er ging auf die Kapelle zu und es geschah – gar nichts. Aber plötzlich, als er die Kapelle umrundete, drehten sich beide Schenkel von der Kapelle weg und verharrten. „Schau einmal auf den Kompass, in welche Richtung sie zeigen!", rief er mir über die Schulter zu. „Genau nach Süden", kam meine Antwort, nachdem ich die Richtung mit dem Kompass verglichen hatte. Er umrundete weiter die Kirche, hatte aber keinen Ausschlag der Wünschelrute mehr zu verzeichnen.
„Tja", sagte Siegfried dann, „deine Karte stimmt genau und der Eingang zur Höhle oder zu was auch immer ist innerhalb der Kapelle."
Bevor ich noch etwas antworten konnte, war er schon auf dem Weg zum Eingang und versuchte, die Tür zu öffnen. Natürlich war sie versperrt, aber das schien Siegfried nicht von seinem Vorhaben abzubringen. Er griff in seine Hosentasche und förderte einen Bund Dietriche zutage, und nach einem prüfenden Blick auf das Schloss und auf seine Rohlinge begann er, mit einem davon am Schloss zu hantieren. „Moment!", rief ich. „Das ist nicht gut, das gilt als Einbruch!"
Siegfried schaute mich an, zwinkerte und meinte: „Wir stehlen nichts, sondern wir sind Wissenschaftler, und außerdem können wir immer noch sagen, die Tür war offen." Und mit einem von Knirschen begleiteten Klack sperrte er die Türe auf. Der alte Mann steckt voller Überraschungen, dachte ich und mit

einem Schulterzucken folgte ich Siegfried in die Kapelle. Ich liebe sakrale Bauten, egal welcher Religion. Sie haben so etwas Erhabenes und selbst in kleinen Bauten wie dieser Kapelle vermitteln sie doch etwas, was man vielleicht als die göttliche Überlegenheit über die einfachen Menschen bezeichnen könnte. Speziell in den gotisch geprägten Sakralbauten, mit ihren schlanken und extrem hohen Ansichten, kommt man sich als Mensch doch sehr klein und mickrig vor.

Auch diese Kapelle strahlte etwas Altes, alle Zeiten Überdauerndes aus. Und wie in jedem dieser Bauwerke war es auch in dieser kleinen Kapelle kalt. Bei Untertemperatur kommt man sich gleich noch kleiner und unwürdiger vor. Siegfried hatte seinen Rucksack auf der vordersten Kirchenbank abgelegt und hielt schon wieder seine Wünschelrute in den Händen.

Hinter dem Altar war ein wunderschönes, bleiverglastes Fenster, welches die Auferstehung Jesu Christi zeigt. Bevor ich mich aber noch weiter umsehen konnte, rief Siegfried mich zu sich. „Sieh mal", sagte er, „hier beginnt der Ausschlag der Rute, genau in der Mitte des Kirchenschiffs und direkt vorm Altar." „Natürlich", sagte ich, „wo denn sonst?" Siegfried sah mich an und sagte: „Sarkasmus ist eine Möglichkeit, Nervosität und Angst zu verschleiern, hast du das gewusst?" „Ist ja gut", sagte ich, „aber was tun wir jetzt?" Siegfried kniete nieder und zeigte auf die Bodenplatten. Dann begann er, sie der Reihe nach abzuklopfen. Wie erwartet klang eine Platte wesentlich heller als die anderen.

„Und?", fragte ich, „Soll ich sie einschlagen?" „Nein, nein", lachte Siegfried, „du warst doch früher Kraftsportler, einfach hochheben und zur Seite schieben sollte genügen." Super, dachte ich, jetzt habe ich nicht nur einen Einbruch am Hals, sondern auch noch Beschädigung von kirchlichem Eigentum. Aber trotzdem tat ich es, denn mittlerweile hatte auch mich die wichtigste Eigenschaft eines Wissenschaftlers gepackt, die Neugierde.

Mit dem kleinen Pickel war es ein Leichtes, die knapp einen Quadratmeter große Natursteinplatte anzuhebeln und dann zur Seite zu schieben, wobei ich Acht gab, keine Kratzer auf den anderen Platten zu verursachen.

Unter der Platte kam eine dicke Holzklappe mit eingelassenem Eisenring zum Vorschein. Nach mehreren Versuchen konnten wir sie aufklappen und feuchte, muffige, aber vor allem alte Luft strömte uns entgegen. Siegfried hatte seinen Helm samt Stirnlampe aufgesetzt und leuchtete nach unten. Ein zirka vier Meter tiefer Schacht, der aus dem Felsen herausgeschlagen war, offenbarte sich uns. Er war fast quadratisch, mit einer Kantenlänge von geschätzt einem Meter. An einer Seite war eine Art metallener Leiterstufen in den Felsen eingeschlagen und ganz unten konnte man eine Öffnung zu einem Gang sehen, der – natürlich – in Richtung Süden zeigte.

Jetzt wurde mir etwas mulmig zumute, denn ich wusste, Siegfried würde mit mir da hinuntersteigen wollen, und bevor ich den Gedanken zu Ende gedacht hatte, sagte er bereits: „Ok, fein. Los, umziehen und fertigmachen."

Nachdem wir uns beim Auto die „Höhlenforscher-Outfits", jeweils ein gelber verschmutzter Overall samt Kniepolster und die Helmlampen, übergezogen und ich mich noch gewundert hatte, dass er einen Overall in meiner Größe dabei hatte, marschierten wir wieder zur Kapelle zurück. Dann tat Siegfried jedoch etwas, mit dem ich nicht gerechnet hatte: Er schickte Emm und auch seiner Frau eine SMS, in der er festhielt, wo wir einsteigen würden; sozusagen als Rückendeckung, sollten wir in Schwierigkeiten geraten oder wenn vielleicht jemand den Eingang wieder verschließen sollte, während wir unten waren.

Während ich noch darüber nachdachte, was uns alles passieren könnte, testete der Herr Professor schon die Stufen, die in die Tiefe führten. Langsam und immer mit zumindest drei sicheren Abstützungen, zweimal Hand einmal Fuß, kletterte er nach unten. Für sein Alter war er unheimlich gewandt und sicher in seinen Bewegungen.

Als er unten war, war ich an der Reihe. Überrascht stellte ich fest, wie gut die Griffe in dem Gestein hielten. Nach kurzer Zeit war auch ich unten angekommen und sah mich um. Unglaublich. Am Grunde des Schachtes zweigte ein Tunnel in Richtung Süden ab, und es war nicht nur ein Tunnel, sondern er ging steil bergab, wobei die Erbauer keine Stufen in den Fels geschlagen hatten. Der Tunnel war aber ganz anders, als ich ihn mir vorgestellt hatte, gar nicht rau oder einfach bearbeitet – ganz im Gegenteil. Die Wände waren fast glatt und verjüngten sich nach oben hin wie bei einem Spitzbogen. Die Oberfläche der Wände und des Bodens waren mit völlig gleichmäßigen Rillen, welche an den Wänden vertikal verliefen und den Boden querten, überzogen. Das Ganze erinnerte ein bisschen an einen sogenannten „Flexischlauch", den Elektriker verwenden, um eine Rohinstallation vorzunehmen.

Aber das in einem Felsen von hunderten von Jahren und so fein, dass ich mir nicht vorstellen konnte, wie man so etwas selbst mit den modernsten Maschinen zuwege bringen hätte können.
Ein Blick in das Gesicht meines Abenteuer-Professors bestätigte mir meine Vermutung, dass auch er etwas Vergleichbares noch nie zu Gesicht bekommen hatte. Seine Augen waren weit geöffnet, er strich mit seiner Hand über die wellenförmige Oberfläche und murmelte Wörter wie „unglaublich, außergewöhnlich, fantastisch ..."
Er sah mich an und mit einer Stimme, die eher einem Hauch glich, sagte er: „Das ist alt, sehr alt. Ich habe schon so viele Höhlen – natürliche und künstliche – gesehen und untersucht, aber das ..." Er brach mitten im Satz ab und wischte sich einmal über die Augen. „Ich hätte mir nie gedacht", fuhr er fort, „dass mich so etwas erwarten könnte."
„Wollen wir weiter absteigen?", frage ich und wunderte mich im selben Moment über meinen neu aktivierten Entdeckertrieb. Siegfried antwortete: „Natürlich, aber ich bestehe darauf, dass du vorangehst, schließlich ist es deine Entdeckung."
Plötzlich war mein Forscherdrang nicht mehr ganz so gewaltig und Fragmente meines Traumes schlichen sich in meine Realität. Die Pranke, der raue Felsen unter meinen Fingern, und die schwarze unendliche Tiefe.
„Alles klar mit dir?", fragte mich der Professor. „Du siehst auf einmal so abwesend aus?" „Geht schon wieder, mir kam nur gerade ein Gedanken, der mich schon sehr lange verfolgt."
Und mit einem „Gehen wir" machte ich die ersten Schritte im Lichtkegel der Helmlampen. Dem Gang folgend nach unten, tiefer in den Berg hinein.

Kapitel 13

Ruanda 1994, Das fünfte Gebot – im Blutrausch vergessen –
Ein Massaker an hunderten Tutsi. Obwohl sich diese in eine Kirche geflüchtete hatten, wurden sie trotzdem von den Hutu, welche großteils Christen sind, einfach dahingemetzelt.

Mekka 2002
15 Mädchen verbrennen bei einem Brand in einer Schule, obwohl sie hätten fliehen können.
Die Saudi-arabische Religionspolizei, offiziell „Komitee für die Förderung von Tugend und zur Verhinderung von Laster", scheucht sie vor den Augen der Feuerwehr in das brennende Gebäude zurück. Begründung: Sie sind unverschleiert.

Bethlehem 2011
Beim Kirchenputz in der Geburtskirche kommen sich armenisch-apostolische und griechisch-orthodoxe Geistliche ins Gehege und verprügeln sich mit dem Besen.

(Quellen: GEO 04/2012)

Kapitel 14

Vorsichtig stiegen wir den Gang hinab. Er hatte eine Schräge von vielleicht fünfzehn bis zwanzig Grad. Das Gehen war etwas mühsam für mich, da ich aufgrund der geringen Höhe des Ganges nicht aufrecht gehen konnte. Ich schätzte die Gesamthöhe auf einen Meter achtzig und die Breite auf knapp einen Meter. Ich habe auch nicht wirklich die ideale Statur für einen Höhlenforscher. Der Gang war lange und schien kein Ende nehmen zu wollen. Als ich mich umblickte, war ich allein. Wo war der Professor? Plötzlich konnte ich ihn hören und sah auch schon den Schein seiner Lampe langsam aus der Dunkelheit auftauchen, aber irgendwie sah es so aus, als ob er von der Seite herkommen würde.
Er strahlte über das ganze Gesicht und sagte: „Hast du es auch bemerkt? Der Gang verläuft spiralförmig nach unten. Jetzt weiß ich auch, was die kleine Spirale auf dem Plan deiner Vorväter bedeutet, ich kann es gar nicht fassen, es gibt sie also doch ...", murmelte der Professor vor sich hin. „Was oder wen gibt es wirklich?", fragte ich nach. „Ach, das erzähle ich dir später, jetzt ist nicht der richtige Zeitpunkt", wiegelte der Professor ab. „Sehen wir uns an, wo der Gang hinführt, reden können wir später", sagte er und bedeutete mir, weiterzugehen. Jetzt hatte er mich neugierig gemacht und ich überlegte beim Weitergehen, was er wohl gemeint haben könnte.
Der Gang schien kein Ende nehmen zu wollen. Ich hatte das Gefühl, dass wir schon fünfzehn Minuten stetig nach unten stiegen. Doch ich muss sagen, es war sehr angenehm, so zu gehen, da die Schräge sehr flach war, und die Krümmung des gesamten Ganges kaum merkbar. Es war ein bisschen, als ob man bei einer riesigen Schraube mit feinem Gewinde den Gewindegang hinunterläuft.
Irgendwie war es unvorstellbar, wie viele Meter Gestein und welches Gewicht da über einem thronten. Der Gang verlief absolut symmetrisch, spiralförmig nach unten. Die Beschaffenheit der Wände und des Bodens war bis auf optische Änderungen aufgrund der verschiedenen Gesteinsschichten völlig identisch zu den vorherigen Metern des Ganges. Plötzlich endete die Schräge und der Gang verlief eben.

Im Schein der Lampen tauchte das Ende des Ganges auf und es war auf enttäuschende Weise unspektakulär. Er endet einfach. Keine Verfüllung, keine Tür, er war einfach zu Ende. Eine glatte Wand mit den obligatorischen Rillen. Siegfried stand neben mir und seufzte: „Schade, ich habe gehofft, etwas Spektakuläreres am Ende dieses Ganges zu finden, aber dass er einfach endet, ist eigenartig." Er begann, den Boden und die Wände abzuklopfen. Plötzlich rief er: „Eine Inschrift, hier unten" und tatsächlich, beim Ausleuchten des letzten halben Meters des Ganges entdeckten wir, dass etwas eingeritzt war: „Joh III, 1948".

Mein Großvater war also hier gewesen und hatte danach diesen Gang auf der Karte verzeichnet. Die Frage nach dem Warum manifestierte sich gerade in meinem Kopf und fing an zu blinken wie eine Leuchtreklame in einer Großstadt. Warum, warum, warum?

Dazu passend kam dann auch noch die Frage des Professors hinzu: „Sag mal, hast du eine Ahnung, warum dein Großvater hier unten war?" Etwas sauer wegen des zusätzlichen Warums antwortete ich: „Keine Ahnung, vielleicht hat er etwas gesucht!" Und schlagartig wurde uns beiden klar, dass es genauso war. Sie alle hatten etwas gesucht. Alle meine Vorväter waren auf der Suche nach etwas und da anscheinend ein Leben hierfür zu kurz war, wurde die Suche von Generation zu Generation weitergegeben.

„Wir müssen noch mal in Ruhe die Karte studieren", nahm Siegfried mir das Wort aus dem Mund. „Da bin ich absolut deiner Meinung", antwortete ich.

Wir nahmen logischerweise denselben Weg zurück und erst nachdem wir den Aufstieg hinter uns hatten und meine Oberschenkel schmerzten, bemerkte ich, wie weit der Gang eigentlich gereicht hatte.

Der Professor jedoch war umsichtiger gewesen und hatte die Schritte beim Zurückgehen mitgezählt. Als wir den Deckel und die Platte wieder geschlossen hatten, murmelte er versunken vor sich her. Auf meine Frage hin sagte er: „876 Schritte misst der Gang, wobei meine Schrittlänge ungefähr 80 cm beträgt, also ist der Gang zirka 700 Meter lang. Bei einer durchschnittlichen Neigung von 5 Grad wären das – mmh – Sinus 5 Grad mal Hypotenuse, also 700 m, das wären 61 Meter Höhendifferenz."

Ich war beeindruckt. Ich bin auch nicht schlecht in Mathematik, aber die Geschwindigkeit, mit der Siegfried das ausgerechnet hatte, überraschte mich.

Als wir die Tür der Kapelle wieder ordnungsgemäß geschlossen hatten, fiel mir am Waldesrand ein Stein auf. Genauer gesagt, ein Menhir. Also ein künstlich aufgestellter Stein, von denen es bei uns in der Steiermark eine Menge gibt. Auch Siegfried hatte den Menhir entdeckt und mit den Worten: „Sieh an, sieh an, ein Lochstein", steuerte er direkt auf ihn zu. Der Lochstein war ungefähr einen Meter und fünfzig Zentimeter hoch und hatte ein kreisrundes Loch im oberen Drittel. Siegfried erklärte mir, dass Lochsteine megalithische Steindenkmäler waren, aus einer Zeit lange vor einer nachgewiesenen Besiedlung. Sie waren teilweise mehrere tausend Jahre alt und eigentlich wusste niemand, welchen Zweck sie erfüllt haben könnten. Man weiß nicht einmal, welche Kultur dafür verantwortlich zeichnet.

„Ich persönlich glaube, dass die Lochsteine so eine Art Hinweisschilder sind, mit deren Hilfe Zugänge zu Höhlen und Gängen markiert wurden. Schau einmal durch das eingearbeitete Loch, was siehst du?"

Ich blickte hindurch und musste überrascht feststellen, dass ich genau die Kapelle im Blick hatte. „Ich sehe die Kapelle", sagte ich. Siegfried lächelte und sagte: „Ist schon richtig, aber das Loch, durch das du blickst, ist 5000 Jahre alt und da gab es noch lange keine Kapelle, aber den Gang schon. Kirchen, Kapellen, Bildstöcke und so weiter werden immer auf heidnischen Kultplätzen gebaut, um praktisch den spirituellen Platz in den Köpfen der Menschen einzunehmen. Und das ist nicht nur im Christentum so, sondern in jeder Religion. Es ist nichts anderes als eine gute Marketingstrategie. Wenn man ein neues, aber ähnliches Produkt hat, warum nicht dieselben Vertriebswege benutzen?"

„Du hast unten in der Höhle etwas Ähnliches wie ‚Es gibt sie also doch' gesagt. Was hast du damit gemeint?", fragte ich.

Siegfried streichelte über den Menhir und blickte mir tief in die Augen. „Solche Gänge, wie den, den wir eben gesehen haben, dürfte es nicht geben. In meinen Fachkreisen gibt es immer wieder Geschichten und auch Bilder von unheimlich präzise gearbeiteten Gängen, aber das große Mysterium dabei ist, dass niemand eine Ahnung hat, wie diese gebaut werden konnten. Was muss das für ein Volk gewesen sein, welches solche Leistungen 5000 Jahre oder noch viel weiter in der Vergangenheit vollbracht hat? Wir wissen in Wirklichkeit rein gar nichts. Wir wissen nicht wann, wir wissen nicht wie, wir wissen nicht wer und wir wissen auch nicht warum. Es gibt keinerlei Hinweise

auf die Erbauer. Keine Steintafeln, keine Werkzeuge oder Spuren davon. Nichts. Es ist fast so, als hätten die Erbauer sorgfältig darauf geachtet, keinerlei Hinweise zurückzulassen. Und ich bin deshalb so aus dem Häuschen, weil ich es bis jetzt als Spinnerei abgetan hatte. Aber jetzt, da ich es mit eigenen Augen gesehen habe, sehe ich die Dinge etwas anders." Er machte eine kurze Pause und sagte dann lächelnd: „Und Hunger habe ich auch! Hast du nicht gesagt, deine Haushälterin kocht fantastisch?"
Ich nicke, denn zu mehr war ich momentan nicht fähig. „Dann lass uns fahren und nach dem Essen sehen wir uns den Plan nochmal genau an."
Als wir zum Auto schlenderten, bemerkten wir nicht, dass wir beobachtet wurden. Und selbst wenn wir es im Gefühl gehabt hätten, wir hätten niemanden gesehen.

Kapitel 15

Ist jetzt die Zeit gekommen? Ist er derjenige, auf den wir schon so lange warten?
Haben wir es nicht schon mit so vielen versucht, mit den Klügsten des jeweiligen Zeitalters?
Wurden wir nicht immer eines Besseren belehrt, was den Menschen betrifft?
Sind die Menschen überhaupt schon reif genug, die Wahrheit zu erfahren?
Und ist es überhaupt eine Notwendigkeit?
Solche und andere Fragen beschäftigten den stummen Beobachter, während er darauf wartete, dass die zwei Männer wieder aus der Kapelle herauskamen, zum Auto gingen und davonfuhren.

Kapitel 16

Auf der Rückfahrt von der Kapelle rief ich Guggi, meine Haushälterin, an und bat sie, etwas für uns zu kochen. Sie hatte gerade Zeit und sagte zu, was mich in Hochstimmung versetzte, denn ihre Kochkünste waren mindestens so legendär wie Emms Grillperformances.
Als sie unser jedoch ansichtig wurde, wie wir uns vor Schmutz starrend an den Tisch setzen wollten, lernten wir auch das energische Temperament einer Alpenbewohnerin kennen. Es sei natürlich gar keine Frage, dass wir uns vorher vernünftig waschen müssten, sonst könne sie ihr Essen auch den Schweinen vorsetzen, meinte sie. Wir Männer des 21. Jahrhunderts sind natürlich so vernünftig, in diesem Punkt nicht mit einer Frau diskutieren zu wollen und beugten uns ihrem Willen. Schließlich wollten wir sie auf keinen Fall verärgern, wo es doch schon so himmlisch aus der Küche duftete. Ich finde, Männer sind eigentlich sehr einfach gestrickt. Versprich ihnen ein gutes Essen und du kannst alles von ihnen haben Nachdem wir uns gewaschen und uns über das Festmahl – es gab Zucchini-Cremesuppe und danach Wildschwein mit Rotkraut und Rosmarinkartoffeln in einer Pilzfarce – hergemacht hatten, setzten wir uns ins Wohnzimmer und begannen zu diskutieren. Siegfried meinte, dass wir noch viel mehr Höhlen von meinem Plan vor Ort ansehen und auskundschaften müssten. Ich dagegen war eher der Meinung, nach einem Muster zu suchen beziehungsweise auch nach einer Erklärung, warum meine Vorväter, einschließlich meines Vaters, diese Höhlen besucht und auf dem Plan vermerkt hatten. Denn irgendwie ergab das Ganze für mich keinen Sinn. Mein Vater war Maschinenbauer gewesen und eigentlich jemand, von dem ich weiß oder zumindest glaubte zu wissen, dass ihn Naturwissenschaft, Höhlenforschung und dergleichen überhaupt nicht interessierten. Aber ich hatte mich anscheinend getäuscht, denn zumindest vier verzeichnete Höhlen trugen seine Kennung, eben Johannes IV. Johannes III hatte drei Höhlen verzeichnet, Johannes II entdeckte ebenfalls vier Höhlen und der Fleißigste war wohl Johannes I, denn er hatte dem Plan sechs Höhlen hinzugefügt.
Natürlich hatte jeder in dem Bereich gesucht, in dem er auch lebte und deshalb waren fast alle Höhlen von Johannes I beim Truglingergebirge eingezeichnet. Johannes II lebte etwas weiter im Süden in der Nähe von Frohlocken

und hatte deshalb dort seinen Schwerpunkt. Wobei mir auffiel, dass eine der Höhlen mittlerweile sehr bekannt und auch für den Tourismus erschlossen war. Es war eine der größten Tropfsteinhöhlen Europas und wirklich riesig und wunderschön, davon hatte ich mich schon selbst überzeugen können. Heute war sie unter dem Namen Urlgrotte bekannt.

Johannes III lebte in unserer Nachbargemeinde und hatte sich im Hohen Schwabenmassiv herumgetrieben, während mein Vater Johannes IV sich mit den mittelgroßen Bergen und Hügeln in unserer Heimatgemeinde auseinandergesetzt hatte. Wahrscheinlich da er kein Bergsteiger war, aber sicher war ich mir jetzt auch dabei nicht mehr. Was trieb einen völlig normalen Menschen mit einem bodenständigen Beruf dazu, durch Höhlen zu klettern, diese dann auf einer Karte einzutragen und nichts weiter zu unternehmen? Keine Fachbücher zu lesen, zumindest habe ich bis heute keine entdeckt, keine Studien diesbezüglich vorzunehmen, niemanden in dieser Hinsicht zu kontaktieren – ich weiß nicht. Das Ganze kommt mir immer mehr wie ein Scherz vor, den sich meine Vorväter für mich ausgedacht haben. Ich kann mir einfach keinen Reim darauf machen.

Siegfried, Emms Onkel, lachte, ja er lachte mich aus. „Das ist so eine Sache mit den Geheimnissen, man kommt nicht so einfach dahinter, wie man möchte, stimmt's oder habe ich recht? Ich für meinen Teil habe ein Alter erreicht, in dem ich akzeptieren kann, ja leider auch muss, dass Geheimnisse existieren, die ich in diesem Leben nicht mehr lösen kann. Aber du", er zeigte mit dem Finger auf mich, „bist noch jung, du hast noch Zeit, Geheimnisse zu lösen, und wenn ich dir behilflich sein kann, ein Anruf genügt."

Mit diesen Worten erhob er sich, legte mir noch seine Visitenkarte auf den Tisch, winkte Guggi in der Küche zu und machte sich auf den Heimweg nach Wien. Was für ein stilvoller Abgang, dachte ich mir noch eine halbe Stunde später, als er schon längst gegangen war.

Während ich so auf meiner Couch saß, einen Espresso in der Hand, und durch die Glasfassade auf die Felder blickte, kam mir die Idee, das Tagebuch nochmals genauer zu studieren, und zwar vom Beginn bis zum Schluss, vielleicht fiel mir ja doch der eine oder andere Eintrag auf, der mich der Lösung des Rätsels eine Spur näher brachte.

Guggi kam aus der Küche und setzte sich mir gegenüber auf die andere Couch. Sie war mit den Jahren eher zu einer guten Freundin geworden als zu

einer Hausangestellten, und sie war wahrscheinlich einer der Menschen, die mich am besten kannten.
„Na, was bedrückt dich, mein Großer?", fragte sie. Das sagte sie immer, wenn sie merkte, dass ich mit jemandem reden musste. Ich erzählte ihr von dem Tagebuch meines Vaters und der Karte darin. Ich erzählte ihr von der eigenartigen Höhle, die wir gefunden hatten, und ich erzählte ihr auch, dass ich daraus nicht schlau wurde, oder zumindest keine Ahnung hatte, wie ich mit dem Ganzen umgehen sollte.
Während ich erzählte, saß sie aufrecht und interessiert da und spielte mit einer Hand mit ihrer langen Halskette und dem Amulett, das daran hing.
Als ich mit meiner Erzählung fertig war, fragte sie: „Kennst du dieses Zeichen?" Sie hielt mir ihr Amulett vor die Nase. Es war ein sehr schön gefertigtes Metallamulett, welches zwei W symbolisierte, die ineinander verschlungen waren. In die Zwischenräume waren Steine eingelassen – blaue Halbedelsteine. Möglicherweise Lapislazuli, dachte ich. Aber ich musste verneinen, dieses Zeichen hatte ich noch nie gesehen. Guggi erklärte: „Ich bin bei einer Art Verein. Wir nennen uns die Weisen Weiber."
Im Scherz sagte ich: „So alt bist du noch gar nicht, dass du bei den Weißen Weibern anheuern musstest, oder?" „Du Scherzkeks. Nicht weiß wie die Farbe, sondern weise wie Merlin, du verstehst?" Und Guggi fing an zu erzählen: „Wir sind eine Gesellschaft von ausschließlich Frauen, die sich mit den sogenannten ‚feinstofflichen' Dingen beschäftigen, von denen es unheimlich viele gibt, wie du wahrscheinlich weißt. Eine jede von uns hat sich ihre Kenntnisse größtenteils autodidaktisch angeeignet. In unserer Gruppe sind Heilmasseurinnen, Energetikerinnen, Psychologinnen, Parapsychologinnen, Geistheilerinnen, Schamaninnen, Priesterinnen sämtlicher Glaubensrichtungen, Philosophinnen, Mystikerinnen, Anhängerinnen sämtlicher Naturreligionen, hellsichtige Frauen, Druidinnen, Seherinnen und so weiter."
„Wie viele seid ihr insgesamt?", fragte ich, mittlerweile schon etwas beeindruckt. „Unsere Gemeinschaft umspannt die ganze Welt, wir kommunizieren meist übers Internet und es sind um die 25.000 Frauen registriert."
„Wow!" Viel mehr fiel mir dazu jetzt leider nicht ein. Ich war einfach sprachlos. Ich kannte Guggi nun wirklich schon sehr lange, und ich wusste, dass sie sich mit Esoterik beschäftigte, aber in diesem Ausmaß? Mir fehlten wirklich die Worte.

„Von wo überall sind diese Frauen, und gibt es auch Männer, und wie kamst du dazu?", plapperte ich drauflos und Guggi genoss anscheinend meine Unwissenheit, denn sie lehnte sich mit einem zufrieden Lächeln zurück und schlug die Beine übereinander. „Nun", begann sie, „es sind grundsätzlich nur Frauen in unserer Vereinigung, denn es geht ja um weise Weiber und das sind nun mal eher Frauen als Männer".
Das leuchtete mir ein.
„Um deine anderen Fragen zu beantworten: Die Frauen kommen eigentlich von überall auf der Welt. Von Grönland bis Südafrika und von Patagonien bis Kamtschatka. Alle sind aus freiem Willen zu uns gekommen, wir haben keinen Vertrag oder Mitgliedsbeitrag, sondern nur eine Liste, in die Frau sich einträgt. So unterschiedlich auch unsere Herkunft, unser Äußeres und unsere Lebensumstände sind, es gibt eine Sache, die verbindet uns über Zeit und Raum. Wir sind Schwestern im Geiste. Unsere Spiritualität und unser Wissen sind es, die uns zu Schwestern machen."
Ich war überwältigt. Wer hätte das gedacht? Die kleine Guggi war in einem Hexenzirkel. Aber das dachte ich mir nur, zu sagen getraute ich es mich nicht, denn ich hatte Ehrfurcht und größten Respekt vor mutigen Frauen, die versuchten, ihren eigenen Weg zu gehen und mit ihrer meist pazifistischen Einstellung sich selbst und auch ihre unmittelbare Umgebung zu verbessern. Ich kenne so viele starke Frauen, die neben dem Job auch als alleinerziehende Mütter zurechtkommen müssen. Aber ich muss sagen, ich kenne keine Männer, denen ich Ähnliches zutrauen würde. Und auch den weltweiten Zusammenschluss dieser Weisen Weiber fand ich schlichtweg genial, denn so konnten sie sich organisieren und in persönlichen Krisenzeiten einander beistehen. Männer würden so etwas nicht tun. Speziell über Gefühle oder Probleme zu reden, ist bei uns Männern verpönt. Schade eigentlich, gebremst durch das eigene Ego jagen wir Pokalen, Verträgen und Anerkennung hinterher, um uns zu beweisen, während die bescheiden im Hintergrund agierenden Frauen uns in ihrer persönlichen und emotionalen Entwicklung längst abhandengekommen sind. Wir können ihnen weniger zahlen, sie unter Burkas verstecken, zu scheinbar minderwertigen Arbeiten wie Haushalt und Kindererziehung nötigen, und trotzdem sind sie uns in ihrer emotionalen und geistigen Entwicklung Lichtjahre voraus. Manch einer wird jetzt sagen: „Hey, was soll das, Frauen sind doch das schwächere Geschlecht?" Und damit hat er schon verlo-

ren, denn diese Aussage weist ihn als noch immer Verblendeten, in der Entwicklung stehengebliebenen Höhlenbewohner aus und die Frauen lachen über den Mann im Bärenfell.
Das alles ging mir durch den Kopf, als ich Guggi zuhörte.
„Was meinst du, darf ich einmal bei einem Treffen eurer Gruppe dabei sein?", fragte ich.
„Männer sind bei keinem unserer Quartalstreffen erlaubt, die übrigens nach dem Mondzyklus ausgerichtet sind. Sie finden immer zum ersten Vollmond nach einem Vierteljahr statt, und immer in der Hauptstadt des jeweiligen Landes."
„Aber bitte", bettelte ich, „es muss doch eine Möglichkeit geben, es würde mich wirklich wahnsinnig interessieren." Guggi dachte nach und sagte dann: „Du hast recht, eine Möglichkeit gibt es. Wenn ein Mann massive persönliche Probleme in einem Sachgebiet unseres lokalen Zirkels hat, ist es ihm erlaubt, mitzukommen und den betreffenden Personen Fragen zu stellen. Hast du solche Probleme?", und beim letzten Satz musste Guggi grinsen, sodass die Krähenfüße in ihren Augenwinkeln Ziehharmonika spielten.
Nun saß ich da wie ein ertappter Junge nach dem Schokoladediebstahl. Ich blickte zur Decke, schaute zum Fenster hinaus über das Feld, und – da war er, der Gedanke. Da kann sie gar nicht nein sagen, denn eines haben Frauen uns Männern noch voraus. Sie sind neugierig. Ich blickte ihr in die Augen und sagte dann: „Ich habe auf einem meiner Bilder aus Venedig Buchstaben entdeckt, die von Niemandem gelesen werden können."
Erwischt. Guggi rutschte nach vorne an die Kante der Couch, stützte ihre Ellbogen auf die Knie und legte ihr Kinn auf die Fäuste. „Welches Bild?" „Du weißt doch", legte ich nach, „das eine Bild von Yggdrasil, das der Hintergrund meiner Homepage ist." „Und darauf sind Buchstaben, die man nicht übersetzen kann?", fragte Guggi ungläubig. „Wenn ich es dir doch sage, aber man sieht sie nur, wenn es dunkel ist, da sie irgendwie fluoreszierend sind." „Darf ich sie sehen?", fragte die mittlerweile schon sehr neugierig gewordene Guggi. „Ich habe Fotos gemacht, die kann ich dir zeigen", sagte ich.

Nachdem ich Guggi die Fotos gezeigt hatte, war sie schwer beeindruckt. Sie konnte ihre Augen gar nicht davon lassen und nahm immer wieder die Bilder in die Hände, schüttelte den Kopf und sagte Wörter wie „unfassbar, unglaublich, außergewöhnlich". Und dann: „Ich glaube, wir haben einen Grund, dass du mitkommen darfst. Ich glaube sogar, ich habe die richtigen Personen für dich, mit denen du sprechen kannst. Es sind zwei Schwestern, die sich der nordischen Mythologie verschrieben haben. Ihre Namen sind Freya und Gullveig. Das sind wahrscheinlich nicht ihre richtigen Namen, aber das wird in unserem Kreis toleriert und akzeptiert."

Meine Kenntnisse in der nordischen Mythologie waren nicht schlecht, aber auch nicht so gut, dass ich sofort gewusst hätte, wo ich die beiden Namen einordnen musste.

Guggi sah mich an, lachte und sagte dann: „Darf ich meinem Großen ein bisschen unter die Arme greifen?" Wohlerzogen wie ich war, sagte ich: „Ich bitte darum." Guggi begann mir über Freya und Gullveig zu erzählen: „Freya gehört zum Göttergeschlecht der Wanen, einem der beiden Göttergeschlechter aus der nordischen Mythologie. Freya ist altnordisch und bedeutet so viel wie Herrin. Freya ist die Göttin der Liebe und die Herrin des Zaubers. Sie ist aber auch die Anführerin der Walküren. Gullveig ist ebenfalls aus dem Göttergeschlecht der Wanen, ihr wird das Geheimnis des Goldes und der Schätze zugesprochen, sozusagen als Hüterin. Außerdem hatte sie aber auch seherische Fähigkeiten. Interessanterweise sehen die beiden wirklich so aus, wie der nordischen Mythologie entsprungen. Freya hat lange, schwarze Haare und ist eine imposante Erscheinung, wenn sie den Raum betritt, geht von ihr eine herzliche Wärme aus, die Menschen richtig berührt. Man könnte fast sagen, sie hat etwas Mütterliches und Vertrautes an sich. Ebenso ist es bei Gullveig. Auch sie ist unheimlich groß und kräftig, sie hat jedoch im Gegensatz zu ihrer Schwester langes blondes Haar in der Farbe der Sonne, eine schneeweiße Hautfarbe und, wenn man ihr in die Augen sieht, verliert man sich darin und hat das Gefühl, sie sieht tiefer in einen hinein, als man es selber bei sich zustande bringen könnte. Es ist aber ebenfalls ein durchaus angenehmes, vertrautes Gefühl."

„Du hörst dich an wie ein richtiger Fan!", platzte ich heraus.

„Warte nur ab, wenn du sie persönlich kennengelernt hast, ich denke, dann bist auch du ein Fan von den beiden nordischen Göttinnen."

„Also, wann trefft ihr euch das nächste Mal?"

„In fünf Tagen, in Wien, in einem Kongresszentrum etwas außerhalb der Stadt."

„Wunderbar, ich habe nichts vor", rief ich aus und klatschte in die Hände. „Du kannst natürlich mit mir mitfahren und einladen darf ich dich doch auch, oder?".
Guggi lächelte verschmitzt und sagte: „Also gut, ich werde dich aber samt deinen Fragen ankündigen, um abzuklären, ob es auch allen recht ist, dass du mitkommst."

Als Guggi am Gehen war und bereits an der Türe stand, fragte ich nach: „Jetzt sage mir bitte noch einmal, sind die beiden Schwestern wirklich so groß?"
Und beim Schließen der Tür rief Guggi über ihre Schulter zurück: „Unheimlich groß, du wirst schon sehen". Na fein, jetzt war ich richtig gespannt auf die beiden Schwestern. Ob die mir wohl weiterhelfen konnten? Die Esoterik-Tanten?
Ich musste wohl meine Einstellung zu diesen Dingen ändern. Ein bisschen mehr Toleranz und Akzeptanz täten mir jetzt gut. Aber ich war nun mal ein Realist, der Sachen sehen muss, um zu glauben.

Kapitel 17

Heaven's Gate war eine in den frühen 1970ern in den USA gegründete Neue Religiöse Bewegung, die einen Ufoglauben vertrat. Der kollektive Suizid der meisten Gruppenmitglieder während des Erscheinens des Kometen Hale Bopp erregte weltweit großes Aufsehen. Der Führer, ein Mr.Applewhite, überzeugte seine Anhänger zur Massenselbsttötung als Weg dazu, ihre Seelen auf eine Reise in ein Raumschiff zu schicken. Das Raumschiff sollte sich angeblich hinter dem Kometen befinden. Die Toten lagen ordentlich in Etagenbetten, waren mit purpurroten Tüchern zugedeckt und trugen einheitliche schwarze Kleidung, neue Turnschuhe und Armbänder mit der Aufschrift „Heaven's Gate Away Team". Der Begriff „Away Team" ist der Science-Fiction-Serie „Star Trek" entliehen, er bezeichnet dort Besatzungsmitglieder, die auf einer Mission außerhalb des Raumschiffs, zum Beispiel auf einem Planeten, sind. Jeder hatte einen Dollarschein und drei Vierteldollarmünzen in der Tasche.

(Quelle vgl. https://de.wikipedia.org/wiki/Heaven%E2%80%99s_Gate_%28Neue_Religi%C3%B6se_Bewegung%29)

Kapitel 18

Und wieder hockte ich auf dem nackten Fels und hörte die Geräusche meiner Häscher näherkommen.
Es war eigentlich ein sehr eigenartiges Gefühl zu wissen, dass man träumte, und auch zu wissen, in welche Richtung der Traum lief, und dass man eigentlich nichts dagegen tun, geschweige denn eine Änderung des Ablaufes herbeiführen oder Details verändern konnte. Man fühlte sich wie der Teilnehmer und auch Zuschauer einer Achterbahnfahrt: Auf der einen Seite weiß man, wohin die Fahrt geht, sieht die Kurven und Loopings bis zum Ziel, und auf der anderen Seite spürt man die Fliehkraft in den Eingeweiden und den Fahrtwind, der an den Haaren zerrt.
Und wieder sah ich die Pranke, dieses Mal jedoch drehte ich mich nicht weg, um sofort weiterzuklettern, sondern blieb bewusst noch einen Augenblick länger auf dem Vorsprung sitzen. Und so erweiterte ich den Traum um ein weiteres Detail. Ich hörte die Stimmen meiner Verfolger. Es waren sehr tiefe, kehlige Stimmen und gehörten drei verschiedenen Menschen. Wobei Menschen jetzt ein Überbegriff ist, denn menschlich sah die Pranke nicht aus, dafür war sie unnatürlich groß.
Das Nächste, was mir auffiel, war, dass ich die Sprache, die sie benutzten, nicht verstand. Sie sprachen zwar etwas lauter als im Flüsterton, aber mit Sicherheit in einer Sprache, die ich noch nie gehört hatte.
Es zog mich förmlich von meinem Vorsprung weg und ich begann meinen wohlbekannten Aufstieg. Erneut hatte ich es geschafft, meinem Traum ein kleines Stück seines Geheimnisses zu entreißen, bevor mich der Sog des Ablaufes wieder mitnahm.

Beim Frühstück dachte ich noch einmal über die Stimmen nach. Es waren drei und es hatte irgendwie den Anschein, als sei es eine nordische Sprache. Vielleicht hatte ich mich auch in etwas hineingesteigert, nach dem gestrigen Gespräch samt Lehrstunde in nordischer Mythologie mit Guggi.
Nach dem Frühstück machte ich es mir auf meiner Couch gemütlich und nahm mir vor, das gesamte Tagebuch meines Vaters auf Hinweise für sein überraschendes Hobby zu durchsuchen.

Der Tag eignete sich hervorragend dafür, denn es war nebelig und regnerisch. Nebelfetzen zogen über die kahlen Felder und feine Rinnsale vom Regenwasser liefen über meine Atelierverglasung. Es war schon etwas kalt und ein kräftiger Ostwind schob den Nebel über die Landschaft, was zusätzlich für Unbehagen sorgte.
So penibel und genau mein Vater bei der Ausübung seines Jobs war, so schlampig und unkoordiniert war er bei seinem Tagebuch. Man hatte den Eindruck, dass es ihn regelrecht angewidert hatte.
Da, ein Eintrag am 19. Mai 1953: „Ich hasse es. Ich hasse Höhlen zu suchen und Gängen nachzuspüren. Aber Vater hat es so gemacht und verlangte es. Noch weniger mag ich es, in dieses vermaledeite Buch einzutragen."

Der nächste Eintrag war erst drei Wochen später: „7. Juni 1953: Habe die zweite gefunden, unter der Kapelle. Beeindruckend"
Wahnsinn, das war der Gang. Der Gang, den ich und der Professor gestern entlanggegangen sind.
Vater hatte ihn am 7. Juni 1953 entdeckt. Aber wie und warum?
Mit der einzeiligen, demotivierenden Notiz konnte ich überhaupt nichts anfangen: „Mit diesen vielversprechenden Einträgen in dem Tagebuch kommt man wirklich gar nicht voran!!", rief ich aus und warf das Buch von mir, es flog durch den Raum und klatschte an die Wand. Ich war selber sehr überrascht von meinem Wutausbruch, denn eigentlich hatte ich mich sehr gut unter Kontrolle und so eine Gefühlsexplosion war eher nicht meine Art. Eigenartig, dachte ich mir, anscheinend nimmt mich das Ganze doch sehr mit. Ich bin doch eher ein ruhiger, gemütlicher Buchhändler, dessen größtes Abenteuer es ist, Flohmärkte zu durchstöbern. Und plötzlich sehe ich geheimnisvolle Buchstaben, bekomme abstruse Mails, klettere durch Höhlen und Gänge und fühle mich ständig beobachtet.
Ich sah auf das Feld und dachte an meinen Vater. Ich sah ihn, wie ich ihn immer gesehen hatte: In einer öligen und schmutzigen blauen Montur am Tisch in der Küche sitzend und sehr ruhig und entspannt seine Suppe löffelnd. Er machte auf mich immer den Eindruck, als wäre er eins mit sich und seinem Universum, das aus Metallteilen, Schrauben, Nieten und Plänen bestand. Ich hätte mir nicht im Traum vorstellen können, dass er ein Geheimnis hatte und sogar ein Tagebuch darüber führte.

Es MUSSTE etwas in diesem Buch zu finden sein, so viel stand fest. Mein Blick schwenkte vom Fenster zur Wand und dann zum Boden. Da lag es. Na super, der Buchrücken war aufgerissen. „Toll gemacht", hörte ich meinen inneren Pessimisten wieder jammern. Mit einem tiefen Seufzer schwang ich mich von der Couch und ging zum Buch. Als ich mich bücken wollte, bemerkte ich im Augenwinkel eine flüchtige Bewegung und ich hätte schwören können, ich hätte meinen Vater dort unten im Feld stehen sehen. Er hatte seine Montur an und lächelte mir zu, als er die Hand hob und vom Nebel verschluckt wurde. Wie gebannt starrte ich durch das Glas nach draußen. Als der Nebelfetzen weitergezogen war, war natürlich niemand da. Schön langsam fing ich wohl zu spinnen an. Ich schalt mich einen Narren, hob das Buch auf und setzte mich wieder zurück auf die Couch. Wie konnte man nur so mit Büchern umgehen! Es war mir fast körperlich unangenehm, als ich den Schaden betrachtete. Ich liebe Bücher. Hmm, nicht viel beschädigt. Moment, eigentlich gar nicht beschädigt. Der Buchrücken war oben von Haus aus offen. Jetzt, da er etwas eingerissen war, sah ich, dass ein gefaltetes Papier darin steckte. Das könnte die fehlende erste Seite sein. Es war mir auch beim ersten Mal durchblättern sofort aufgefallen, dass die allererste Seite herausgerissen worden war, hatte es aber als unwichtig empfunden.
Vorsichtig nahm ich sie heraus. Tatsächlich, es war dasselbe Papier und man sah auch den Riss. Es war ein Blatt des Tagebuchs und der Höhe nach mehrmals gefaltet worden, sodass es in den Buchrücken passte.
Mit blinzelnden Augen faltete ich es auseinander. Die Handschrift meines Vaters. Mit plötzlich sehr trockenem Mund begann ich zu lesen:

Lieber Johannes!
Wenn du das gefunden hast, bin ich sicher nicht mehr auf dieser Welt.
Theoretisch ist jetzt das Jahr 2022 und du hast noch eine Woche zu leben, wenn der Notar, der dir meinen Brief gebracht hatte, pünktlich war. Nachdem du das jetzt liest, hast du mein Tagebuch dort gefunden, wo ich dir in dem Brief beschrieben habe, es zu suchen. Ebenfalls hast du auch das Geheimfach entdeckt, wie ich es dir beschrieben habe. Gut, mein Sohn.
Zuallererst möchte ich mich bei dir entschuldigen, denn ich habe über dich bestimmt, ohne dass du es gemerkt hast. Wenn du schon im Tagebuch geblättert hast, wirst du feststellen, dass das Leben um dich herum, vor allem mei-

nes, doch etwas anders war, als du es wahrgenommen hast. Ja, ich hatte ein Geheimnis. Davon und von deiner Familie möchte ich dir jetzt erzählen, denn ich denke mir, es ist nur fair, wenn man am Ende seines Lebens die Wahrheit kennt.
Dein Ururgroßvater war ein Zwerg, das weißt du und ich hoffe, du hast noch das Bild von ihm.

„Zwei, ich habe sogar zwei Bilder von ihm", dachte ich bei mir.

Er wusste, er war anders, ganz anders als die Menschen, und er wusste auch, er gehört eigentlich nicht hierher. Er hatte die fixe Idee, er müsse von unter der Erde kommen und habe durch einen Sturz sein Gedächtnis verloren. Er suchte neben seiner Arbeit als Köhler bis an sein Lebensende nach einem Eingang zu seiner vermeintlichen Heimat.
Sein Sohn musste ihm versprechen, dass er und jeder seiner Nachkommen danach suchen werde.
Das haben wir getan. Auch ich habe mich dem Wunsch meines Urgroßvaters gebeugt und bin auf die Suche nach dem Eingang zu seiner vermeintlichen Heimat gegangen. Die Karte in meinem Tagebuch zeigt dir, welche durchaus faszinierende Höhlen wir gefunden haben. Aber Eingang in ein Zwergenreich war keiner dabei.
Ich habe dich aus Liebe davon ferngehalten, ich denke, Urgroßvater hätte es verstanden, denn irgendwann muss der Schwachsinn ja auch einmal ein Ende haben. Doch ganz so einfach war es leider nicht. Denn da gibt es noch etwas.
Alle meine Vorväter und auch ich hatten Träume, und zwar ein und denselben Traum: Wir sind auf der Flucht vor irgendetwas und klettern eine steile Wand hinauf in Richtung eines blauen Lichtes. Ich weiß nicht, ob du den Traum auch hast, aber wenn ja, möchte ich dir sagen, du bist nicht verrückt. Ich hatte ihn, dein Großvater und auch alle Johannes davor. Es ist wie ein Relikt von unserem Johannes dem Ersten, ebenso wie der Fluch, dass wir alle unseren Todestag genau kennen.
Ich finde, 64 Jahre sind eigentlich zu wenig Zeit, um hinter ein Geheimnis zu kommen, vielleicht haben unsere Vorväter deshalb eine Generationensuche daraus gemacht, ich weiß es nicht.

Eines habe ich jedoch herausgefunden, was unseren Vorvätern zu ihrer Zeit nicht möglich war. Ein Jahr vor meinem vierundsechzigsten Geburtstag lernte ich über Freunde einen Genetiker kennen.
Der meinte, dass es so etwas wie ein Erfahrungsgen gibt. Also ein Gen, in welchem Erfahrungen gespeichert werden, sodass zum Beispiel Zugvögel immer denselben Platz anfliegen, obwohl sie vorher noch nie dort gewesen sind. Vielleicht sind unsere 64 Lebensjahre und der Traum etwas Ähnliches. Vielleicht hast du es ja schon herausgefunden? Leider haben wir zu unseren gemeinsamen Lebzeiten nie darüber gesprochen, das tut mir leid, aber wie du weißt, war ich nie ein großer Redner oder Philosoph.
Noch etwas. Der Genetiker hat auch gemeint, es gibt immer auch ein äußeres Indiz oder Zeichen für ein weitervererbtes Gen. Bei uns war und ist es ein Muttermal auf der Innenseite des rechten Handgelenks, von dem ich weiß, dass zumindest mein Vater und Großvater es gehabt haben, auch ich habe es in der zweiten Hälfte meines Lebens bekommen. Es ist von der Farbe her bräunlich und rechts außerhalb der Mitte positioniert. Es ist elliptisch und zirka 3 mm lang. Den Erzählungen meines Vaters nach hatte es anscheinend auch Johannes der Erste, und der meinte sogar, dass es so etwas wie eine Kennung seines Volkes sei.

Ich legte den Brief zur Seite und hob meine rechte Hand, drehte die Innenseite nach oben und natürlich war da dieses Muttermal. Ich nahm den Brief wieder auf und las weiter:

Nachdem es erst in der zweiten Hälfte des Lebens sichtbar wird, sozusagen nach der Reife in der Blüte des Lebens, habe ich das Muttermal nie bei dir gesehen und ich hoffe, du hast auch keines bekommen, vielleicht haben sich die Gene mittlerweile etwas vermischt.
Ich hoffe, du hast bis dato ein normales Leben verbracht, für Nachwuchs gesorgt, und dich nicht um irgendwelche Höhlen, Muttermale und Träume kümmern müssen.
Ich bin mir sicher, wir sehen uns irgendwann wieder.
Dein dich liebender Vater
Johannes IV

Kapitel 19

Das Leben ist doch etwas Feines, oder?
Da sitzt man gemütlich auf seiner Couch, hat einen Beruf, der einem Spaß macht und auch wirklich erfüllt, und ist mit seinem Leben eigentlich rundum zufrieden und PENG! Plötzlich ist man in einem Riesenabenteuer, an dessen Ende nur der Tod steht. Und mein Vater war auch noch so charmant, mich darauf hinzuweisen.
Was hatte er geschrieben? Ein Notar bringe mir einen Brief, eine Woche vor meinem kalkulierten Tod?
Dadurch, dass ich den Brief im Geheimfach seines Tagebuches gefunden hatte, hatte ich ihn wesentlich früher bekommen. Ich war nun 49 und er hätte mir in meinem 64. Lebensjahr, eine Woche vor meinem Geburtstag und zugleich Sterbedatum überbracht werden sollen.
Wie makaber! Aber durch diesen glücklichen Umstand hatte ich sozusagen 15 Jahre gespart. Eine meiner bestechenden Eigenschaften ist, überall noch etwas Positives zu finden. Wie sagte doch Douglas Adams in seinem Buch „Per Anhalter durch die Galaxis" so schön?
„Wenn Sie sich in einer aussichtslosen Lage befinden, freuen Sie sich doch, dass es das Leben mit Ihnen bis jetzt so gut gemeint hat. Sollte es das Leben mit Ihnen bis jetzt nicht so gut gemeint haben, freuen Sie sich, dass es bald vorbei ist."
Ja, genau so sollte man es sehen. Selbst wenn das Glas halb voll ist, es ist immer noch etwas da. Also gut, Analyse:

Muttermal vorhanden	- Check
Traum bestätigt mich als Genträger	- Check
Mögliche weitere Lebensdauer 15 Jahre	- Check
Habe keine Nachkommen	- Check
dadurch Stopp des 64er-Gens	- Check
Höhlenkarte dürfte stimmen	- Check

Konnte ich irgendetwas an meinem anscheinend vorherbestimmten Schicksal ändern? Wer konnte mir da weiterhelfen?

Und vor allem: wofür? Sollte ich weitere Höhlen suchen? Den Eingang zu einem unterirdischen Zwergenreich? Quatsch. Ich war ein Mensch des 21. Jahrhunderts, ich glaubte nicht an unterirdische Zwergenreiche. Ich glaubte, dass ich schon viel zu viel Zeit mit den Geistern meiner Vergangenheit verschwendet hatte. Ich würde mich wieder den zumindest verbleibenden 15 Jahren meiner Zukunft zuwenden.

Daher musste ich mich noch besser auf das Treffen mit den Weisen Weibern vorbereiten. Ich musste Yggdrasil nochmals untersuchen und die anderen mythologischen Bilder ebenfalls. Vielleicht fand ich noch etwas heraus? Auch musste ich mich mit dem Maler der Figuren auseinandersetzen. Vielleicht fand ich Hinweise über ihn. Und natürlich musste ich mir die gesamten Scans des Voynich-Manuskriptes von der Yale Universität besorgen.

Also nochmals eine Analyse :

Yggdrasil hat im Detail gearbeitete Gesichter	- Check
Fluoreszierende Buchstaben sind auf dem Bild verteilt	- Check
Buchstaben sind ident mit dem Voynich-Manuskript	- Check
Ein F.M. ist bereit, 500.000 € dafür zu bezahlen	- Check
Yggdrasil hat 9 Welten, Voynichs Karte hat 9 Welten	- Check
Andere Hinweise im Voynich auf nordische Mythologie?	Kein Check

Das war die richtige Frage.

Ich musste das Voynich-Manuskript überprüfen, vorher jedoch die anderen alten Mythologiebilder auf Hinweise durchstudieren.
Ich klatschte in die Hände und stand ruckartig von der Couch auf – und da spürte ich plötzlich einen Schmerz im Lendenwirbelbereich. Nein, nicht! Ich versuchte noch, meinen Körper zu überreden, nicht in einen Hexenschuss zu fallen, aber es war schon zu spät. Der linke Rückenstrecker hatte sich zusammengezogen und ich fühlte schon, wie meine Hüfte zur Seite auswich und ich immer mehr die Form eines Fragezeichens annahm.
Jetzt aber schnell. Ich hatte für solche Situationen eine Art Erste-Hilfe-Plan entwickelt. Ok, ok nur keine Hektik. Ab ins Bad, ausziehen und vor dem raumhohen Spiegel hinstellen, so gut es geht. „Jawohl, welch ein wunder-

schönes Fragezeichen!", rief ich mit Begeisterung meinem Spiegelbild zu. Ich musste mich beeilen, denn mein Notfallprogramm wirkte nur ganz am Anfang, wenn die Muskeln noch nicht komplett verhärtet waren.

Ich streckte die Arme seitlich vom Körper aus und hob sie gestreckt über meinen Kopf. Bei dieser Übung halte ich die Luft an und versuche, mich zu konzentrieren, meinen Rücken zu strecken. Ich atmete aus und senkte die Arme. Diese Übung wiederholte ich zehn Minuten lang, bis sie sich automatisiert hatte und ich aufgrund der immer wieder gleichen Bewegungen samt Atmung in eine Meditation fiel.

Ich konzentrierte meine Gedanken ganz auf meinen Rückenstrecker und schickte ihm gedanklich Botschaften zu, loslassen und entspannen, loslassen und entspannen. Es hört sich verrückt an, das ist mir bewusst, aber heiligt der Zweck nicht die Mittel?

Nach zwanzig Minuten war ich wieder ziemlich gerade und vom Schmerz blieb nur ein etwas verkrampftes Gefühl in der Hüfte. Ich schalt mich einen Narren, da ich genau wusste, warum ich in diese Lage gekommen war. Ich war in letzter Zeit einfach zu wenig gegangen und marschiert. Sitzen war der Tod für meine Bandscheiben und auch für die Rückenmuskeln.

Ich musste gehen, jetzt!

Nachdem ich zur Unterstützung ein leichtes muskelentspannendes Mittel genommen und dann meine Trekking-Schuhe angelegt hatte, marschierte ich aus meiner alten Betriebshalle hinaus, quer über das Feld auf den Wald zu. Ich habe einen sehr schnellen Schritt und einmal gemessen, dass ich bei gerader Strecke sechs Kilometer in der Stunde zurücklege. Heute ging es mir aber eher um die bewusste Bewegung und das, wie ich es nenne, „Einschaukeln" der Hüfte. Nach fünf Minuten hatte ich das Feld überquert und bog auf den Waldweg ein. Ich liebe den Geruch von feuchtem Wald im Herbst. Die Blätter waren größtenteils schon von den Bäumen gefallen und vermischten sich mit dem nassen Waldboden.

Der Geruch, der mich umströmte, war eine Mischung aus nassem Holz, leichtem Pilzgeruch, nassem Laub, feuchten Nadeln und nährstoffreicher Walderde.

Ich liebe nicht nur den Geruch des Waldes, sondern auch das Gefühl der Geborgenheit und irgendwie ist da auch ein hohes Maß an Ehrfurcht, dass es mir erlaubt ist, diesen erlauchten Kreis der alten Baumriesen zu betreten. Es ist mir natürlich bewusst, dass Bäume landläufig gesagt Pflanzen sind, aber sie sind auch Lebewesen und haben einen Stoffwechsel und was mich eigentlich noch viel mehr beeindruckt, ist ihre lange Lebensspanne. Natürlich nur, wenn nicht wieder ein gieriger Mensch sie des Geldes wegen fällt.

Wenn ich wirklich alten Bäumen begegne, stelle ich mir oft vor, was diese schon alles gesehen haben könnten. Da Bäume viele hundert Jahre alt werden können und manche sogar weit über tausend, ist das schon ein faszinierender Gedanke. In den Jahrhunderten sind ganze Heerscharen von Völkern an ihnen vorbeigezogen. Pferde, Kutschen, Fuhrwerke, Autos, Flugzeuge haben sie gesehen. Menschen sind vorbeigejoggt, vorbeigewandert, haben sich in ihrem Schatten geliebt, gestritten, vielleicht auch geschlagen und gekämpft. Was haben die alten Bäume alles für Flüssigkeiten und Substanzen über ihre Rinde und ihre Wurzeln aufgenommen? Schweiß, Blut, Tränen ...

Während ich so durch den Wald marschierte und mich den Düften hingab, riss mich eine Bewegung rechts von mir aus meinen Gedanken. Es war nicht mehr als ein Rascheln und ein Huschen und mir war auch, als hätte ich ein Stück Fell gesehen. Da habe ich wohl einen Hasen aufgeschreckt, dachte ich mir.

Eigenartigerweise hörte das Geräusch nicht auf, sondern es blieb parallel zu mir. Es war kein richtiges Geräusch, eher ein Huschen, so in etwa, wie wenn der Wind sanft durch einen Blätterwald streicht. Es war aber windstill. Eine plötzliche Böe möglicherweise, dachte ich. Die 15 Meter neben mir mit genau meiner Geschwindigkeit gleichbleibend auf nahezu Bodenhöhe durch den Wald streift? Ich blieb stehen. Das Geräusch, wenn es überhaupt eines war, verstummte augenblicklich.

Eigenartig, es war wie ein Parallelgeräusch zu mir und meinem Vorangehen. Wenn ich ging, war das Geräusch da, wenn ich stehenblieb, hörte es auch auf. Ich sah auf den Boden: Ich stand in zwanzig Zentimeter hohem Laub und musste lachen.

Wahrscheinlich hatten die sehr dicht stehenden Bäume mein Echo zurückgeworfen und mir vorgegaukelt, da wären andere Geräusche im Wald.

Während ich noch über mich lächelte, begannen die Geräusche im Wald wieder, jedoch ohne, dass ich mich im Laub bewegt hätte. Also doch. „Was ist denn das für ein Spiel?!", rief ich halblaut in den Wald hinein. „Wer ist da?", rief ich, nun schon etwas lauter.

Ich bin ein Narr, dachte ich. Was in diesem Wald könnte mir denn gefährlich werden? Und mit dem neu gewonnenen Mut eines muskelanspannenden, über zwei Zentner schweren Abenteurers, setzte ich den ersten Schritt vom Weg in Richtung Dickicht. Das musste ich einfach aufklären.

Als ich jedoch den zweiten Schritt setzte, huschte vier Meter vor mir ein graubepelztes Etwas hinter einem Busch hervor und raste hakenschlagend tiefer in den Wald hinein.

Grauer Pelz, lange Ohren, lange Hinterbeine, gebückte Haltung. „Ein Hase", sagte ich zu mir und musste unweigerlich grinsen, denn was hatte ich denn sonst erwartet, wenn nicht irgendein Tierchen des Waldes?

Ich stieg zurück auf den Weg und setzte meinen Spaziergang durch den Wald weiter fort.

Tief durchatmend beobachtete er den Spaziergänger. In dem Gebüsch, fünfzig Meter entfernt, war er praktisch unsichtbar für ein menschliches Auge.

Das war knapp gewesen. Unvorsichtig war er gewesen, ja.

Das Laub übersehen hatte er. Dumm das war.

Wird nicht nochmal passieren. Er war eigentlich der Beste aus seiner Gruppe, und hatte bis jetzt immer Erfolg bei seiner Arbeit gehabt. Hatte er sich zu weit vorgewagt?

Anscheinend waren aber seine Verkleidung und seine imitierenden Bewegungen perfekt gewesen, ansonsten hätte der Mensch sicherlich Verdacht geschöpft …

Er streifte das juckende Hasenfell vom Kopf, kratzte sich ausgiebig unter dem Kinn und ließ sich im Schneidersitz nieder, um nachzudenken.

Kapitel 20

Nach dem Spaziergang war ich erfrischt und wieder einigermaßen gerade, zumindest im Rücken.
Meine Gedanken kreisten um Voynich, Yggdrasil, meinen Vater und den Traum. Ich musste irgendwie versuchen, einen roten Faden zu finden. Einen roten Faden in so unterschiedlichen Dingen zu finden, wäre natürlich beruhigend, aber zugleich auch beunruhigend. Beruhigend, weil man vorankommt. Beunruhigend – genau aus dem gleichen Grund. Weil man vorankommt und vielleicht einem Ziel näher, dem man eigentlich gar nicht näher kommen möchte.
Analytisch vorgehen, sagte ich mir.
Zuerst die anderen, seinerzeit auch gefundenen mythologischen Bilder untersuchen.
Nachdem ich sie aus dem Safe geholt und vorsichtig nebeneinander aufgereiht hatte, betrachtete ich sie nacheinander. Als Erstes das mir mittlerweile gut bekannte Yggdrasil-Bildnis: Unter der Lupe betrachtete ich fasziniert die Gesichter der Nornen. Diese drei Damen symbolisieren in der nordgermanischen Mythologie die Vergangenheit, die Gegenwart und die Zukunft. Erst jetzt fiel mir auf, dass sich die drei unglaublich ähnelten. Was heißt ähnelten, sie sahen absolut identisch aus. Der einzige Unterschied war die Handhaltung der drei.
Eine zeigte auf eine andere, diese auf die Dritte und die Dritte zeigte nach unten zu den Wurzeln des Baumes Yggdrasil. Nachdem ich schon so viel gelesen und auch in alten Bildern viele Botschaften gesehen hatte, würde ich versuchen, dies so zu deuten: Die Vergangenheit zeigt auf die Gegenwart und bestimmt somit über die Gegenwart, die Gegenwart zeigt und bestimmt über die Zukunft und die Zukunft zeigt nach unten.
Das wäre ein guter Ansatz für einen Künstler gewesen. Aber warum zeigte die Zukunft nach unten? Meinte sie die Wurzeln, die zu neuem Leben führten, oder weil das Wachstum unten, in der Erde beginnt?
Aber wer hatte diese Damen gezeichnet? Es musste ein wahrer Meister seines Faches gewesen sein, und es war mir auch keine Miniaturzeichnung aus dieser Zeit und in dieser Art bekannt.
Weiter zum nächsten Bild.

Das Orakel von Delphi.
Ebenfalls ein wunderschönes Bild. Es zeigte den Tempel des Apollon, in dem bereits in prähistorischer Zeit Weissagungen getätigt wurden. Die Priesterinnen des Orakels wurden Pythien genannt. Das Bild zeigte das Orakel, also den Tempel mit einem Teil des Berges Parnass. Vor dem Tempel standen drei Pythien, wobei zwei von ihnen in den Tempel deuteten, eine einladende Geste, und die Dritte nach unten. Interessant. Wieder drei Frauen und auch hier zeigte eine nach unten. Mal sehen, was das Vergrößerungsglas sagte.
Tatsächlich, alle drei Frauen waren perfekt gemalt, ihre Gesichter ausdrucksstark und realistisch.
Nachdem auch hier die Köpfe nur zirka einen Quadratmillimeter groß waren, ging ich davon aus, dass das Bild und die Details vom selben Maler wie bei Yggdrasil stammten. Auch gab es eine mythologische Verbindung mit den Nordländern: Der Tempel war dem griechischen Gott Apollon geweiht, dieser stammt der Sage nach vom Volk der Hyperborea ab. Das Land der Hyperborea lag im äußersten Norden der damals bekannten Welt und seine Bewohner waren riesenhaft von Gestalt, kannten keine Krankheit und verbrachten ihr extrem langes Leben mit Musik, Gesang und der Pflege der Natur. Eine sehr romantische Vorstellung, wir würden heute wahrscheinlich langweilig dazu sagen.
Ich musste unweigerlich grinsen, wenn ich mir vorstellte, wie grobschlächtige, drei oder vier Meter große Riesen mit Seidentuch zu den Klängen einer Laute tanzten.
Vor dem nächsten Bild gönnte ich mir einen doppelten Espresso und eine Zigarette.

Das nächste Bild führte mich nach Südamerika. Es war ein wunderschönes Bild von Machu Picchu.
Im Prinzip war es den bekannten Fotoaufnahmen der Anlage aus der modernen Zeit ähnlich, von leicht oberhalb mit der Bergspitze des Huayna Picchu im Hintergrund. Zwei Dinge jedoch irritierten beim Betrachten: Erstens war das Gemälde knapp 500 Jahre alt, zu dieser Zeit war Machu Picchu noch gar nicht entdeckt, und zweitens waren auf diesem Gemälde die Häuser und Mauern intakt. Auf den Terrassen tummelten sich Menschen. Die Stadt war bewohnt.

Ich kannte natürlich meine Bilder, aber erst heute wurde mir folgender Umstand klar: Der Künstler hatte Kenntnis von dieser verborgenen Stadt in den südamerikanischen Bergen, mehr noch, er musste sie gesehen haben, denn das Bild entsprach meiner Erinnerung an Bilder der Ruinen, aber das ließ sich leicht nachprüfen. Rüber zum Computer, das Internet geöffnet und Bilder von Machu Picchu suchen. Da! Bereits das fünfte Bild ein Volltreffer.
Der unbekannte Fotograf, der das Bild im Jahr 1998 gemacht hatte, und der Maler 500 Jahre zuvor müssen annähernd die gleiche Position gehabt haben. Unvorstellbar!
Ich schnappte mir die Lupe und ging damit langsam über das Bild. Viele Menschen mit bunten, langen Gewändern hatten sich auf der größten Terrasse versammelt und tanzten um eine riesenhafte, zirka vier Mal so große Puppe. Das könnte Viracocha sein. Die oberste Gottheit der Inka. Annähernd 200 Menschen bevölkerten das Bild. Viele tanzten um die große Puppe des Viracocha herum. Sie waren aufgrund der Größe des Bildes nur eher schemenhaft und unscharf zu erkennen. Nicht so der innerste Kreis um die Gottheit. Drei Frauen, alle in lange weiße Kleider gehüllt und mit einer Art durchsichtigem Schleier gezeichnet, waren wieder mit unglaublicher Präzision gemalt. Mit der Lupe konnte man ihnen direkt in die Augen blicken. Und wieder waren die Köpfe nicht einmal annähernd einen Zentimeter im Quadrat.
„Derselbe Maler", flüsterte ich. Ich muss sagen, ich war von Ehrfurcht überwältigt. Einmal abgesehen davon, dass es irgendwie sehr eigenartig war, eine Szene zur Feier des höchsten Inkagottes zu sehen, in einer Stadt, die man nur als Ruine kennt und von jemandem gemalt, der unmöglich zu dieser Zeit vor Ort gewesen sein konnte. Ich lehnte mich zurück und rieb mir die Augen. Mir schwirrte der Kopf.
Als ich mich wieder einigermaßen im Griff hatte, neigte ich mich erneut nach vorne, nahm das Vergrößerungsglas und sah mir die drei tanzenden Frauen an. Es waren „Intip Chinan", die erwählten Jungfrauen. Sie wurden bereits im Kindesalter ausgewählt und nur die Besten schafften es zu höchsten Ehren. Diese Frauen waren absolut tabu und sie reflektierten das reine und unverdorbene Göttliche. Sie hielten sich an den Händen, wobei die äußerste Rechte von der Statue weg sah, direkt aus dem Bild heraus, und mit ihrer freien Hand nach unten in den Boden zeigte.
Es war unglaublich.

Das dritte Bild, dieselben drei Frauen und immer wieder der Fingerzeig nach unten.

So, was zeigte das nächste Bild?
Die Osterinseln mit ihren Moai.
Ein fast mystisch anmutendes Bild. Es zeigte eine Art Hochebene mit drei Moai, wobei zwei bereits an ihrem Platz standen und die dritte gerade eingegraben wurde. Im Hintergrund war der Ozean mit der untergehenden Sonne zu sehen. Jahrelang hatten Experten schon diskutiert, wie es die Bewohner der Osterinseln geschafft haben könnten, diese Figuren mit ihren 15 bis 40 Tonnen Gewicht zu bewegen. Genauso wie der Pyramidenbau in Ägypten war es aber ein bislang ungelöstes Rätsel geblieben.
Auch dieses Bild vermittelte keine Klarheit darüber, da alle drei Figuren bereits standen. Eines fiel mir aber auf. Die mittlere Figur hatte so etwas Ähnliches wie lange Haare vom Kopf herabhängen. Das könnten auch Algen vom Meer sein, aber auf jeden Fall symbolisierte diese Figur eine Frau. Erst jetzt bemerkte ich, dass ihre Züge feiner und runder gearbeitet waren als die der Nachbarfiguren. Künstlerische Freiheit, dachte ich mir und nahm das Vergrößerungsglas zur Hand.
Wieder zeigte sich, dass die meisten auf dem Bild vorkommenden Menschen eher stilistisch angedeutet waren. Drei Frauen jedoch, die sich mit ihren Gewändern farblich auch nicht von den anderen Figuren unterschieden, waren wieder exakt gemalt. Sie waren vom Teint und von der Optik Polynesiern ähnlich. Zwei von ihnen halfen beim Feststampfen der Erde beim dritten Moai. Eine von ihnen sah wieder direkt aus dem Bild heraus und deutete natürlich, nach unten.
Schon wieder.
Gut, was hatten wir: Ich glaubte, es war ein Faktum, dass alle drei Bilder vom selben Meister gemalt worden waren. Er hatte alle nach derselben Art und Weise gemalt. Naturalistisch, wobei er immer drei Frauen besonders hervorhob, in einer Art, wie ich sie noch nie gesehen hatte.
In allen Bildern ging es um Mythologie und religiösen Glauben.
Alle Bilder waren in etwa 500 Jahre alt und wahrscheinlich von einem der Großen dieser Zeit gemalt worden. Vielleicht ein Schüler Verrocchios, wie es Leonardo da Vinci war? Die Epoche würde stimmen.

Nachdem die drei Frauen immer besonders hervorgehoben waren und anscheinend eine Botschaft trugen, fragte ich mich, welche Botschaft der Künstler wohl verbreiten wollte? Erde? Unten? Fruchtbarkeit?
Vielleicht gaben die anderen Bilder noch Hinweise preis.
Was hatte ich noch für Bilder?

Ein indisches aus dem hinduistischen Glaubensbereich.
Die Schöpfung aus Purusha. Bei dieser Geschichte wird der gesamte Kosmos vom Gott Purusha bedeckt. Die anderen Götter opferten ihn, um die Erde zu erschaffen. Er hat 1000 Köpfe und Gliedmaßen, aus denen alle Menschen mit den unterschiedlichen Kasten entstanden sind.
Auf dem unheimlich farbenfrohen Bild sah man einen Riesen mit unzähligen Armen und Köpfen auf der Erde liegen und aus seinen Gliedmaßen strömten Menschen unterschiedlicher Gesellschaftsklassen: Kaufleute, Handwerker, Sklaven und so weiter. Aus seinen Köpfen strömten Frauen in den typischen indischen Saris.
Und da waren sie wieder, meine drei wunderschön gemalten Nymphen. Sie tanzten anmutig vor den anderen her und zeigten alle drei mit der rechten Hand nach unten. Die linke Hand hatten sie in Hüfthöhe zu einer Geste ähnlich wie beim Yoga – Daumen und Mittelfinger berührten sich – von sich gestreckt.

Das vorletzte Bild war aus der keltischen Mythologie.
Nachdem die Zahl drei bei den Kelten magisch ist, ist es nicht verwunderlich, dass auf diesem Bild wiederum drei Frauen zu finden waren. Für die Kelten waren Göttinnen sehr wichtig und diese erschienen den Sterblichen meist in dreifacher Gestalt. Als junge und als reife Frau sowie als Greisin.
Genau das war es, was auf diesem Bild zu sehen war.
Drei Frauen in den unterschiedlichsten Lebensphasen standen in einem Kreis um ein kleines Felsengrab, auch „Dolm" genannt. Sie waren in Gewänder der Druidinnen gekleidet und hatten einen Blumenkranz in den Haaren. Die Jüngste blickte mit einem flehenden Blick zur Greisin und auch die Frau mittleren Alters hatte einen bittenden Blick aufgesetzt und sah die Greisin an.

Die hatte ihren Blick jedoch auf den Eingang des Felsengrabes gerichtet und deutete mit beiden Händen in das Dunkle hinein. Hmm, dieses mal keine Miniaturfrauen, sondern relativ groß gezeichnete Damen.
Moment, ich hatte diese keltischen Kultplätze schon einmal in Natura besichtigt. Es gab sie überall auf den britischen Inseln. Aber sie waren riesig. Mindestens zwei bis vier Meter breit und zwei bis vier Meter hoch.
Wenn auf diesem Bild ein solcher Felsendom dargestellt werden sollte, war er entweder sehr klein oder die Frauen sehr groß. Erst jetzt fiel mir der Wald im Hintergrund auf. Auf den ersten Blick sah es so aus, als wäre er weit entfernt. Doch dann sah man, dass er direkt hinter den Frauen war. Was war das für ein Fleck neben dem Fuß der Jüngsten? Vergrößerungsglas: Es war ein Eichkätzchen.
In Ordnung, jetzt verstand ich auch. Um zu zeigen, wie groß diese drei Damen waren, musste ein Größenvergleich her, und da wir uns in einem Wald befanden, passte das Eichkätzchen ganz gut.
Wie groß wird sich der Künstler die Frauen wohl vorgestellt haben? Ich würde einmal schätzen, so ungefähr acht bis zehn Meter. Deshalb erschien das Felsengrab auch so klein. Gut, Götter und Göttinnen werden immer viel größer als das gemeine Volk dargestellt, möglicherweise um ihre Überlegenheit widerzuspiegeln.

Das letzte Bild, das ich betrachtete, war ägyptisch.
Wie eine Art Comicstrip gezeichnet, in der typischen Seitenansicht wie bei allen ägyptischen Darstellungen. Zwischendrin Hieroglyphen und Symbole.
Am Ende eine Beerdigungsszene. Anubis holt den Sarkophag ab und bringt ihn in die Unterwelt. Begleitet wurde er natürlich von drei Frauen. Wieder in drei verschiedenen Altersstufen. Gut, hier hätten es die Tochter, die Ehefrau und die Mutter des Verstorbenen sein können.
Und natürlich deuteten sie alle wieder nach unten und auch Anubis zeigte in die gleiche Richtung.

Der ehemalige Besitzer der Bilder hatte wohl alle Bilder im selben Stil gesammelt: Drei Frauen auf mythologischen Bildern, die nach unten zeigen.
Und wahrscheinlich vom selben Meister gemalt.

Mir fielen schon fast die Augen zu, so müde war ich. Ich hatte mittlerweile fast vier Stunden ununterbrochen die Bilder untersucht und parallel dazu im Internet recherchiert. Ich wusste zwar einiges über Mythologie, aber die Details fehlten mir natürlich.
Einen letzten Versuch musste ich noch starten.
Ich legte alle sieben Bilder nebeneinander auf, stand von meinem Sessel auf und streckte mich erst einmal vorsichtig durch. Aaah, gut. Eine kleine Mobilitätsübung noch, sanftes Drehen des Oberkörpers nach links und nach rechts. Dann ging ich zum Lichtschalter und löschte das Licht.
Es war wie Weihnachten. Auf allen sieben Bildern leuchteten ähnliche Buchstaben, wie ich sie schon beim Yggdrasil entdeckt hatte. Was hatte das zu bedeuten? Gespannt ging ich im Dunklen zum Schreibtisch zurück und betrachtete die sieben Bilder.
Es war faszinierend. Ich weiß nicht, wie lange ich da stand und die Buchstaben betrachtet. Mit der Zeit verloren sie aber ihre Leuchtkraft und wurden dunkel wie der Rest des Bildes.
Ich verstaute alle wieder vorsichtig in meinem klimatisierten Safe. Ich wusste, ich hatte da etwas ganz Besonderes gefunden und ich hatte nicht vor, es um welche Summe auch immer zu verkaufen.
In dieser Nacht war ich so erschöpft, dass sich keine Träume einstellen konnten.

Kapitel 20

Die **Bewegung zur Wiederherstellung der Zehn Gebote** war eine ugandische Sekte, die durch einen breit angelegten Massenmord im Jahr 2000 Bekanntheit erlangte. Sektenführer und selbsternannter Prophet war Joseph Kibwetteere, der von sich behauptete, in Verbindung zur Jungfrau Maria zu stehen. Die Sekte, deren Führungsgruppe ferner die Geschwister Credonia und Angelina Mwerinde sowie Pater Kataribabo angehörten, hatte sich Ende der 1980er von der römisch-katholischen Kirche abgespalten, der Führer der Sekte Kibwetteere wurde vom damaligen Bischof John Baptist Kakubi von Mbarara exkommuniziert. Der kultische Mittelpunkt im Denken und Handeln der Gruppe war die Wiederherstellung der zehn Gebote, deren strikte Befolgung den Mitgliedern nach der Apokalypse das Seelenheil garantieren sollte. 1998 fiel die Gruppe erstmals auf, als in der von ihr betriebenen Schule Verstöße gegen das Gesetz der Kinderarbeit sowie grundsätzlich schlechte hygienische Bedingungen von der ruandischen Regierung beanstandet wurden. Die Heilige Schrift der Gruppe war *A Timely Message from Heaven: The End of the Present Time*, die alle Angehörigen mindestens sechs Mal gelesen haben mussten. Die Gruppe war ihrem Selbstverständnis nach eine *Arche der Aufrechten in einem Meer der Verderbtheit* und vertrat eine entsprechende Jenseitsmystik, in der ihren Anhängern Erlösung, den Ungläubigen jedoch Bestrafung zuteilwerden würde. Credonia Mwerinde galt in der Sekte als Inkarnation der Gottesmutter.

Die Sekte hatte eine eigene Endzeitmystik festgelegt und den 31. Dezember 1999 als vermeintlichen Tag des Weltuntergangs festgelegt. Als die Erde dennoch fortbestand, begannen einige Anhänger der Gruppe nach Berichten von Überlebenden misstrauisch zu werden. Sie verlangten ihr Eigentum zurück, das sie der Gemeinschaft zuvor übertragen hatten. Wer nach seinem Besitz gefragt habe, sei auf ungeklärte Weise verschwunden. Während eines Gottesdienstes in einer Kirche in Kanungu am 17. März 2000 fanden die ersten 530 Sektenangehörigen den Tod. Während der Feier ließen die Sektenführer die Tür vernageln und übergossen den Holzbau mit vier Kanistern Benzin und zündeten ihn an. Kibwetteere blieb nach dem Feuer verschwunden. Dass er nicht unter den Toten ist, gilt als sicher. Am Tag nach dem Massenmord wurde er lebend gesehen. In den kommenden Tagen wurden auf den übrigen Anwesen der Gruppe noch mehrere hundert Leichen entdeckt, sodass sich die Summe der Toten zum Schluss auf über tausend belief.

(Quelle vgl. https://de.wikipedia.org/wiki/Bewegung_zur_Wiederherstellung_der_Zehn_Gebote)

Kapitel 21

Endlich. Der Tag des Treffens mit den Weisen Weibern war da. Die letzten Tage habe ich mit alltäglichen Erledigungen verbracht, auch um einmal Abstand von den Dingen zu bekommen. Ich machte meine Sommer-Spielzeuge, die Motorräder und das Kanu, winterfest. Und bei dieser Gelegenheit räumte ich auch gleich wieder einmal die Garage zusammen. Es ist eigentlich unglaublich, was sich in einem halben Jahr alles so ansammelt.
Fahrräder samt deren Utensilien, ein altes Waffenrad, das ich auf einem Flohmarkt erstanden hatte, diverse Säcke mit Altpapier und Altkleidern vom Sommerputz, leere Schachteln mit diversen Verpackungsmaterialien und ein altes Kästchen, wobei ich nicht einmal mehr wusste, woher ich dieses hatte.
Gestern war Guggi vorbeigekommen und hatte mir gesagt, ich sei zum Treffen zugelassen. Voller Vorfreude öffnete ich eine gute Flasche Rotwein aus dem Burgenland und wir plauderten bis spät am Abend über ihren Verein. Wobei Guggi jedoch meinte, ich solle das Wort Verein vergessen und stattdessen das Wort Kreis verwenden. Auch warnte sie mich. Es waren in allen Kreisen überall auf der Welt auch durchaus bekannte Frauen dabei, auch sehr viele von bekannten und erfolgreichen Männern. „Wobei man sich natürlich jetzt fragen könnte, warum ihre Männer so erfolgreich sind", lachte Guggi. „Na ist doch so", sagte ich, „hinter jedem erfolgreichen Mann steht eine starke, erfolgreiche Frau." Guggi zog ihre Augenbrauen hoch, legte den Kopf zur Seite, schaute mir in die Augen und sagte: „*Hinter* jedem Mann? Oje, du musst noch so viel lernen."
Nachdem Guggi gegangen war, dachte ich über ihre Worte nach.
All die Jahrhunderte waren Frauen als Menschen zweiter Klasse angesehen worden. Sie durften sich nicht bilden, nicht wählen, nicht Auto fahren und mussten die scheinbar unwichtigen Dinge erledigen: kochen, putzen, waschen, Kinder großziehen. Irgendwie eigenartig, Frauen ertrugen all das mit einer kollektiven Demut vor dem Herrn der Schöpfung. In Indien und China gilt es leider auch heute noch als eine Katastrophe, wenn man Eltern eines Mädchens wird und nicht eines Jungen. Es ist pervers. Wir sprechen über ethisch richtige Tierhaltung, sind gegen Pelzzucht, und gegen Nationalismus und Rassismus sowieso, aber wir nehmen unsere eigenen Frauen nicht für

voll. Meiner Meinung nach haben wir Männer tief in unserem Inneren erkannt, dass Frauen eigentlich die besseren Menschen sind und vor lauter Angst, unsere Führungsposition zu verlieren und in der zweiten Reihe zu verschwinden, denunzieren wir sie, wo wir können, und fürchten uns vor starken Frauen. Ich kenne keinen erfolgreichen Mann, der nicht auch eine starke Frau an seiner Seite hat. Und alle sagen einhellig das Gleiche: „Meine Frau ist auch meine Partnerin, wir unterstützen und helfen uns gegenseitig."
Wenn man die erfolgreichen Männer der Geschichte durchleuchtet, wird man feststellen, sie hatten alle mindestens gleich starke Frauen als Partner an ihrer Seite. Natürlich nicht in ihrem spezifischen wissenschaftlichen oder politischen Bereich, aber auf privater Ebene. Jetzt wusste ich auch, wie Guggi das gemeint hatte. Nicht „hinter" einem erfolgreichen Mann, nein „neben" musste es heißen.
Das 21. Jahrhundert sollte das Jahrhundert der Frauen werden, aber irgendwie stockte es, und ich hatte das Gefühl, dass die Welt mehr denn je auseinanderdriftete. Während in den sogenannten Industrieländern die Frauen scheinbar langsam in Richtung Gleichberechtigung unterwegs waren, vollzog sich in vielen anderen Ländern eine Gegenbewegung. Deshalb war ich schon mächtig gespannt, was mich heute Abend erwartete.

Endlich, kurz nach Mittag, tauchte Guggi bei mir auf und fragte mich, ob ich bereit sei für die „Weisen Weiber". „Natürlich!", war meine Antwort und zehn Minuten später saßen wir schon in meinem Landy und zockelten nach Wien. Die Fahrt war angenehm entspannt und unsere Unterhaltung drehte sich um Belanglosigkeiten. Kurz vor 18 Uhr waren wir vor Ort.
Ein typischer 80er-Jahre Bau. Kongresszentrum mit Hang zur Hässlichkeit, fiel mir dazu ein. Ein flacher, geradliniger Bau mit den damals typischen Eternitplattenverkleidungen in hellem Grau, welche unten schon leicht angemoost waren. Große, verglaste Fassaden mit aluminiumfärbigen Profilen eingefasst. An der rechten Seite ein Anbau mit ebenfalls einem Flachdach, sozusagen der Bettentrakt. „Wow, sehr spirituell", murmelte ich, als wir zum Haupteingang schlenderten. Guggi schaute mich von unten an, grinste und sagte: „Warte es ab, die Fassade kann einen täuschen, das ist ähnlich wie bei Menschen, oder?!"

Womit sie wieder einmal recht hatte, denn was von außen wie ein nüchternes Kongresszentrum der achtziger Jahre ausgesehen hatte, entpuppte sich als unglaublich liebevoll und gemütlich eingerichtetes und charmant geführtes Familienhotel. Es war, als betrete man eine völlig andere Welt. Von außen kalt und lieblos, innen jedoch warm und gemütlich und man fühlte sich richtig willkommen.
Im Foyer war ein kleiner plätschernder Brunnen platziert, Blumen schmückten jedes Tischchen, welche von außerordentlich gemütlich aussehenden Sofas umgeben waren. Und was noch zum Wohlfühlgefühl beitrug, war der leichte Vanillegeruch in der Luft. Ich fühlte mich von der ersten Sekunde an heimisch.
Die Rezeptionistin sah so freundlich aus und ihr herzliches Lächeln ließ mich glauben, ich sei in einem Film. Als wir vor ihrer Theke die Koffer abstellten, sagte sie: „Einen wunderschönen Tag wünsche ich Ihnen ganz herzlich, ich bin Christine und freue mich, dass ich Sie als unsere Gäste willkommen heißen darf." Das Eigenartige ist, dass sie uns das Gefühl gab, nur auf uns gewartet zu haben und sich wirklich zu freuen, uns zu sehen. Mit ihrer zierlichen Gestalt, ihren schulterlangen, blonden Haaren und ihrer hellen Stimme hatte sie mich schon verzaubert. Guggi sagte: „Hallo Christine, wie geht's dir?" „Mir geht's wunderbar. Weißt du, ich habe mein Hobby jetzt noch mehr intensiviert und halte auch schon Kurse ab. Und ich freue mich wahnsinnig, dass sich der Kreis dieses Mal bei mir trifft."
Ich stand stumm daneben und beobachtete, wie Guggi und Christine sich erzählten, was so alles seit dem letzten Treffen geschehen war.
„Aha", dachte ich mir, „das Hotel oder Kongresszentrum gehört also Christine."
Nach dem Erhalt der Zimmerschlüssel bezogen wir die Zimmer und ich wurde ein zweites Mal überrascht. Die Zimmer waren winzig und was mir normalerweise ein beklemmendes Gefühl vermittelt, war dieses Mal genau umgekehrt. Ich fühlte mich unglaublich wohl. Das Zimmer war außerordentlich liebevoll eingerichtet. Die Wände waren in einem sonnigen Gelb gehalten, der kleine Tisch mit dem Sessel davor war so putzig, dass ich mich nicht getraute, darauf zu sitzen, aus Angst, den Sessel zu zerbröseln. Auf dem Tisch stand eine kleine Blumenvase mit frischen kleinen Blümchen, die an Margeriten

erinnerten. Das Bett war zwar ein Einzelbett, aber mit einer Breite von zirka 140 cm überbreit, was mir sehr recht war.

Als ich die erdfarbenen, mit der Wandfarbe abgestimmten Vorhänge zur Seite zog, blickte ich in den prachtvollen Garten mit mächtigen alten Laubbäumen, die in den Farben des Herbstes leuchteten. Die untergehende Sonne tat ihr Übriges dazu, den ganzen Garten in ein zauberhaftes, honiggelbes Licht zu tauchen. Ich fühlte mich pudelwohl.

Nachdem ich meine Unterlagen vorbereitet hatte – ich hatte Ausdrucke vom Voynich-Manuskript und vergrößerte Fotos meines Yggdrasil Bildes mit – ging ich in den Park, um ihn mir aus der Nähe anzusehen.

Das Treffen des Kreises war für 20 Uhr angesetzt und sollte in den Besprechungsräumen im Keller abgehalten werden, dort befand sich auch eine Bar, wie mir Guggi mitteilte und mit einem Augenzwinkern setzte sie hinzu: „Falls wir vor lauter Reden durstig werden."

Ich schlenderte durch den Park und dachte an meinen Vater und dessen eigenartiges Familienerbstück. Wobei sich natürlich die Frage stellte, ob man einen Gendefekt und irrwitzige Höhlenforschungs-Abenteuer überhaupt so nennen konnte.

Ich setzte mich auf eine Bank, die unter einer mächtigen Trauerweide stand. Ich mag Trauerweiden. Sie sehen so mächtig und gleichzeitig auch so filigran aus und machen auf mich den Eindruck einer alten weisen Frau. – Aha, ich schien mich schon geistig auf den Abend einzustellen. Ich ließ meinen Blick durch den Park schweifen und sah unweit meiner Position eine blonde Frau Yogaübungen durchführen Sie machte Sonnengrüße. Immer wieder. Genau in Richtung der fast schon untergegangenen Sonne. Als die Sonne hinter dem Hügel gänzlich verschwunden war, hörte sie mit einer tiefen Verbeugung auf. Respektvoll nickte ich mit dem Kopf, denn abgesehen davon, dass sie die Übungen flüssig und unglaublich harmonisch ausgeführt hatte, war es auch schön anzusehen, da diese Frau sehr gut aussah.

Als sie sich umdrehte, erkannte ich, dass sie mindestens 65 Jahre alt war und ich schämte mich ein bisschen, sie so chauvinistisch beobachtet zu haben. Sie aber winkte mir zu, als ob sie sagen wollte: „Mach dir nichts daraus, ich weiß, ich sehe aus wie zwanzig", warf ihren Zopf zurück, schnappte ihre Matte und schwebte anmutig davon.

„Na, der Abend kann ja heiter werden", murmlte ich in meinen Bart und stand auch auf, um zurückzugehen.

Als ich zum Kellerabgang kam, stand da ein Roll-up: „Treffen der internationalen Organisation ‚The Wise Women'. Geschlossene Gesellschaft. Nur für Mitglieder und geladene Gäste."

„‚The Wise Women, die Weisen Weiber'. Wie treffend übersetzt", sagte ich halblaut. „Aber unheimlich passend, finden wir", tönte hinter meinem Rücken eine sehr tiefe Damenstimme. Ich drehte mich um und schaute erstmals richtig blöd aus der Wäsche. Hinter mir standen die mit Abstand größten Frauen, die ich jemals in Natura zu sehen bekommen hatte. Ich bin mit meinen knapp 1,90 m nicht gerade klein und schmal, aber vor diesen Ladies sah ich aus wie ein Jüngling. Beide waren sicherlich an die 2,10 m groß und dermaßen kräftig gebaut, dass man richtig Respekt bekommen konnte. Sie waren schlank, aber ihre Schultern und Arme sahen aus wie jene von professionellen chinesischen Schwimmerinnen. Wären da nicht ihre sanfte Ausstrahlung und ihr gewinnendes Lächeln ...

Das mussten die beiden Schwestern Freya und Gullveig sein.

Freya hatte pechschwarzes, gekräuseltes Haar, das ihre Schultern bedeckte. Ihre Schwester Gullveig hatte strahlend blonde Haare, die glatt und glänzend zu einem Zopf geflochten waren.

„Johannes", brachte ich stockend hervor und streckte die Hand vor. Beide ergriffen die Hand mit einem Lächeln, drückten sie überraschend sanft und stellten sich überflüssigerweise vor. Dabei sagten sie: „Das haben wir uns gedacht. Du bist der Begleiter von Guggi und unser heutiger Gast."

Die zwei sahen wirklich wie nordische Göttinnen, besser noch wie Walküren aus. Sie waren auch danach gekleidet. Jede hatte ein bodenlanges Kleid an, welches in der Mitte mit einer goldenen Kette tailliert war. Die Säume der Ärmel und des Halsausschnittes waren mit einer kunstvoll bestickten Bordüre eingefasst. Ich war überwältigt, nicht nur von ihrer Größe, sondern auch von ihrer Ausstrahlung.

Beide schienen so um die 40 Jahre alt zu sein, strahlten aber eine Weisheit und Zufriedenheit aus, wie ich sie noch nie erlebt hatte.

„Gut, gehen wir los und begrüßen die anderen, ich bin schon neugierig, was du uns erzählen wirst", sagte Freya. Und gemeinsam stiegen wir die Treppe in den Keller hinab.

Überraschenderweise war der Keller nicht in schummriges Kerzenlicht getaucht und mit dunklen Stoffbahnen dekoriert und auch keine schwarzen Katzen und Hexenkessel konnte ich erspähen. Er war unheimlich gemütlich eingerichtet, eher wie eine Kellerbar in ein Wohnzimmer der 50er-Jahre integriert. Stilmöbel mischten sich mit gemütlichen Couches.
Guggi hatte mir erklärt, dass es keine Sprecher oder Obfrauen gibt, kein Startsignal für den Abend, kein Prozedere, sondern es war einfach nur ein zwangloses Treffen von Gleichgesinnten. Jede durfte reden und Theorien oder Ideen diskutieren, den anderen zuhören und sich mit ihnen austauschen.
Es gab natürlich eine Datenbank, auf der man registriert wurde, auf dieser schienen nicht nur die Kontaktdaten und das Profilbild auf, sondern auch die persönlichen Kenntnisse und Gebiete, für die man sich interessierte. Bei Guggi waren es die Heilmassage und die Energieströme im Körper. Und ich konnte bestätigen, dass sie eine sehr gute Heilmasseurin war. Sie fand die Problemzonen von selbst und ohne, dass ich etwas sagen hätte müssen.
Guggi war auch schon da und redete aufgeregt und lachend mit einer attraktiven Rothaarigen, die wie eine Zigeunerin angezogen war.
Überhaupt waren alle der ungefähr zwanzig anwesenden Frauen sehr individuell gekleidet. Die Altersspanne reichte von knapp 20 bis weit über 70 Jahre. Die Kleidung ging von normaler Alltagskleidung über grobe Jutestoffe, wie Guggi sie trägt, über mittelalterliche, lange Kleider bis hin zu Businesskostümen. Guggi hatte mir erklärt, dass es bei keinem dieser Treffen eine Kleiderordnung gab. Jede konnte in den Gewändern kommen, in denen sie sich am wohlsten fühlte. Es war auch schon vorgekommen, dass eine Frau völlig nackt aufgetaucht war, und zwar mit den Worten: „Ich war Modell von Beruf und musste immer die eigenartigsten und ungemütlichsten Kleider tragen, aber in Wirklichkeit belasteten mich die Kleider und ich fühle mich nackt am wohlsten". Selbst das war kein Problem, die Heizung wurde einfach etwas hinaufgedreht. Bei diesem Treffen, erzählte mir Guggi, zogen sich viele andere Frauen aus Solidarität ebenfalls aus.
Guggis Blick traf auf meinen, sie beendete das Gespräch und kam zu mir. „Aha, du hast unsere Walküren bereits kennengelernt." Das konnte ich bejahen, ich stand auch noch unter ziemlich positivem Schock.
Mittlerweile hatten sich schon mehrere Frauen um mich geschart, denn es kam wohl selten vor, dass jemand einen männlichen Gast mitbrachte.

„Also gut, machen wir es uns gemütlich und dann erzähl uns deine Geschichte", sagte Freya. Die Damen holten sich noch Getränke und verteilten sich danach auf den Sitzmöglichkeiten. „Wir sind schon sehr gespannt, welche Frage du hast und ob wir dir helfen können", meinte Gullveig.
Sie, ihre Schwester und Guggi hatten sich auf einer Couch drapiert, direkt vor einem leeren Ohrensessel, der wohl für mich bestimmt war. Ich blieb aber lieber stehen, damit mich auch alle gut hören konnten, und begann.
Ich erzählte, womit ich mich beruflich beschäftigte und erwähnte meinen Glücksfund in Florenz. Als ich die mythologischen Bilder ins Spiel brachte, hatte ich bereits die volle Aufmerksamkeit aller Anwesenden. Beim Bericht über die fluoreszierenden Buchstaben hätte man eine Stecknadel fallen hören können. Als ich dann noch die Fotos aus der Umhängetasche zog, standen alle auf und betrachteten neugierig die von mir auf dem Kaffeetischchen ausgebreiteten Unterlagen.
Plötzlich redeten alle aufgeregt durcheinander und viele Fragen prasselten auf mich ein. Nach zwei Minuten des babylonischen Sprachgewirrs erklang die dunkle Stimme Freyas: „Jetzt beruhigen wir uns alle wieder etwas und jede stellt ihre Fragen, aber bitte der Reihe nach, sonst könnte Johannes ja meinen, wir wären nichts weiter als ein überdrehter Hühnerhaufen."
Bei den letzten Worten musste ich grinsen, denn das waren auch die Worte, die mir in den Sinn gekommen waren.
„Von wem stammte der Sekretär, den du gekauft hast, eigentlich ursprünglich?", wollte eine ältere Dame wissen. „Der Verkäufer in Florenz sagte, der Tisch sei ursprünglich aus Venedig gekommen", antwortete ich. „Sind das alle Bilder, die du darin gefunden hast?", wollte eine weitere Dame wissen. „Es waren noch römische Schriftrollen darin, aber die habe ich vor langer Zeit verkauft. Ich denke, es waren Gesetzesrollen, sie waren alle in Latein", antwortete ich. „Ich glaube, wir sollten uns eher den Buchstaben zuwenden und dem Inhalt der Bilder, meint ihr nicht?", hörte man plötzlich Freyas tiefe Stimme über dem Gemurmel.
„Meine Schwester hat recht", stimmte auch Gullveig zu. Sie war bis jetzt ausnehmend still gewesen. Ihre Stimme hatte einen festen Klang, als wenn sie sich ihre Antworten immer genau überlegte und erst dann sprach, wenn sie sich sicher war, die passenden Worte zu sagen. „Johannes, wo sagtest du, hast du die Buchstaben schon einmal gesehen?", fragte Freya.

Ich schaute auf und während ich mich noch einmal über die Größe der beiden Schwestern wunderte, antwortete eine Stimme aus dem Hintergrund: „Es sind die gleichen Buchstaben wie im Voynich-Manuskript". Alle drehten sich um und sahen, dass hinter Freya und Gullveig Christine stand. Freya lächelte und sagte: „Natürlich, eigentlich hätten wir nur dich fragen müssen". Christine stand etwas beschämt da und schaute zu Boden. Eine sehr eigenartige Szene: Christine war eine sehr kleine und zarte Frau, die fast ein wenig zerbrechlich wirkte, und vor ihr standen Gullveig und Freya, auch Frauen, aber mindestens doppelt so schwer und optisch fast das Dreifache an Volumen. Trotz der physischen Präsenz, die von den beiden ausging, spürte man den Respekt, den sie der zarten Christine zollten.

Guggi war an mich herangetreten und flüsterte mir zu: „Christine hat so eine Art fotografisches Gedächtnis. Alles, was sie sieht oder jemals gesehen hat, kann sie immer wieder abrufen." „Wow, das ist unglaublich", antwortete ich tief beeindruckt. Guggi schaute mich von unten an und sagte: „Nicht immer, denn sie vergisst auch die bösen und schlechten Momente nicht, die das Leben so bereit hält. Es ist eine Gabe, aber leider auch ein Fluch".

Die Frauen machten Platz und Freya schob Christine zärtlich zu dem Kaffeetischchen.

So, wie Freya und Gullveig hinter Christine standen, kann man sich die physische Präsenz von Schutzengeln vorstellen: Vorne das kleine, blonde, zerbrechliche Mädchen und hinter ihr wie ihre Leibwächter zwei menschgewordene Felsen, die wohl kaum irgendetwas aus der Fassung bringen kann. Christine strich mit ihren Fingern vorsichtig über die Buchstaben auf den Bildern und sagte nach einer Weile „Ja, ich bin mir absolut sicher. Diese Buchstaben stammen aus dem Voynich-Manuskript." „Sehr gut, dann haben wir deine Theorie so gut wie bestätigt, Johannes", sagte Freya.

Ich räusperte mich und sagte dann etwas enttäuscht: „Ja gut, ehrlich gesagt habe ich mir etwas mehr erwartet." Alle um mich herum begannen nun zu lächeln. „Guggi, wir dachten, du hast Johannes erklärt, wer wir sind und wie es so abläuft?", meinte Freya an Guggi gewandt. Guggi grinste schief und sagte dann: „Das wollte ich euch überlassen, diese Ehre soll euch zuteilwerden." Freya lachte und auch die andern grinsten. Anstelle von Freya ergriff plötzlich Christine das Wort: „Nun Johannes, wir sind nicht nur ein Zusammenschluss von esoterisch interessierten und besonders veranlagten Frauen,

wir sind grundsätzlich alle einer Meinung." „Und die wäre?", fragte ich und hatte plötzlich das Gefühl, der einzige Blinde unter Scharfsichtigen zu sein. „Setzen wir uns", sagte Freya, „das könnte ein bisschen dauern."
Als wir alle wieder saßen, begann Freya zu erzählen: „Wie du sicherlich schon weißt, sind wir ein Zusammenschluss von Frauen, und zwar weltweit. So unterschiedlich wir auch sind, es verbindet uns etwas, das stabiler ist als alle Regeln und Normen, Gesetze und Grenzen. Wir sind überzeugt, dass wir nicht alleine sind. Aufgrund unserer vielfältigen Interessen und Spezialgebiete können wir sagen: Es gibt noch viel mehr auf der Welt als uns das Schulwissen vermitteln kann. Viele von uns haben in den Jahren Kräfte und Fähigkeiten entwickelt, die unglaublich sind. Wir haben Frauen in unseren Reihen, die sich schon seit vielen Jahren nur von Energie in Form von Sonnenlicht ernähren, sie essen nicht und trinken nicht. In unserer Gesellschaft befinden sich Frauen, die die Aura eines Menschen sehen können. Auch sind welche dabei, die die Gabe der Heilung in unterschiedlichsten Ausprägungen erlernt haben. Energetikerinnen, die dich nur durch Handauflegen von Schmerzen heilen können, Schamaninnen, die im Geiste deinen Körper durchwandern, Strömungsleserinnen, die die verstockten Energieströme im Körper wieder fließen lassen, wie zum Beispiel unsere Herta da hinten."
Sie zeigte auf eine ältere Frau, die sich mit einem Tee in eine Ecke zurückgezogen hatte. Sie winkte mir freundlich zu.
„Auch Guggi hat eine heilende Gabe, sie spürt Verspannungen und Verknotungen im Haut- und Muskelgewebe, ohne dass man es ihr sagen muss, und kann die Heilung von Verletzungen beschleunigen, indem sie die Selbstheilungskräfte des Körpers aktiviert. Ich nehme an, das weißt du sicher, oder?" Ich nickte stumm und wartete auf weitere Erklärungen.
Freya fuhr fort: „Viele unserer Gaben blieben in den letzten Jahrhunderten ungenützt, größtenteils deshalb, weil Männer, allen voran sämtliche Kirchen dieser Welt, die ja von Männern geleitet werden, Angst vor unseren Fähigkeiten hatten. Im Mittelalter wurde jede Frau, die sich in der Kräuterkunde auskannte, sofort als Hexe denunziert und von der Inquisition verfolgt, gefoltert und ermordet. Selbst heute ist es nicht ganz ungefährlich *anders* zu sein, vor allem als Frau. Wenn ich an unsere Schwestern in anderen Staaten denke, wo Männer glauben, sie seien das Maß aller Dinge und Frauen behandeln wie den

letzten Dreck, werde ich so zornig, dass ich mich nur schwer beherrschen kann."

Ich sah Freya an und musste unwillkürlich schlucken. Ihre Augen waren geweitet, ihr Gesicht gerötet, an ihrem Hals traten die Adern hervor und ihre Hände hatte sie zu Fäusten geballt. Gullveig berührte sie sachte an der Schulter, Freya drehte ihr wütend den Kopf zu, sodass ihre schwarze Lockenmähne flog. Aber Gullveig lächelte nur und sagte: „Ruhig, ganz ruhig. Es wird sich ändern, du wirst sehen". Freyas Ärger verflog, sie drehte sich wieder zu mir, sah mich an und sagte dann: „Entschuldige den heftigen Gefühlausbruch, aber da habe ich mich in Rage geredet. Ich weiß, du bist anders, das habe ich bereits bemerkt, als wir uns getroffen haben. Auch die Männer ändern sich. Es geht nur viel langsamer als bei uns, ihr seid noch nicht soweit." Sie grinste und vereinzelt lachte eine der Frauen. Die positive Stimmung war wieder da.

„Kurz hatte ich das Gefühl, vor einer kriegslustigen Walküre zu stehen, die mir mit Blitz und Donner den Kopf mit einem meterlangen Schwert abschlägt." Leider hatte ich den letzten Satz nicht gedacht, sondern laut gesagt. Das Lachen verstummte sofort und Freya schaute mich grimmig an, auch Gullveig beugte sich fragend vor. Ich zog meine Mundwinkel nach oben und zeigte mein schönstes Grinsen: „Entschuldige, ist mir so rausgerutscht."

Freya kam noch näher und schlug mir ganz kumpelhaft auf die Schulter. Und während ich noch eine Schulterluxation befürchtete, schlug sie sich mit der anderen Hand auf das eigene Knie und sagte prustend: „Wir verstehen uns wunderbar." Alle stimmten in das erlösende Lachen ein, ich rieb mir die Schulter und lachte mit.

„Wo war ich?", fragte nach einer Weile Freya.

„Bei den verfolgten Frauen", sagte Gullveig.

„In Ordnung. Also du weißt nun, jede von uns – und wahrscheinlich jede Frau auf dieser Welt – hat besondere Gaben und Talente. Ich will gar nicht sagen, dass ihr Männer die nicht habt, nur meistens schämt ihr euch dafür und versteckt sie tief in euch drinnen. Aber egal, reden wir über die Frauen der *Wise Women*. Wie du gehört hast, ist Christine ein Mensch mit fotografischem Gedächtnis und kann wie bei einer Datenbank alles, was sie schon jemals gesehen hat, abrufen. Was du aber brauchst, ist jemand, der dir sagen kann, warum auf deinen mythologischen Bildern Voynich-Buchstaben sind und warum sich die Bilder ähneln und wahrscheinlich vom gleichen Künstler stammen. Und

die wichtigste Frage: Wozu das alles? Aber die Frage, die du dir stellen solltest, ist: Bist du bereit für dieses Wissen? Wird dich das Wissen möglicherweise aus deinem bis jetzt sicheren, komfortablen Leben reißen? Wir können dir helfen, aber wie gesagt, die Frage ist, ob du bereit bist, unsere Hilfe anzunehmen? Das Wichtige daran ist, dass du es selbst wollen musst und auch tief in deinem Inneren bereit bist, es zu akzeptieren. Bist du das?", fragte Freya.
Alle Blicke ruhten auf mir, ich konnte es förmlich spüren. Was könnten sie mir sagen, was möglicherweise mein Weltbild für immer zerstören würde? Immer wenn ich etwas nicht sofort entscheiden konnte oder wollte, nahm ich mir eine Auszeit, so auch dieses Mal: „Gebt mir 15 Minuten, ich muss darüber nachdenken", sagte ich, stand auf und ging aus dem Untergeschoß hinauf in den Garten. Der war mittlerweile bis auf die beleuchteten Wege dunkel.
Ich ging wieder zu der Parkbank, nahm eine Zigarette heraus und zündete sie mir an. Ich saß da im Halbdunkel und konnte irgendwie keinen klaren Gedanken fassen. Ich war leer im Kopf, es waren in der letzten Stunde einfach sehr viele Eindrücke auf mich eingeprasselt.
Hinter mir spürte ich mehr eine Bewegung, als ich sie hörte. Ich drehte mich um und sah in den finsteren Teil des Parks hinein. Ich versuchte, im Dunkeln eine Bewegung zu erkennen, was mir aber nicht gelang. Meine Sinne waren bloß angespannt, dachte ich und drehte mich wieder nach vorne.
Ich erschrak.
Keine drei Meter von mir entfernt stand die blonde Gullveig und lächelte mich an. „Hast du dich erschreckt? Das wollte ich nicht, entschuldige", sagte sie. „Ist schon in Ordnung, ich dachte nur, ich habe hinter mir etwas gehört", antwortete ich. „Wird wohl ein Eichkätzchen gewesen sein", meinte Gullveig. „Darf ich mich setzen?" „Natürlich, nimm Platz", war meine Antwort.
Verstohlen schaute ich sie von der Seite an. Sie sah so unglaublich aus, aber das richtige Wort für ihr optisches Erscheinungsbild wollte mir nicht einfallen. Rein und klar – das wären die Wörter, mit denen man sie beschreiben könnte.
„Weißt du, was meine Gabe ist?", fragte Gullveig, drehte dabei den Kopf und sah mich mit tiefgrünen Augen an. „Irgendetwas Keltisches?", antwortete ich und ärgerte mich sogleich über diese doofe Äußerung. „Ich bin eine Seherin. Ich kann erkennen, wie der Mensch tief in seinem Inneren wirklich ist, welche

Stärken er hat und auch welche Aufgaben ihm noch in seiner Zeit bevorstehen werden. Soll ich einmal in dich hineinsehen?", fragte sie. „Wenn es nicht wehtut", antwortete ich. Und ärgerte mich sogleich über diese weitere blöde Antwort. Sie lächelte sanft: „Es wird nicht wehtun, zumindest nicht körperlich, das verspreche ich dir." Sie nahm meine Hand und schloss die Augen.
Nach ein paar Augenblicken des ruhigen, entspannten Atmens fing sie zu erzählen an: „Du bist ein interessanter Mensch. Du hast viele verborgene Talente, aber auch große Ängste in dir. Deine Vergangenheit verfolgt dich. Nein, nicht nur deine. Die deiner ganzen Familie. Oh, interessant du hattest einen Zwerg in deiner Familie."
Das war der Zeitpunkt, wo mir mulmig wurde.
Gullveig aber hörte nicht auf, sondern fuhr fort: „Dein heutiges Erscheinen ist das erste in einer Reihe von zukünftigen Treffen mit Wissenden. Einen hast du bereits einmal getroffen, aber du wirst ihn wiedersehen. Oh!" Sie stockte kurz und fuhr dann mit einem überraschten Tonfall fort: „Du bist erwählt zurückzukehren, wenn du es wünschst. Denn du stammst von einem ehrwürdigen Volk ab."
Tun wir das nicht alle?", fragte ich.
Gullveig öffnete ihre Augen und schaute mich tiefgründig an, dann sagte sie: „Du hast recht, im Grunde ja, aber bei normalen Menschen ist ihre Herkunft meist bis zur Unkenntlichkeit verwaschen, bei dir ist sie nahezu frisch. Erst wenige Generationen alt. Der Zwerg, dein Vorfahr, von wo stammte er ursprünglich?" „Das weiß niemand", antwortete ich, „nicht einmal er selbst hat es gewusst." „Interessant, deine Geschichte. Du bist interessant. Eigentlich noch viel interessanter als deine Bilder mit den geheimnisvollen Buchstaben." Mit einem rätselhaften Lächeln auf den Lippen schloss sie wieder ihre Augen, nach einer mir schier endlos langen Zeit sagt sie dann: „Du könntest eine große Aufgabe zugeteilt bekommen, wenn du dich als würdig erweist. Hier verliert sich das Bild in einem Schleier, da es nicht klar ist, wie du dich entscheiden wirst."
Sie öffnete wieder ihre Augen.
Mir war plötzlich sehr kalt, und ich fühlte mich etwas überfordert. Anscheinend merkte Gullveig meine Unsicherheit. Sie beugte sich zu mir und umarmte mich. Als sie mich so hielt, flüsterte sie mir in mein Ohr. Und ich erinnere mich noch heute, als ob es gestern gewesen wäre, der Kunst ihrer Worte: „Jo-

hannes, du hast eine immense Kraft in dir. Du bist auserwählt, etwas ganz Besonderes zu erfahren. Wenn du es möchtest und dein Schicksal dir deinen Weg zeigen darf, werden sich dir Dinge eröffnen, von denen du bis heute nicht einmal zu träumen gewagt hast. Dieser Weg wird jedoch nicht einfach, sondern ausgesprochen schwierig werden. Wenn du es nicht möchtest, ist es auch gut. Grundsätzlich ist es nämlich egal, wie du dich entscheidest. Die Hauptsache ist jedoch", hier machte sie eine Pause und holte tief Luft, „du entscheidest mit deinem Herzen und nicht mit deinem Verstand."

Sie löste die Umarmung, glitt von der Bank und schwebte, ohne sich noch einmal umzudrehen, davon.

Und ließ mich verwirrt zurück.

Kapitel 22

Als ich wieder im Konferenzsaal war, schien es, als hätte die Zeit stillgestanden. Alle saßen noch genauso da, wie zu dem Zeitpunkt, als ich sie verlassen hatte. Freya erwartete mich und sah mich fragend an.
„Und? Hat meine Schwester dir bei deiner Entscheidung helfen können?" „Oh ja", antwortete ich. „Ich habe mich entschieden. Ich möchte den Weg des Wissens gehen und bin bereit, dabei Dinge zu erfahren, die mein Weltbild möglicherweise ins Wanken bringen könnten."
„Gut", sagte Freya und erzählte dann Folgendes: „Die Weisen Weiber sind eine weltumspannende Gemeinschaft, ein Bund von Frauen, die sich auf ihre Art und Weise den feinstofflichen Dingen zugewandt haben. Als ich dir vorher erzählt habe, dass wir der Überzeugung sind, nicht alleine zu sein, habe ich dir nicht alles erzählt. Das habe ich bewusst getan, ich wollte dich vorher noch überprüfen. Was Gullveig auch getan hat. Wir haben zwischenzeitlich abgestimmt, ob wir dir vertrauen können oder nicht. Es wird dich freuen, dass wir einstimmig davon überzeugt sind, dass wir das mit gutem Gewissen tun können. Wir glauben alle an etwas. Wir glauben, dass wir Menschen nur ein Teil von etwas viel Größerem sind. Sämtliche Religionen auf der Welt ähneln sich. In allen gibt es so etwas wie einen Verhaltensritus. Beim Christentum sind es zum Beispiel die 10 Gebote. Wir stehen aber über den Religionen, die für uns nur ein Mittel zum Zweck darstellen – ähnlich einer Liste von Verhaltensregeln in einer Wohngemeinschaft. Du sollst dies nicht tun und jenes unterlassen, wobei der Endzweck klar ist: ein harmonisches Zusammenleben der unterschiedlichsten Rassen und Kulturen. Selbstverständlich ist alles Auslegungssache und unsere Schwestern in den muslimischen oder hinduistischen Ländern leiden unter der männlich dominierten Auslegung der alten Schriften. Was für ein Mumpitz. Oder denkt irgendjemand, dass ein Prophet kommt und befiehlt: ‚Verhüllt eure Frauen?' Oder ein anderer Prophet behauptet: ‚Männer sind mehr wert als Frauen?' Leider wird dort die Religion als Politikum missbraucht, oder besser noch, vergewaltigt. In all diesen Ländern, und es sind leider sehr viele, gibt es mutige Frauen, die mit uns Kontakt halten und schon seit Jahrhunderten im Untergrund arbeiten, um ihr Dogma weiterzugeben. Wir wissen, dass es auf unserer Welt Lebewesen gab und möglicher-

weise immer noch gibt, die wir nur aus Fabeln und alten Geschichten kennen: Riesen, Zwerge, Zwitterwesen zwischen Tier und Mensch. Du kennst dich mit Büchern aus. Ich sage dir, es gibt keine einzige Kultur, in der keine Riesen vorkommen. Von den Anden bis nach Europa, von Afrika bis nach Japan. Überall findest du in alten Überlieferungen Mythen darüber. Amerika wurde von Kolumbus entdeckt? Da lachen wir doch alle darüber. 14.000 Jahre vor Kolumbus siedelten sich schon Menschen in Südamerika an und bestaunten die Hinterlassenschaften einer ihnen unbekannten Kultur, die lange vor ihnen hier war. In jeder Kultur über dem Erdball verstreut gibt es eine vergangene Sintflut. In jeder Kultur gibt es Mythen über ein untergegangenes Land. Lemuria, Atlantis, Mu und so weiter. In jeder Kultur gibt es Götter, die den Menschen Ratschläge erteilen und versuchen, sie für das Zusammenleben zu schulen. Auch gibt es überall die Mythen, dass die Götter zwar die Menschen als ihre Ebenbilder geschaffen haben, teils aus Sand, Lehm, einer Rippe und was es noch alles gibt. Was wäre, wenn diese Götter, ‚die alten Götter', tatsächlich alle existiert hätten? Was wäre, wenn es einen Sonnengott Re und einen Sonnengott Ra, einen Sonnengott Utu bei den Sumerern, einen Zeus bei den Griechen, einen Jupiter bei den Römern und einen Odin bei den Nordvölkern gab und dies ein und dieselbe Person war? Ach ja, in Indien heißt er Vishnu. Ich sage dir, wir alle sagen dir, es ist alles wahr. Wir sind alle eins, wir haben denselben Ausgangspunkt. Dieser liegt sehr weit in der Vergangenheit, aber wir wissen auch, dass es in regelmäßigen Abständen im Erdgeschichtsalter außergewöhnliche Menschen gab, die die unterschiedlichsten Dinge erfanden, die es der Menschheit erlaubten, einen Evolutions- oder Entwicklungssprung durchzuführen. Ich sage dir, all diese Menschen wurden geimpft mit einem, sagen wir einmal, göttlichen Funken. Christlich gesprochen, ist der Heilige Geist in sie gefahren. Wir können nicht sagen, wer die Götter waren. Waren sie ein Volk von einem fernen Planeten oder waren sie aus einer anderen Dimension? Wir wissen es nicht. Vielleicht waren oder sind es auch wirkliche Götter? Es gibt so viele Theorien, wie es Menschen auf der Welt gibt. Und doch hat sich seit unserem Zusammenschluss der Weisen Weiber einiges geändert. Wenn viele Menschen ihr Wissen einbringen und mit anderen teilen, wird das Wissen jedes Einzelnen größer. Das ist bei uns geschehen. Jede, die etwas wusste und dies beweisen konnte, wurde in den Wissenspool eingetragen. Viele verließen daraufhin unsere Gemeinschaft

wieder, da sie ihren Glauben nicht ablegen wollten oder konnten. Das Eigenartige am Glauben ist aber, dass es nur davon abhängt, wo du geboren bist, welchen Glauben du danach meist dein ganzes Leben haben wirst. Also steht der Glaube sehr stark mit Geografie in Verbindung und alleine das ist schon absurd. Ich kann dir aber eines heute mit hundertprozentiger Sicherheit sagen: Gott oder Götter, die wir anbeten können, gibt es keine und hat es nie gegeben. Aber es gab außergewöhnliche Lebewesen auf der Erde. Auch das ist korrekt. Es gab einen Jesus von Nazareth, es gab einen Mohammed und auch einen Buddha. Und dass sie die Menschen inspiriert haben, ist unbestritten, aber auch nicht mehr und nicht weniger. Von den gerade genannten drei wissen wir es mit Sicherheit, denn wir haben ihre Nachkommen in unserer Gemeinschaft."
Bei dieser Aussage grinste Freya und ich wurde blass. „Ihr habt einen Nachfahren von Jesus in euren Reihen?", schnaubte ich.
„Genauer gesagt sind es zwei Schwestern und ich kann dir auch sagen: Dan Brown war gar nicht so weit weg von der Wahrheit", sagte Freya und grinste noch breiter.
Jetzt war ich richtig aufgekratzt. Nicht dass ich besonders gläubig wäre, aber allein der Gedanke daran, dass so etwas real möglich sein könnte, ließ mich schaudern.
„Damit müsste man doch an die Öffentlichkeit gehen, oder?"
„Wozu?", antwortete jetzt Gullveig. „Die Kirchen dieser Welt würden niemals irgendetwas zugeben, was ihnen politischen Machtverlust bescheren würde. Lebende Götter kann man nicht anbeten, und Tote sind leichter zu kontrollieren. Sie würden uns in Misskredit bringen und uns jagen und mundtot machen." Mit geschlossenen Augen fuhr sie fort: „Und das ist in der Vergangenheit ja schon oft genug geschehen."
Freya holte die Fotos meiner Bilder und sagte: „Du kennst dich ja damit aus, wie alt schätzt du diese Bilder?"
Ich nahm sie in die Hand, betrachtete sie zum wiederholten Male und sagte: „Ich denke, sie sind 500 Jahre alt."
„Ist dir aufgefallen, dass auf allen Bildern drei Frauen besonders gut zu sehen sind oder auch hervorgehoben wurden, wobei zumindest eine davon immer nach unten zeigt?"

„Auch das ist mir aufgefallen", sagte ich, „aber ich kann mir keinen Reim darauf machen."
„Vielleicht meinen sie oder der Künstler die Erde selbst?", warf Christine ein.
„Und wenn wir die Voynich-Buchstaben übersetzen, vielleicht bekommen wir da einen Hinweis?", fragte eine andere.
„Das wäre eine gute Idee", sagte Freya, „aber kennt irgendjemand zufällig einen Übersetzer für eine Geheimsprache, die bis jetzt hundert Jahre lang auch von den klügsten Köpfen nicht entschlüsselt werden konnte?"
Es wurde still im Raum. Niemand sagte etwas, jeder grübelte vor sich hin. Ich nahm einen Schluck vom Weizenbier, das mir Christine netterweise gebracht hatte. Das konnte ich jetzt brauchen, nach diesen Informationen.
„Ich hätte da eine Idee", sagte Gullveig leise.
„Wir können eine Anfrage an unser Netzwerk stellen, nur mit vereinzelten Buchstaben. Ob es eine der Wise Women lesen oder zumindest übersetzen kann."
„Gute Idee!", rief Freya aus und klopfte ihrer Schwester heftig auf die Schulter. Bei einem normal gebauten Menschen wäre wahrscheinlich das Schlüsselbein rausgesprungen. Schnell war ein Scanner bei der Hand und die Buchstaben der Bilder erschienen auf dem Schirm.
„Wir schicken aber zuerst einmal nur die Buchstaben, die du auf Yggdrasil gefunden hast raus, ok?"
Ich nickte: „Hauptsache, wir kommen irgendwie weiter."
Freya schickte die Anfrage an die Homepage, das interne schwarze Brett. Dann lehnte sie sich zurück und seufzte: „Gut, jetzt müssen wir warten."
Die Damenrunde vor dem Laptop löste sich auf und begann sich mit Tee und anderen Getränken zu versorgen, um sich in kleinen Gruppen aufgeteilt in die gemütlichen Plauderecken des Raumes zu verziehen. Freya, Gullveig und ich blieben beim Laptop sitzen und machten uns auf der wunderschönen alten Chaiselongue lang. Frei übersetzt heißt Chaiselongue ja langer Sessel. Und wenn man die beiden Schwestern so anblickte, wirkte die Couch unter ihnen wirklich wie ein Sessel. „Darf ich euch etwas Persönliches fragen?", meinte ich schüchtern.
„Nur zu", sagte Freya, „du darfst uns alles fragen."
„Zuerst muss ich euch gratulieren. Die Namen Freya und Gullveig passen perfekt zu euch. Auch euer Wesen ist dem nordischen Adelsgeschlecht sicher-

lich nicht unähnlich. Aber sagt mir bitte, warum seid ihr so riesig?" Ein leichtes Grinsen entfuhr mir. Aber ich fühlte mich in der Gesellschaft der beiden sehr wohl und deshalb fragte ich auch gleich so offen.
„Tja, was sollen wir dir sagen? Eigenartigerweise waren bei uns alle immer sehr, sehr groß, zumindest in der Linie unseres Vaters. Unseren Vater hättest du sehen müssen, er war ein Riese und hatte Schultern wie ein Türstock, so breit. Und mit seinem grauen Vollbart sah er aus wie Odin auf den alten Bildern. Er war noch um fünf Zentimeter größer als ich und hatte sicherlich 150 Kilo. Eigentlich ist Gullveig ja die Kleine von uns, von Mutter einmal abgesehen", feixte Freya.
Gullveig lächelte nur dazu und schien irgendwie über den sanften schwesterlichen Spott erhaben zu sein. Sie sagte: „Bevor du fragst, unsere Namen sind keine Erfindung oder Künstlernamen, das sind unsere realen Vornamen. Unser Großvater stammte aus Island, musst du wissen, und unser Vater, er war Universitätsprofessor für nordische Geschichte, verband alles im Leben mit den Nordvölkern. Er wollte in seiner Pension nach Spitzbergen ziehen. Leider hat er es nicht mehr getan."
Bevor ich fragen konnte warum, sagte Freya: „Er starb genau an seinem 64. Geburtstag."
Zum Glück sahen mich die Schwestern jetzt nicht an, denn mir wich in dem Moment sämtliche Farbe aus dem Gesicht. Wie konnte das sein? Wäre so ein Zufall möglich? Noch jemand mit diesem verfluchten Gendefekt?
Ich brachte gerade noch ein „Mein herzliches Beileid" heraus, glücklicherweise piepste dann das Laptop und lenkte uns von weiteren Gesprächen in diese Richtung ab. Freundlich teilte uns das Laptop mit, es habe gerade eine Nachricht erhalten, mit einer Fanfare erhellte sich der Bildschirm, Freya öffnet die Nachricht und las vor:

Seid gegrüßt, Ihr Wise Women in Österreich!
Wir haben eure Anfrage gelesen und können euch bestätigen, dass wir die Buchstaben bereits im Voynich-Manuskript gesehen haben.
Um euch zu beweisen, dass wir es übersetzen können, schicken wir euch die Übersetzung der ersten Seiten des Voynich-Manuskriptes.
Ich glaube, ich brauche nicht zu erwähnen, dass dies nicht offiziell geschieht, sondern im Rahmen eures Zirkels. Wir möchten auch, dass nur Sie, Freya,

Ihre Schwester Gullveig und euer Gast Johannes diese Übersetzungen seht. Der Inhalt und auch das Wissen, dass man es übersetzen könnte, sind zu brisant, um es allen zugänglich zu machen.
Nachdem Ihr es gelesen habt, ersuche ich um Kontaktaufnahme mit mir, um ein persönliches Treffen zu vereinbaren. Ich möchte die anderen Symbole gerne persönlich in Augenschein nehmen.

Herzliche Grüße
F. M.

Wahnsinn! Wieder dieser mysteriöse F. M. Und was schrieb er? Woher wusste er, dass ich Gast bei den Weisen Weibern war? Das kam mir spanisch vor. Anscheinend nicht nur mir, sondern auch den Schwestern. Sie sahen sich ratlos an, dann fragte Gullveig plötzlich: „Johannes, hast du jemandem gesagt, wo du heute bist?"
„Nein, natürlich nicht", antwortete ich.
„Sehr eigenartig", murmelte Gullveig.
„Reden wir doch später darüber, jetzt möchte ich erst einmal wissen, was diese Übersetzung hergibt", sagte Freya ungeduldig. Wir setzten uns gemeinsam auf eine Chaiselongue, die bedenklich knarrte, und starrten auf den Bildschirm, als Freya den Anhang der Nachricht öffnete.

Kapitel 23

*Ich bin Nikolaus und stamme aus der Stadt Köln, welche im Rheinland liegt.
Zu Beginn meiner Reise war ich 14 Jahre alt.
Ich befand mich in der Lehre zum Zimmermann, als im Jahre 1212 wundersame Vorgänge in meiner Heimat geschahen. Es war ein außerordentlich warmer Sommer und ich war in meinem letzten Jahr in der Lehre. Seit Tagen schon strömten Kinder, Jugendliche und absonderliche Gestalten in die Stadt.
Sie kamen, um vor den Gebeinen der Heiligen Drei Könige, die in unserer Stadt begraben waren, zu beten und um Schutz für ihre Reise zu erflehen.
Viele von ihnen stammten aus dem Frankenreich und auf ihrem Weg nach Köln wurden es immer mehr. Ihr Anführer war ein Hirte, Stephan aus Cloyes. Er war im selben Alter wie ich und hatte alles zurückgelassen, um sich auf die Pilgerfahrt ins Heilige Land zu begeben. Wie auch alle anderen besaß er nicht viel, was er zurücklassen musste.
Angefangen hat es letzte Woche, es war wie bei einem großen Volksfest.
Sie strömten in die Stadt, allen voran Stephan. Sie hielten Wimpel in ihren Händen, mit dem Zeichen ihrer Herkunft. Die meisten gingen zu Fuß und hatten ein Bündel geschultert, mit ihren wenigen Habseligkeiten. Aber es waren auch ein paar Fuhrwerke dabei, die die Älteren lenkten.
Und fast täglich kamen mehr. Die Gassen waren voll von ihnen, aber trotzdem war eine unglaublich selige und gelöste Stimmung in der ganzen Stadt.
Es mussten wohl an die 7000 Kinder und Jugendliche gekommen sein. Die jüngsten von ihnen mögen vielleicht acht Jahre alt gewesen sein. Ungefähr ein Viertel waren Mädchen. Sie schliefen unter Vordächern oder auf den Stufen zur letzten Ruhestelle der heiligen Reliquien. Viele Kölner zeigten sich erfreut über die jungen Wallfahrer und halfen ihnen mit Essen und Kleidern aus. Es gab aber auch andere, die bei jeder Gelegenheit die jugendlichen Gläubigen denunzierten und für sämtliche Missstände in der Stadt verantwortlich machten. Generell war die Stimmung aber von Gebeten, Gesängen und tiefem Frieden geprägt.
Auch, da alle wussten, dass dies nur eine Zwischenstation der eigentlichen Pilgerfahrt war. Alle wollten weiter nach Genua oder Marseille, um von dort aus in das Heilige Land zu gelangen, um das muslimisch besetzte Jerusalem*

wieder für die Christenheit zurückzugewinnen. Wenn notwendig mit Gewalt. Es war eine romantische Vorstellung, die mich magisch in ihren Bann zog. Ich beschloss, mit ihnen zu ziehen.
Meine Mutter war letztes Jahr gestorben, meinen Vater kannte ich nicht und viele Freunde hatte ich auch nicht. Die wenigen, die ich hatte, wollten auch mitziehen.
Der Abschied fiel mir nicht schwer. Ich schulterte mein Bündel, nahm meinen geschnitzten Wanderstock, meine Börse mit den wenigen Münzen befestigte ich an meinem Gürtel.
Als ich aus der Werkstatt trat, kam gerade eine singende Gruppe des Weges, nahm mich in ihre Mitte und sang: „Nach Jerusalem wir ziehen, zu finden, was uns bis jetzt vorenthalten war, der Herr wird uns geleiten, uns wird kein Leid geschehen und wir werden dort das Heiligste sehen."
Wenn ich gewusst hätte, dass ich meine Heimat nie wiedersehen würde, wäre ich niemals mitgegangen, aber ich war jung und naiv und niemand warnte mich, es nicht zu tun.
Ich war vorne bei den Ersten im Zug, der Köln verließ, ich glaube heute, ich drehte mich nicht einmal mehr um, so verzaubert war ich von dem Glauben, an etwas ganz Besonderem teilzuhaben.
Ich erkannte Stephan aus Cloyes und stellte mich ihm vor. Er war außerordentlich erfreut, einen Zimmermann bei sich zu haben, das konnte nur ein gutes Omen sein, denn auch Jesus war Zimmermann gewesen. Es sprach sich in Windeseile herum und bereits nach der ersten Woche war ich etwas Besonderes und jeder kannte mich. Dadurch erhielt ich, ohne es anfänglich zu merken, Vorteile und Achtung gegenüber den anderen Mitreisenden. Wenn ich hungrig war, gab man mir zu essen, wenn ich durstig war, war immer sofort ein kalter Schlauch Wasser zur Hand, und wenn ich müde wurde, durfte ich wie selbstverständlich auf dem Karren mitfahren. Die Dramen, die sich am Ende unseres Zuges bei den Jüngsten, Schwächsten und Kranken abspielten, bekamen wir vorne nicht mit. Wie viele der Kinder geschwächt, krank und tot einfach auf der Straße liegenblieben, blieb mir verborgen.
Einmal hörte ich beim Wandern durch unser Nachtlager, wie ein Älterer den Jüngeren erklärte: „Nikolaus aus Köln ist ein von Gott gesandter Prophet und Heilsbringer, der uns Arme und Ausgegrenzte in das Heilige Land führen wird."

Leider muss ich sagen, dass ich zu diesem Zeitpunkt auch selber daran glaubte, ein Auserwählter zu sein, und so befestigte ich auf meinem Wanderstock ein metallenes T, ein sogenanntes Taukreuz, welches von jeher ein Zeichen der Auserwählten war.
Da wir sehr schlecht ausgerüstet waren, war die Überquerung der Alpen eine Tortur, vor allem für die Mädchen und die Jüngsten unserer Gruppe. Da sich uns aber immer wieder neue Kinder und Jugendliche anschlossen, fiel die Dezimierung unserer Pilgerschaft nicht weiter auf.
Mit mehr als 7000 Kindern und Jugendlichen erreichten wir Norditalien, wo wir aber nicht gerade freundlich empfangen wurden. Da uns die Menschen nicht mehr verstehen konnten, galten wir als gesetzlose Eindringlinge und wurden oft unter Androhung von Waffengewalt weitergejagt.
Im Frühjahr des Jahres 1213 erreichten wir Genua und wollten mit den Schiffen nach Messina in Süditalien und von da weiter nach Akkon. Von Akkon wäre es nur mehr ein Katzensprung nach Jerusalem gewesen. Die Stadt- und Provinzverwaltung war überaus hilfsbereit, uns weiter nach Süditalien zu verschiffen. Heute denke ich, es war eher eine Finte, um uns loszuwerden, da die Genueser auch nicht wussten, was sie mit 7000 von uns anfangen sollten. Einige blieben jedoch in Genua und fingen als Knechte und Mägde ein neues Leben an.
Mit nahezu 5000 erreichten wir jedoch Messina.
Dort hatten wir ein Problem, dass niemand uns eine Überfahrt spendieren wollte, es gab auch nicht annähernd genug Transportmittel.
Wir verbrachten viele Tage in den Hafenanlagen von Messina, wobei wieder einige von uns ins Landesinnere zogen, um sich ihren weiteren Lebensunterhalt auf Bauernhöfen oder bei Handwerkern zu verdienen. Unsere Gemeinschaft zerfiel.
Schlussendlich waren wir noch knappe 2000 zerlumpte, halbverhungerte Gestalten, die noch an die Pilgerfahrt ins Heilige Land glaubten, wobei es nur mehr sehr wenige waren, die daran dachten, dass uns die Muslime mit offenen Armen empfangen würden.
Eines Tages jedoch sprachen uns zwei Männer an. Einer namens Hugo, der andere hieß Wilhelm.
Sie sagten uns, Papst Innozenz III. sei so begeistert von unserer Pilgerfahrt, dass er die Kosten für das Übersetzen nach Akkon übernehme und er sieben

Schiffe gesandt habe. Da war der Jubel groß. Wir tanzten und feierten, lachten und weinten zugleich. Vergessen waren die Strapazen und Mühen der letzten Monate. Wir würden Jerusalem sehen.

Nachträglich betrachtet muss ich sagen, wir waren naiv und dumm.

Wir waren so von unserem religiösen Eifer verblendet, obwohl unser gesundes Misstrauen eigentlich aufschreien hätte müssen.

Doch es war schon viel zu spät.

Zwei Tage bevor wir in Akkon ankamen, änderte sich die Laune unserer Wohltäter schlagartig. Ihre Männer waren plötzlich bewaffnet und legten uns in Ketten.

Wer sich wehrte, wurde einfach über Bord geworfen, speziell die Kleinsten unter uns verstanden nicht, was da vor sich ging, und wurden durch Schläge gefügig gemacht. Wir waren Sklavenhändlern auf den Leim gegangen und sollten verkauft werden.

Mittlerweile war ich 15 Jahre alt und die Entbehrungen und Mühen hatten aus mir einen zähen Burschen gemacht, der gelernt hatte, auch unter widrigsten Umständen zu überleben.

Diese letzten zwei Tage vor der Ankunft waren wie die Hölle. Die Kranken und zu sehr Geschwächten wurden über Bord geworfen, denn nur einwandfreie Ware ließ sich auch verkaufen.

Und, was das Schlimmste war, wir konnten nichts dagegen unternehmen.

Unser Wille war gebrochen.

Nur knapp 1500 von uns kamen in Akkon an. Jerusalem war so nah und doch so weit weg. Sie trieben uns von Bord, durch die Stadt hindurch. Durch die Wüste in Richtung Damaskus. Wenn jemand hinfiel, wurde mit der Peitsche nachgeholfen, sodass er wieder aufstand.

Wir waren mit Stricken aneinandergebunden, so konnte keiner fliehen. Wir gingen hintereinander. Und wenn einer aus Erschöpfung starb, wurde er einfach losgeschnitten und liegen gelassen.

Ich erfuhr, dass Stephan von Cloyes an Bord eines anderen Schiffes war und sich bei einem Ausbruchsversuch schwer verletzt hatte und über Bord geworfen worden war.

Sie hatten uns vertraut und wir haben sie in den Tod geführt.

Ich wollte nicht mehr. Wir waren jetzt fünf Tagesmärsche durch die Wüste gegangen und jeden Tag waren mindestens 50 von uns liegen geblieben. Fünf

Tagesmärsche lagen noch vor uns und das anfängliche Schreien und Weinen hatte fast gänzlich aufgehört. Wir waren Seelenlose auf dem Weg zum Schafott.
Am siebenten Tag brach ein junges Mädchen, ich denke sie hieß Elisabeth, direkt hinter mir in die Knie und wurde bewusstlos. Wir hielten an und der Sklaventreiber prügelte auf sie ein.
Ich konnte nicht mehr. Mit einem Schrei sprang ich ihn von hinten an und schlug mit beiden Fäusten auf ihn ein. Es war ein sinnloses Unterfangen, denn andere Peitscher standen in der Nähe und prügelten auf mich ein. Ich blutete schon aus vielen Wunden, als endlich die erlösende Ohnmacht einsetzte.
Ich träumte von meinem Zuhause und von einem Sommer am Rhein. Ich lag am Flussufer, hielt meine Füße ins Wasser und genoss die warme angenehme Luft des Kölner Sommers.
Leider erwachte ich wieder und stellte fest, dass ich in der Wüste lag. Die Sonne ging gerade unter und ich war allein. Die Seelenhändler hatten wohl gedacht, mich totgeschlagen zu haben und ließen mich zurück. Frei. Das war mein erster Gedanke.
Das warme Gefühl in meinem Gesicht kam vom Blut, das aus einer mächtigen Kopfwunde sickerte und mittlerweile schon teilweise verkrustet war.
Nur mühsam konnte ich mich aufsetzen, auch meine Rippen hatten Schläge verkraften müssen.
Beim Blick in die Umgebung sah ich nur Sand. Die Route, die die Sklavenhändler gegangen waren, war nicht nur wegen der Fußabdrücke gut sichtbar, sondern auch aufgrund der Geier, die darüber kreisten. Mir wurde erst langsam bewusst, dass ich viel Glück gehabt hatte.
Ich musste fort von hier, weg von diesem Weg des Todes.
Als ich endlich aufrecht stand, versuchte ich mich zu orientieren. Schräg von der Route war eine Art Schlucht, die sich in den Boden grub.
Ich stolperte darauf zu. Vielleicht würde ich am Boden dieser Schlucht Wasser finden.
Die Schlucht wurde immer tiefer. Wasser fand ich keines. Ich entdeckte jedoch am tiefsten Punkt der Schlucht einen in die Felswand geschlagenen Tempel. Trotz meiner Schmerzen war ich überwältigt von dem Anblick, der sich mir bot.

Mitten im Nirgendwo war in eine Felswand ein Tempeleingang gemeißelt, mit Säulen an die 20 Meter hoch. Er war so geschickt angelegt, dass er von oben gar nicht gesehen werden konnte.
Ich hatte keine Wahl, ich musste hinein, auch um mich vor möglichen Häschern zu verstecken.
Mit dem letzten Licht der untergehenden Sonne stolperte ich hinein.
Die Anlage war auch innen riesengroß, ähnlich einem Dom in meiner ach so fernen Heimat.
Es mussten Hunderte und Aberhunderte von Steinmetzen hier gearbeitet haben, die Säulen waren nicht nur riesenhaft, sondern auch ganz besonders fein, mit unheimlich viel Geschick bearbeitet.
Immer tiefer ging ich hinein, mittlerweile war es fast stockdunkel geworden.
Mein Fuß trat ins Leere und ich fiel nach unten. Ich fiel nicht sonderlich tief, sondern rutschte und purzelte einen Abhang hinunter. Das Purzeln veränderte sich in ein Rutschen auf dem Rücken. Sand und Staub flogen mir in die Augen und den Mund. Irgendwann merkte ich, dass ich still lag.
Als ich nach fast endlos erscheinender Zeit die Augen aufschlug, lag ich in einer großen Halle, die durch einen eigenartigen Schein direkt aus den Wänden in ein schummriges Licht getaucht war.
Am Ende der Halle war ein großes Tor, das offen stand.
Dahinter war noch mehr Licht. Ich war müde, durstig und verletzt und hatte nichts mehr zu verlieren, also ging ich darauf zu und trat durch das Tor.
Ich bin Nikolaus aus Köln im Rheinland und beschreibe in der mir hier erlernten Schrift und Sprache, was ich alles sehen und erleben durfte. Ich bin in diesem Land ein Fremder, wurde aber wie ein Freund aufgenommen. Ihr wisset nichts von diesem Land. Ihr kennt es aber als Land Eden. Es ist bewohnt von Lebewesen, die ihr nur aus Erzählungen, Geschichten und Fabeln kennt.
Ich habe es gesehen, habe es erkundet und habe Aufzeichnungen angelegt. Vielleicht wird irgendwann einmal die Zeit kommen, wo es euch offenbart wird. Denket jedoch immer daran, wir sind nicht alleine, waren es nie und werden es niemals sein.

Kapitel 24

Als ich wieder richtig zu mir kam, stand ich im Garten des Kongresszentrums und rauchte. Meinem Hals nach zu urteilen war es sicherlich schon die dritte Zigarette in Folge.
Das war völlig unüblich bei mir, eigentlich war ich sehr konsequent bei meiner Zigaretteneinteilung. Nicht weit von mir entfernt standen Gullveig und Freya und blickten in den Nachthimmel. Ich ging zu ihnen und sage: „Was ist da los? Erklärt es mir! Wie kann es sein, dass niemand es je übersetzen konnte und es plötzlich einfach so per E-Mail hereinflattert? Was meint ihr? Ist das ein Betrüger?"
Nur mühsam konnten sich die Schwestern aus ihrer Erstarrung lösen. Sie drehten sich langsam zu mir um: „Wow", sagte Freya. Dieses Wort passte so gar nicht zu ihr, aber zu ihrem immer noch verblüfften Gesichtsausdruck, den sie, seit diese E-Mail gekommen war, hatte, passte es sehr gut.
„Entweder ist der mysteriöse F. M. ein sehr gebildeter Betrüger oder er sagt die Wahrheit. Denn eines musst du wissen. Nikolaus aus Köln gab es wirklich und er führte einen sogenannten Kinderkreuzzug nach Jerusalem an. Auch die Jahreszahlen sind korrekt. Es gibt historische Aufzeichnungen darüber in Klöstern, die auf ihrem Weg lagen, aber die Spur verliert sich in Italien und niemand weiß, was aus den Kindern geworden ist."
„Also so gesehen könnte die Geschichte stimmen, oder?", fragte ich.
„Wie die meisten Kinder und Jugendlichen zu dieser Zeit war sicherlich auch Nikolaus nur mäßig gebildet und konnte nicht schreiben oder rechnen, das war als Handwerkslehrling zu dieser Zeit auch nicht Usus", überlegte Gullveig. „Wenn es wirklich stimmen sollte, frage ich mich, was für eine Sprache das ist und wer sie ihm beigebracht hat?"
„Die Ortsangabe bringt uns auch nicht weiter. Es klingt ein bisschen nach dem Felsentempel von Petra in Jordanien. Das liegt aber südlich von Akkon und nicht auf dem Weg nach Damaskus", warf ich ein. „So kommen wir sicher nicht weiter", seufzte Gullveig.
„Wir sollten herausfinden, wer dieser F. M. ist und mit ihm ein Treffen vereinbaren. Ich glaube, er möchte etwas von uns, sonst wäre er nicht so offen gewesen, oder?", murmelte Freya.

„Ich denke, ich weiß, was er möchte", entgegnete ich. „Er will das Bild von Yggdrasil, er hat mir per E-Mail eine halbe Million Euro dafür geboten."
„Interessant. Und du weißt nicht, wer er ist, oder?", fragte Gullveig.
„Nein, keine Ahnung", gab ich zur Antwort.
„Das Bild ist alt und stammt möglicherweise von einem Künstler aus der Epoche da Vincis, aber eine halbe Million? Ist schon etwas viel, oder?", fragte Freya. Sie drehte sich zu mir und sagte: „Und du hast bestimmt niemandem gesagt, dass du uns treffen wirst?" Dabei legte sie mir zur Verstärkung ihrer Frage die rechte Hand auf die Schulter, ihr weiter Ärmel rutschte etwas nach hinten und ich sah ein Muttermal an genau der gleichen Stelle wie bei mir. Auf der Innenseite des rechten Handgelenks, rechts etwas außerhalb der Mitte und unscheinbare zwei, drei Millimeter im Durchmesser. Konnte das sein? Existierte dieses Gen wirklich?
Ich antwortete knapp: „Ja, ganz sicher, außer Guggi hat es niemand gewusst und sie wird es wohl niemandem gesagt haben, denke ich."
„Sicher können wir aber nicht sein", sagte Gullveig und strich mit einer geschmeidigen Bewegung ihr blondes Haar hinter das Ohr.
Dabei sah ich auf ihr Handgelenk. Ich war mir zwar nicht sicher, weil sie Armreifen trug, aber auch auf ihrem Handgelenk könnte das Muttermal gewesen sein.
„Woher aus Island stammt ihr eigentlich?", fragte ich, denn ich kannte die Insel, die aus dem Feuer geboren worden war, ganz gut, da ich mehrmals auf einer Antiquitäten-Buchmesse samt anschließendem Urlaub dort gewesen war.
„Aus Amarstapi, am Fuße des Snaefellsjökulls", sagte Freya. „Ist ein winziges Fischerdorf ganz im Westen der Insel. Nicht viel los dort. Aber unsere Kindheit war wunderschön. Wir wohnten auf einem typisch isländischen Bauernhof. Wir waren immer draußen, fingen Fische und Vögel und lachten über die Vernianer."
„Über wen?", fragte ich nach.
„Über die Vernianer, die Menschen, die meinen, die Geschichten von Jules Verne basieren auf Tatsachen. Wie du sicherlich weißt, stieg Professor Lidenbrock durch einen erloschenen isländischen Krater zum Mittelpunkt der Erde ab. Das war der Schneeberggletscher, der Snaefellsjökull. Im Sommer kamen immer viele Menschen und fragten nach dem Eingang und wir machten uns

einen Spaß daraus, indem wir ihnen sagten, dass Professor Lidenbrock es uns verboten habe, weiterzuerzählen, wo der Einstieg sich befindet."
Beide lachten und ihre Blicke verrieten, dass sie wieder an ihre alte Heimat dachten. „Mit zwölf Jahren zogen wir um. Zuerst nach Reykjavik und dann weiter nach Wien, wo Vater die Professur bekam. Er starb vor ein paar Jahren und Mutter leider auch kurz danach und nachdem wir beide kinderlos geblieben sind, sind wir beide unsere Familie", erzählte Gullveig.
„Interessant. Ihr müsst mich unbedingt einmal in der Steiermark besuchen kommen, dann haben wir mehr Zeit und ich kann euch auch etwas über meine Familie erzählen." Ich bin sicher, das wird euch überraschen, dachte ich mir noch.
Der restliche Abend verlief entspannt und nach unzähligen interessanten Gesprächen merkte ich, wie eine bleierne Müdigkeit von mir Besitz ergriff, wie ich sie schon lange nicht mehr gespürt hatte.
Die letzten Gläser Rotwein taten ein Übriges und mit einem Blick auf die Uhr von Guggi war ich endgültig reif fürs Bett. Ich verabschiedete mich von all den netten, aber merkwürdigen Damen und ging schlafen.
Nach einem unheimlich tiefen, glücklicherweise traumlosen Schlaf und einem mächtigen Frühstück fuhren wir wieder zurück in die gebirgige, grüne Heimat. Irgendwie war es eigenartig. Auch wenn man nie lange fort gewesen ist, das heimatliche Herdfeuer ist der größte Magnet. Das soll heißen, dass wir als Wohlstandsgesellschaft dermaßen sesshaft geworden sind, dass uns ein nomadisches Umherziehen ohne festen Rückzugsort richtiges Unwohlsein bereiten kann. Eigentlich ein Hemmnis, dachte ich mir, als ich den Landy in meine Garage lenkte.
Nach den nachmittäglichen Besorgungen verzog ich mich in mein Arbeitszimmer. Ich musste Licht in diese ganze Sache bringen. Ich hatte das Gefühl, mich irgendwie im Kreis zu drehen und nicht einen Schritt vorwärts zu kommen. Und dauernd hatte ich das Gefühl, beobachtet zu werden. Als ich heute Vormittag nach Hause gekommen war, wurde ich das Gefühl nicht los, dass etwas anders war.
Ich lief durch die Garage und schaute nach, ob dieses oder jenes noch da war und sich auch dort befand, wo ich es zurückgelassen hatte. Es war alles wie immer, aber das Gefühl änderte sich nicht, sondern verstärkte sich im Wohnbereich nochmals. Hatte ich die Alarmanlage eingeschaltet? Auch das musste

ich überprüfen, um es zu glauben. Alles war, wie es immer war, und trotzdem ...

Ich musste einen Schritt vorwärtskommen, sonst würde ich noch wahnsinnig werden. Aber alles der Reihe nach. Ich wollte das Voynich-Manuskript noch auf andere Hinweise zur nordischen Mythologie untersuchen.

Wenn es stimmte, was dieser mysteriöse F. M. übersetzt hatte, dann war das Manuskript von einem jungen Kölner aus dem 13. Jahrhundert verfasst worden. Gut, ob er zum Zeitpunkt des Schreibens noch ein Junge war, sei dahingestellt. Blöderweise hatte ich mir die E-Mail von Freya nicht schicken lassen. Wie war der Schluss doch gleich gewesen? Nikolaus fand einen Eingang in ein unterirdisches Reich, lernte dort schreiben und verfasste das Manuskript.

Zuerst lud ich mir einmal alle Scans des Voynich-Manuskriptes herunter. Nachdem das einigermaßen viel Zeit benötigte, war eine Espresso- und Zigarettenpause angesagt. Während der Download lief, stand ich also gemütlich auf dem Balkon und schaute in Gedanken versunken über das Feld. Ein einsamer Spaziergänger stand dort am Waldesrand, mit zwei kleinen Hunden.

Aber irgendetwas war eigenartig an dieser Szene. Der Spaziergänger schaute sehr dünn und groß aus, fast riesig, möchte man meinen. Was machte er jetzt? Er beugte sich zu seinen Hunden hinab und sprach mit ihnen. „Sieht ja süß aus", murmelte ich halblaut. Und während ich nochmals an der Zigarette zog, richtete er sich auf, sah direkt zu meinem Haus und zeigte zu mir herüber. Die beiden Hunde schienen zu verstehen und liefen los. Nein, sie liefen nicht, sie hoppelten. Das waren keine Hunde, das waren Hasen!

Was war da los? Ich beobachtete die beiden, wie sie Haken schlagend über das Feld sprangen und dann jeder in einem anderen Erdloch verschwand. Ich schaute zum Wald, der Fremde war verschwunden.

Es wurde immer eigenartiger.

Mir wurde mulmig zumute und ich ging wieder nach drinnen, zurück in mein Arbeitszimmer.

Alles geladen, gut. Ich scrollte die Scans überblicksmäßig durch. Bei einem blieb ich hängen.

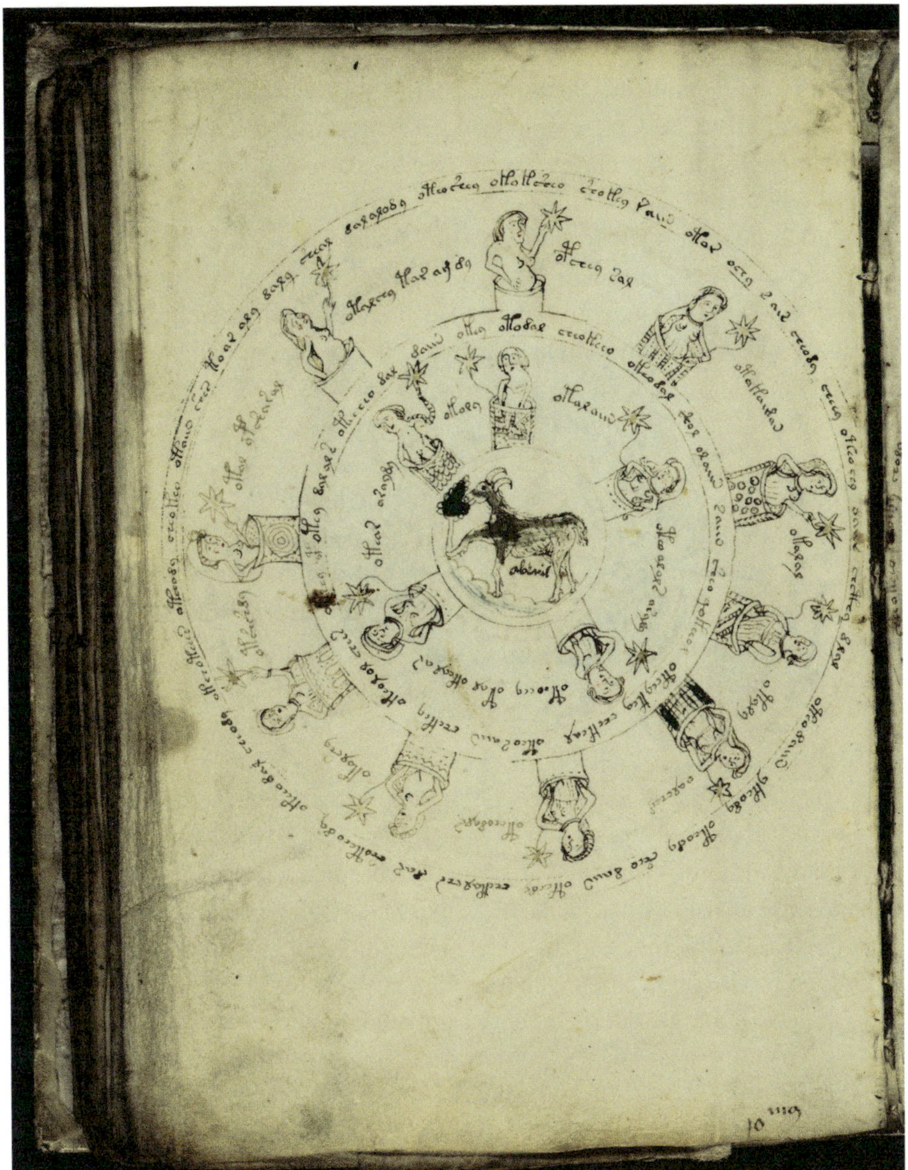
abril

Es zeigte ein Rundbild. Im äußeren Kreis waren zehn Frauen in Bottichen gezeichnet, die an eine Art Stern angeschlossen waren. Der innere Kreis zeigte fünf Frauen in ähnlicher Position. In der Mitte aber stand eine Geiß, die von einem Zweig fraß. Im Großen und Ganzen echt schräg.
Aber die Geiß, die von einem Zweig frisst – da war doch was in der nordischen Mythologie? In der Edda des Schreibers Snorri.
Ich musste doch in meiner riesigen Bibliothek davon eine Abschrift haben. Und obwohl ich ein ausgeklügeltes System bei meinen Büchern hatte, benötigte ich eine halbe Stunde, bis ich das Buch endlich gefunden hatte.
Und nochmals eine halbe Stunde verging, bis ich den gesuchten Bereich entdeckt hatte:

25.	25.
Heiðrún heitir geit,	Heiðrún heißt die Geiß,
er stendr höllu á	die bei der Halle steht
ok bítr af Læraðs limum;	und von den Zweigen Læraðs frisst;
skapker fylla	sie soll die Gefäße füllen
hon skal ins skíra mjaðar;	mit klarem Met.
kná-at sú veig vanask.	Der Tank kann nicht schwinden.

Aha, wir wissen also, wie die Geiß heißt, und dass sie Zweige frisst, dann füllt sie Gefäße, und zwar mit klarem Met, und nachdem es nie weniger wird, wie bei einem Füllhorn, kann der Tankinhalt auch nicht schwinden. Im Voynich-Manuskript steht unter der Geiß möglicherweise ein Wort, das „Aläseit" heißen könnte. Das Internet sagt, es ist finnisch und heißt „eine Bodenwand".
In Ordnung, wir haben einen weiteren dünnen Hinweis auf die nordische Mythologie, aber richtig weitergebracht hat es mich nicht.

Ding, Dong!
Eine Mail trudelte in den Posteingang. Eine E-Mail von Freya, sie schrieb:

Hallo Johannes!

Wir hoffen, du bist gut nach Hause gekommen.
Meine Schwester und ich haben heute den ganzen Tag über deine Bilder, das Voynich-Manuskript und die obskure E-Mail von F. M. gesprochen.
Wir sind zu der Auffassung gelangt, dass alles zusammenhängt.
Die Buchstaben auf den Bildern sind definitiv in derselben Sprache verfasst wie das Manuskript. Vielleicht besteht die Möglichkeit, anhand der Übersetzung eine Art Wörterbuch zu generieren und so den Inhalt der Bilder zu übersetzen. Gullveig ist bei solchen Spielchen sehr geschickt und arbeitet schon daran. Die Scans der Bilder wären natürlich hilfreich, vielleicht mailst du sie uns nochmal zu. Wir versprechen dir, sie niemandem zu zeigen und wir melden uns sofort, wenn wir einen Hinweis oder eine Matrix erstellt haben, vielleicht nehmen wir auch deine Einladung an und kommen dich besuchen.
Eines noch.
Die E-Mail, welche bei unserem Treffen von F. M. gekommen ist, verwundert uns noch immer. Dass wir, Gullveig und ich, bei dem Treffen waren, ist leicht nachvollziehbar, aber dass du auch dabei warst, kann ihm nur ein Insider gesagt haben, oder du wirst überwacht.
Wir möchten zwar nicht, dass du jetzt Paranoia bekommst, aber pass gut auf dich auf. Es gibt Menschen und Mächte auf diesem Planeten, die hassen selbstständig denkende Personen und denkende Frauen ganz besonders.
Wir freuen uns auf ein Wiedersehen und melden uns, sobald wir etwas haben.

Herzliche Grüße von den beiden Schwestern ;-)

Kapitel 25

Die nächsten Tage waren geprägt vom Warten auf eine Nachricht der beiden Schwestern und vom Durchstöbern von allerlei Kunstbüchern, um einen Hinweis auf die Frauengesichter auf meinen Bildern zu finden. Ich dachte nämlich, dass diese Miniaturbilder unmöglich gemalt worden sein konnten, sondern dass es sich vielleicht um eine gefinkelte Art der Reproduktion handelte. Wenn dem so war, so könnten dieselben Gesichter auch auf einem großen Bild auftauchen.
Zu diesem Schluss kam ich, als ich alle Bilder nochmals in hoher Auflösung einscannte und die Ausschnitte der drei exakt gezeichneten Frauengesichter heranzoomte und freistellte, also den Rest des Bildes weglöschte. Als ich dann nur mehr die Gesichter hatte und diese von allen Bilder nebeneinander legte, stellte ich verblüfft fest, sie ähnelten sich nicht nur, sie waren ein und dasselbe Gesicht. Mit der heutigen digitalen Fototechnik ist dies ja gar kein Problem und es gibt kaum ein Foto eines Modells oder eines Prominenten, das nicht künstlich verschönert, das heißt digital nachbearbeitet wurde.
Aber vor 500 Jahren?
Um ganz sicherzugehen, schickte ich einem alten Freund, der an der Universität beschäftigt war, einen drei Quadratzentimeter großen Teil eines Bildes, damit er mittels der Radiokarbonmethode das exakte Alter des Bildes feststellen konnte.
Das Bild, welches ich für die Verstümmelung erwählt hatte, war das der ägyptischen Mythologie, da es von allen sieben Bildern das am meisten beschädigte war. Bei den eingerissenen Rändern und fehlenden Ecken würde das Teilchen, das ich entfernt hatte, nicht auffallen. Ich hatte eines mit Farbe gewählt, vielleicht ergab sich ja da auch etwas.
Ich versuchte auch Siegfried, Emmerichs Onkel, zu kontaktieren, konnte ihn aber weder auf der Uni noch privat erreichen. Auch Emm wusste nichts über seinen Verbleib. Wahrscheinlich kroch er wieder durch irgendwelche Höhlen, vermutete er – und damit hat er wahrscheinlich recht.
Endlich kam die ersehnte Nachricht von der Universität. Meine Annahme wurde bestätigt. Aufgrund der vorgenommenen Untersuchungen galt es als

erwiesen, dass das Bild um 1487 nach Christus hergestellt worden war, also genau vor 520 Jahren.

Das Interessanteste aber, meinte mein gelehrter Freund, sei die Tatsache, dass man Sporen des Lycopodium clavatum, also des Bärlapps, gefunden hatte, und zwar in rauen Mengen. Die Sporen dieser giftigen Pflanze, die man im Volksmund auch Wolfsklaue nennt, wurde seit dem Mittelalter als Zusatz in der Alchemie und auch beim Feuerspucken verwendet. Die Sporen sind so fein, dass sie auch in der Kriminalistik Verwendung finden, um Fingerabdrücke sichtbar zu machen. Was sie auf einem über 500 Jahre alten Bild zu suchen hatten, konnte mein Freund auch nicht erklären.

Nach einer Recherche über dieses Wolfskraut stellte ich fest, dass es im Laufe der Geschichte auch noch andere Verwendungsmöglichkeiten gefunden hatte: Bei einem der ersten Kopiervorgänge eines Dokuments wurde bei einem fotoempfindlichen Träger mit Bärlappsporen die Bildübertragung realisiert und dann thermisch durch Hitze fixiert. Einfach ausgedrückt: Bärlappsporen waren für die Erfindung des Fotokopierers mitverantwortlich.

Gut, das war in den 30er-Jahren des vorherigen Jahrhunderts.

Wäre es denkbar, dass Menschen vor 500 Jahren ebenfalls eine ähnliche Technik anwendeten? Der Buchdruck wurde in dieser Zeit erfunden, aber eine Kopiermaschine?

Damals wurde enorm viel geforscht und das Wissen, das die Menschen oder besser gesagt einige Menschen damals im Bereich der Alchemie und Chemie an den Tag legten, war sicherlich um nichts minderwertiger als unsere heutigen Kenntnisse. Die technischen Möglichkeiten waren natürlich im Vergleich zu heute unvorstellbar primitiv, aber in dieser Zeit lebten so viele Genies, wie zum Beispiel ein Leonardo da Vinci.

Er malte nicht nur atemberaubende Bilder und Studien, sondern war auch ein begnadeter Erfinder. Er hatte das Prinzip des Tragschraubers – modern gesprochen: Hubschraubers – entwickelt, und diverse Kriegsmaschinen, die auch heute noch ihre Anwendungen haben. Man muss sich das vorstellen: Ein Mensch zeichnete vor über 500 Jahren eine Maschine wie den Hubschrauber und dieser wurde erst 450 Jahre später gebaut. Was muss das für ein Visionär gewesen sein?

Und irgendwie glaubte ich langsam, dass es manchen Genies von damals möglich gewesen wäre, auch eine einfache Kopiermaschine herzustellen.

Waren die Bilder im Bereich der drei Damen nicht immer besonders glatt, wie gewalzt? Ich musste sichergehen und legte drei Bilder nebeneinander auf die Arbeitsfläche, setzte meine Uhrmachermikroskopbrille, die ich mir mittlerweile besorgt hatte auf, und legte meine Wange auf die Tischplatte.
Tatsächlich. Schon auf dem ersten Bild konnte man erkennen, dass die Fasern des Bildes im Bereich der drei Frauen völlig verschwunden waren, wie bei einer Enthaarung, dachte ich, und lag damit ziemlich gut. Vom Ablauf musste es so gewesen sein, dass auf ein leeres Bild zuerst die drei Damenköpfe oder besser noch, Gesichter aufgebracht worden waren und dann der Rest dazugemalt wurde.
Während ich noch mit meinem Kopf auf dem Schreibtisch lag und das dritte Bild betrachtete, murmelte ich: „Wieso so ein riesiger Aufwand? Was für eine Botschaft steckt da dahinter und vor allem auch für wen? Wäre es denn möglich, dass das Universalgenie Leonardo da seine Hände im Spiel gehabt hat?"
Bevor ich den Gedanken weiterspinnen konnte, riss mich der sanfte Glockenschlag meines Computers aus meinen Gedanken und kündigte eine neue E-Mail an. Ich drehte mich zum Computer und öffnete die Mail. Eine Spam-Mail. Ein schneller Klick auf die Entfernen-Taste und ab damit in den Papierkorb.
Während ich mich wieder zum Arbeitstisch drehte, drängte sich der Text dieser Mail in mein Unterbewusstsein. Er war nur wenige Zeilen lang, aber irgendetwas erschien mir lesenswert. Ich kramte sie nochmals aus dem digitalen Papierkorb hervor und runzelte die Stirn. Der Absender war mir unbekannt und kam anscheinend aus Frankreich, denn er hatte das Kürzel telecom.fr als Endung.
Der Inhalt dieser Mail jedoch jagte mir einen Schauer über den Rücken und meine Nackenhaare richteten sich auf, denn dort stand:

Lieber Freund!
Wenn dich jemand besucht, erschrecke nicht, er wird dir weiterhelfen und deine Suche zu einem baldigen Ende führen.
Der Überbringer

„Was in aller Welt ..." Mehr brachte ich nicht hervor, denn plötzlich läutete es an der Tür.

Nur mühsam konnte ich mich von der Mail lösen und in meinem Verstand kämpften gerade wieder der Realist („Das ist eine Spam-Mail, das kannst du löschen) und der Fantast („Jemand will dir bei deiner Suche, das Geheimnis zu lüften, helfen") miteinander.
Auf dem Weg zur Tür dachte ich: Ob Guggi gesagt hat, dass sie heute vorbeikommt?"
Ich blinzelte in den Bildschirm der Videokamera und konnte nichts außer weißem Stoff erkennen. Da hält jemand etwas vor die Kamera, war mein erster Gedanke. Ein Scherzbold, na warte, das würden wir gleich haben.
Unwirsch und etwas lauter als normal rief ich in die Sprechanlage: „Wer ist da? Ich habe zu tun!"
„Herr Johannes?", kam die Antwort prompt zurück. „Ich müsste bitte mit Ihnen sprechen, es ist wichtig."
Komischer Akzent, dachte ich mir. Und da ich mich grundsätzlich vor niemandem zu fürchten brauchte, ich sah ja selber teilweise zum Fürchten aus, drückte ich den Türöffner.
Wenn man nicht durch die Garage in mein Haus einfährt, gibt es einen Außenaufgang, der über eine Stiege zu meinem Wohnbereich führt, und diese Stiege benutzte mein Gast jetzt.
Da ich ungern mir Unbekannte in meinen vier Wänden empfange, öffnete ich die Tür und ging ihm entgegen. Da kam er schon langsamen Schrittes die Treppe herauf. Wer ist das, den kenne ich doch irgendwoher, dachte ich mir noch und wunderte mich bereits über die eigenartige Haltung des Besuchers.
Je höher er die Treppe heraufkam, umso größer wurde er.
Wie gesagt, ich bin nicht gerade klein, aber dieser Mensch musste riesig sein. Und spindeldürr, so wie sein weißes Hemd flatterte. Deshalb hatte ich auch nichts in der Videokamera gesehen, er hatte davorgestanden und ich hatte nur sein Hemd sehen können. Wahnsinn, der musste mindestens 2,2 Meter groß sein.
Plötzlich erinnerte ich mich.
Das war der Verkäufer aus dem kleinen Foto- und Lithografien-Geschäft in Paris, Herr François, wenn ich mich nicht irrte!
Wie kam der in die Steiermark und vor allem: Was wollte er von mir?

Doch bevor ich weiterdenken konnte, war er am Ende der Treppe, stand lächelnd vor mir, streckte mir die rechte Hand entgegen und sagte: „Bonjour, Sie erinnern sich an mich?"

Kapitel 26

Nachdem ich meinen Besucher ins Haus gelassen und wir es uns bei Kaffee und Keksen im Wohnzimmer gemütlich gemacht hatten, tauschten wir Höflichkeitsfloskeln miteinander aus. François war ganz begeistert von meinem Loft und wie schön die Aussicht hier war – so viel Grün, ganz anders als in Paris, wo er sich die meiste Zeit aufhalte, wie er erzählte.
Ich gestand ihm, dass ich ihn sofort wiedererkannt hatte. Kunststück, wie oft trifft man Menschen, die so weit außerhalb der Norm stehen? Ich muss gestehen, er war mir sympathisch. Sehr sogar. Von ihm ging eine Vertrautheit aus, wie von einem alten Jugendfreund, bei dem man immer das Gefühl hat, er habe sich überhaupt nicht verändert.
Als wir beim zweiten Kaffee waren, konnte ich meine Neugierde nicht mehr im Zaum halten. Ich fragte unverblümt und geradeheraus: „François, was tun Sie hier? Weshalb nehmen Sie diese weite Reise aus Paris auf sich, um mich in meinem kleinen steirischen Dorf zu besuchen?"
Er lehnte sich zurück, blickte mir direkt in die Augen und sagte: „Ich will Ihnen helfen." „Bei was wollen Sie mir helfen?", fragte ich, wohl wissend, dass mir die Antwort wahrscheinlich nicht gefallen würde. „Ich möchte Ihnen helfen, zu finden, was Sie suchen. Aber bevor Sie weitere Fragen stellen, möchte ich versuchen, zu erklären. Ich bin es, der Sie heute einfach überrascht hat und Sie mit etwas konfrontieren möchte, was sehr schwierig für Sie werden wird, anzunehmen."
„Wir haben Zeit, ich höre Ihnen zu", hörte ich mich antworten, gleichzeitig versuchte ich, mich in eine gemütliche Position zu bringen, denn ich hatte das Gefühl, es werde starker Tobak folgen.
Und genauso war es.
„Ich bin als eine Art Vermittler tätig. Ich bin wie ein paar andere auf der Welt zuständig für die Kontaktaufnahme mit Nachfahren der Anderen. Meine Aufgabe besteht darin, die gefundenen Nachfahren zu informieren, aber ich trete erst dann auf den Plan, wenn sie mit der Suche begonnen haben."
„Von welcher Suche sprechen Sie, François?", fragte ich dazwischen.

„Von der Suche danach, warum ihnen nur genau 64 Lebensjahre auf der Erde bleiben und warum dies in ihrer Familie schon seit Generationen so ist", antwortete er mit einem Lächeln.

Ich denke, dass zu diesem Zeitpunkt die Farbe aus meinem Gesicht wich und für die nächsten zwei Stunden auch nicht mehr zurückkehrte.

Er aber fuhr fort, ohne auf meinen perplexen Gesichtsausdruck einzugehen. „Sie sind unglaublich belesen, Johannes, und haben schon sehr viel alleine herausgefunden, ich werde jetzt versuchen, Ihrer Geschichte die fehlenden Mosaiksteinchen zu liefern. Vor Millionen von Jahren wurde dieser Planet besiedelt. Es war eine Auswahl von Siedlern, die aus hochentwickelten, verbündeten Zivilisationen nach einem langen Weg die Erde erreicht hatten und sich hier niederließen. So unterschiedlich sie auch äußerlich erschienen, so ähnlich waren sie sich in ihrer inneren Einstellung. Einen Planeten zu besiedeln und ihn zu gestalten, um dann mit der Flora und Fauna in Harmonie und Eintracht zu leben. Das war ihr Vorhaben. Eine ähnliche Geschichte wie die Besiedelung des amerikanischen Westens durch die europäischen Einwanderer – der Unterschied war jedoch, dass die Erde zu diesem Zeitpunkt leer war. Es existierten keine bewussten, selbstständig denkenden und handelnden Lebewesen. Das alles geschah vor zirka fünf Millionen Jahren im Erdzeitalter Neogen. Die Dinosaurier waren durch einen Meteoriteneinschlag längst ausgestorben und die Spezies der Säugetiere schickte sich an, die Herrschaft an Land zu übernehmen, die Kontinente hatten begonnen auseinanderzudriften. Die Siedler verteilten sich auf der Erde, jeweils der Physiologie ihrer Rasse entsprechend. Leider war die damalige erste Besiedelung nicht von Erfolg gekrönt, da die Summe der Einwanderer zu gering war, um einen dauerhaften Bevölkerungsstand zu erreichen. Erst die zweite Besiedelungswelle brachte den gewünschten Erfolg. Doch die Besiedelung war hart und auch dieses Unternehmen war an der Grenze zum Scheitern, da viele Siedler mit der harten Arbeit, der Natur etwas abzuringen, nicht vertraut waren, und die Entwicklung dadurch gebremst wurde. Die vereinten Rassen, die sich hier niederließen, waren allesamt hochentwickelt, stagnierten aber in ihrer Weiterentwicklung, weil sie, einfach um zu überleben, andere Aufgaben übernehmen mussten. Siedlungsbau, Nahrungsmittelentwicklung und so weiter. Im Ratsbeschluss wurde eine Idee entwickelt, um sich auf lange Sicht wieder auf die persönliche und geistige Weiterentwicklung konzentrieren zu können. Sie

brauchten Helfer, und davon sehr viele. Sie hatten die Fähigkeiten und die technischen Möglichkeiten, also schufen sie den ersten Menschen. Die Bausteine waren sicherlich großteils auf der Erde zu finden, jedoch wurden auch von jeder Siedlerrasse genetische Merkmale übernommen. Aber erst mit dem Homo Sapiens war die Entwicklung vollendet. Sämtliche anderen Entwicklungslinien waren leider Fehlschläge, da sie zu wenige notwendige Fähigkeiten entwickelten. Die Entwicklung der Homo-Sapiens-Linie war jedoch ein beeindruckender Erfolg und die Siedler hatten durch ihre Schöpfung erreicht, dass sie sich wieder voll und ganz auf ihre persönliche Entwicklung konzentrieren konnten, denn ihre Schöpfung erledigte das Tagwerk für sie. Es wurden Tempelanlagen und Startrampen gebaut. Selbstverständlich fand ein reger Austausch von Waren mit den Heimatplaneten der Siedler statt. Der Mensch jedoch, der eigentlich als Diener geschaffen worden war, entwickelte sich selbstständig und aufgrund seiner enormen Anpassungsfähigkeit musste er das eine um das andere Mal dezimiert werden. Sintfluten und Epidemien konnten das Wachstum aber immer nur sehr kurz aussetzen. Die Menschen verehrten die Siedler als ihre Götter, die sie bestraften oder auch beschenkten. Ein paar Siedler vereinigten sich auch mit den Menschen und zeugten mit ihnen Nachkommen. Diese Situationen waren aber immer äußerst kompliziert und endeten meistens dramatisch. Ich möchte jetzt nicht auf genauere Details eingehen, diese Geschichten sind ohnedies allen bekannt."
Ich runzelte die Stirn und sagte: „Bekannt? Woher?"
François antwortete, mittlerweile ins persönlichere „Du" verfallend, weil wir beide geistig auf derselben Wellenlänge zu schwingen meinten: „Aus der Mythologie. Fällt dir nichts dazu ein, wenn ich Zeus erwähne?" „Aber natürlich", rief ich aus und schlug mir mit der flachen Hand auf die Stirn. Zeus war ein richtiger Filou. Und er verwandelte sich der Legende nach sogar in einen Stier oder einen Schwan, um sich den auserwählten Damen zu nähern.
François nahm einen Keks, kaute genüsslich darauf herum und schaute aus dem Fenster. „Es wurde vielleicht mit den Jahren etwas ausgeschmückt, aber grundsätzlich stimmen die alten Geschichten. Ich ging gestern da vorne am Wald spazieren, wollte Sie aber nicht stören. Ich dachte mir, heute wäre es besser."
Ich registrierte diese Aussage eher beiläufig, denn zu viele Gedanken schwirrten mir durch den Kopf.

Paläoseti. Die Wissenschaft, die beweisen möchte, dass wir im Erdaltertum Besuch von außerirdischen Völkern hatten. Die Kernwissenschaft des Erich von Däniken. Er würde sich freuen, diesem Gespräch beiwohnen zu dürfen. Grundsätzlich dachte ich das zwar auch, aber die Vorstellung, dass wir als Diener für Außerirdische geschaffen worden waren, nahm mir doch ein bisschen die romantische Vorstellung, dass der Mensch etwas Besonderes sei.
François hatte den Keks vertilgt und fuhr fort: „Wo war ich? Ach ja, bei den Mischwesen. Gut. Die Menschen wurden also immer mehr. Es wurden Regeln aufgestellt, die auf Basis des Zusammenlebens der Siedler untereinander erstellt wurden. Es funktionierte nicht schlecht, doch die Siedlergemeinschaft bemerkte, dass die Menschen sich nur mehr zu einem Teil von ihnen beeinflussen ließen, da sie einen eigenen Willen entwickelt hatten. So wurde in einer gesammelten Ratsversammlung beschlossen, die Oberfläche der Erde zu verlassen, sich zurückzuziehen und die Menschheit, ihre Schöpfung, ihrer Entwicklung zu überlassen. ‚Sie sind unsere Kinder', hatte ein Ratsmitglied gesagt, ‚wir haben sie erschaffen und sind für sie verantwortlich. Was können wir tun, damit sie sich frei entwickeln können? Es muss jedoch unter permanenter Beobachtung vonstattengehen und wir müssen mit korrigierendem Eingreifen handeln, sollte die Entwicklung unserer Schöpfung sich als ein Desaster herausstellen, welches möglicherweise sogar uns gefährden könnte.'
In regelmäßigen Abständen wurde ausgewählten Menschen ein Input gegeben, um die Menschheit auf die nächste Entwicklungsstufe zu heben. Die meisten Menschen wissen nichts darüber, aber wenige Auserwählte, die die geistig notwendige Entwicklung für diese Informationen bereits erreicht haben, werden darüber durch solche Vermittler wie mich informiert und instruiert. Bevorzugt werden jene Menschen, deren genetischer Cocktail nicht hundertprozentig menschlich ist, sondern die auch Genanteile der Siedler in sich tragen. So wie du zum Beispiel." Mit diesem Worten zeigte er auf mich und nahm sich noch einen Keks.
„Wwwas soll das den heißen?", stammelte ich. „Wie kommst du darauf?" Wie selbstverständlich hatten wir beide mittlerweile zum vertrauten „Du" gewechselt, was wohl unserer Geistesverwandtschaft geschuldet war.
Er sagte nichts, sondern hob seine rechte Hand und drehte mir die Handfläche zu. Dann nahm er seine linke Hand und zeigte mit dem Zeigefinger auf das braune Muttermal auf der Innenseite seines Handgelenks. „Weil du so wie ich

auch ein Nachkomme der vereinigten Völker und dadurch auserkoren bist, das Wissen zu erlangen und zu teilen. Aber natürlich nur, wenn du es auch wünschst."

„Ich glaube, wir nehmen noch einen Kaffee", sagte ich ermattet, und mit weichen Knien ging ich in die Küche. In meinem Kopf rasten die Gedanken und Fragen, und ich konnte es gar nicht erwarten, wieder im Wohnzimmer zu sein. Als ich zurückkam, stand François vor der Atelierverglasung und blickte über das Feld. Eigenartig. Vier Hasen saßen mitten auf dem Feld und schauten zum Haus. Erst als François sich abwendete, hoppelten sie davon. Er sah mich schweigend an und setzte sich. Ich stellte die Kaffeekanne ab und nahm ebenfalls auf der Couch Platz. Ich wusste nicht, wo ich anfangen sollte zu fragen, und so schwieg ich.

Nach einer schier endlos langen Zeit wandte sich François mir zu, lächelte und sagte: „Na, gar keine Fragen?" Dann schenkte er sich einen Kaffee ein und schaute mich erwartungsvoll an.

„Eine ganz nette Theorie", sagte ich, „Aber wohl nicht mehr, oder?"
Es hätte selbstsicher klingen sollen, stattdessen klang es ängstlich. Innerlich ärgerte ich mich über mich selbst.

„Theorie?", antwortete er verblüfft. „Nein, nein, es ist die Realität! Jedes Volk, jeder Landstrich hat seine eigenen Mythen, Geschichten und Religionen. Überall dreht es sich um Götter oder Fabelwesen. Natürlich sind im Laufe der Jahrhunderte viele Dinge aufgebauscht oder verändert worden, aber die Kernaussage ist immer dieselbe. Der Mensch wurde von den Göttern geschaffen. Der Mensch verehrt die Götter. Der Mensch arbeitet, opfert und betet für seine Götter. Er baut unzählige Tempel, Pyramiden und andere Heiligtümer. Der Mensch bekommt Verhaltensregeln mit auf seinen Weg. Die Götter können fliegen, heilen und sind für das primitive Menschenvolk allmächtig. Gelegentlich haben sie aber auch Schwächen, menschliche Schwächen. In manchen Kulturen wurde dies in der Mythologie recht treffsicher verarbeitet. Denk nur einmal an Loki oder an Zeus, der immer wieder Verhältnisse mit Menschenfrauen hatte. Sie sind auch nicht unfehlbar, obwohl das immer wieder vermutet wurde. Ich möchte dich etwas fragen: Was denkst du, was weiß der moderne Mensch über seine Welt oder seinen Bereich im Universum, in dem er lebt? Ich sage dir: Nicht besonders viel. Vor lächerlichen 500 Jahren glaubten die Menschen noch, die Erde sei eine Scheibe. Vor 100 Jahren dach-

ten sie, wenn man sich schneller als 100 Kilometer pro Stunde bewegt, zerplatzt der Kopf. Und heute glauben die Menschen, sie wissen alles. In Wirklichkeit wisst ihr nichts. Die Menschen sind gerade einmal bis zum Mond gekommen. Sie haben keine Ahnung von den Geheimnissen der Tiefsee und die tiefste Bohrung in der Erdkruste war zwölf Kilometer tief. Ihre geistige Entwicklung beschränkt sich auf das Bedienen von Handys und Computern und der Umgang mit ihren natürlichen Ressourcen ist beängstigend dumm. Ich sage dir, die meisten Menschen sind Lämmer, die ihrem Leithammel folgen und geduldig alles annehmen, ohne es auch nur im Geringsten zu hinterfragen. Und in Wirklichkeit sind sie auf dem Weg zur Schlachtbank."
Da François tief Luft holen musste, dachte ich mir, das wäre doch eine gute Gelegenheit, eine Frage zu stellen: „Wo sind denn die Götter hin, warum zeigen sie sich uns nicht mehr?"
François schaute mich an, lächelte und sagte dann: „Eigentlich verwenden wir das Wort Götter nicht, und sie mögen es auch nicht, denn sie sind keine Götter, sondern menschenähnliche Rassen, die einfach weiter entwickelt sind. Sie haben alle Namen, aber das würde jetzt zu weit führen. Und sie sind nicht so weit entfernt, wie du glauben würdest, denn sie sind noch hier, nur nicht mehr an der Oberfläche, sondern im Erdinneren. Die Menschheit wird immer beobachtet, denn sie sehen uns als ihre Kinder an, und fühlen sich verantwortlich."
„Was heißt im Erdinneren, dort ist doch Magma und es ist unendlich heiß, dort kann man nicht leben", sagte ich ziemlich verblüfft.
„Genau das solltet ihr auch glauben und lernt es deshalb schon in der Schule, damit niemand auf die Idee kommt, da hinunterzusteigen", lachte François. „Und bis jetzt hat ihr Plan auch perfekt funktioniert", bemerkte er sichtlich stolz, „bis auf ein paar wenige Ausnahmen", fügte er zerknirscht hinzu. „Immer wieder gibt es Menschen, die das gelernte und allgemein übliche Weltbild in Frage stellen. Manche von ihnen wurden von uns manipuliert, manche hatten einfach einen ungeheuer hohen Forscherdrang in sich, den sie befriedigen mussten. So wie zum Beispiel Professor Lidenbrock."
Ich schaute verwundert auf und fragte nach: „Wer?"
„Professor Lidenbrock. Noch nie gehört?", wunderte sich Francois.
„Der Name sagt mir irgendwas, aber was, das weiß ich nicht mehr."

„Ich bin mir sicher, du kennst seine Geschichte ‚Die Reise zum Mittelpunkt der Erde'", sagte der lange Franzose.
„Die Geschichte von Jules Verne, aber natürlich", rief ich aus. „Der Professor aus Hamburg, der mit seinem Neffen und einem Isländer durch einen erloschenen Krater in Island, dem Snaefellsjökull, ins Erdinnere abstieg und in Sizilien wieder nach oben kam."
François nickte und sagte: „Wenn ich dir jetzt sage, dass die Geschichte real war und sich alles so zugetragen hat, würdest du mir glauben?"
Ich starrte ihn verblüfft an.
„Es war für ihren Führer Hans nicht einfach, ihn in dem Glauben zu lassen, er sei das erste Mal im Erdinneren. Hans war ein Vermittler, wie ich einer bin, naja eigentlich sogar etwas mehr. Er war ein Wanderer. Das heißt, ein Wanderer zwischen den Welten. Nachdem er sie gesund wieder an die Erdoberfläche gebracht hatte und sie sich getrennt hatten, wollte Professor Lidenbrock seine Reiseerlebnisse publik machen, doch kein Verlag und keine wissenschaftliche Fakultät wollte sich mit seinem ungeheuerlichen Abenteuer den Ruf ruinieren. Erst der französische Romanschreiber Jules Verne erklärte sich bereit, seine Geschichte niederzuschreiben. Professor Lidenbrock gab auf seinem Sterbebett Verne die Erlaubnis dafür. Nun betrat Hans wieder die Bühne und korrigierte die Reiseerzählung in einen Roman. Viele Dinge wurden entfernt. Es gibt eine Version der Geschichte, in der Professor Lidenbrock und seine Gefährten einen Riesen erspähen, dies war tatsächlich so, wurde aber entfernt. Ebenso das Treffen mit den Innenweltbewohnern, die Städte, die Fahrzeuge und so weiter."
„Wieso hätte Verne einer Korrektur zustimmen sollen?", fragte ich.
„Sehr kluge Frage, Johannes", meinte François. „Informationen und einen Wissensvorsprung für seine anderen, zukünftigen Romane, das war der Preis, den er dafür wollte, und den er auch bekam. Kennst du seine anderen Romane? Er schrieb von Raketen, Unterseebooten, geheimnisvollen Inseln, Städten in der Erde, und immer wieder Abenteuergeschichten von Reisen in ein unbekanntes Land. Doch die Menschen seiner Zeit waren für Science-Fiction noch nicht so zu begeistern und deshalb blieb der große Erfolg auch trotz der realen Informationen aus, was aus heutiger Sicht betrachtet auch sehr gut war. Die Menschen wären zum damaligen Zeitpunkt für derlei Informationen nicht reif genug gewesen. Natürlich gibt es einige, die die Verne'schen Romane als real

betrachteten, aber diese sogenannten Vernianer waren und sind so wenige, dass sie unserer Sache nicht gefährlich werden können."
„Warum erzählst du mir das alles und warum denkst du, dass ich dir glaube. Das ist doch alles verrückt!", polterte ich los. Ich war irgendwie frustriert. Da kam ein Franzose in mein Haus, warf mein Weltbild völlig durcheinander und erwartete auch noch, dass ich ihm vorbehaltlos alles glaubte.
Wortlos zog der Lange etwas aus seiner Hosentasche und warf es mir über den Kaffeetisch zu. Nachdem ich es gefangen hatte und vorsichtig meine Hände öffnete, setzte mein Herz für einen Augenblick aus. Ich blickte François an und schnappte nach Luft wie ein Fisch im Trockenen. Kalter Schweiß stand mir auf der Stirn und meine Gedärme fühlten sich gar nicht gut an.

Kapitel 27

Der **Hexenhammer** (lat. *Malleus Maleficarum*) ist ein Werk zur Legitimation der Hexenverfolgung, das der Dominikaner Siegfried Kramer (lat. Henricus Institoris) nach heutigem Forschungsstand im Jahre 1486 in Speyer veröffentlichte und das bis ins 17. Jahrhundert hinein in 29 Auflagen erschien.
Der *Hexenhammer* muss in engem Zusammenhang mit der sogenannten Hexenbulle des Papstes Innozenz VIII. vom 5. Dezember 1484 gesehen werden. Die päpstliche Bulle *Summis desiderantes affectibus* markierte zwar nicht den Beginn der Hexenverfolgungen in Europa, jedoch erreichte sie nun mit offizieller Beglaubigung durch das Oberhaupt der römisch-katholischen Kirche eine völlig neue Dimension.
Der *Hexenhammer* ist als scholastische Abhandlung verfasst und in drei Teile gegliedert. Im ersten Teil definiert Kramer, was unter einer Hexe zu verstehen sei. Gelegentlich spricht er zwar von männlichen Zauberern, bezieht sich aber hauptsächlich auf das weibliche Geschlecht. Seiner Meinung nach sind Frauen für die schwarze Magie anfälliger als Männer. Sie seien schon bei der Schöpfung benachteiligt gewesen, weil Gott Eva aus Adams Rippe schuf. Außerdem warf er den Frauen, die er als „Feind der Freundschaft, eine unausweichliche Strafe, ein notwendiges Übel, eine natürliche Versuchung, eine begehrenswerte Katastrophe, eine häusliche Gefahr, einen erfreulichen Schaden, ein Übel der Natur" bezeichnet, Defizite im Glauben vor. Dies begründete er mit einer eigenwilligen Etymologie des lateinischen Wortes *femina*, das er aus lat. *fides* „Glauben" und *minus* „weniger" ableitete.
Knapp 200 Jahre wurden größtenteils Frauen nach dieser Aufstellung beurteilt und verurteilt.

(Quelle vgl. http://www.ammanu.edu.jo/wiki1/de/articles/h/e/x/Hexenhammer.html)

Kapitel 28

Dass 22 Menschen so still sein können, war mir bis jetzt nicht bewusst gewesen. Es war unvorstellbar. Das einzige Geräusch, welches man hin und wieder zu hören bekam, war das leicht rasselnde Atemgeräusch von Doris. Sie hatte uns vorher erzählt, sie habe Asthma und atme ein bisschen schwerer.
Aber selbst das störte uns nicht, da es im gleichmäßigen Rhythmus wie ein Wellenschlag oder die Dehnfugen der Eisenbahnschienen auftauchte.
Wir hatten vor zwei Tagen das letzte Mal gesprochen und ich fühlte mich sehr entspannt und ruhte in mir selbst.

Vor zwei Tagen war ich angereist, mir war alles etwas zu viel geworden und ich brauchte Abstand von den unglaublichen Dingen, die sich in letzter Zeit in meinem Leben ereignet und mein sonst eher ruhiges und beschauliches Dasein einer Dynamik unterworfen hatten, die mir doch ein bisschen zu heftig erschien.
„Vier Tage Schweigen und den Geist entspannen mit Gebets- und Schweigeexerzitien im Kloster" – so war es im Internet angekündigt und ich war neugierig geworden. Also fuhr ich mit einem meiner Mopeds ins Ennstal zum Kloster. Wenn ich sage Moped, ist das eher liebevoll gemeint, denn ein Gefährt mit tausend Kubikzentimeter und dem Klang eines Hubschraubers würde einen gewichtigeren Kosenamen verdienen. Aber es war einfach ein schwer untertriebener Kosename, ungefähr so, wie wenn man zu einem großen, schweren Menschen *Maus* sagt.

Es war, wie man sich eben ein Kloster vorstellt: Von hohen Mauern umgeben, auf einem Hügel gelegen mit einem alten Klosterpark, in dem lauter alte Bäume standen, wobei jeder aussah, als könne er eine eigene Geschichte erzählen.
Nur drei Kapuzinermönche lebten in diesem Kloster und diese hielten sich streng an die Dogmen der römisch-katholischen Kirche und an die Gelübde ihres Ordens. Nach der Begrüßung zeigte mir ein kleiner Mönch meine Klosterzelle. Diese Zelle verdiente ihren Namen: Gerade etwas größer als meine Toilette zu Hause war es kaum vorstellbar, dass in diesem Raum ein Bett, ein

Kasten und sogar ein winziger Tisch samt noch winzigerem Sessel Platz fanden.

Und Humor schienen diese Mönche auch zu kennen, denn als er mich in mein Zimmer führte und die Tür öffnete, machte er eine übertriebene Handbewegung und sagte schwungvoll: „Unsere Präsidentensuite".

Meine Antwort schien ihn noch mehr zu belustigen, denn ich sagte: „Das wäre doch nicht nötig gewesen", machte einen Schritt ins Zimmer und stand bereits in der Mitte des Raumes. Ich drehte mich grinsend um, der Mönch grinste mich mit seinem Musketierbart an – wir verstanden uns. „Um sechs Uhr gibt es Abendessen und eine Vorstellungsrunde, damit du die anderen Teilnehmer unserer Exerzitien kennenlernst. Ich bin übrigens Bruder Samuel". Er lächelte mir noch einmal zu, drehte sich schwungvoll um und huschte mit seinen Birkenstock-Sandalen davon.

Das Zimmer erwies sich als überaus zweckmäßig und geräumiger als gedacht. Alle Wände waren weiß gekachelt, die Decke bestand aus schweren Holzbohlen samt Querverbindungen aus grob gehobelten Brettern. Der einzige Schmuck, wenn man so will, war ein Holzkreuz an der Wand.

Als ich den Kasten eingeräumt und meine leeren Taschen in ihm verstaut hatte, drehte ich mich zum Bett um. Na fein, das Bett war noch zu beziehen. Aber als Junggeselle war so etwas kein Problem.

Nach wenigen Handgriffen war auch das erledigt und das Leintuch so straff gespannt, dass ein Ausbilder des Bundesheeres seine Freude gehabt hätte. Bei dieser Gelegenheit hatte ich auch festgestellt, dass der Kopfpolster mit 100% allergenfreier, biologischer Schafwolle gefüllt war. Schau an, auch die Klöster gehen mit der Zeit und erwarten möglicherweise Allergiker zu Besuch.

Die Vorstellungsrunde am Abend war ausgesprochen interessant: Aus ganz Österreich und aus Bayern waren Frauen und Männer gekommen, um zu schweigen und zu meditieren. Die meisten, so erfuhr ich, waren sehr gläubig und wollten ihren Glauben vertiefen oder einen Verlust in ihrem Leben besser verarbeiten.

Ich fühlte mich ein bisschen fremd, denn als ich an der Reihe war, musste ich zugeben, dass ich zwar noch der christlichen Gemeinschaft angehörte, aber nicht glaubte, sondern versuchte, die Dinge in meinem Leben logisch zu erklären. Dabei kam ich mir ein bisschen wie ein Verräter dieses Ortes vor. Doch als ich um mich blickte, las ich aus den freundlichen Gesichtern der

Mönche und der entspannten Mienen der Teilnehmer eher so etwas wie Güte und Verständnis.

Ich muss auch sagen, in diesen wirklich sehr intensiven vier Tagen hat keiner der Mönche oder anderen Teilnehmer je versucht, mit mir eine Glaubensdiskussion anzufangen oder mich von der Richtigkeit seiner Glaubensrichtung zu überzeugen. Ganz im Gegenteil, ich wurde als Atheist wie ein bunter, seltener Vogel behandelt. Mit unendlicher Geduld, Toleranz und Nächstenliebe: Wenn ich zum Beispiel zum zweiten Mal bei einem Essen Mahlzeit wünschte, obwohl Schweigen erwünscht war, oder ich mich zum zwanzigsten Mal im Kloster verirrt habe oder die anderen Teilnehmer trotz Schweigepflicht fragte, wie es ihnen denn ergehe.

Das mit dem Verirren ist auch so eine Sache.

Ich habe irgendetwas in mir oder eher nicht in mir, denn in großen Häusern oder Städten fehlt mir völlig der Orientierungssinn. Ich meine, das Kloster ist ein einstöckiger Vierkanthof mit einem Kreuzgang im Erdgeschoss, von dem aus es zwei Treppen in das obere Stockwerk gibt. Zu den Schlaf- und Waschräumen. Im Erdgeschoss befinden sich das Refektorium, also der Speisesaal, der Meditationsraum, ein Büro, der Zugang zur Kapelle, die Küche, die Bibliothek und der Wintergarten mit dem Ausgang zum Garten. Es ist vollkommen symmetrisch angelegt und wenn ich aus dem Refektorium komme und auf das Zimmer will, muss ich nur links einmal um die Ecke gehen, stattdessen gehe ich immer rechts, den weitaus längeren Weg. Es ist zum Verrücktwerden. Aber grundsätzlich ist es egal, ich habe ja Zeit und nicht viel zu tun. Die Zeit zwischen den Mahlzeiten wurde von Meditationsrunden und freiwilligen Alltagsarbeiten im Klostergarten oder in der Küche unterbrochen. Und es wurde die ganze Zeit geschwiegen.

Überraschenderweise gefiel es mir sofort und ich genoss den Rhythmus und die Stille. Meine wenigen verbalen Ausrutscher wurden schweigend und lächelnd hingenommen und ich fühlte mich irgendwie willkommen und daheim.

Meine Gedanken sind abgeschweift, genau das, was beim Meditieren nicht passieren sollte.

Gut, sammeln.

Einatmen und gedanklich den Weg der Atemluft durch Nase, Rachen, Luftröhre, Bronchien und Lunge verfolgen und den Weg mit der ausgeatmeten

Luft wieder zurück. Wenn man dabei gedanklich ein Wort mitschwingen lässt, geht die Meditation noch besser, erklärte uns Bruder Samuel bei der Einführung und angeleiteten Begleitung. Er empfahl uns das Wort „Jesus" beim Einatmen und „Christus" beim Ausatmen. Nachdem ich aber wie gesagt mit dem Glauben so meine Probleme habe, hatte ich das Wort „Namaste" gewählt. Dieses Wort gefällt mir schon seit Jahren und wenn ich mich entspannen will, verwende ich es. Es ist Sanskrit und bedeutet so viel wie „Ich grüße das göttliche Licht in dir". Es ist ein grundsätzlich sehr angenehmes Wort, welches einem leicht über die Lippen geht und für mich so eine Art Ehrerbietung dem anderen gegenüber oder auch gegenüber mir selbst darstellt. Wenn ich es mir selber sage, grüße ich mich wie eine zweite Person beziehungsweise begrüße ich meine Seele und das Licht, welches sie ausstrahlt. Klingt eigenartig, aber ich denke mir immer, wenn es nicht hilft, kann es auch zumindest nicht schaden. Ein weiser Spruch meiner Oma. Sie war für mich immer der Fundus für weise Sprüche. Sie legte eine Einfachheit in die Dinge, nie war etwas kompliziert. Es war einfach, wie es sein sollte.
Ein weiterer Spruch meiner Oma war: „Man weiß nie, für was es gut ist. Und alles hat einen Sinn, man macht nie etwas umsonst."
Meine Oma war kein hochgebildeter Philosoph, sondern einfach ein Mensch, der mit der Natur, dem Wechsel der Jahreszeiten und mit einer unheimlichen Gelassenheit und Akzeptanz lebte. – Und wieder bin ich abgeschweift.

Ruhe einkehren lassen, auf die Atmung konzentrieren, N a m a s t e …
Ich bin hier, ich bin jetzt, der Atem strömt und fließt durch meinen Oberkörper, N a m a s t e …
Leicht, ich werde ganz leicht, es gibt nichts für mich zu tun im Moment, einfach nur sein und im Rhythmus des Lebens schweben, N a m a s t e …
Kein Geräusch dringt an mein Ohr, mein Gesicht ist völlig entspannt, meine Hände liegen gefaltet in meinem Schoß, ich kann die Wärme meiner Handflächen fühlen … N a m a s t e …
…

Ich klettere. Immer noch. Hinauf, dem blauen schummrigen Licht entgegen. Wenn sie mich erwischen, sperren sie mich wieder ein. Ich weiß, es ist verboten, die Welt ohne Anordnung zu verlassen, aber ich muss einfach. Seit ich ein Kind bin, zieht es mich nach draußen. Rechte Hand nach vorne. Da ist der Spalt. Ich kralle meine Finger hinein. Nun die linke Hand nach oben. Auch da ist der Spalt. Den rechten Fuß nach vorne in den rechten Spalt, den linken Fuß leicht anheben in den linken Spalt. Und jetzt nach oben, immer im Rhythmus. Rechte Hand, linke Hand, rechter Fuß, linker Fuß. Wie immer komme ich schnell voran. Nach oben, dem blauen Schein entgegen. Ich ziehe mich über den Rand des Vorsprunges. Sie haben mich nicht gesehen. Ich blicke über den Rand nach unten. Niemand zu sehen. Vorsichtig richte ich mich auf. Die Decke ist knapp über meinem Kopf. Ein sehr niedriger Spalt, sogar für meine Größe. Die Decke ist kalt und scheint bläulich. Eis. Ich bin unter einer Decke aus Eis. Ein Gletscher. Ich gehe weiter nach hinten. Der Ausgang muss da sein. Unter meinen Füßen ist der rohe Fels. Glatt, nass und kalt. Abgeschliffen von den jahrhundertelangen Bewegungen des Eises über ihm. Der Gang ist schmal, ich kann ihn beinahe mit beiden ausgestreckten Händen überspannen. Die Eisdecke kann nicht besonders dick sein, denn das blaue Eis über mir leuchtet den Gang spärlich aus.

Ein eiskalter Tropfen fällt mir in den Kragen und mir wird bewusst, dass das Eis schmilzt und sich kleine Pfützen gebildet haben. Nach geraumer Zeit des leisen Dahinschleichens bemerke ich ein Rinnsal zu meinen Füßen, das von Minute zu Minute größer wird und die Form eines Bächleins annimmt. Auch der Raum wird immer größer. Die Decke ist bereits fünf Körpergrößen über mir und die Breite des Ganges nimmt auch stetig zu, wie das kleine Bächlein zu meinen Füßen.

Erst jetzt merke ich, dass das Licht sich verändert hat, es wird ebenfalls heller. Plötzlich, als der Gang einen leichten Bogen beschreibt, sehe ich vor mir den Ausgang. Er ist hell und groß, wie der lächelnde Mund des Berges. Ich marschiere darauf zu, erleichtert, dass ich es endlich geschafft habe. Als ich ihn fast erreicht habe, erahne ich eine Bewegung zu meiner Linken und erstarre. Sie haben mich doch noch geschnappt. Langsam drehe ich den Kopf.

Doch da ist nicht die Häschertruppe, vor der ich mich versteckt habe, sondern einer der Weisen steht vor mir. Hochaufragend mit seinen langen Haaren und seinem weißen Gewand tritt er aus einer Nische im Fels hervor und kommt auf mich zu. Er bleibt vor mir stehen und geht langsam in die Knie. Sein Gesicht ist nun auf der Höhe von meinem und er lächelt.

Er lächelt eigentlich immer und jeder liebt ihn, denn er ist die Güte und Weisheit in Person.
„Hast du es endlich geschafft, hmm?", beginnt er. „Seit ich dich kenne, und das ist schon ziemlich lange, wolltest du immer wissen, was da noch ist. Du weißt, es ist nur wenigen Auserwählten gestattet, zwischen den Welten zu wandern, aber du bist keiner von denen."
Ich versuche den Kloß, der sich in meinem Hals gebildet hat, hinunterzuschlucken, aber mein Hals ist wie zugeschnürt. Er schickt mich wieder zurück, denke ich, und werde traurig. So knapp vor dem Ziel gescheitert.
„Ich kann mich nicht erinnern, dass wir so einen wie dich jemals in unseren Reihen hatten", sagt der Weise und legt mir seine Hand auf die Schulter.
Ich blicke auf seine Hand und sehe die Narben am Handrücken.
Da willst du also hin, zu den Menschen, die ihm all diese schrecklichen Dinge angetan haben?, denke ich. Traurig drehe ich meinen Kopf und sehe ihm in die Augen. Seine Augen sind so voller Güte und Liebe und nehmen mich so gefangen, dass die Worte, die seinen Mund verlassen, länger brauchen, um sich in meinem Kopf zu einer Harmonie zu verbinden, die unbeschreiblich schön ist.
Er sagt: „Gehe nun und lebe bei den Menschen, so wie es dein Wunsch und deine Bestimmung ist. Es dient wahrscheinlich einem höheren Zweck, den wir jetzt noch nicht erfassen können, aber du weißt, wer geht, muss auch vergessen."
Mit diesen Worten nimmt er meinen Kopf zärtlich in seine Hände, blickt mir in die Augen und sagt: „Lebe wohl, du kleiner Bewohner aus Schwarzalbenheim".
Mir ist schwindelig. Ich taumle. Der Berg spuckt mich aus. Ich stürze und das Sonnenlicht umfließt mich. Kalt. Schnee überall.
Wo? Wer? Wohin? Mein Kopf ist leer und unendlich mühsam stapfe ich durch den Schnee in Richtung Tal.

Gong!
Ein zarter Gongschlag, wie ein Windhauch kommend, streichelte meine Seele.
Ein zweiter Ton gesellte sich zum ersten und ich wurde mir meiner ineinanderliegenden Hände bewusst. Kloster, Meditationsraum, Bruder Samuel. Nur

ganz langsam wurde ich mir meiner Gegenwart wieder bewusst. Ich öffnete die Augen und sah verstört in die Runde.

Mir gegenüber saß Bruder Samuel und nickte mir lächelnd zu.

Als ich später in meiner Klosterzelle im Bett lag, versuchte ich noch einmal, die Erfahrung dieser Meditation zu erklären. Es war die Fortsetzung meines Traumes, den ich schon mein ganzes Leben immer wieder geträumt habe und den auch meine Vorväter kannten. Absurd. Anscheinend hatte es die ganze Zeit in meinem Inneren verborgen geschlummert. Aber es war nicht meine Erinnerung, es war die von Johannes dem Ersten – wenn ich der Vision, die ich durch die Meditation erfahren hatte, Glauben schenken durfte, hatte Johannes der Erste, mein Ururgroßvater, der Zwerg, sein Volk verlassen, um bei den Menschen zu leben. Was er schließlich auch getan und dadurch meine Familie gegründet hat.

Nachdenklich betrachtete ich den Leberfleck an meinem Handgelenk.

Sollte an der Geschichte, die mir François erzählt hatte, wirklich etwas dran sein? Und vor allem: Kann sie wahr sein? Existierte wirklich eine Welt innerhalb unserer Welt?

Vielleicht war ich doch etwas unwirsch mit François, dem langen Franzosen, umgegangen. Aber als er mir den Gegenstand zugeworfen hatte und ich zuerst völlig irritiert gewesen war, verwandelte sich meine Verblüfftheit in Zorn, den ich gar nicht erklären konnte.

Ich stand nun auf, öffnete meinen Rucksack und griff hinein. Ganz unten spürte ich das Geschenk von François. Ich holte es herauf, setzte mich wieder auf das Bett und betrachtete es: Es war ein handgroßes Stück Holz in der Form einer übergroßen Linse. Die Kanten und die Oberfläche waren glatt und gleichmäßig bearbeitet, das Material dürfte aus Olivenholz bestanden haben. Seine Farbnuancen gingen von hell, fast weiß, bis zu einem dunklen kirschfarbenen Rotton.

Das wäre grundsätzlich schon ein schönes Teil, aber das, was mich emotional aus der Bahn geworfen hatte, waren die Zeichnungen und Gravierungen auf den beiden Flächen.

Ich drehte es ins Licht, um es noch genauer anzusehen: Auf der einen Seite war anscheinend die Erde abgebildet, als Kugel. Die Kontinente waren fein herausgearbeitet. Das Irritierende war, dass der Kontinent Antarktis wie alle anderen auch in den Umrissen graviert war. Innerhalb eines jeden Umrisses waren funkelnde Steine eingesetzt, diese sollten wohl wichtige Punkte markieren. Daneben befanden sich Schriftzeichen. Dieselben wie im Voynich-Manuskript. Die Rückseite des Holzstückes war komplett vollgeschrieben mit den leider für mich unübersetzbaren Voynich-Buchstaben.

Als ich zu François aufschaute, sagte er: „Sehen heißt verstehen. Das ist so etwas wie eine Einladung, die Auserwählte bekommen."

„Und wie oder besser noch wohin sollen die Auserwählten kommen?", fragte ich.

„Das musst du selber herausfinden, denn es gibt viele Möglichkeiten, zu ihnen zu gelangen."

Etwas sauer aufgrund der ungenauen Antwort fragte ich: „Und wie viele Auserwählte haben schon den Weg zu ihnen gefunden?"

François lächelte und sagte: „In den letzten 1000 Jahren kein Einziger!"

Da wurde ich ziemlich wütend und brummte etwas lauter: „Wen wundert es bei dieser kryptischen Einladung. Schön langsam denke ich, dass, wenn es sie wirklich geben sollte und die Geschichten von dir wahr sind, sie vielleicht gar keine Besucher möchten!"

François versuchte mich zu beruhigen und hob beschwichtigend seine Hände und sagte dann: „Der Legende nach bringt einer der Auserwählten die Menschen wieder näher an die Urvölker heran und wird ein Vermittler zwischen den Völkern in Frieden und Harmonie."

„Schöne Geschichte", sagte ich, „was ist eigentlich mit dir, warst du schon einmal dort?"

„Ich? Nein. Ich bin nur ein Überbringer und Wächter. Es gibt noch 49 andere so wie mich auf der ganzen Welt. Wir suchen nach Nachkommen der alten Völker. Wenn sie, wie du, schon tiefer in das Thema eingetaucht sind, geben wir uns zu erkennen, informieren sie und laden sie ein."

„Ja, aber welchen Beweis hast du für dich selber, wenn du es noch nie gesehen hast?", fragte ich schon ziemlich aufgeregt.

„Es gibt viele Dinge, die ich durch meine Tätigkeit erfahren durfte, sehr viele." Er lächelte versonnen. „Wir Überbringer werden von unseren Vätern eingeschult und jeder Einzelne lernt wieder etwas dazu, wobei unser Wissen immer größer wird. Und natürlich haben wir auch Kontakt mit den Inneren Völkern, aber in einer Art und Weise, die du dir nicht vorstellen kannst und die ich dir auch nicht erzählen darf. Jeder muss seinen Weg selber finden."

„Toll, zu meinen vielen Ungereimtheiten kommt jetzt noch ein Rätsel hinzu, danke sehr", sagte ich unwirsch.

„Kannst du die Schriftzeichen übersetzen, damit ich weiß, was auf dieser Einladung steht?", fragte ich mit schon sehr viel Frust in der Stimme.

„Nein, leider. Wie gesagt, ich bin nur ein Überbringer, ein Bote, wenn du willst. Und wenn du es genau wissen willst, ich glaube nicht daran, ich weiß es", sagte er ruhig und entspannt, aber etwas enttäuscht.

Damit war der Zauber vorbei und François wandte sich zum Gehen.

„Eine Frage habe ich noch!", rief ich ihm hinterher. „Dein Nachname beginnt nicht zufällig mit einem M oder?"

„Nein, ich heiße Bernoulli, nicht ganz französisch, ich weiß, aber es ist, wie es ist. Ach noch etwas, wenn du irgendetwas brauchst, meine Visitenkarte liegt auf deinem Tisch."

Und fort war er.

Ich sah ihm lange nach.

Er ging den langen Schotterweg meiner Einfahrt hinunter und hinaus, den Feldweg entlang zur Bundesstraße. Wo hatte er bloß sein Auto stehen, murmelte ich vor mich hin. Ich wollte mich schon abwenden, als ich eine Bewegung neben ihm im Feld sah. Nein, nicht eine, viele Bewegungen. Hasen. Mindestens fünf oder sechs kleine Hasen hoppelten zu François. Er blieb stehen, beugte sich zu ihnen hinunter und anscheinend redete er mit ihnen. Während er sprach, zeigte er zu meinem Haus und fuchtelte mit dem Arm.

„Was ist da los?", entfuhr es mir. Hatte ich schon Halluzinationen? Redete François tatsächlich mit Hasen, und erzählt ihnen von mir?

Doch die Situation war so schnell vorbei, dass ich heute nicht mehr sagen kann, ob ich sie mir eingebildet hatte oder nicht. Alles war irgendwie zu viel.

Tage später konnte ich nicht mehr sagen, ob François wirklich bei mir gewesen war oder ob ich das Ganze nur geträumt hatte. Aber nachdem seine Visitenkarte immer noch im Wohnzimmer lag, wird es wohl real gewesen sein.

Während ich in meiner Klosterzelle lag, über die Ereignisse nachdachte und versuchte, irgendwie wieder den roten Faden in meinem Leben zu ergreifen, drängte sich mir ein alter Spruch auf: *Es gibt viele Realitäten, es hängt nur vom Betrachtungswinkel ab, welche für einen die Richtige ist.*

Gut, ich muss sagen, das Schweigen und die Meditationen hatten mir bereits sehr geholfen, ich war wieder fest in der Gegenwart verankert.
Außerdem hatte sich mir in der Meditation eine Türe zum Unterbewusstsein geöffnet. Ich musste mit jemandem reden. Das Schweigen entspannte zwar, aber diese neuen Informationen verunsicherten mich doch etwas mehr als mir lieb war. Ich wollte Bruder Samuel um ein Gespräch bitten.

Kapitel 29

Nach dem natürlich schweigsamen Abendessen hatte ich noch Zeit bis zum Gespräch und ging auf einen Verdauungsspaziergang und eine Zigarette in den Klostergarten.
Ich setzte mich auf die kleine viktorianische Holzbank, die im Schatten einer mächtigen Eiche ihr Dasein fristete, und dachte mir: Schlecht hat sie es nicht, diese Bank, mit diesem herrlichen Blick auf den Grimming.
Der Grimming, ein mystischer, oft von Wolken umringter Felskoloss. Es ist unheimlich beeindruckend, wie er sich praktisch aus dem Nichts erhebt, majestätisch, unnahbar und doch so faszinierend. Wie viele Menschen mag dieser Koloss wohl schon fasziniert haben? Wie viele sind in den Jahrhunderten und Jahrtausenden schon an ähnlicher Stelle gestanden und haben zu ihm aufgesehen? Tausende und abertausende Menschen. Er tut eigentlich nichts und beeindruckt trotzdem, nur durch seine erhabene Anwesenheit.
Es war Zeit, ich musste gehen, denn ich wollte pünktlich sein. Geistliche lässt man nicht warten.
Als ich die Bibliothek des Klosters betrat, war Bruder Samuel schon da. Er empfing mich mit einem Lächeln und mit einer einladenden Geste bat er mich, ihm gegenüber Platz zu nehmen.
Während ich durch den Raum ging, sah ich mich um. Alte Bücher, wohin das Auge blickte. Habe ich schon erwähnt, wie sehr ich alte Bücher und Schriften liebe? Natürlich, das habe ich sicher, wahrscheinlich schon mehrmals.
Der Raum war an drei Wänden bis unter die Decke voll mit Büchern. An der Wand, die frei war, hing ein riesiges Gemälde der Geburt Christi.
Ich nahm Platz und nach anfänglichem Geplauder begann ich, meine Erfahrung bei der Meditation zu erzählen. Ich erzählte, dass ich seit meiner frühesten Jugend immer denselben Traum hatte, der stets abrupt endete. Heute bei der Meditation hatte ich sozusagen den zweiten Teil des Traumes erfahren dürfen. Das Verwirrende für mich war aber die Tatsache, dass es ein Erlebnis eines meiner Vorfahren zu sein schien, welches auch mein Vater und Großvater geträumt haben dürften, ohne jedoch so wie ich das Ende des Traumes erreicht zu haben. Den Inhalt ließ ich noch weg, ich wollte nicht, dass Bruder Samuel dachte, er spreche mit einem Verrückten. Er ließ mich erzählen und

hörte interessiert zu. Als ich fertig war, räusperte er sich und sagt dann: „Was beunruhigt dich? Nimm es doch als Geschenk an. Nur wenigen Menschen ist es vergönnt, bei der Meditation so tief in ihr eigenes Unterbewusstsein vorzudringen. Du musst lernen nicht alles, was dir im Leben begegnet, gleich in Frage zu stellen. Nimm es an. Du bist, wie du uns erzählt hast, ein Atheist. Ich respektiere das, denn du respektierst auch uns, die wir den Glauben haben. Gott hat uns den freien Willen geschenkt, das heißt, du darfst, nein du sollst wählen. Unser Geist ist schwach, das wissen wir. Wir nutzen nur einen Bruchteil unseres Gehirns. Wer weiß schon, welche Synapsen noch gar nicht angeknüpft wurden. Wer weiß schon, was in einem Menschen, seinem Gehirn oder seiner Seele, an Wissen oder Möglichkeiten schlummern könnte. Beim Gebet oder eben der Meditation kann man Teile davon für kurze Zeit berühren, und wenn es dir vergönnt ist, oder dein Schicksal es so für dich vorsieht, kannst du einen Teil in dein waches Bewusstsein übertragen. Ich denke, das wird bei dir der Fall gewesen sein."

Ich war fasziniert von der Klarheit dieser Worte. Anscheinend öffneten einem die Abgeschiedenheit und das entschleunigte Leben in einem Kloster nicht nur die Augen, sondern auch den Geist.

Auf meine Frage hin, was ich jetzt weiter tun solle, sagte der Kapuzinermönch: „Wie ich schon sagte, nimm es an. Und so wie ich dich kennenlernen durfte, brauche ich dir nicht zu sagen, dass du weiter versuchen solltest, mit deinem Geist zu arbeiten. In jedem von uns steckt mehr, als die Augen uns sehen lassen."

Wir plauderten noch über dieses und jenes und als ich Bruder Samuel beim Hinausgehen noch auf das Bild ansprach, sagte er: „Das wurde uns geschenkt, zur Eröffnung des Klosters. Ein wohlhabender norditalienischer Gönner überbrachte es."

Beim genaueren Betrachten des vier Meter langen Ölgemäldes wurde ich jedoch stutzig. Irgendetwas stimmte doch daran nicht. Obwohl ich Atheist bin, kenne ich mich, auch wegen meines Berufes und meiner Leidenschaft, ganz gut in religiöser Geschichte aus. Also fragte ich: „Gut, die Geburt Christi ist mir klar. Aber wer ist die zweite Frau mit dem Heiligenschein und neben ihr der Hirte hat auch einen."

Der Kapuzinermönch grinste. „Gut beobachtet. Wie du sicher weißt, stammen wir Kapuziner vom Franziskanerorden ab und das", er zeigte mit dem Finger auf den erleuchteten Hirten, „ist Franz von Assisi und die Dame neben ihm ist die Heilige Klara von Assisi."

„Ah, ich kann mich erinnern", sagte ich. „Klara von Assisi war eine begeisterte Folgende des Franz von Assisi und gründete später den Orden der Klarissen, den es heute noch gibt. Sie war, wie viele, fasziniert von der Idee, in Armut und im Gebet nach den Lehren Christi zu leben." Ich ging näher an das Gemälde heran und betrachtete den gemalten Franz von Assisi. Wunderschön gemacht, da hatte wieder ein großer Künstler seine Hände im Spiel. Der Heilige hatte die Augen zum Himmel gerichtet, kniete und stützte sich dabei mit beiden Armen auf seinen Stock. Auch die Finger, die den Stock umklammert hielten, waren so perfekt gemalt, einfach nur wunderschön. Sein rechter Ärmel war etwas zurückgeschoben und man sah sein Handgelenk. Ein Leberfleck, deutlich zu erkennen, etwas außerhalb der Mitte. Ich fuhr erschrocken vom Bild zurück und versuchte vergeblich, mich zu beruhigen.

Bruder Samuel bekam das glücklicherweise nicht mit, denn er staubte gerade ein Bücherregal ab. Ich bedankte mich für das freundliche Gespräch und zog mich eilig in meine Kammer zurück.

In der Kammer legte ich mich auf mein Bett und grübelte nach. Was wollte der Maler der Nachwelt mitteilen? Dass der heilige Franz von Assisi ebenso ein Nachkomme der Götter von fremden Gestirnen war? Oder war es einfach Zufall und er hatte es nur gemalt, damit seine Figur realistischer, menschlicher aussah? Ob ich da jemals dahinterkommen würde?

Faktum war jedoch, er war keine 64, sondern nur 45 Jahre alt geworden. Er starb, angeblich geschwächt von seinen restriktiven Fastenkuren. Und überhaupt: Wenn er ein sogenannter Nachfahre gewesen wäre und er hätte es gewusst, hätte er sich nicht eher von der Kirche abgewandt, als sich ihr beziehungsweise ihren Dogmen noch stärker zu verschreiben? Allerdings war er auch der erste ernstzunehmende Naturschützer oder zumindest, was einem solchen zu dieser Zeit am nächsten gekommen ist. Wie kein anderer war er begeistert von der Natur und der Schöpfung im Allgemeinen und stand ihr demutsvoll gegenüber. Also könnte er es auch gewusst haben?

Egal wie ich mich und meine Gedanken verdrehte, auf eine Lösung kam ich so nicht.

Nach den drei Tagen im Kloster fühlte ich mich geerdet und ruhte in mir selbst. Nach einer letzten Meditationsrunde, in der nichts Sonderliches mehr

passierte (außer dass ich wieder einmal ein etwas unpassendes T-Shirt anhatte), und einem gemeinsamen Mittagessen war der Zeitpunkt des Abschieds gekommen. So komisch es klingen mag, aber der Abschied fiel mir schwerer, als man annehmen könnte.
Mit den meisten Teilnehmern hatte ich nicht ein Wort gewechselt, aber trotzdem herrschte zwischen uns eine Intimität, wie ich sie nicht beschreiben kann. Es war einfach eine seelische Gemeinsamkeit vorhanden, ein gleichmäßiges Schwingen unserer Seelen, so könnte man es am besten umschreiben. Wir umarmten uns wie alte Freunde und wünschten uns gegenseitig alles Gute für den weiteren Weg, den wir alle gehen würden müssen. Ich bin eigentlich nicht übersensibel, aber als ich mich auf mein Motorrad schwang, kamen mir fast die Tränen. Eigenartig.

Zuhause angekommen, checkte ich wie jeder moderne Mensch zuerst einmal meine E-Mails.
Na fein. 33 neue E-Mails. Die Spams und Werbungen waren gleich einmal gelöscht. Blieben noch vier Mails übrig. Eine war von den beiden Schwestern Gullveig und Freya, eine von Guggi, in der sie mich fragte, wo ich mich denn wieder herumtreiben würde, eine von Emm und seiner Frau, die nach Stockholm zu einem vorweihnachtlichen Bummel fliegen wollten und fragten, ob ich nicht mitkommen möchte, und die letzte von dem geheimnisvollen F. M. Ich öffnete sie und las:

Lieber Johannes,

Ich hoffe, ich darf Johannes sagen, wir kennen uns zwar nicht persönlich, aber sind doch schon sehr privat.
Ich habe in Erfahrung gebracht, dass Sie noch andere Bilder in Ihrem Besitz haben, die ich sehr gerne zumindest einer näheren Begutachtung unterziehen möchte.
Ich habe schon verstanden, dass Sie Yggdrasil nicht verkaufen möchten, aber wie sieht es mit einem anderen Bild aus?
Ich würde mich wirklich gerne mit Ihnen treffen und alles persönlich besprechen.
Sehr gerne komme ich Sie in Ihrem Zuhause auch besuchen.

Wäre Ihnen der 25. November recht?
In freudiger Erwartung Ihrer Antwort,
F. M.

Hmm. Was sollte ich davon halten?
Woher wusste er von den anderen Bildern?
Und was hieß „freudige Erwartung", das klang doch eher so, als wenn jemand schwanger ist oder aber auch nach einem aufgeregten Hund, der mit wedelndem Schwanz aufmerksam dastand und auf ein Kommando wartete und sich ein Leckerli erhoffte.
Hatte schon sehr lange keine E-Mail mehr gelesen, wo der Absender schreibt, dass er in freudiger Erwartung meiner Antwort sei. Andererseits hatte dieser F. M. eine Menge Kenntnisse von Dingen, die mir bis jetzt leider verborgen geblieben waren. Er hatte anscheinend genug Geld, kannte wahrscheinlich das Geheimnis des Bildes Yggdrasil und konnte uns einen Textausschnitt des Voynich-Manuskriptes übersetzen. Die Chance, diesen Jemand persönlich ins Haus zu bekommen, könnte mich in der Sache vorwärtsbringen. Gut, am 25. hatte ich Zeit, der war in drei Tagen. Als schrieb ich zurück:

Lieber F. M.

Sehr gerne greife ich Ihren Vorschlag auf und würde mich freuen, Sie am 25. November zum Abendessen bei mir willkommen zu heißen.
Ich hoffe, es passt Ihnen 19 Uhr und Sie mögen italienisches Essen.

Mit freundlichen Grüßen

Johannes

Da fiel mir ein, dass ich den beiden Schwestern auch noch eine Einladung schuldig war. Die könnte ich ja dazu einladen? Er schien sie ja auch zu kennen. Apropos, die Mädels hatten mir ebenfalls eine Mail geschickt. Anklicken und aufmachen:

Sei gegrüßt, oh Johannes!

Wir haben versucht, dich telefonisch zu erreichen, aber dein Handy war aus.
Warst du schon wieder in irgendwelchen Höhlen unterwegs?
Melde dich einmal.
Ach ja übrigens, Gullveig ist doch nicht so klug, wie sie immer vorgibt zu sein, sie hat das Rätsel der Buchstaben trotz der Übersetzung noch immer nicht gelöst.
Sie faselte irgendetwas von „unlogischer Zusammensetzung des Textes".

Melde dich, liebe Grüße

Freya

Ha, diese Freya – immer zu einem Späßchen aufgelegt. Und die Schwester etwas aufzuziehen, machte ihr besonders viel Spaß. Wunderbar, die zwei lud ich für den 25. gleich dazu ein.

Hallo Mädels!

Am 25. November um 19 Uhr kommt ein besonderer Gast zu mir.
Der geheimnisvolle F. M.
Ich würde mich freuen, wenn ihr auch dabei wärt, da erfahren wir sicherlich mehr.
Und – es gibt italienisches Essen.

Liebe Grüße

Johannes

Ich wollte aufstehen und mir einen Espresso holen, in dem Moment kam eine neue E-Mail herein – von F. M.:

Hallo Johannes !

Sehr gerne nehme ich deine Einladung an und freue mich auf das italienische Essen.
Du kannst auch gerne Freya und Gullveig dazu einladen, sie sind mittlerweile auch innerhalb unserer Geschichte.
Ich freue mich.

F. M.

Kann der Gedanken lesen?
Sehr obskur, diese Situation, aber auf der anderen Seite auch logisch, wenn man die Zusammenhänge von der Seite F. M.s betrachtete.
Aha, die Damen schrieben auch schon zurück:

Jo Johannes!

Spitze, diese Einladung nehmen wir gerne an und freuen uns auf den 25. und wir sind schon sehr gespannt auf Mr. F. M.
Wir kommen mit dem Zug schon etwas früher.
Könntest du uns um 15:20 Uhr vom Bahnhof abholen?

Wird ein lustiger Abend, kochst du? ;-)

Liebe Grüße

Freya und Gullveig

Ups. Das hätte ich fast vergessen.
Ich musste Guggi Bescheid sagen. Das mit dem Kochen müsste sie übernehmen. Ich bin zwar ein großer Esser, aber ein lausiger Koch.
Nachdem ich mit ihr telefoniert und sie mir ihre Unterstützung für diesen Abend zugesagt hatte, war ich schon etwas entspannter.
Was würde mich an diesem Abend erwarten?

Kapitel 30

Die Schwestern kamen mit dem Zug, pünktlich. Das muss man den Österreichischen Bundesbahnen lassen, sie sind fast immer pünktlich.
Quietschend blieb die Garnitur stehen. Nachdem der Zug nur drei Waggons hatte, würde die Suche nach den Schwestern nicht viel Zeit in Anspruch nehmen.
Mit einem innerlichen Grinsen dachte ich bei mir, dass die zwei sowieso nicht zu übersehen sein würden. Eine Waggontür ging auf und eine Gruppe Jugendlicher stieg aus. Sie waren völlig aus dem Häuschen und schauten immer wieder zurück. Ich hörte zwar nur Wortfetzen, aber das genügte mir, um zu wissen, dass ich vor dem richtigen Waggon stand.
„... so groß ... Riesen ... noch nie gesehen ... fürchte mich ein bisschen ..."
Und dann stiegen die beiden aus: Freya mit einem bodenlangen Leinenkleid in Erdfarben, eine große Silberkette baumelte an ihrem Hals und reichte fast bis zu ihrem mächtigen Ledergürtel, der ebenfalls mit einer prachtvollen silbernen Gürtelschnalle verziert war. Ihre schwarze Lockenpracht fiel ihr über die Schultern und über diese hatte sie einen Seesack gehängt, der jedoch bei ihr wie ein Handtäschchen aussah. Gullveig war nicht minder beeindruckend. Ähnlich ihrer Schwester trug auch sie ein bodenlanges Kleid, welches jedoch nahezu reinweiß und mit zarten Blüten bestickt war. Ihre langen blonden Haare glänzten in der Herbstsonne und waren zu einem mächtigen Zopf geflochten, der ihr seitlich über die Schulter fiel. Fast einem Stilbruch gleich trug sie eine schwarze lederne Reisetasche auf ihrem Arm, der wunderschön mit einem goldenen Armreif, der sich über den ganzen Unterarm zog, geschmückt war.
Es war November und es hatte geschätzte neun Grad Celsius, aber die Schwestern sahen aus wie im Hochsommer. Gut, sie waren andere Temperaturen gewöhnt.
Nachdem sie sich aus der schmalen Tür gequält und mich entdeckt hatten, erhellte ein freudiges Lächeln ihre Gesichter. Und bevor ich mich versah, steckte ich schon in einer schraubstockähnlichen Umarmung fest und Freya knuddelte mich. Als mir die Luft knapp wurde, ließ sie mich endlich los und sagte: „Es ist schön, mit dem Zug zu reisen, aber an diese engen Abteile wer-

de ich mich nie gewöhnen. Welches Körpermaß haben die bei der Planung wohl genommen?"

„Sicherlich nicht deines", antwortete Gullveig und grinste. „Wie geht es dir, Johannes, bist du auch schon so nervös wegen heute Abend, so wie wir zwei?", fragte sie nach.

„Geht so", antwortete ich, „ich versuche, nicht darüber nachzudenken, da ich keine Ahnung habe, was heute auf uns zukommen wird, und deshalb macht es keinen Sinn, darüber zu spekulieren. What should be, that will be."

Während wir zum Landy gingen, spürte ich förmlich die Blicke der anderen Anwesenden auf dem Bahnhof. Die Menschen waren irgendwie paralysiert.

Fairerweise muss ich sagen, ich verstand die Menschen, denn als ich die Schwestern das erste Mal gesehen hatte, war ich ebenfalls irritiert gewesen.

„Habt ihr eigentlich jemals irgendwelche Sportarten ausgeübt, wo ihr eure Kraft einsetzen hättet können?"

„In Island", begann Freya, „waren wir die einzigen Frauen, die die sogenannte ‚Männerprobe' bestanden haben. Es gab drei Steine, der größte hatte 150 kg, der mittlere 100 kg und der kleine 50 kg. Wenn du als Mann nicht mindestens den mittleren Stein heben konntest, durftest du nicht mit zum Fischen auf das Meer fahren. Gullveig hob den 100 kg Stein hoch und ich sogar den Stein mit 150 kg. Wir fuhren aber trotzdem nicht oft aufs Meer, weil uns immer übel wurde", lachte sie. „Im Turnunterricht schleuderte ich den Speer einmal eine ganze Stadionlänge, aber das zählte nicht, da es ein Männerspeer war. Gullveig hatte einmal ein Probetraining bei einem Catchverein, wurde jedoch nicht aufgenommen, da sie zu sanft war und bei diesem Sport ein bisschen Brutalität durchaus hilfreich ist. Ach ja, einmal waren wir bei einem Rockkonzert einer norwegischen Band und es gab eine Schlägerei. Da haben wir etwas geschlichtet."

„Was heißt geschlichtet", lachte Gullveig, „es gab 26 verletzte Rocker, die aber alleine auf dein Konto gingen." „Ja, ok, ich gebe es ja zu. Ich hatte den vergorenen Säften zu viel zugesprochen und die Pferde sind mir durchgegangen. Aber wenn man jung ist, macht man halt so Sachen."

Mittlerweile waren wir bei meinem Auto angekommen und die Schwestern quetschten sich hinein. „Wie kann man nur so ungemütliche Autos bauen", schimpfte Freya.

„Dafür sind sie zuverlässig und haben keinen unnötigen Schnickschnack eingebaut", antwortete ich.
Zehn Minuten später waren wir in meinem Zuhause angekommen.
„Ich habe euch die Gästezimmer hergerichtet. Sie haben übrigens übergroße Betten, denn ich hasse selbst zu kleine Betten, das kommt euch heute entgegen."
„Schön hast du es, so geräumig, und du wohnst ganz alleine hier?", fragte Gullveig mit einem Augenzwinkern.
„Ich bin ein eingeschworener Junggeselle, hatte irgendwie keine Zeit für eine Beziehung."
Nachdem sie ihre Zimmer bezogen hatten, machten wir es uns im Wohnzimmer bequem und tranken Tee und Kaffee.
Wir schwiegen und genossen den Blick über die herbstlichen Felder. Nach geraumer Zeit fragte ich: „Habt ihr noch etwas herausgefunden über die Buchstaben auf den Bildern?"
Gullveig antwortete: „Leider nein, ich dachte mir, ich kann es schaffen, musste aber aufgeben. Irgendwie hat diese Schrift keinen Anfang und kein Ende, es passt nichts zusammen."
„Ich habe übrigens Besuch bekommen", bemerkte ich und erzählte ihnen die Geschichte von François. Ich begann mit dem zufälligen Treffen in Paris und endete mit seiner Geschichte in meinem Haus. Danach erzählte ich ihnen meine Lebensgeschichte und ließ dabei nichts aus. Meine Eltern, die Sterbeurkunden, das Foto, das Tagebuch, den Sekretär, meine Höhlenexpedition mit Siegfried. Ich hatte unheimliches Vertrauen zu den beiden und wusste, ich erzählte es den richtigen. Die ganze Zeit über waren die Schwestern still und hörten gebannt zu. Nicht einmal Freya, die immer für eine lustige Zwischenbemerkung gut war, sagte etwas. Am Schluss meiner Geschichte hob ich meinen rechten Arm und zeigte ihnen das Muttermal. Auf meine Aufforderung hin, es mir gleichzutun, wurde Freya plötzlich zaghaft und druckste herum.
Gullveig hingegen hob den rechten Arm, zog ihren Armreifen leicht zurück und siehe da, hier war das Muttermal, welches ich schon bei unserem ersten Treffen gesehen hatte. Freya hatte noch immer nicht reagiert. Sie sah richtig verstört aus.
„Was soll das beweisen, ha?", schnauzte sie uns an. „Wir wissen so und so, dass wir nicht normal sind, schau uns bloß einmal an. Wir sind wahrscheinlich

die größten und kräftigsten Schwestern, die auf diesem Planeten herumrennen."

„Zumindest auf der Oberfläche", fügte Gullveig schmunzelnd hinzu.

Freya warf ihrer Schwester einen bösen Blick zu und sagte dann seufzend: „Gut, wenn ihr unbedingt einen Beweis braucht, hier."

Mit diesen Worten hob sie ebenfalls ihren rechten Arm, drehte ihn zu uns und natürlich war auch bei ihr das Muttermal an der bekannten Stelle.

„Aber das beweist gar nichts", sagte sie. Und um ihre Aussage zu bekräftigen, auch gleich etwas lauter.

„Schau, Schwesterherz", begann Gullveig, „vielleicht ist es an der Zeit, sich einer anderen Denkweise zu bedienen und auch offen gegenüber völlig neuen Strömungen zu sein. Du weißt, wir haben sehr oft darüber geredet und auch meine Gabe hat es uns bestätigt, wir sind anders. Und du weißt, ich meine das nicht nur auf die Proportionen unserer Körper bezogen. Wir und auch alle anderen Weisen Weiber wussten immer, da muss noch mehr sein oder da ist noch irgendetwas anderes. Ich bin von der Geschichte, die der Franzose Johannes aufgetischt hat, auch nicht überzeugt, aber es ist zumindest eine Theorie. Schwer vorstellbar und auch immens viele Fragen aufwerfend, aber es ist eine Theorie. Du weißt genauso gut wie ich: Glauben kann man an alles. An Gott, Allah, Kali, Vishnu, an Gaia die Erde, an den Mann im Mond oder was weiß ich. Glauben ist eine Sache, Wissen schon eine ganz andere."

Und bei diesen Worten hob sie schulmeisterhaft den Zeigefinger hoch.

„Einfache Frage: Gibt's Beweise für diese Theorie?"

Gullveig hob bei dieser Frage die Schultern und legte abwartend ihre Hände sanft in den Schoß.

Ich holte die Holzlinse mit der Einladung darauf aus meiner Tasche und gab sie den Schwestern zur Ansicht.

Freya sagte, nachdem sie einen langen Blick auf das Stück Olivenholz geworfen hatte: „Was ist denn das?"

„Die habe ich von François, soll anscheinend so etwas wie eine Einladung sein."

„Eine Einladung, wozu?", fragte Freya.

„Ich nehme an für einen Besuch bei den Völkern der Innenerde. Man kann die Kontinente erkennen und die Eingänge sind mit einem Edelstein gekenn-

zeichnet. Ich habe François auch gefragt, wie viele diese Einladung bis jetzt angenommen haben, er hat gesagt, in den letzten tausend Jahren: keiner."
„Ich finde aber den Aspekt interessant", begann Gullveig, „dass sie angeblich immer wieder lenkend eingreifen und versuchen, so die Menschheit auf die nächste Entwicklungsebene zu heben. Hat er erzählt, wem sie im Laufe der Jahrhunderte alles unter die Arme gegriffen haben?"
„Nein, leider nicht", gab ich zurück.
„Wäre natürlich spannend gewesen, aber ich denke, wir kommen auch von selbst darauf. Man nehme einfach die Ausnahmegenies der Erdgeschichte. Ein Aristoteles, ein da Vinci, ein Galileo, ein Tesla, und so weiter. All diese haben nämlich eines gemeinsam: Durch ihre Erfindungen, Entwicklungen, Forschungen und geistige Weiterentwicklung hat sich die gesamte Menschheit weiterentwickelt", Freya lächelte.
„Waren die wohl auch Auserwählte, die man eingeladen hatte?", fragte ich in die Runde. Gullveig antwortete und zog dabei einen logischen Schluss: „Ich glaube nicht, die Auserwählten sind ja nur Nachkommen der Götter, wenn auch schon reichlich mit einfachem Menschenblut vermischt."
„Das heißt, sie arbeiten mit einem Dualsystem. Auf der einen Seite suchen sie nach auffälligen, kreativen Geistern, denen sie den göttlichen Funken oder den Geistesblitz einpflanzen können. Und auf der anderen Seite suchen sie nach Nachkommen, um einen Auserwählten zu finden, der zwischen den Welten vermitteln soll", überlegte ich.
„Ich glaube nicht, dass der Auserwählte, wenn er gefunden werden würde, nur eine Vermittlungsrolle innehat. Ich denke, da ist noch viel mehr im Busch. Was meinst du, kleine Schwester?", warf Freya ein.
„Ja, der Meinung bin ich auch. Wenn sie sich so eine Mühe machen und seit 1000 oder noch mehr Jahren einen Auserwählten suchen, wird der, nachdem sie ihn gefunden haben, wohl mehr zu tun haben, als herumzulaufen und zu sagen: ‚Hey, ihr da auf der Welt, ihr seid nicht alleine, unter euch leben noch andere, sie sind eure Götter und Schöpfer und sie sagen, ihr sollt euch benehmen'", blödelte Gullveig mit verstellter tiefer Stimme.
„Was denkt ihr, wenn es wirklich so wäre, könnte man die Wahrheit geheim halten? Würden nicht die Regierungen Bescheid wissen, oder Wissenschaftler, die Presse? Könnte man es verheimlichen?"

„Es ist immer noch eine Theorie und es tut mir leid, Johannes, aber dein Holzstück ist kein Beweis. Aber ich gebe dir recht, es ist schon ein unheimlich faszinierender Gedanke. Weißt du eigentlich, wie der Franzose, François, dich überhaupt gefunden hat? Du hast erzählt, du warst zufällig in seinem Geschäft in Paris und fandest dort eine alte Fotografie deines Ururgroßvaters. Hast du ihm deine Adresse gegeben? Oder mit Kreditkarte bezahlt?"
„Ich denke ja, mit der Kreditkarte", antwortete ich.
„Er wird meinen Namen gegoogelt haben und ist über meine Firmenhomepage gestolpert. Daher weiß er meine Adresse. Er sei auch schon ein paar Tage hier gewesen und habe gewartet, bis er das Gefühl gehabt habe, ich hätte Zeit, sagte er. Ich habe ihn mehrmals vorher gesehen, denke ich zumindest. Er war wie ein Schatten, in einem Moment war er zu sehen, im anderen Moment war er fort."
Plötzlich fiel mir noch etwas ein, was ich den Schwestern unbedingt noch erzählen musste. „Nachdem er gegangen war, sah ich ihm nach. Er blieb auf dem Weg zur Hauptstraße stehen und sprach mit Hasen, die aus dem Feld gehoppelt waren. Was hat das zu bedeuten?"
Freya blickte verwirrt und überrascht und Gullveig antwortete sehr ernst: „In der Mythologie wird der Hase als ein weiser, freundlicher und zuverlässiger Zeitgenosse angeführt. In unserem nordgermanischen Glauben ist er Sinnbild für Weitblick und erscheint in den alten Geschichten sehr oft als Späher der Weisen. Warum der Franzose mit Hasen sprach, ist eigenartig, und auch dass er es direkt vor deiner Nase tat, wie wenn er dir einen weiteren Beweis für etwas geben wollte."
„Und du bist sicher, es waren keine kleinen Hunde? Franzosen mögen kleine Hunde", sagte Freya.
„Hunde hoppeln nicht und verschwinden auch selten in Erdlöchern, außerdem erkenne ich einen Hasen, wenn ich einen sehe", entgegnete ich leicht säuerlich.
Die ganze Geschichte wird immer mysteriöser, dachte ich mir, als ich zur Tür ging, um Guggi, die geklingelt hatte, zu öffnen. Sie schleppte zwei große Säcke voll Essen herein und verschwand in der Küche. Gleich darauf kam sie ins Wohnzimmer, um die beiden Schwestern zu begrüßen. Nach einer herzlichen Umarmung, bei der ich auch nicht ausgelassen wurde, sagte sie: „Also, du möchtest diesem mysteriösen Besuch italienisches Essen vorsetzen. Ich habe

mir gedacht, ich koche etwas Klassisches. Als Vorspeise Tomaten mit Mozzarella, frischen Basilikumblättern und richtig gutem Olivenöl, dann eine Minestrone mit Ciabatta und als Hauptspeise Lasagne al Forno mit Spinatblättern. Danach Espresso und Grappa. Was hältst du davon, Johannes?"
Als alter Italien-Freund war ich natürlich begeistert und auch die Schwestern rieben sich schon die Bäuche.
„Einfach spitze, wunderbar!", rief ich.
„Dafür musst du aber noch unbedingt einen wunderbaren Roten aus deinem Keller holen, denn nur mit einem guten Wein wird es auch so fein schmecken, wie es klingt", sagte Guggi.
„Sehr wohl, mein General", antwortete ich und salutierte spaßeshalber.
„Ich helfe dir in der Küche", sagte Gullveig.
„Und ich genieße weiter die Aussicht, komme jedoch gerne zum Verkosten, ihr braucht mich nur zu rufen", brachte Freya ein.
So hatte jeder seine Aufgabe und wir trollten uns in unterschiedliche Richtungen.
Dreißig Minuten später saßen wir drei wieder im Wohnzimmer.
Mit den Worten „Ich brauche mehr Platz zum Kochen" hatte Guggi Gullveig aus der Küche gescheucht.
Es war knapp vor 18 Uhr und wir hatten noch eine Stunde Zeit, bis unser Gast eintraf. Wir lümmelten gemütlich auf den Sofas herum, als Gullveig die Frage stellte, vor der ich mich schon den ganzen Nachmittag gefürchtet hatte: „Was erzählen wir dem mysteriösen Besucher, diesem F. M. denn eigentlich? Alles?"
Ich antwortete darauf, dass ich bereits versucht hatte, eine Strategie zusammenzubasteln, aber nichts Vernünftiges dabei herausgekommen sei. Stattdessen habe ich mich entschieden, die Sache auf mich zukommen zu lassen und vielleicht von ihm im Gespräch mehr zu erfahren.
„Wir wissen in Wahrheit gar nichts. Wir haben nur Vermutungen und eine haarsträubende Geschichte", sagte Freya.
„Was mich jedoch noch mehr interessieren würde ist die Tatsache, dass an meinem 64. Geburtstag die Lichter ausgehen werden, das frustriert mich irgendwie ziemlich."
„Da hast du aber doch noch mindestens 30 Jahre Zeit", versuchte ich sie mit einem charmanten Witz aufzuheitern.

„Danke für das gut gemeinte Kompliment, aber Tatsache ist, dass mir dabei leider nur mehr 20 Jahre bleiben und meinem Schwesterherz zwei Jahre mehr."
„So alt hatte ich euch gar nicht geschätzt, ihr habt euch gut gehalten." Ich wollte meinen lahmen Motivationswitz noch nicht aufgeben.
„Schau, es ist einfach nur wichtig, die Zeit, die einem bleibt, vernünftig zu nutzen", sprang Gullveig in die Bresche. „Und ich kann dann immer noch zwei Jahre dein Grab pflegen", grinste sie.
Ich war überrascht über den schwarzen Humor, den die sonst so ruhige, besonnene Gullveig plötzlich an den Tag legte.
„Ihr seid wirklich unheimlich komisch, ihr zwei", seufzte Freya und verschränkte schmollend ihre Arme vor der Brust.
In die Stille hinein fragte ich: „Was meint ihr, gibt es einen Zusammenhang zwischen dem Voynich-Manuskript und den Buchstaben auf den Bildern? Oder hat sich da jemand vielleicht nachträglich einen Spaß erlaubt?"
„Das Voynich-Manuskript ist etwas älter als die Bilder, die du auch untersuchen hast lassen. Und die Gesichter der drei Frauen sind immer ein und dieselben wie fotokopiert. Auch das hast du nachweisen können. Es ist zwar unglaublich schwer vorstellbar, aber ich denke, der Maler der Bilder hatte Kontakt mit dem Voynich-Manuskript und konnte es vielleicht sogar lesen, warum hätte er sich diese Mühe machen sollen? Phosphoreszierende Buchstaben auf diese Bilder zu malen, immer die gleichen Köpfe der drei Frauen zu kopieren, es kann sich nur um eine Botschaft handeln", sagte Gullveig.
„Nachdem unser Gast heute Abend uns bereits einmal etwas übersetzt hat und uns mit seinem Wissen überzeugen konnte, bringt er vielleicht mehr Licht in diese Geschichte", sagte ich.
„Und vergesst nicht, auch Christine hat uns bestätigt, dass die Buchstaben ein und dieselben sind, und die irrt sich nie", warf Freya ein.
„Das Einzige, was mich stutzig macht, ist die mögliche Verbindung des Voynich-Manuskripts mit deiner und unserer möglichen Vergangenheit und auch Zukunft."
Freya setzte sich ganz nach vorne auf die Couch, stützte ihre Ellenbogen auf den Knien ab und fing an aufzuzählen: „Du erfährst als Jugendlicher, dass dein Vater bald sterben wird, dabei erfährst du auch etwas von deiner Familie. Du siehst ein Bild von Johannes dem Ersten, dem Zwerg. Du entschließt dich,

alte Schriften und Bücher zu finden und zu verkaufen, zu deinem Beruf zu machen. Du kaufst einen alten Sekretär, in dem du die Bilder findest. In Paris entdeckst du ein altes Familienfoto mit Johannes dem Ersten. Auch du wirst dabei entdeckt, und zwar von François, dem Langen. Du erhältst E-Mails von einem mysteriösen F. M., der anscheinend mehr weiß. Du analysierst die Bilder und findest auf ihnen Voynich-Buchstaben. Du findest das Tagebuch deines Vaters mit Höhlenskizzen. Du untersuchst eine Höhle mit einem alten Professor. Du findest eine Art Testament deines Vaters und entdeckst den Leberfleck. Du kontaktierst die ‚Wise Women' und lernst uns kennen. Auch wir haben diesen Punkt auf unseren Handgelenken. F. M. schickt uns bei einem unserer Treffen eine angebliche Übersetzung der ersten Seiten des Voynich-Manuskripts. François kommt dich besuchen und erklärt dir, dass du ein Nachkomme eines der Urvölker bist, die den Menschen erschaffen haben, sich jedoch zurückzogen, aber in den Köpfen und Geschichten der Menschen als Götter und mythologische Fabelwesen weiterlebten. Er erzählt dir auch, dass du als Nachkomme, wenn auch mit Menschen vermischt, ein Auserwählter bist und er lädt dich mit einem Holzteilchen ein, zu ihnen zu kommen. Wie, musst du selber herausfinden."

Freya holte tief Luft und sagte dann: „Aufgezählt ist das wirklich ein starker Stoff und würde für ein Buch oder auch einen Film genug hergeben."

„Habe ich etwas vergessen?", sagte sie noch und schaute mich fragend an.

„Die Träume", antwortete ich und senkte ein bisschen meinen Kopf, da ich mir wie ein seltenes Tier im Käfig vorkam, das begafft wird oder zumindest irgendwann begafft werden würde.

„Welche Träume?", fragte Gullveig.

Ich erzählte ihnen von meinen Träumen und wie sie sich im Laufe der Zeit immer mehr verändert hatten und auch, dass meine Vorväter diese auch gehabt hatten, aber sie sich bei ihnen niemals weiterentwickelt hatten. Bei dieser Gelegenheit erwähnte ich auch gleich meine Klosterepisode.

Freya und Gullveig starrten mich mit offenen Mündern an. Ihre Augen waren starr auf mich gerichtet und ich fühlte mich schön langsam wirklich wie ein seltenes Tier im Zoo. Um das Eis zu brechen, sagte ich: „Habe ich etwa ein drittes Auge bekommen, da ihr mich so anstarrt?"

„Das nicht gerade", antwortete Gullveig, „aber weißt du, auch wir haben einen ähnlichen Traum, den wir schon seit unserer Kindheit träumen und meis-

tens in derselben Nacht. Er ist zwar nicht gleich wie deiner, aber durchaus ähnlich."
Und Freya fing zu erzählen an: „Ich bin ein kräftiger Mann, der einen Spalt hinaufklettert. Es ist dämmrig und ich kann nur schemenhaft etwas erkennen. Ich habe sehr kräftige, behaarte Arme und diese sind mit breiten Lederbändern um die Handgelenke geschmückt. Es ist kalt. Ich trage eine Art Wams und Pumphosen. Meine Füße stecken in Lederstiefeln und meine Oberarme und meine Unterschenkel sind unbedeckt. In meinem Gesicht kann ich einen langen Bart spüren und ich merke auch, dass ich unendlich müde bin. Dann ist da so eine Art Filmriss und ich stehe plötzlich am Gipfel des Snaefellsjökull und schaue auf das Meer, unser Dorf sehe ich jedoch nicht. Ich weiß, dass es dieser erloschene Vulkan ist, da ich den Ausblick kenne, wir waren als Kinder sehr oft mit unserem Vater nach oben gewandert, um den sagenhaften Ausblick zu genießen. Und damit endet unser Traum."
Jetzt war ich es, der mit offenem Mund dasaß und nicht wusste, was er sagen sollte. Konnte da ein Zusammenhang bestehen? Wir hatten alle drei das Mal und träumten ähnliche Träume. Und wenn François recht hatte mit seiner Behauptung? Und wenn auch die Schwestern Vorväter von den ersten Siedlern hatten? Anscheinend hatten die Schwestern gerade dieselben Gedanken, denn Gullveig sagte: „Du siehst gar nicht aus wie der Nachkomme eines Zwerges!"
Bevor ich antworten konnte, läutete es an der Türe. Es war genau 19 Uhr.

Kapitel 31

Über die Belagerung und Eroberung Jerusalems im Jahre 1099 schrieb **Wilhelm von Tyrus** (* um 1130 in Jerusalem; † 29. September 1186 ebenda). Er war Erzbischof von Tyrus, Kanzler des Königreichs Jerusalem und gilt als einer der bedeutendsten Geschichtsschreiber des Mittelalters.

Schauerlich war es anzusehen, wie überall Erschlagene umherlagen und Teile von menschlichen Gliedern, und wie der Boden mit dem vergossenen Blut ganz überdeckt war. Und nicht nur die verstümmelten Leichname und die abgeschnittenen Köpfe waren ein furchtbarer Anblick, den größten Schauder musste erregen, dass die Sieger selbst von Kopf bis Fuß mit Blut bedeckt waren. Im Umfang des Tempels sollen an die zehntausend Feinde umgekommen sein, wobei also die, welche da und dort in der Stadt niedergemacht wurden und deren Leichen in den Straßen und auf den Plätzen umherlagen, noch nicht mitgerechnet sind, denn die Zahl dieser soll nicht geringer gewesen sein. Der übrige Teil des Heeres zerstreute sich in der Stadt und zog die, welche sich in engen und verborgenen Gassen, um dem Tode zu entkommen, verborgen hatten, wie das Vieh hervor und stieß sie nieder. Andere taten sich in Scharen zusammen und gingen in die Häuser, wo sie die Familienväter mit Weibern und Kindern und dem ganzen Gesinde herausrissen und entweder mit den Schwertern durchbohrten oder von den Dächern hinabstürzten, dass sie sich den Hals brachen.

(Quelle vgl. https://de.wikipedia.org/wiki/Wilhelm_von_Tyrus; https://de.wikipedia.org/wiki/Belagerung_von_Jerusalem_%281099%29)

Kapitel 32

Neugierig, stürzten wir zur Gegensprechanlage, um einen ersten Blick auf den geheimnisvollen F. M. zu werfen.
Und ... wir wurden enttäuscht. Denn vor der Kamera stand ein älterer, unscheinbarer Mann. Er hatte eine Art Uniform an und sprach umständlich ins Mikrofon der Anlage: „Entschuldigen Sie, bin ich da richtig bei Herrn Johannes von der Firma „Vergangene Zeiten"?"
„Sie sind goldrichtig", antwortete ich knapp.
„Wunderbar", kam die Antwort, „wir haben es doch noch pünktlich geschafft." Man konnte richtig sehen, wie eine Last von seinen Schultern genommen wurde. „Einen Moment bitte", sagte er, drehte sich um und stakste zu der Limousine, die im Hintergrund zu sehen war, zurück. Blitzartig verließen wir den Platz vor dem Bildschirm und rannten zur Vordertür. Jeder war neugierig, endlich den mysteriösen F. M. zu Gesicht zu bekommen. Nachdem wir uns durch die Vordertür gequetscht hatten, im wahrsten Sinne des Wortes, denn jeder wollte der Erste sein, standen wir auf der Galerie und beobachteten, was da im Hof so vor sich ging. Hinter uns stand Guggi sehr entspannt, und schüttelte ihren Kopf: „Wie die Kinder, wie die Kinder", wiederholte sie immer wieder.
Der Fahrer öffnete gerade die Hintertür der Mercedes-Limousine, wobei wir nicht ins Innere sehen konnten, da uns die verdunkelten Scheiben die Sicht versperrten.
Eine Zeitlang geschah – gar nichts.
Doch plötzlich war eine Bewegung im Autoinneren wahrnehmbar und kurz darauf erschienen Füße, die in schwarzen Stöckelschuhen steckten, eine schwarze Hose wurde sichtbar. Aber irgendetwas stimmte nicht, irgendwie passte die Optik nicht. Es war alles zu klein für einen Erwachsenen.
Konnte F. M. ein Kind sein? Undenkbar! Oder doch?
Dann stand er, nein, sie, plötzlich neben dem Wagen und winkte uns zu. F.M. war kein Mann, sondern eine Frau. Und auch keine gewöhnliche, sondern eine zwergwüchsige Frau. Ihre wahre Größe konnten wir erst sehen, als sie vor uns stand. Sie reichte mir gerade bis zum Gürtel und bei den beiden Schwestern sah es aus, als gehe sie ihnen bis zu den Knien.

„Gestatten, Friederike von Mönchswald, ich freue mich, dass sie mich eingeladen haben."
Während sie die anderen begrüßte, was einfach surreal aussah, beobachtete ich den Neuankömmling. Sie trug einen schwarzen Hosenanzug, Stöckelschuhe und hatte eine perlenbesetzte Aktentasche in der linken Hand. Um den Hals trug sie eine schlichte weiße Perlenkette und eine Lesebrille an einer goldenen Kette. Sie war dezent geschminkt und hatte ihre blonden, anscheinend längeren Haare kunstvoll nach oben gesteckt, zusammengehalten von einer perlenbesetzten Spange. Überhaupt sah sie aus wie die Miniaturausgabe einer taffen Business-Anwältin. Sie war nicht übergewichtig und auch ihre Proportionen stimmten. Ganz im Gegenteil: Sie war schlank, hatte eine völlig normale Stimme, nur war sie eben nur knapp einen Meter groß. Und all das zusammen wirkte ziemlich bizarr.
Nach den üblichen Begrüßungsfloskeln zogen wir uns ins Wohnzimmer zurück und tranken einen Aperitif, oder besser noch, einen Appetitanreger, wie Guggi es nannte: Sekt mit Hollunderblüten.
Nach einer Schweigeminute und dem gemeinsamen Anprosten eröffnete Frau von Mönchswald das Gespräch: „Wie Sie sicherlich schon an meinem Akzent gehört haben, bin ich aus der Schweiz. Ich bin dort Vorstandsvorsitzende meiner Firmengruppe. Meine Gruppe beschäftigt sich zum größten Teil mit Veranlagungen. Meine Klienten stammen von überall in der Welt und können sich sicher sein, dass wir auf Diskretion höchsten Wert legen."
Sie saß auf einer Couch mit Gullveig zusammen. Ich liebe überdimensionale Couchmöbel und deshalb sah Gullveig aufgrund ihrer Größe auch passend für dieses Sitzmöbel aus. Frau von Mönchswald jedoch saß darauf wie am Rande eines Ruderbootes. Wenn sie ihre Füße nicht übergeschlagen hätte, könnte man sich vorstellen, sie ließe sie ins Wasser hängen. Es sah so aus, dass, selbst wenn sie sich hinlegte, sie die Rückenlehne nicht erreichen würde.
„Sie wundern sich sicherlich über meine Körpergröße. Tja, so geht es jedem, der mir begegnet. Ich habe nicht die typische Hyposomie oder Kleinwüchsigkeit, die bekannt ist, es ist nun mal so, dass ich immer schon einfach klein war. Ich kam zum errechneten Geburtstermin zur Welt und war 18 cm groß und hatte 1250 Gramm Körpergewicht. Alle Organe waren normal ausgebildet und auch meine weitere Entwicklung verlief völlig normal. Ich bin sozu-

sagen ein Mensch im Maßstab 1:2, gut im Vergleich zu euch vielleicht 1:3", und dabei grinste sie von einem Ohr zum anderen.

„Meine Größe hat mir jedoch niemals geschadet, denn während sich meine Geschäftspartner noch über meine Größe irritiert zeigten, hatte ich bereits den Abschluss in der Tasche. Und ich muss sagen, rückwirkend war ich durchaus sehr erfolgreich und meine Aussehen kein Nachteil", und wieder grinste sie.

„Internet, Videokonferenzen und E-Mail kommen mir natürlich entgegen, denn die meisten meiner Klienten kennen mich nur von der digitalen Seite und da spielt die Größe oder das Geschlecht keine Rolle. Ich wette, ihr dachtet, da kommt jetzt ein grauhaariger alter Mann daher. Stimmt's?"

„Sie haben recht, Frau von Mönchswald. Wir dachten wirklich an einen älteren Mann. Umso mehr freut mich die Überraschung, dass hinter dem Kürzel F. M. eine Frau steckt, noch dazu eine Schweizerin, denn ich mag ihren Dialekt außerordentlich gerne", sagte ich charmant, so wie ein Gastgeber eben sein sollte. Aber ich meinte das durchaus ehrlich.

„Sagt doch bitte Friederike zu mir, denn die Sympathie beruht ganz auf Gegenseitigkeit. Ich freue mich auch, euch beide, Freya und Gullveig, endlich persönlich kennenzulernen. Ich habe schon viel von euch gehört und war neugierig, euch persönlich einmal zu treffen. Bevor ihr euch fragt, woher ich etwas über euch weiß, auch ich bin bei den ‚Wise Women'. Ich habe zwar keine besonderen Fähigkeiten, aber ich verfüge über ein umfassendes Wissen in vielen Bereichen und auch meine Kunstsammlung ist nicht von schlechten Eltern. Wobei ich schon beim Thema meines Besuches wäre. Hast du das Bild von Yggdrasil hier und kann ich es begutachten?"

Bevor ich noch antworten konnte, drang der Ruf von Guggi aus der Küche: „Vorher wird aber noch gegessen, denn ich möchte nicht, dass es verkocht oder pampig schmeckt."

Also trollten wir uns von der Couch ins angrenzende Esszimmer und freuten uns auf das, was da kommen solle. Beim Platznehmen erzählte uns Friederike, dass sie heute noch zurückfliegen wolle, denn morgen hatte sie eine wichtige Videokonferenz mit einem Araber, der in der Schweiz in Immobilien anlegen wolle. Deswegen habe sie auch ihren Fahrer mitgebracht, der den Mietwagen kutschiere. Sie war mir ihrem Privatjet hier und hatte sich gedacht, wenn es länger dauern sollte, wollte sie nicht mehr selbst zum Flughafen fahren.

Guggi servierte die Vorspeise, nicht zu viel, genau richtig, um den Appetit anzuregen. Das frische Basilikum duftete herrlich und meine Gäste zeigten sich begeistert über das harmonische Aroma der Kräuter in Verbindung mit dem kaltgepressten Olivenöl. Das Basilikum stammte aus meinem Wintergarten und das Olivenöl bekam ich von einer Biobäuerin aus Kroatien, übrigens ebenfalls eine der „Wise women".
Nach der ebenfalls unglaublich duftenden Suppe und dem frisch gebackenen Ciabatta war es fast unmöglich, das Ganze noch zu toppen, aber Guggi schaffte auch das noch. Bei der Lasagne war für alle kein Halten mehr und sie ließen die Kochkünste Guggis hochleben. Frau von Mönchswald, also Friederike, meinte, dass es schade sei, dass Guggi nicht in der Schweiz wohne, sie würde sie vom Fleck weg engagieren. Sie war wirklich ziemlich aus dem Häuschen.
Freya und Gullveig verlangten sogar noch ein zweites Stück, welches Guggi ihnen gerne servierte, denn sie kochte sowieso immer für eine ganze Garnison und üblicherweise kann ich mir einiges einfrieren, da selbst ich diese Mengen nicht bewältigen kann.
Während des genüsslichen Schmatzens und der vielen „Ahs!" und „Ohs!" tat natürlich auch der Wein seine Arbeit und lockerte die Zungen. Und so kam es, dass Freya zwischen dem ersten und zweiten Stück der Lasagne fragte: „Friederike, mir ist jetzt klar, warum du bei deiner Mail, die du uns bei unserem ‚Wise Women'-Treffen geschickt hast, mich und meine Schwester erwähnt hast, wusstest du doch als eine der unseren, dass wir bei dem Treffen anwesend sein werden, aber wie bist du auf Johannes gekommen?"
Alle Augen richteten sich auf Friederike und das Kauen wurde fast eingestellt. Friederike lächelte, nahm die Serviette, tupfte sich den Mund ab und sagte dann: „Ich habe einfach gezockt. Ich wusste nicht, dass Johannes bei euch war, aber ich habe es vermutet. Erstens ist er in der Branche bekannt für seine Beharrlichkeit, bei alten Geheimnissen in Schriften und Büchern Nachforschungen anzustellen und ich war mir sicher, er hatte die Buchstaben auf dem Bild Yggdrasil bereits entdeckt, sonst wäre er auf mein Angebot mit der halben Million Euro eingestiegen. Und zweitens, als ich den Scan sah, wusste ich, dass es Yggdrasil war, denn ich habe das Bild auf deiner Homepage ausreichend studiert, ich habe es gewissermaßen abgespeichert", dabei tippte sie sich mit ihrem kleinen Zeigefinger gegen die Stirn. „Und drittens ist das Voy-

nich-Manuskript sozusagen mein Spezialgebiet und ich habe alles gelesen, was jemals darüber geschrieben wurde und kenne auch jede Forschung, die im Laufe der Zeit darüber durchgeführt wurde. Und viertens weiß ich, dass Bilder erstellt wurden, die ähnlich dem Rosetta-Stein eine Übersetzungsmatrix beinhalten, um es komplett zu übersetzen, eines dieser acht Bilder ist Yggdrasil. Ich besitze ebenfalls eines, welches in meinem Haus am Genfer See über meinem Schreibtisch hängt und mein größter Schatz ist."
Friederike plapperte zischen den Bissen munter weiter. „Ich muss gestehen, ich habe nicht alles erzählt. Einer meiner Vorfahren war wie du, Johannes, ein Sammler seltener Bücher und Schriften. Aber er handelte nicht damit, sondern sammelte sie und versuchte, sie zu entziffern. Von ihm habe ich auch die Leidenschaft des Sammelns geerbt und nebenbei auch noch das eine Bild der Serie dieser acht Gemälde. Ach übrigens, es ist ein Bildnis von Atlantis, man erkennt es an den konzentrischen Wassergräben, die die sagenumwobene Stadt umgeben haben sollen. Auf dem Bild ist ein Fest oder eine Zeremonie zu sehen und nachdem das Bild Licht ausgesetzt war, leuchteten die Voynich-Buchstaben auf ihm nach. Auffallend ist auf der einen Seite natürlich die riesige Wasserwand, die sich bereits hinter der Stadt erhebt, und andererseits drei Frauen, die um einen Brunnen tanzen, wobei eine davon bereits beginnt, in den Brunnen zu steigen. Vor allem sind bei diesen drei Frauen, die übrigens dieselben Gesichtszüge haben, eben diese unheimlich detailgetreu gearbeitet. Alles in allem eine romantische, mystische Darstellung von Atlantis und dessen Untergang."
„Wo lebte dein Vorfahr denn?", fragte ich aufgeregt und neugierig dazwischen.
„In Venedig. Er starb 1913. Und weil er all sein Geld in alte Schriften und Bilder gesteckt hatte, musste seine Familie seine komplette Sammlung verkaufen, um einigermaßen über die Runden zu kommen. Als ich viele Jahre später anfing, mich für mythologische Bilder und Geheimnisse zu interessieren, war fast nichts mehr da. Die komplette Sammlung war in alle Himmelsrichtungen zerstreut. Nur dieses eine Bild war übrig. Angeblich sollten es ursprünglich sogar acht gewesen sein und mein Vorfahre wäre in der Lage gewesen, das Voynich-Manuskript zu übersetzen. Er hat es aber nie getan, zumindest ist mir nichts bekannt."

Ich drehte meinen Kopf und warf einen Blick in meinen Vorraum zu dem alten Sekretär, den ich in Florenz gekauft hatte und der ursprünglich aus Venedig stammen soll. Und in dem ich die sieben Bilder gefunden hatte. Ich weiß nicht warum, aber beim Essen behielt ich dieses Geheimnis für mich und auch die beiden Schwestern Freya und Gullveig sagten nichts. Stattdessen fragte ich: „Und wie hast du das Voynich-Manuskript übersetzt, wenn dir der Schlüssel dazu eigentlich fehlt?"
„Puuh", sagte sie und lehnte sich zurück, „ich bringe keinen Bissen mehr hinunter. Das war mit Abstand das beste italienische Essen, welches ich jemals gegessen habe. Herzlichen Dank dafür! Können wir uns irgendwo gemütlich hinsetzen, ich würde mir nach diesem wunderbaren Essen gerne eine Zigarre genehmigen, dann erzähle ich euch, wie ich zur Übersetzung kam."
Guggi räumte gerade die Teller ab und sagte: „Dann werde ich euch den Espresso und den Grappa im Wohnzimmer servieren, in Ordnung?"
„Guggi, du bist ein Schatz", sagte ich und zwinkerte ihr zu.
„Und wie gesagt", rief Friederike beim Ortswechsel ins Wohnzimmer über die Schulter zurück, „wenn Sie in die Schweiz wechseln möchten, jederzeit!"
„Ich denke darüber nach, vielleicht wäre es ja spannend, nicht mehr für einen Junggesellen Köchin, Putzfrau und Mutter zu spielen", rief Guggi uns nach.
Erschrocken drehte ich mich um, das konnte sie doch nicht ernst meinen? Guggi grinste wie ein Hutschpferd und sagte leise zu mir: „Ich würde dich doch nie verlassen, mein Großer, wo wärst du denn ohne mich?" Dankbar lächelte ich ihr zu und ging zu den anderen ins Wohnzimmer.
„Darf man hier drinnen rauchen?", fragte die kleine Schweizerin vorsichtig.
„Normalerweise rauche ich nicht im Haus, aber bei Gästen wird dieses selbstauferlegte Verbot aufgehoben", antwortete ich und griff nach dem großen silbernen Aschenbecher. Jeder hatte wieder seinen Platz wie vor dem Essen eingenommen.
Mein Wohnzimmer war zwar groß und mit einer raumhohen Verglasung versehen, aber nachdem mir der orientalische Einrichtungsstil immer schon sehr gefallen hat, habe ich mich in diesem Bereich etwas ausgetobt. Auf dem Boden waren viele Teppiche kreuz und quer gelegt, die Riesensofas waren bestückt mit Polstern verschiedener Farben und Größen und orientalisch angehaucht. Goldstickereien und goldene Quasten tauchten die hellen Riesen-Chaiselongues in einen Hauch aus tausendundeine Nacht. Kleinere Dinge, wie

ein Krummsäbel und mit Ziegenhaut bezogene Wandlampen, ein getriebenes Silbertablett mit einer Wasserkaraffe und goldverzierten Gläsern auf einem wundervoll geschnitzten und bemalten halbhohen Kasten rundeten das ganze Bild noch etwas ab.

Ich teilte noch jedem Gast einen marokkanischen Beistelltisch zu, auf dem jeder seinen Kaffee und Grappa deponieren konnte.

„Sie haben es hier wirklich außerordentlich gemütlich, Johannes. Mir gefällt der orientalische Stil. Er hat so etwas Stolzes und Erhabenes", sagte Friederike.

Die Schwestern pflichteten ihr bei, taten sich aber mit vielen Worten noch etwas schwer. Anscheinend war das zweite Stück Lasagne genau ein Stück zu viel gewesen.

Während Friederike von Mönchswald aus ihrer Tasche eine lederne Zigarrenhülse hervorzauberte, die Spitze der Zigarre abbiss und sie elegant in den Aschenbecher beförderte, fragte ich: „Nun, Friederike, du wolltest uns noch sagen, wie du an die Übersetzung der ersten Seiten des Voynich-Manuskripts gelangt bist."

Friederike war gerade dabei, ihre Zigarre zu entzünden, was ein bisschen eigenartig aussah, als ob ein 10-jähriges Mädchen versuchte, sich die Zigarre des Vaters anzustecken. Aber sie machte es durchaus professionell und an der Art, wie sie paffte, um die Glut voranzutreiben, konnte man sehen: Die Dame hat Erfahrung im Rauchen von Cohibas. Sie hatte die linke Hand und dabei ihren Zeigefinger gehoben und gab mir damit zu verstehen, dass sie gleich soweit sei, es uns zu erzählen.

Guggi kam herein und brachte die Espressi und Grappa. Nachdem sie natürlich auch gespannt war, sagte ich, dass sie hierbleiben solle. Dankend nahm sie an und setzte sich zu Freya auf die Couch, die jetzt notgedrungen ihre Füße etwas einziehen musste.

„Ihr erinnert euch sicher", begann die kleine Frau, „an Chlothilde Garnier, die Gründerin des Schweizer Zirkels der ‚Weisen Weiber'."

Die Schwestern Freya und Gullveig nickten ebenso wie Guggi.

„Eigentlich war Chlothilde eine tragische Figur", erzählte Friederike weiter. „Sie wuchs in ärmlichen Verhältnissen auf einem westschweizerischen Bauernhof auf. Als eines von acht Kindern. Ich denke, sie wurde 1934 geboren. Sie war das jüngste Kind ihrer Eltern und musste schon sehr früh am Hof mithelfen. Sie war ein sehr stilles und introvertiertes Kind, das aber von einer ganz speziellen Aura umgeben war. Heutzutage würde man sagen, eine alte Seele. Wie die meisten ihrer Geschwister ging auch sie nicht zur Schule, sondern erlernte sehr viel später, im jungen Erwachsenenalter, das Lesen und Schreiben. Etwa zu dieser Zeit vollzog sich auch ihre Wandlung, denn Chlothilde hieß eigentlich Claude und war ein Junge. Heute würde man sagen, sie war ein Transsexueller, eine Frau gefangen im Körper eines jungen Mannes. Körperlich war sie sehr schmächtig, mit keinerlei Körperbehaarung und sanften weiblichen Gesichtszügen. Dadurch war es nicht schwierig, sich als Frau durch das Leben zu bewegen. Dies war natürlich in einer Großstadt wesentlich einfacher als in einer Dorfgemeinschaft. Deshalb zog sie nach Zürich und wurde mit ihrem Umzug zu Chlothilde Garnier. Durch ihren Wandel war auch ihr Geist befreit und konnte sich öffnen, dabei offenbarte sich auch erstmals ihre Gabe. Sie konnte von mit der Hand geschriebenen Texten – durch Berühren des Originaldokumentes – den Inhalt wiedergeben, den sich der Verfasser des Textes gedacht oder den er gefühlt hatte, in dem Augenblick, als er ihn schrieb. Deshalb fiel es auch weiterhin nicht auf, dass Chlothilde fast nicht lesen konnte. Es war purer Zufall, dass ich sie kennenlernte. Es war 1978 in einem Park in Zürich. Ich durchquerte ihn gerade auf dem Weg zu einer Vorlesung, als ich sie das erste Mal sah. Sie saß auf einer Parkbank neben einem Teich, starrte ins Wasser und weinte. In ihren Händen hielt sie einen maschinengeschriebenen Brief einer Anwaltskanzlei. Ich konnte nicht weitergehen, irgendetwas zog mich zu ihr hin und befahl mir, ihr zu helfen. Nachdem ich mich neben sie gesetzt und sie gefragt hatte, was denn los sei und ob ich ihr helfen könne, erzählte sie mir schluchzend, dass sie nicht lesen könne und es ihr so furchtbar peinlich sei. Ich nahm ihr den Brief vorsichtig aus der Hand und las ihn ihr vor. Er war gerichtet an einen Claude Garnier und hatte zum Inhalt, dass seine Eltern bei einem Brand ums Leben gekommen waren und die drei ältesten Geschwister als Universalerben eingetragen waren. Das besonders Heftige dabei war, dass der Brief vom Anwalt eben dieser Geschwister stammte und diese verfügt hatten, sie möchten nichts mehr mit ihm, Claude respektive Chlothilde, zu tun haben, da sie sich schämen würden, so jemanden überhaupt in ihrer Familie haben zu müssen, und verfügten deshalb, jeglichen Kontaktversuch mit ihren Familien zu unterlassen. Chlothilde nahm es unglaublich gefasst auf, da sie sowieso schon seit Jahren keinen Kontakt mehr zu ihnen hatte. Sie bedankte sich für meine Hilfe. Ich stand auf und wollte mich wieder auf den Weg machen. Dabei rutschte mein Skriptum aus der Tasche und fiel zu Boden. Meine ganzen Notizen lagen verstreut herum. Chlothilde half mir, sie einzusammeln, hielt jedoch plötzlich inne mit einem Zettel in ihren Händen. Es war eine Notiz, oder besser noch eine Einladung eines meiner Mitstudenten zu einem Geburtstagsfest. Auf dem Zettel hatte er mir handschriftlich den Weg zu seiner Party beschrieben. Ich hatte mich darüber gefreut, denn normalerweise wurde ich von meinen Kommilitonen eher gemieden. Mit den Worten: ‚Er meint es nicht ehrlich mit dir, er möchte dich nur als Partygag und abnorme Monstrosität zur Schau stellen' gab sie mir das Blatt zurück. Ich nahm das nicht besonders ernst, negierte es richtiggehend. Nachdem ich mich bedankt hatte, suchte ich schnell das Weite."

Friederike schlug ihre Augen nieder, seufzte und fuhr dann fort: „Es war genau so, wie Chlothilde es vorhergesagt hatte: Ich wurde wie ein Affe vorgeführt, es wurden lächerliche Späße mit mir veranstaltet und als irgendwer noch auf die Idee kam, ein ‚Zwergenwerfen' zu veranstalten, rannte ich davon. Jahre später sah ich Chlothilde bei einem Treffen der ‚Weisen Weiber' wieder, die sie inzwischen gegründet hatte. Natürlich erkannte sie mich und freute sich, dass ich so erfolgreich war. Sie hatte ihre Gabe ausgeweitet und konnte unter Meditation sogar fremdsprachige Texte übersetzen. Nachdem ich ein echter Voynich-Fan war, kam ich auf die Idee, sie versuchen zu lassen, auch diese Textzeilen zu übersetzen, da sie ja mit der Hand geschrieben waren. Glaubt mir, mit Geld und Einfluss ist vieles möglich." Sie sah in die Runde und grinste. „Also flogen wir im Jahre 1998 in die USA, um das Voynich-Manuskript in natura zu begutachten."

Hier wurde sie von Freya unterbrochen: „Willst du uns erzählen, ihr durftet es berühren?"

Friederike grinste: „Wie schon gesagt, mit Einfluss und Geld ist vieles möglich. Ich tätigte eine nicht unbedingt kleine Spende an die Yale University und wurde eingeladen, das Voynich-Manuskript in natura zu besichtigen."

Friederike machte eine Pause und nahm einen Schluck vom Espresso und danach einen tiefen Zug von ihrer Zigarre.

„Und weiter?", ich wurde schon etwas unrund ob der Pause.

„Tja, was soll ich sagen", fuhr Friederike fort „wir wurden in einen klimatisierten Raum geführt. Vor uns stand ein Tisch mit zwei Sesseln und auf dem

Tisch lag das Voynich-Manuskript. Ich war so aufgeregt wie bei einem Kindergeburtstag. Chlothilde versetzte sich in ihren meditativen Zustand, indem sie sitzend, mit geschlossenen Augen, die Hände in ihrem Schoß wie zum Gebet gefaltet, lange ein und aus atmete. Nach zirka zehn Minuten, ich dachte schon, sie sei eingeschlafen, legte sie die Hände auf die erste Seite des Manuskriptes. Das, was ich euch damals geschickt habe, ist die Abschrift des aufgenommenen Tonbandes ihrer Worte, die sie damals sprach. Sie sprach ruhig, als ob sie diktieren würde oder konzentriert einen Text vorlese. Ich war überrascht, es kam mir vor wie im Traum. Ihre Begabung war etwas ganz Besonderes. Wir waren völlig allein im Raum und ich konnte es nicht glauben, dass nach so vielen Jahren das Geheimnis des Voynich-Manuskripts gelöst werden würde. Nach dieser Einleitung blätterte ich für Chlothilde um und war gespannt, was im ersten Kapitel stehen würde. Sie verharrte schweigend. Es schien so, als lese sie still für sich den Text einmal durch. Plötzlich riss Chlothilde die Augen auf und schrie wie von Sinnen. Ich war geschockt und wusste im ersten Moment nicht, was ich tun sollte. Sie krampfte, hatte ihre Hände vom Buch genommen und krallte sich mit den Fingernägeln in den Tisch. Die Tür flog auf, zwei Männer der Universität stürzten herein. Der restliche Ablauf ist irgendwie in einen Nebel getaucht. Sanitäter kamen und hatten wirklich alle Hände voll zu tun, um die verkrampfte und in komplette Agonie verfallene Chlothilde von Tisch und Sessel zu trennen und auf eine Bahre zu legen. Das Voynich-Manuskript war in der Zwischenzeit schon längst entfernt worden. Ich stand an der Wand direkt neben der Tür, war immer noch unter Schock und als Chlothilde an mir vorbeigetragen wurde und die Sanitäter versuchten, die Trage durch die Tür zu manövrieren, blickte sie mich direkt an und flüsterte: ‚Die Menschen ... wir müssen es ihnen sagen ... es ist unglaublich ... ich habe sie gesehen.' Dann war sie weg. In der darauffolgenden Nacht ist sie dann im Krankenhaus gestorben. Die Ärzte sagten, ihr Gehirn habe nicht mehr in die Realität zurückgefunden und sie habe einen Schock erlitten, ihr Herz hörte in der Nacht einfach auf zu schlagen. Sie war auf den Tag genau 64 Jahre alt."

Friederike seufzte und schloss für einen Moment die Augen. Im Raum war es jetzt komplett still und sogar Freya gab keine ihrer sonst so pointierten Bemerkungen ab. Ich war jedoch richtiggehend paralysiert. Wieder genau 64 Jahre! Chlothilde musste ebenfalls ein Nachkomme des Volkes gewesen sein

oder zumindest den gleichen Gendefekt in sich getragen haben wie der Vater der beiden Schwestern und meine Vorfahren, und wahrscheinlich trage ich ihn auch in mir. Es war ein sehr unangenehmes Gefühl, sich über den eigenen Tod Gedanken zu machen. Vor allem, wenn man möglicherweise den genauen Tag in der Zukunft kennt, an dem es passieren wird. Es ist eine Angst, die man hat. Vor der ewigen Dunkelheit.
Wie wird es sein?
Wird es plötzlich trübe werden oder nebelig, wird es mir bewusst sein, jetzt zu sterben? Wird die Kälte in meine Glieder kriechen, unaufhaltsam bis in mein Herz? Wird noch ein Gedanke in meinem Hirn fließen können: „Jetzt bist du tot"?
Alles wird in der Finsternis versinken.

Und dann?

Kapitel 33

Nach der Erzählung von Friederike waren wir alle betroffen.
Ich erzählte aber nichts von meiner Vermutung eines Gendefektes oder von der Geschichte des anderen Volkes, welche mir der Franzose, François, erzählt hatte. Nachdem wir eine Zeitlang in Schweigen ausgeharrt hatten, brach Friederike das Eis und sagte: „Es ist zwar traurig, aber das Leben geht weiter, oder? Ich würde zu gerne wissen, was das Voynich-Manuskript noch an Informationen verborgen hält. Die Informationen, die Chlothilde erlesen hatte, habe ich überprüft und sie könnten auch stimmen. Es gab den sogenannten Kinderkreuzzug und auch die beschriebene Reiseroute ist korrekt. Ob es diesen Nikolaus aus Köln wirklich gegeben hat, kann nach so vielen Jahrhunderten natürlich nicht mehr nachgeprüft werden, aber wo seine Reise endete, habe ich bestimmen können."
Neugierig beugte ich mich nach vorne und setzte mich an die Kante der Couch. „Das habe ich auch schon nachgeprüft", sagte ich. „Es hörte sich für mich wie die Felsenstadt Petra in Jordanien an. Die wird es jedoch nicht gewesen sein, die ist ziemlich gut erforscht und wenn es ein Tor in einen Garten Eden gegeben hätte, wäre das doch sicher aufgefallen."
„Du unterschätzt die Zeitspanne, lieber Johannes", sagte Friederike. „In 800 Jahren kann sich vieles verändern, in dieser Gegend waren immer Kriege und diverse Scharmützel unterschiedlicher Stämme zugange. Im 20. Jahrhundert bereits mit Artillerie. Ich war bereits fünfmal in dieser Gegend auf den Spuren von Nikolaus. Ich bin alte Karawanenwege gefahren, habe Schluchten und Höhlen untersucht. Ich konnte das mögliche Gebiet auf das heutige Ben Jen in Syrien eingrenzen. Bei meinem letzten Besuch hatte ich ein Gespräch mit einem alten Nomaden. Der erzählte mir, dass es früher, als er noch ein Kind war, eine Schlucht in der Nähe von Ben Jen gegeben habe, in der eine alte Steinfestung, wie er es nannte, gewesen sei. Seit jeher jedoch war es den Menschen in der Gegend untersagt, in sie hineinzugehen, denn eine alte Legende besagte, dass dort der Teufel zu Hause sei und er die Menschen, die in seine Festung eindringen, festhält und nie mehr entkommen lässt. Bei meiner Suche nach dieser Steinfestung musste ich aber leider feststellen, dass die komplette Schlucht durch ein Erdbeben oder möglicherweise auch durch eine

Sprengung völlig verschüttet war. Unmöglich, da noch etwas zu finden. Leider", fügte Friederike noch hinzu.
„Aber gut, eigentlich bin ich ja auch wegen Yggdrasil hier", sagte sie und rieb sich dabei die Hände. „Hast du ihn hier, darf ich ihn sehen? Ich habe euch viel erzählt und ich denke, jetzt ist es an der Zeit, dass auch ich sehe, ob sich meine weite Anreise gelohnt hat." Mit diesen Worten sprang sie von der Couch und stellte sich vor mich hin.
„Natürlich", murmelte ich und wälzte mich von der Couch. Ich hatte aber das Gefühl, dass mir diese kleine Person etwas zu energisch auf ein Recht pochte, welches sie nicht hatte, aber gut.
Ich hatte Yggdrasil in meinem Büro vorbereitet und wir siedelten dorthin um. Als Friederike Yggdrasil auf der Arbeitsfläche liegen sah, drängte sie sich an mir vorbei und bevor wir uns versahen, hatte sie schon meinen Schreibtischsessel erklommen und beugte sich über das Bild. Ihre Augen nahmen ein eigenartiges Glitzern an und ihre Lippen verzerrten sich zu einem jokerähnlichen Grinsen.
„Er ist fantastisch", hauchte sie. „Seht nur, die drei Nornen sind exakt gleich gezeichnet. Es ist wie bei meinem Atlantisbildnis."
Ihr nächster Satz erschreckt mich allerdings. Mit einem Seitenblick direkt in meine Augen sagte sie mit einer ungewohnten Härte und Schärfe in der Stimme: „Ich will ihn haben, ich gebe dir die 500.000 € dafür."
Ich musste schlucken. Den Betrag zu lesen, war schon aufregend, aber das Angebot nochmals mündlich zu hören, war noch eine Stufe aufregender.
Wie aus weiter Ferne hörte ich mich sagen: „Er ist nicht zu verkaufen."
Die kleine Schweizerin sprang vom Stuhl, trat direkt vor mich hin, warf ihre Haare zurück und funkelte mich an: „Das meinst du nicht im Ernst, oder Johannes?"
Ich war zwar doppelt so groß und wahrscheinlich dreimal so schwer wie diese kleine Person, aber sie hatte ein Auftreten, dass ich kurzfristig regelrecht fürchtete, sie würde mich anspringen. Ich hatte mich jedoch sehr schnell gefangen, schluckte nochmals und blieb hart. „Doch, das meine ich so."
Die nächste Reaktion von Friederike überraschte wieder: Sie stampfte auf den Boden wie ein kleines Kind und schrie: „Ich dachte, wir wären uns einig, wofür denkst du, bin ich extra aus der Schweiz gekommen?! So lasse ich nicht mit mir umspringen. Was denkt ihr, wen ihr da vor euch habt?"

Sie stapfte energisch zwischen uns hindurch in Richtung Ausgang.
Guggi, die inzwischen in der Küche gewesen war, blickte fragend heraus und wollte etwas sagen, doch die völlig aufgebrachte Schweizerin zeterte wieder los: „Ich bin Friederike von Mönchswald, wenn ich etwas möchte, bekomme ich es auch. Niemand verweigert sich meinen Angeboten. Es gibt auch andere Mittel und Wege, zum Ziel zu gelangen, glaubt mir."
Und durch die Schärfe, die sie in die Wörter legte, war uns allen klar, dass sie damit schon einige Erfahrung hatte.
Sie stand vor der Haustüre, drehte sich nochmals um und sah uns an, wie wir wie die Ölgötzen im Vorraum standen.
„Ihr werdet noch von mir hören, ganz sicher." Mit diesen Worten ergriff sie die Türklinke und öffnete die Tür.
Als wir an die Haustür kamen, war sie bereits auf dem Platz und stieg in ihre Limousine. Kurz darauf brauste sie davon.
Als Erste fand Freya ihre Worte wieder. „Was hat denn dieses Persönchen gestochen? Glaubt die wirklich, sie kann sich alles und jeden kaufen?"
„Anscheinend", murmelte Gullveig.
Kopfschüttelnd gingen wir wieder ins Wohnzimmer zurück und pflanzten uns wieder auf die drei Couches.
„So etwas von unverschämt, zuerst erzählt sie uns alles und wirkt durchaus sympathisch auf mich und dann von einem Augenblick auf den anderen ist ihre Stimmung vollkommen gekippt. Als ob sie plötzlich ein anderer Mensch wäre. Eigenartig", begann ich.
„Vielleicht ist es auch genau so. Vielleicht hat sie im Laufe ihres Lebens eine zweite Persönlichkeit entwickelt, die ihr hilft, energisch und aggressiv aufzutreten", philosophierte Gullveig.
„Naja, leicht wird sie es sicher nicht gehabt haben, mit ihrer Körpergröße die gesellschaftliche Stellung einzunehmen, die sie jetzt erreicht hat, könnte ich mir vorstellen", schnaufte Freya.
„Meine Schwester und ich hatten den Vorteil, durch unsere Körpergröße einfach von Grund auf Respekt einzuflößen, bei ihr ist genau das Gegenteil der Fall. Ich nehme an, niemand hat den Zwerg mit der Körpergröße einer 9-Jährigen je ernst genommen. Eigentlich bedauernswert. Aber mir ist noch etwas aufgefallen."
Fragend blickten Gullveig und ich Freya an.

„Beim Essen habe ich sie beobachtet. Sie hat kein Muttermal auf der Innenseite ihres rechten Handgelenks. Das heißt natürlich gar nichts, aber wenn man der Geschichte von François Glauben schenken würde, hieße das, sie wäre kein Nachkomme der alten Völker. Wobei ich ehrlich gesagt denke, dass dies sowieso nur eine nette Geschichte ist."

Ich hob meine Augenbrauen und schaute Freya überrascht an. Ich öffnete den Mund und wollte schon etwas sagen, aber Gullveig kam mir zuvor: „Du denkst also wirklich, das alles sei nur eine Geschichte, die nicht mit uns zusammenhängt? Menschen sterben nach genau 64 Lebensjahren. Alle diese Menschen haben an derselben Stelle ein Muttermal. Alle diese Menschen suchten Antworten. Johannes' Vorväter untersuchten Höhlen. Sein Vorfahre war ein Zwerg, der aus dem Nichts auftauchte. Johannes hat einen Traum, der dem unseren sehr ähnlich ist. Unser Vater war praktisch ein Riese. Oder, wenn du willst, ein sehr großer Mensch. Er starb mit genau 64 Lebensjahren. Er suchte sein Leben lang nach Antworten in den alten nordgermanischen Texten, wenn du dich erinnerst. Er hatte dieses Mal und wir haben es auch. Gut, ich gebe zu, die Geschichte, dass Lebewesen von fremden Planeten uns Menschen als Sklaven erschaffen haben, wir sie als Götter verehrten und sie sich dann in das Erdinnere zurückzogen, ist schon heftig. Aber warum nicht? Welche Beweise gibt es, dass es nicht genau so war? Du, meine liebe Schwester, weißt genau, ich glaube nicht an Zufälle und soweit ich weiß, tust du es auch nicht. Im Gegenteil, wir sind davon überzeugt, dass alles mit allem verknüpft ist und einer höheren Bestimmung folgt. Nenn es Karma, Universum, Schicksal oder Natur. Ein allmächtiges Wesen, welches sich Gott, Allah oder sonst wie nennt, auf einer Wolke thront und wie ein Puppenspieler an Fäden zieht, ist es sicherlich nicht."

Freya und ich waren überrascht von Gullveigs Monolog, da die schöne Blonde üblicherweise verbal eher kurz angebunden war. Noch mehr überraschte mich aber die Antwort von Freya, die normalerweise nicht auf den Mund gefallen war und einer Diskussion niemals überdrüssig schien, denn ihre Antwort war nur ein kurzes „Ja, du hast recht." Danach versank unser Trio wieder in Schweigen.

Erst als nach zehn Minuten Guggi um die Ecke schaute und nachfragte, ob jetzt der richtige Zeitpunkt für einen Rotwein sei, um besser nachdenken zu können, erwachten wir aus der geistigen Erstarrung.

„Meine Damen", sagte ich, „wir müssen arbeiten. Lasst uns einmal sehen, was wir alles haben, vielleicht ergibt sich ein roter Faden oder eine Antwort auf unsere Fragen."
Ich klatschte in die Hände und holte einen großen Bogen Papier aus meinem Arbeitszimmer. Den legte ich auf den großen Couchtisch. „Zuerst schreiben wir die Fakten auf die linke Seite und dann die Vermutungen auf die rechte Seite. Vielleicht erkennen wir einen Zusammenhang."
Wir legten los.
Zuerst mit den Fakten:
    Johannes der Erste Zwerg, Amnesie
    Alle weiteren Johannes suchten nach Höhlen
    Tagebuch samt Höhlenkarte
    Alle wurden nur genau 64 Jahre alt
    Chlothilde nur 64 Jahre, Vater von Gullveig und Freya nur 64 Jahre
    laut Johannes IV., dem Vater, ein Mal am Handgelenk,
    wir haben alle das Mal,
    Klosterbild des Franziskus ebenfalls mit Mal
    Tagebuch brachte mehr Information
    Unglaubliche Höhle unter der Kapelle, unbekannten Ursprungs
    Yggdrasil und andere Bilder, Frauen und Voynich-Buchstaben
    Alte Variante des Kopierens und Verkleinerns der Frauengesichter
    Voynich-Einleitung, Nikolaus aus Köln
    François, der lange Franzose mit einer Art SETI-Geschichte
    Friederike, die Zwergin, die besessene Sucherin hat kein Mal
    Unsere Träume sind ähnlich und zeigen eine Flucht von irgendetwas
        oder irgendwen aus einer Höhle ?

„Gut", sagte ich, „nun die Vermutungen und Fragen auf die rechte Seite":

    Das Voynich-Manuskript eine Art Reisetagebuch eines Jugendlichen?
    In allen Bildern sind es 3 Frauen, die nach unten in die Erde zeigen?
    Ein Hinweis auf eine Welt in der Welt ?
    Ist Johannes ein Flüchtling aus der Unterwelt gewesen?
    Der Vorfahre von Freya und Gullveig ebenfalls?
    Sind die Träume eine Art verdrängte Erinnerung des Ersten

innerhalb der Familie? Ist Francois der, für den er sich ausgibt?
Ist die Holzlinse eine reale Einladung oder ein Jux?
Wäre das theoretisch überhaupt möglich: eine Welt innerhalb unserer Welt?
Sind die neun Welten des Voynich-Manuskripts identisch mit den neun Welten des Yggdrasil?

„Okay. Das haben wir. Was fällt euch auf?", fragte ich in die kleine Runde. Freya runzelte die Stirn, knetete ihre Unterlippe und starrte auf den Papierbogen. Gullveig legte ihre Hände in den Schoß und sagte: „Alles ist stimmig. Wenn ich mir das so ansehe, würde ich sagen: Ja!"
„Was heißt, ja?", fragte Freya.
„Ganz einfach", sagte Gullveig ungemein ruhig. „Es ist so, wie es ist, und es ist alles wahr."

Kapitel 34

Mittlerweile hatte es zu regnen begonnen. Dicke Tropfen prasselten an die Scheiben und Windböen zerrten an den Bäumen.
Nachdem Guggi gegangen war, hatten Gullveig, Freya und ich es uns im Wohnzimmer gemütlich gemacht, mit Decken, Kerzenlicht und Tee.
Das Kaminfeuer verströmte einen angenehmen flackernden Lichtschein im Raum und nachdem sich die Schwestern in ihre Decken eingemummelt hatten, waren sie froh darüber, heute nicht mehr nach Hause fahren zu müssen. Auch ich freute mich darüber, denn gemeinsam über Dinge nachzudenken, macht mehr Spaß, als allein im Stillen zu grübeln.
Außerdem war mir nach der Begegnung mit der Schweizerin Friederike noch etwas mulmig zumute und die Gesellschaft der beiden war angenehm, da wir drei das Gefühl hatten, durch ein unsichtbares Band miteinander verbunden zu sein. – Oder besser noch: Unsere Schicksale waren miteinander verwoben.
Zusätzlich zu unserer Diskussion recherchierten wir in Fachbüchern und im Internet über den geologischen Aufbau der Erde. Laut der allgemeinen Meinung in diversen Büchern ist die Erde in Schichten aufgebaut, wobei die äußerste, die Erdkruste, bis zu 200 km dick ist und die restlichen Schichten kompakt beziehungsweise flüssig sind und der Erdkern aus festem Material besteht. So könnte man es kurz zusammenfassen.
Interessanterweise gab es sehr viele unterschiedliche Hypothesen, die Stärke der einzelnen Schichten betreffend. Die eine besagte, die äußere Kruste sei fünf Kilometer dick und die innere 40. Eine andere besagt, die äußere Kruste sei bis zu 200 km stark. Über die nächste Schicht, den Erdmantel, ging es ebenso mit wildesten Vermutungen weiter.
Während ich versuchte, mir ein derzeit gültiges Bild der Wissenschaft zusammenzureimen, suchte Freya nach historischen Erkenntnissen von Naturforschern und durchforstete das Internet nach Geschichten und möglichen Ansatzpunkten der Grenzwissenschaften. Gullveig durchsuchte die Mythen und Religionen in meinen alten Büchern nach Hinweisen betreffend Riesen, Zwergen und anderen Figuren.
Als ich von meinem Laptop einmal aufblickte und zu Freya sah, erschrak ich. Durch den flackernden Lichtschein der Kerzen und des Feuers hatte ihr Haar

ein schwarz glänzendes Glimmern angenommen und da ihr Gesicht vom Bildschirm des Laptops bläulich erleuchtet war, sah sie wie ein Dämon aus vergangenen Zeiten aus. Die Wolldecke um ihre Schultern und ihr konzentrierter Gesichtsausdruck verstärkten das Ganze noch. Gullveig hatte ebenfalls gerade aufgeblickt und zu ihrer Schwester gesehen. Mit einer gehörigen Portion trockenem Humor sagte sie: „Ich wusste schon immer, dass sie eine Hexe ist", und ihr nachgeschickter Seufzer verdoppelte die Magie des Augenblicks.
Freya sah auf, blickte zu uns beiden und begann zu grinsen: „Bevor ihr noch einschlaft und schlecht zu träumen beginnt, wäre es doch an der Zeit, dass jeder ein kurzes Resümee seiner Recherchen zieht. Es ist immerhin bereits nach Mitternacht und schön langsam werde ich müde", dabei gähnte sie herzhaft.
„In Ordnung", antwortete ich und begann mit dem gesammelten wissenschaftlichen Teil: „Es herrscht Einigkeit darüber, dass die Erde fest sei und nicht hohl. Hinsichtlich des Aufbaus schwanken die Meinungen. Speziell, was die diversen Schichtstärken betrifft. Die tiefste Bohrung wurde in Russland durchgeführt: 1984 erreichten sie knapp 12.000 Meter. Das Problem war, dass dort unten statt der erwarteten 100°C heiße 180°C geherrscht haben sollen, und das Projekt wurde von einem Tag auf den anderen eingestellt. Tausende Bohrproben wurden nicht untersucht und der Bohrturm nach jahrelangem Stillstand abgerissen, das Projekt auf Eis gelegt. Was mich irritiert ist die Tatsache, dass man sehr viel Geld ausgegeben hat und dann nicht einmal die Proben untersucht, sondern einfach die Tür abschließt und den Schlüssel wegwirft. Es gibt aber auch ein anderes Gerücht, welches sehr schnell die Runde machte."
Die Schwestern richteten sich kerzengerade auf und waren ob dieser Geschichte natürlich noch aufmerksamer.
„Angeblich", begann ich, „hatte man die Hölle angebohrt und kurzfristig sogar über 1000°C auf der Anzeige und was noch viel irritierender war, man habe menschliche, gequälte Schreie aus tausenden Kehlen gehört. Das klingt natürlich schon sehr abgehoben und bei meiner Recherche fand ich auch Aussagen von Beteiligten, die meinten, das Ganze sei eine Zeitungsente. Egal, Faktum ist, die tiefste Bohrung war 12.000 Meter tief und wurde ohne weitere offizielle Informationen eingestellt. Nach wissenschaftlicher, geologischer Meinung war damit gerade einmal die Erde angekratzt. Es gibt aber auch Stel-

len, wo die Kruste wesentlich dünner sein soll. Angeblich gerade einmal fünf Kilometer an manchen Stellen, die habe ich aber bis jetzt nicht gefunden."
Ich nahm einen Schluck Tee und fuhr fort: „Keinerlei Hinweise aus wissenschaftlicher Sicht für einen möglichen Hohlraum oder Eingänge an den Polen, noch sonst wo. Es wäre theoretisch möglich, dass die Erde zumindest teilweise hohl wäre. Es gibt die Theorie, dass die Schwerkraft nicht zum Erdmittelpunkt hinzieht, sondern in der Kruste steckt. Das heißt, man könnte sich auf der Innenseite der Kruste bewegen wie auf der Oberfläche. Die innere Welt könnte durch eine im Mittelpunkt stehende Sonne erleuchtet und gewärmt werden. Was ich persönlich für ein bisschen viel Science Fiction halte."
Gullveig räusperte sich, nahm einen Schluck ihres Tees und sagte dann: „Was ist mit den Erdbeben und dem Magna, wo kommt das denn her?"
„Die Erdbeben entstehen durch Verschiebung der Platten der Kruste, die ja laut einhelliger Lehrmeinung auf einer flüssigen Schicht schwimmend gelagert sind. Das Magma, also das heiße, geschmolzene Gestein, welches bei einem Vulkanausbruch austritt oder die Geysire eurer alten Heimat Island aufheizt, müsste auch nicht überall sein, vielleicht gibt es Kammern, in denen es eingeschlossen ist und eben durch diese Plattentektonik, wenn der Druck zu groß wird, irgendwo herausgepresst wird. Als Vulkanausbruch."
„Oder aber", unterbrach Freya „es ist ein Abfallprodukt der Innenweltbewohner und was wir als Magma kennen, ist vielleicht ihr Industriemüllentsorgungssystem." Sie strahlte sichtlich nach dem gelungenen Witz. Wir mussten alle lachen, die Vorstellung war auch irgendwie sehr abstrus, wenn an der Oberfläche Wissenschaftler Vulkanausbrüche vermessen, Gesteinsproben nehmen und auf der anderen Seite, innerhalb der Erde, die Müllverbrennungsanlage angeschlossen ist und die Leute in einem Trichter ihre Mistkübel ausleeren. Es wäre, als ob Ameisen mit Begeisterung vor dem Auspuff eines Autos stehen würden, und bei jedem Rauchwölkchen voller Enthusiasmus Messungen vornehmen und alles Mögliche daraus ablesen würden, aber den gesamten Umfang nicht abschätzen könnten.
„Das Internet nach Hinweisen zu durchforschen, ist schon etwas frustrierend", seufzte Freya. „Natürlich gibt es mannigfaltige Informationen zum Bereich ‚Hohle Erde'. Das geht von alten Seekarten eines türkischen Kapitäns des 16. Jahrhunderts, auf denen die Küstenlinien der Antarktis eingezeichnet sind, wie sie verlaufen würden ohne 1,5 km Eis darüber. Diese Karte wurde von

einer damals sehr alten Karte abgezeichnet. Es gibt viele Berichte aus der Zeit des NS-Regimes in Deutschland von 1933 bis 1945 und auch darüber hinaus", begann sie ihren Bericht. „Man weiß von der deutschen Gruppe Ahnenerbe, dass sie massiv in aller Welt nach okkulten Gegenständen und Mythen geforscht haben. Eines der größten Projekte war die Besiedelung und Erforschung der Antarktis. Die Nazis errichteten dort eine unterirdische Basis namens Neuschwabenland. Dorthin sollen zum Kriegsende hunderte, wenn nicht tausende Wissenschaftler und andere hochrangige und einflussreiche Personen Deutschlands gebracht worden sein. Angeblich gibt es Dokumente der Alliierten, die von hunderten U-Booten sprechen, die ebenfalls verschwunden seien. Ein Name taucht dabei immer wieder auf: Admiral Richard E. Byrd. Er war als Polforscher bekannt und zu seiner Zeit unheimlich populär. Offiziell war er ein Forscher in Diensten der Amerikaner. Sein größter Einsatz war knapp nach dem Zweiten Weltkrieg 1946–1947 die Operation Highjump. Mit 13 Schiffen, 25 Flugzeugen und 30 Hubschraubern wurde dieses Manöver in der Antarktis abgehalten. Spätestens hier wird es spannend. Die offizielle Variante war ein Manöver, um die Einsatzkraft der Marine in großer Kälte zu testen. Nur zwei Jahre nach Beendigung des Zweiten Weltkrieges. Das sind nachvollziehbare Fakten. Angeblich gibt es ein Tagebuch des Admirals Byrd. Natürlich ein geheimes Tagebuch. Er sei 1947 mit einem Flugzeug ins Innere der Erde geflogen, und zwar über den Nordpol. Dort habe er verschiedene alte Zivilisationen getroffen, und so weiter und so fort … Klingt für mich verdächtig nach Baron Münchhausen. Es gibt auch andere Geschichten darüber, dass der 1947 durchgeführte Marineeinsatz kein Manöver gewesen sei, sondern eine Suche nach der deutschen Basis Neuschwabenland. Angeblich sollen die Schiffe von fliegenden Untertassen der Deutschen angegriffen worden sein und es habe auch Verluste gegeben. Verluste an Mensch und Material wurden zwar offiziell bestätigt, aber dabei habe es sich um einen Unfall zweier Aufklärungsflugzeuge gehandelt."
Freya beugte sich nach vorne. „Wisst ihr, was ich denke?", fragte sie. „Ich denke, Richard E. Byrd war ein Abenteurer und nahm es mit der Wahrheit nie sonderlich genau. Für ein Manöver war der Marineeinsatz sicherlich viel zu aufwendig, ich denke, sie suchten wirklich die Basis der Deutschen. Ich glaube aber, auch sie haben sie nicht gefunden und damit war die Sache erledigt. Wenn die Amerikaner wirklich Neuschwabenland gefunden hätten, wäre dies

sicherlich nicht so glimpflich abgelaufen und es wäre auch in Zukunft eine höhere Präsenz der amerikanischen Marine in der Antarktis sicher. Die Frage, die mich beschäftigt, ist eher, wohin sind die deutschen Wissenschaftler und die U-Boote verschwunden? Haben sie die Amerikaner kassiert und den anderen Alliierten nichts gesagt? Sind sie nach Südamerika geflohen, wie so viele andere Deutsche? Oder haben sie den Eingang in die innere Erde gefunden und leben dort in Neuschwabenland? Ein faszinierender Gedanke ..."
„Andererseits auch erschreckend", murmelte Gullveig.
„Stellt euch nur einmal vor, was diese Verblendeten in den letzten 60 Jahren dort unten aufgebaut hätten?"
Plötzlich wurde es still in meinem Heim. Jeder hing seinen Gedanken nach und mir graute bei der Vorstellung, dass plötzlich Heerscharen von uniformierten Nazis aus allen Löchern der Erde quellen, wie Termiten aus ihrem Bau. Fast gleichzeitig schüttelten wir alle drei den Kopf, um diese Gedanken zu vertreiben.
„Wir gehen einfach davon aus, dass, sollte es einen Zugang zu etwas wie einer hohlen Erde geben oder gegeben haben, er von diesen schrecklichen Menschen nicht gefunden wurde und dass alles eine Internet-Ente ist", beendete ich diese Sackgasse unserer Gedanken.
Wie eine Schlussklingel beendete auch das Läuten meines Telefons die Diskussionsstunde.
„Wer ruft mich denn bitte um diese Zeit an?", rief ich aus und suchte nach meinem Telefon. Es war mittlerweile weit nach Mitternacht und ich hatte keine Ahnung, wer mich da zu kontaktieren versuchte. Während ich noch „Hoffentlich ist nichts passiert" sagte und mein Handy fand, wusste ich, dass es leider nicht so sein würde.

Es war der Professor, Siegfried. „Johannes!!", rief er ins Gerät. „Du musst sofort kommen! Ich glaube, ich habe ihn gefunden!"
Ich antwortete etwas verblüfft: „Wen?"
Siegfried holte tief Luft und sagte dann: „Den Baumeister der Höhlengänge!"

Kapitel 35

Nach einer etwas kurzen und leider zum Teil schlaflosen Nacht, kein Wunder bei diesem Abschluss des Abends, saß ich mit den Schwestern beim Frühstück. Wir besprachen unsere weitere Vorgehensweise.
Ich wollte sofort Professor Siegfried bei seiner Entdeckung besuchen, so hatte ich es ihm gestern Nacht noch versprechen müssen. Gullveig und Freya wollten zwar liebend gerne mit, mussten aber leider wieder nach Hause zurück. Sie wollten sich um weitere Hinweise zur Erdkruste und zu möglichen Durchstiegen bemühen. Und auch noch mal bei alten Kulturen und Mythen nachforschen.
Nach einer herzlichen Umarmung, bei der mir wieder die Luft knapp wurde, blieb ich winkend am Bahnsteig zurück. Eigenartig, dachte ich, als ich den Weg zu meinem Wagen ging, in Gesellschaft der beiden fühle ich mich richtig wohl. Waren sie aber fort, fehlte mir sofort etwas. Es war wie eine unsichtbare Verbindung zwischen uns, als ob wir Geschwister wären. Nachdenklich betrachtete ich mein Muttermal am Handgelenk.
Vielleicht war es das, was uns verband? Vielleicht verband uns die mögliche gemeinsame Vergangenheit? In Gedanken versunken stieg ich in meinen Landy und rollte davon.

Siegfried erwartete mich schon voller Ungeduld. Wir befanden uns in der Nähe des berühmten Augustinerstiftes in Rovau. Alleine schon die Gegend war sensationell. Leichte Bergkuppen soweit das Auge reichte, und Wald. Unendlich viel grüner Wald. Wenn es eine Farbe gibt, die den Augen gut tut, wird es wohl grün sein, dachte ich mir, als ich auf das 900 Jahre alte und wunderschön erhaltene Stift zurollte.
Siegfried hatte eine Ausnahmegenehmigung des Stiftes erhalten, um als passionierter Höhlenforscher die unzähligen Höhlen, Gänge und Kavernen im Umkreis des Stiftes zu untersuchen und zu kartografieren. Wenn ich mich recht entsann, meinte Siegfried, dass er in diesem Leben wohl nur mehr einen Bruchteil dieser versteckten Geheimnisse erkunden würde können. Viel zu viele seien es und die Berge ringsum waren auch richtiggehend durchlöchert. Niemand wusste wozu, von wem und auch wann dies alles stattgefunden hat.

Als das Stift 1163 gebaut wurde, wurden viele Gänge einfach zugeschüttet, um den Bau nicht zu gefährden.
Ich fuhr im Schritttempo um einen Seitenarm des Klosters herum und sah Siegfried bereits. Als er mich entdeckte, lief er mir winkend entgegen und schwenkte wie wild seinen Hut. Er war über und über mit Staub und Spinnweben bedeckt, sein Gesicht strahlte aber wie das eines Fünfjährigen bei seinem Geburtstagsfest.
„Na endlich!", rief er und umarmte mich, als ich endlich vor ihm stand. „Was hat da so lange gedauert? Ich platze fast vor Aufregung. Na egal, jetzt bist du ja endlich da. Komm mit."
Als ich Siegfried hinterherstolperte und dabei kaum mit seinem Tempo Schritt halten konnte, wurde mir schlagartig eines bewusst: *Du hast eine deiner schönsten Hosen, ein weißes Hemd und eine sündhaft teure Raulederjacke an.* Mit einem Seitenblick auf Siegfried wusste ich sofort, das wird schmutzig und für meine Garderobe nicht vorteilhaft enden. Siegfried blieb stehen, ergriff meine Hände, schaute mir mit seinen kristallblauen Augen in die mittlerweile erschrocken blickenden meinigen und fragte: „Was weißt du über Riesen?"
„Riesen?", echote ich. „Was ich über Riesen weiß? Naja, sie sind groß, kommen in Märchen vor, wie Zwerge und andere Fabelgestalten."
Siegfried schüttelte seine weiße Lockenmähne und der Staub rieselte herab. „Nein, nein, nicht die, sondern echte Riesen. Real existierende oder zumindest in der Vergangenheit existierende übergroße Individuen."
Ich runzelte die Stirn. „Ich kenne schon ein paar sehr große Menschen und muss an François und die beiden Schwestern denken, aber als Riesen würde ich sie nicht bezeichnen, zumindest nicht in der Form, wie du es meinst, denke ich."
Siegfried strahlte wieder. „Es gab in der Geschichte immer wieder Überlieferungen von Riesen. Denke nur einmal an die Bibel. Goliath von Gat soll laut Überlieferung sechs Ellen und eine Spanne groß gewesen sein. Das sind knapp drei Meter. Alleine die eiserne Spitze seiner Lanze soll 70 kg gewogen haben. Oder Maximinus Thrax, ein römischer Cäsar um 235 nach Christus, der 2,6 Meter groß gewesen sein soll, und Og, der König der Bashan, sogar an die vier Meter."
„Ja, gut", sagte ich, „es mag schon sein, große Menschen hat es immer wieder gegeben." Siegfried schmunzelte. „Ich verfolge da schon seit Jahren, eher

nebenher, so eine kleine Theorie. Da es in jeder Kultur Geschichten von Riesen gibt, die als eine Art paralleles Volk auf der Erde gelebt haben und sogar teilweise als Urvolk bezeichnet werden, gehe ich davon aus, dass es in ferner Vergangenheit möglicherweise wirklich ein Volk von Riesen gegeben hat. Diese haben sich teilweise mit den Menschen vermischt und deshalb gibt es immer wieder in jedem Kulturkreis übergroße Menschen. Von den – sagen wir einmal ‚Originalriesen' sind aber nur mehr wenige Gene übriggeblieben. Ich denke eher an Riesen mit vier, fünf und vielleicht sogar sechs Metern Körpergröße. Man findet auch unzählige Fotos von angeblichen Riesenskeletten, die bei diversen Grabungen entdeckt wurden."
Ich rollte mit den Augen.
„Ich weiß, ich weiß, alles ‚Fakes', wie man heutzutage sagt. Aber nicht alle, glaube mir bitte", jammerte Siegfried.
„Du weißt, ich glaube nur Dinge, die ich auch sehe", antwortete ich und bereute meine Aussage im selben Augenblick, denn somit war ich Siegfried ins offene Messer gelaufen. Er grinste plötzlich über beide Ohren und mit den Worten „Dann komm einmal mit", wendete er sich ab und stapfte in Richtung des angrenzenden Waldes. Siegfried war zwar gut 25 Jahre älter als ich, aber in einer so guten Verfassung, dass ich schnaufend versuchte, mit ihm Schritt zu halten. Als wir den Wald erreichten, hielt er nicht an, sondern stapfte weiter forschen Schrittes durch das Dickicht. Die Äste zogen an meiner Raulederjacke und netterweise hatte die Natur auch daran gedacht, ein paar Brombeersträucher auszusäen, damit Besuchern des Waldes, die eine teure Jacke tragen, auch wirklich gezeigt wird, was so ein Kleidungsstück in der Natur wert ist. – Nämlich nichts.
Als wir nach fünf Minuten den Fuß eines Hügels erreichten, hatte mein Outfit schon versucht, sich an Siegfrieds anzupassen. Meine Haare waren zerzaust, meine Jacke an vielen Stellen angeritzt, meine Schuhe klassisch versaut und mein Hemd nassgeschwitzt. Siegfried musterte mich von oben bis unten und sagte dann: „Du solltest deine Jacke ausziehen, jetzt wird es nämlich etwas schmutzig."
Ich quittierte diesen Sarkasmus mit einem schiefen Grinsen, legte aber folgsam die Jacke ab. Ich sah mich um. Wir standen inmitten eines urigen Laubwaldes, der Boden war über und über mit nassem Laub bedeckt, wobei einige Blätter auch den Weg auf meine Hose gefunden hatten. Über uns reckte eine

alte Linde ihr mächtiges Geäst in den Himmel. Es war komplett still, nur in der Ferne hörte man das grauenhafte Geschrei einer Elster.
„Und jetzt?", fragte ich.
„Jetzt krabbeln wir", antwortete Siegfried, bückte sich neben dem Stamm der Linde und schlug eine dicke Decke zurück, die völlig verborgen war, da sie über und über mit Laub bedeckt war. Unter der Decke kam ein Loch im Boden zum Vorschein. Es war nicht mehr und nicht weniger als einfach ein Loch im Waldboden, mit dem Durchmesser eines mittelgroßen Autoreifens.
„Und was ist das?", fragte ich etwas enttäuscht.
„Das ist der Eingang, da müssen wir hinein. Drinnen wird es geräumiger, da habe ich auch meine ganzen Sachen wie Helme, Lampen etc. Es ist groß, ich war fast 48 Stunden da drin. Ich kam nur heraus, um dich anzurufen. Ach ja, niemand weiß davon. Anscheinend ist bei einem der letzten Regenfälle der Eingang eingebrochen und dieses Loch hat sich aufgetan. Als ich es gefunden habe, war es zirka zehn Zentimeter groß, ich habe es erweitert und später dann mit der Decke getarnt. Ich wollte, dass du es als Erster offiziell zu sehen bekommst. Warum werde ich dir nicht sagen, sondern einfach zeigen, aber dafür müssen wir hinein."
Seufzend legte ich meine Jacke sorgfältig zusammen und verstaute sie am Fuße der Linde.
„OK, was soll's, gehe du vor, los", ermunterte ich Siegfried.
„Ich wusste, das lässt du dir nicht entgehen", sagt er, legte sich auf den Bauch und rutschte in das Loch in der Erde. Mit einem letzten Blick auf meine wunderbare hellbeige Cordhose atmete ich aus, legte mich auf den Bauch und schob mich mit dem Kopf voran in das Erdloch. Ächzend richtete ich mich auf, soweit es zumindest möglich war. Ich stieß mit meinem Kopf an die Decke der Höhle und würde mich wohl weiterhin wie Quasimodo fortbewegen müssen. Siegfried reichte mir einen Helm samt LED-Lampe.
Nachdem es mittlerweile schon egal war, ob meine Hose den Status „schmutzig" oder „sehr schmutzig" hatte, kniete ich mich hin, um den Helm aufzusetzen und die Leuchte zu befestigen.
Siegfried war schon voll ausgerüstet. Es verblüffte mich immer wieder, wie behände sich dieser ältere Mensch bewegte und mit welcher Zielstrebigkeit er seine Bewegungen durchführte.

„Das Schlimmste hast du fast schon hinter dir", sagte er und leuchtete in Richtung Eingang der Höhle. „Sieh einmal zum Eingang, was siehst du?", fragte er.
Ich ging vom Knien in eine hockende Stellung über und schaute über die Schulter zurück. Durch das Loch, durch das wir hineingekrochen waren, schien Tageslicht herein, der Strahl von Siegfrieds Lampe jedoch enthüllte den ganzen Bereich. Ich war verblüfft. Was zuerst wie ein Loch im Boden ausgesehen hatte, zeigte erst innen sein wahres Gesicht. Wir befanden uns in einem künstlichen Steinbau. Das heißt, der Eingang bestand aus seitlich aufeinander geschichteten Steinen, die von einer großen Steinplatte – ähnlich einer Decke – überdacht wurden. Das Ganze war dann im Laufe der Zeit mit Erde, Gras und Buschwerk überwuchert worden, sodass es eben von außen den Eindruck erweckte, nur ein Loch im Boden zu sein. Oder aber – wie anscheinend in diesem Fall – komplett verschwand, bis die durchfeuchtete Erde einbrach und ein Loch im Boden freigab.
„Keltisch, möglicherweise. 2000 vor Christus?", mutmaßte ich, wobei es eher nach einer Frage klang. Siegfried nickte, soweit ich sehen konnte, und sagte dann: „Nicht schlecht, aber die Art der seitlichen Steinaufschichtung deutet eher auf eine frühe Megalithkultur aus der Jungsteinzeit hin. Vielleicht die Vorfahren der Erbauer von Stonehenge? Also in etwa 5000 vor Christus."
„Wow, so alt", staunte ich und pfiff durch die Zähne.
Siegfried grinste und sagte: „Wenn dir das schon gefällt, dann bin ich gespannt, was du zu meinem ‚Big Mac' sagen wirst."
Ich runzelte die Stirn, wollte noch etwas sagen, aber Siegfried meinte nur: „Auf geht's!" und begann den Tunnel entlangzuschreiten.
Ich muss gestehen, zu diesem Zeitpunkt war ich der festen Überzeugung, der Eingang sei das Highlight dieses Ausfluges. Da hatte ich mich aber gründlich getäuscht. Grundsätzlich war dem natürlich schon so: Eine megalithische Anlage aus der Jungsteinzeit in unseren Breitengraden war auch eine Sensation, aber da musste noch mehr sein, wenn Siegfried so aufgeregt war. Ich stand auf, wobei ich mir natürlich kräftig den Kopf anschlug. Glücklicherweise hatte ich jetzt aber schon den Helm auf und so blieb nur ein kurzes Pochen in den Ohren zurück. Ich nahm also meine ausgesprochen bandscheibenverstörende Quasimodo-Stellung wieder ein und schlurfte Siegfried hinterher.

„Ein Tunnel?", sagte und dachte ich gleichzeitig. „Das ist ja gar keine natürliche Höhle. Siegfried, was ist das?", rief ich nach vorne. Siegfrieds Antwort kam bereits aus einer beträchtlichen Entfernung: „Ich habe keine Ahnung, aber es scheint mir dieselben Erbauer zu haben wie der Spiralgang unter der Kirche. Sieh dir die Wände an."
Tatsächlich, dieselben Rillen. Der Querschnitt des Ganges war auch identisch. Wie eine aufgestellte Ellipse, wobei der untere Teil abgeschnitten, also begradigt worden war. Was heißt eigentlich gerade? Ich hatte schon wieder das Gefühl, nach unten zu gehen.
„Übrigens fällt der Gang exakt sieben Grad von der Horizontale ab und windet sich – wie der Gang unter der Kapelle – spiralförmig nach unten", hörte ich Siegfrieds Stimme wieder.
„Wo bist du, ich kann nicht so schnell. Es ist mit meiner Größe etwas mühsam!", rief ich zurück.
„Gut ich warte, aber beeil dich!", kam es zurück.
Während ich den Gang entlangschlurfte und merkte, wie meine Rückenmuskulatur sich langsam zu verkrampfen begann, dachte ich nach. Abgesehen davon, dass tonnenweise Felsen und Erde über mir lagen und ich mit jedem Schritt weiter hinabstieg, wurde mir auch klar: Wenn jetzt irgendetwas passieren würde, würde uns niemals jemand finden. Denn wer würde schon vermuten, dass sich hinter dem Stift zwei Männer durch ein größeres Hasenloch gepfercht hatten, um dann hunderte Meter tief in die Erde hinabzusteigen.
„Wie weit ist es eigentlich noch?", fragte ich keuchend.
„Eine Strecke sind bei mir knapp tausend Schritte, also in etwa 800 m. Ich brauche dafür zehn Minuten. Mit dir dauert es sicher länger."
Ich hörte das Grinsen in seinen Worten und konnte es auch schon sehen, denn plötzlich tauchte er in meinem Lampenschein auf. Ein alter, leicht gebückt stehender Mann, mit langen glänzenden weißen Haaren, verschönert durch Schmutz, Laub und Spinnweben. Aber seine Augen leuchteten in einem strahlenden Blau und die Falten neben seinen Augen zeugten von einer positiven Lebenseinstellung.
„Na komm", sagte er, „wir gehen den Weg gemeinsam."
Nachdem wir eine Weile schweigend dahinmarschiert waren, sagte Siegfried: „Weißt du, dass der Gang in der Kapelle der Kirche eigentlich bekannt sein müsste? Denn warum hätten sie sonst eine Holzfalltür eingesetzt und die Kir-

che genau zentral darüber gebaut? Diesen Gang jedoch kennen sie nicht, er war ja verschüttet und nur dadurch, dass ich dieses Loch oben im Waldboden vergrößert habe, habe ich ihn überhaupt entdeckt. Seit Jahrhunderten oder Jahrtausenden geschieht dies immer wieder. Um die eigene Religion oder Kultur oder die dadurch erhaltene Macht nicht zu gefährden, werden Altertümer von vorhergegangenen Kulturen versteckt oder auch gleich zerstört. Das geschieht leider überall auf der Welt. Dabei könnten wir so viel von ihnen lernen." Und mit einem tiefen Seufzen schlurfte er weiter, den Tunnel entlang und ich hinter ihm her.

Kapitel 36

Die **Buddha-Statuen von Bamiyan** (Hindi *Bamiyan ke But* बामियान के बुद्ध ; *But ha e Bamian* persisch بتهای بامیان) waren einst die größten stehenden Buddha-Statuen der Welt. Sie befanden sich bis zur Zerstörung durch die Taliban im März 2001 im 2500 Meter hoch gelegenen, mehrheitlich von Hazara bewohnten Tal von Bamiyan, das sich im Zentrum Afghanistans befindet und von der UNESCO als Weltkulturerbe gelistet ist. Die beiden größten und bekanntesten dieser Statuen waren 53 beziehungsweise 35 m hoch. Daneben wurde eine ganze Reihe von weiteren, kleineren Buddha-Statuen in die dortige Felsklippe eingearbeitet. Sie sind historische Zeugnisse einer dort etwa vom 3. bis zum 10. Jahrhundert praktizierten, in ihrer Art einzigartigen buddhistischen Kunst. Mittlerweile wurden die Nischen der Statuen abgesichert und ihre Trümmer geborgen. Es gibt Bestrebungen, die Statuen wieder aufzubauen. Diesbezüglich wurden auch Hilfsgelder zugesichert, ohne dass jedoch ein konkreter Beschluss gefasst wurde.

(Quelle vgl. https://de.wikipedia.org/wiki/Buddha-Statuen_von_Bamiyan)

Kapitel 37

Endlich waren wir am Ende des Ganges angelangt.
Ich war schweißgebadet und mein Rücken fühlte sich an wie aus Holz.
„Nur mehr eine kleine Mutprobe, dann hast du es geschafft", sagte der Professor.
„Was heißt Mutprobe?", fragte ich schnaufend, während ich mich hinhockte und meinen Rücken streckte. Ein wohliges Knacken erfüllte den Tunnel und ich atmete erleichtert tief aus. Siegfried sah mich fragend an, ich schaute auf und sagte: „Alterserscheinung, das bekommst du auch noch."
Der alte Professor grinste, war er doch 25 Jahre älter als ich, aber anscheinend war ich von uns beiden zumindest körperlich der Ältere.
Siegfried drehte seinen Kopf und leuchtete an das Ende des Ganges. Wie unter der Kapelle hörte der Gang auch hier einfach auf. Der Unterschied war jedoch das 40 cm breite Loch in der unteren Hälfte der Abschlusswand. Mir wurde mulmig.
„Da willst du doch nicht durch, oder?", fragte ich ängstlicher als beabsichtigt.
„Das, mein lieber Johannes, ist ein sogenannter Schlupf und ja, da müssen wir durch. Er ist ein Durchstieg, der bewusst klein und schmal angelegt wurde, damit Personen nur einzeln hindurchgelangen können. Für jeden Schlupf gibt es auch einen Verschlussstein, der perfekt in die Öffnung passt. Den siehst du hier", und er leuchtete an der Seite des Ganges zu Boden. Tatsächlich, ein Stein in der Form einer Scheibe, in etwa 10 Zentimeter dick.
„Der Schlupf war verschlossen und es war eine richtige Mühe, den Stein herauszubekommen, das kannst du mir glauben."
Ich muss sagen, ich bewunderte diesen alten Mann. Nicht nur, dass er die Courage hatte, sich kopfüber in Erdlöcher zu zwängen und finstere, jahrtausendealte Gänge zu erforschen, er machte das alles auch noch alleine. Man könnte fast schon von einer Besessenheit sprechen.
„Also, Johannes, hör mir zu. Du musst dich auf den Hintern setzen und mit den Füßen voran durch den Schlupf gleiten. An der oberen Kante sind zwei kleine Nischen eingeschlagen, um sich mit den Händen daran festzuhalten, denn der Schlupf ist ungefähr einen Meter lang und fällt steil ab. Es hat auch den Vorteil, dass man sich dadurch lang macht und somit passt man auch

durch. Wenn du stecken bleiben solltest", er sah auf meinen wirklich nicht sehr großen Bauch, „dann ziehe ich von unten. Wichtig ist, du musst ausatmen, damit sich dein Brustkorb entspannt. Keine Panik. Es lohnt sich, vertrau mir."

Ein bisschen fühlte ich mich wie in einem dieser Hollywood-Filme, wo man genau weiß, jetzt passiert etwas. Und ehrlich, das fühlte sich nicht gut an. Siegfried ließ mir kaum Zeit, um zu überlegen, er saß bereits vor dem Schlupf, die Beine verschwanden im Loch. Die Hände hatte er oberhalb in den eingemeißelten Griffen, grinste mich an und war von einem auf den anderen Augenblick im Loch verschwunden.

In meinem Lampenkegel erschien mir die Wand samt dem Schlupf nun noch feindseliger.

„Johannes, nun komm schon, es ist wie auf dem Kinderspielplatz."

Ich kroch zum Schlupf, setzte mich hin, platzierte meine Hände in den Fugen oberhalb des Loches und während ich noch überlegte, dass die Erbauer sogar an die Halterungen für die Hände gedacht hatten, streckte sich mein Körper durch und ich rutschte in den Schlupf. Meine Hände ließen los und meine Füße berührten wieder festen Boden. Ich hatte natürlich vergessen auszuatmen und zerriss mir dadurch mein Hemd und schürfte mir den Brustkorb auf.

Als ich wieder aufrecht stand und mir den Schlupf von der anderen Seite ansah, war irgendetwas anders.

Langsam begriff ich. Ich stand aufrecht, vollkommen aufrecht. Siegfried stand neben mir und zeigte nach oben. Es war überwältigend. Wir standen vor einer sicherlich zehn Meter hohen Wand aus reinem Fels. Die Wand war übersät von fremdartigen Zeichen und Bildern, den Hieroglyphen ähnlich.

Ich legte meinen Kopf in den Nacken und leuchtete weiter nach oben. Die Wand kippte in den Raum hinein und mir wurde bewusst, dass es sich um keine einfache Wand, sondern um ein Gewölbe handelte, ein Dom im blanken Felsgestein. Feinsäuberlich herausgearbeitet und von Künstlerhand vor langer Zeit gestaltet.

Mir fehlten die Worte. Nichts kann diesem Gefühl seine Worte leihen.

Wer? Wann? Wozu?

Endlich brachte ich die ersten Worte stotternd über die Lippen: „Danke dir Siegfried, dass du deinen Fund mit mir teilst, so etwas Unglaubliches habe ich noch nie gesehen."

„Ach, dann bist du damit schon zufrieden? Und mein Big Mac interessiert dich nicht mehr?"
Ich drehte mich zu Siegfried um und schaute ihn an. Der Kegel meiner Lampe leuchtete über ihn hinweg und erhellte den Dom. Jetzt konnte ich seine Ausmaße erkennen. Er war bestimmt 15 Meter breit und ebenso lang. Doch halt – was war das am anderen Ende? Ein heller, großer Stein schien da am anderen Ende zu liegen. Weißlich reflektierte er den Schein meiner Helmlampe. Ich ließ Siegfried stehen und ging darauf zu. Hinter mir hörte ich Siegfried kichern und sagen: „Darf ich dir Big Mac vorstellen?"
Nach wenigen Schritten war ich bei dem Stein angekommen und mir wurde flau im Magen. Es war kein Stein. Es war ein riesengroßer skelettierter Schädel. Mindestens 70 Zentimeter im Durchmesser. Er lag auf dem Unterkiefer und schaute in Richtung unseres Schlupfes.
Das Verstörende daran war aber, dass das restliche Skelett ebenfalls vorhanden war. Rückgrat, Rippen, Hände, nur die Hüfte schien irgendwie zur Hälfte im Fels zu verschwinden. Es sah aus, als wüchse das Skelett direkt aus dem Fels. Es war riesig, vom Kopf bis zum Beginn der Hüfte, die im Felsen verschwand, hatte es sicher eine Länge von zwei Metern.
„Man sieht 2,15 Meter des Skeletts, der Rest steckt im Fels." Siegfried war an meine Seite getreten und hockte sich vor den blanken Schädel. „Insgesamt dürfte der Bursche so an die 3 Meter und 80 Zentimeter groß gewesen sein."
„Was um alles in der Welt ... ", entfuhr es mir.
„Ja, da hast du recht, was um alles *in* der Welt ist das?", flüsterte der Professor und strich vorsichtig mit den Fingern über den Schädel. Ich war wie paralysiert. Meine Hände schwitzten und ich konnte keinen klaren Gedanken fassen. Mein „bisheriges Weltbild" hatte sich gerade verabschiedet. „Riesen, es gab sie also doch", würgte ich hervor.
„Komm mit", sagte Siegfried und führte mich ein paar Meter zur Seite. Erst jetzt bemerkte ich, dass er ein richtiges kleines Lager hier unten aufgeschlagen hatte.
Er hatte zwei Decken, einen Schlafsack, einen Gaskocher, Rucksack, Seile und allerlei andere Utensilien hier heruntergeschafft.
„Wie lange bist du schon hier?", fragte ich überrascht.
„Mmh, ich denke eine Woche wird es schon sein. Man verliert leicht das Zeitgefühl in dieser ewig dunklen Umgebung. Aber ich wollte mir zuerst mei-

ne eigenen Gedanken machen, Vermessungen durchführen und so weiter, bevor ich es jemandem zeige. Ach ja, und ich habe letzte Woche bereits ein Glied eines Fingerknochens auf die Universität geschickt, um es zeitlich datieren zu lassen. Bevor ich dich angerufen habe, habe ich das Ergebnis erhalten." Er machte eine Pause und hantierte am Gaskocher. „Einen Tee, zur Beruhigung?", fragte er beiläufig.
„Wie alt?", waren die einzigen zwei Wörter, die ich herausbrachte.
„11.000 Jahre. Plus, minus 100 Jahre", sagte Siegfried.
„Magst du jetzt einen Tee?", fragte er mich grinsend nochmals.
„Ja", antwortete ich, „aber bitte mit einem Schnaps, wenn du einen hast."
Zwei Tees mit Schnäpsen später ging es mir schon besser und ich hatte mich wieder etwas gefasst. Wir waren in eine Diskussion über die Tragweite dieser Entdeckung verstrickt. „Das muss publik gemacht werden, internationale Presse, Fachmagazine und so weiter", führte ich gerade aus.
Siegfried jedoch schüttelte nur den Kopf, sagte aber nichts dazu.
„Ich verstehe dich nicht, warum soll nicht die ganze Welt davon erfahren? Was wäre denn so schlimm daran?" Ich gab keine Ruhe.
„Was so schlimm daran wäre?", fragte Siegfried. „Das kann ich dir sagen. Wir wissen nichts, alles wären nur Vermutungen. Das Einzige, was wir sicher haben, ist ein 11.000 Jahre altes Skelett eines knapp 3 m 80 großen Riesen. Wusstest du, dass in den letzten 100 Jahren einige davon gefunden wurden? Teilweise bestattet in Höhlen, mit den Körpern entsprechend riesigen Grabbeigaben."
Ich schüttelte den Kopf.
„Das wusstest du nicht, oder?", sagte Siegfried plötzlich in erregterem Tonfall. „Und weißt du auch, warum das so ist, dass niemand davon etwas weiß, sondern nur ein paar Eingeweihte? Weil die meisten, die sich getrauten, damit an die Öffentlichkeit zu gehen, als Pseudowissenschaftler denunziert wurden. Sie verloren jedwede Glaubwürdigkeit, viele mussten auch ihren wissenschaftlichen Posten verlassen. Nein, so einfach ist das nicht. Du kannst nur mit 100-prozentigen und unwiderlegbaren Fakten auftauchen, für Spekulationen oder Glauben hat diese Welt keine Zeit mehr."
Ich musste bei diesen harten Worten schlucken. Es war doch ein Faktum: Wir saßen hier, mitten in der Steiermark, in einer Höhle, hunderte Meter unter der Erde mit dem Skelett eines 11.000 Jahre alten Riesen und wir konnten es nie-

mandem sagen. Der plötzliche Schmerz dieser Erkenntnis brachte mich zu einem resignierten Schnauben. Aber Siegfried war noch nicht fertig: „Was sollen wir den Leuten sagen? Schaut her, vor 11.000 Jahren gab es ein Volk von Riesen auf der Erde, sie haben Tunnel gebaut und vielleicht auch Stonehenge und die Pyramiden, aber leider wissen wir nichts von ihnen. Wo sie plötzlich hingekommen sind, warum sie Tunnel bauten, die für sie eigentlich viel zu klein sind, ist nicht bekannt. Vielleicht für ihre Freunde, die Zwerge? Was ihre Schrift bedeuten soll?"
Mit den letzten Worten machte er mit seiner rechten Hand einen großen Kreis und zeigte auf das Gewölbe. Während Siegfried noch weiter zeterte, stand ich auf und ging in die Mitte der Kammer. Wobei das Wort Kammer eigentlich falsch ist, es müsste Kuppel heißen. Die Höhle war geformt wie eine Halbkugel. Im Schein der beiden Gaslaternen sah ich, dass insgesamt fünf Schlupfe in diese Grotte führten. Durch einen waren wir hereingekommen, aber wo führten die anderen hin? Und noch etwas fiel mir auf. Die ganze Kuppel war von Schriftzeichen und Bildern bedeckt, selbst der Boden. Der einzige völlig unbearbeitete Teil war eine Art abgerundetes Torteneckstück, an dessen unterem Ende das Skelett hervorragte.
Eigenartig.
Siegfried wollte gerade Luft holen, um seinem Unmut über die Ungerechtigkeiten den Wissenschaftlern gegenüber weiterhin freien Lauf zu lassen, als ich ihn mit meiner Frage unterbrach.
„Wohin führen eigentlich die anderen Schlupfe?"
„Die habe ich bereits alle überprüft. Sie führen ähnlich wie der, durch den wir hierhergekommen sind, nach oben. Unterschiedlich weit, jedoch alle sind verfüllt. Der einzige offene Zugang ist der, durch den wir hierhergekommen sind."
„Ist dir aufgefallen, dass dieser Teil der Wand keine Zeichen und Bilder trägt?" fragte ich und zeigte auf den Bereich des halben Riesenskelettes.
Siegfried kratzte sich hinterm Ohr, dann am Kinn, welches mittlerweile schon reichlich von weißen Bartstoppeln gesäumt war.
„Nein, verdammt. Das ist mir völlig entgangen. Ich habe aber alles vermessen und aufgezeichnet. Jeden Teil der Oberfläche habe ich einem Raster zugeordnet, fotografiert und kartografiert, das Offensichtliche aber habe ich übersehen."

Ich ging zu der leeren Wand mit dem herausragenden Skelett. „Was meinst du, wie ist das passiert? Ich meine, die Wand wird ja nicht um ihn herumgewachsen sein, oder?"
Siegfried war aufgestanden, jetzt stand er neben mir und zuckt mit den Schultern. „Vielleicht war es aber genau so. Weißt du, wir haben keine Ahnung, wie sie die Tunnel gebaut haben. Sie sind so ebenmäßig und exakt, man könnte fast meinen, sie haben sie herausgeschmolzen. Möglicherweise war es ja so: Sie hatten eine Maschine, die sich durch Fels fraß. Wie auch immer sie funktioniert haben möge. Lasertechnologie oder Bakterien oder sie haben einfach die Atome verschoben. Ihnen einfach gesagt: Geht woanders hin. Vielleicht ist das", er zeigte auf den halben Riesen, „ein Arbeitsunfall. Hier war ein großer Tunnel". Er ging zur glatten Wand und klopfte mit der flachen Hand darauf. „Und aus irgendeinem Grund mussten sie ihn schnell verschließen und ein Arbeiter kam nicht mehr rechtzeitig aus der Gefahrenzone."
Ich kniete mich direkt vor die Wand und fuhr mit meiner Hand die riesige Wirbelsäule entlang. Aufgrund meiner eigenen Probleme mit den Bandscheiben kenne ich mich für einen Laien ganz gut aus. „Halswirbel, Brustwirbel, Lendenwirbel, Sakralwirbel, Steißwirbel", dozierte ich, während ich vorsichtig mit den Fingerspitzen entlangfuhr. „Und hier beginnt der Hüftknochen, wobei der letzte Teil und auch die Hüftknochen nicht mehr zu sehen sind. Hast du einen Hammer dabei?", fragte ich Siegfried über die Schulter zurück.
„Bitte hier, aber sei vorsichtig", mahnte er und reichte mir den Hammer.
„Keine Sorge, ich bin Maschinenbauer. Wir erledigen alle Probleme mit einem Hammer", antwortete ich grinsend. Ich klopfte vorsichtig neben dem Hüftknochen auf den Fels. Es geschah – rein gar nichts.
„Das ist Gneis, ein sehr hartes Gestein, da musst du schon etwas kräftiger klopfen."
Ich erhöhte meine Schlagkraft und dann noch einmal und noch mehr, bis ich einen kleinen Erfolg verbuchen konnte. Ich hatte ein kinderfaustgroßes Stück Fels zerbröselt. Man konnte genau sehen, wie der Knochen weiter in den Felsen hineinlief. Wie war so etwas möglich? Es war einfach unglaublich und für meinen Geist kaum fassbar. Es stimmte. Der Riese war mit der unteren Körperhälfte in den Felsen eingeschmolzen.
„Wie kann das sein?", fragte ich. „Es sieht tatsächlich so aus, als sei der Fels um ihn herumgewachsen, aber so etwas gibt es nicht."

Siegfried stand neben mir und begutachtete die von mir herausgeschlagenen Felssplitter. Er hatte sie aufgehoben, sie lagen in seiner rechten Hand und er befühlte sie mit Daumen und Zeigefinger seiner linken Hand. Er murmelte irgendetwas, das so klang wie: „Eigenartig und unlogisch."
„Was hast du?", fragte ich nach. Ich stand auf und stellte mich zu ihm.
„Schau", sagte Siegfried. „Die Struktur des Gesteins um unseren Riesen ist vollkommen anders, als in den anderen Wänden dieser Höhle. Es ist zwar immer noch Gneis, aber irgendwie anders. Nicht so gewachsen, sondern er wirkt für mich eher so, als wäre er …"
„Neu zusammengewürfelt!", entfuhr es mir.
Siegfried schaute mich an, lächelte und sagte: „Naja, nicht gerade ein Fachbegriff, aber stimmig."
Nach einer kurzen Mittagsrast breiteten wir auf dem kleinen Arbeitstisch (er hatte wirklich einen kleinen Tisch hier heruntergebracht) die Proben der anderen Wände und der Wand mit dem Skelett nebeneinander auf. Es war offensichtlich: Während alle Proben der anderen Wände und auch der Tunnel ein extrem verdichtetes und gewachsenes Material zeigten, war die Probe aus der Wand mit dem Riesenskelett gleichmäßig und homogen. Auch das zuerst scheinbar normale Material war anders als ursprünglich gewachsener Gneis. Es war einfach dichter und kompakter.
„Was ist das?", fragte ich, während ich die kleinen Splitter vorsichtig mit dem Licht meiner Helmlampe und einer Lupe betrachtete.
„Hier, vergleich das einmal mit den anderen, das ist ein Teil eines Gneissteins, den ich dort hinten gefunden habe", forderte Siegfried mich auf und warf mir einen fünf Zentimeter großen Stein zu. Als Jugendlicher habe ich Steine gesammelt und erkenne Gneisgestein, wenn ich es sehe. „Gneis, ganz klar", murmelte ich. „Wenn ich diesen Stein als Referenz für Gneisgestein nehme, sind die anderen Proben eigenartigerweise völlig anders. Ich würde sagen, die Proben aus den Gängen und allen Wänden aus diesem Raum sind wesentlich dichter und kompakter als normales Gneisgestein und die Probe aus unserer Skelettwand ist genau das Gegenteil. Nämlich weit weniger dicht als normales Gneisgestein."
„Also haben wir Gneis-Plus und Gneis-Minus, korrekt?", fragte Siegfried.
„Ja, so könnte man es sagen, aber was bedeutet das?"

Siegfried stellte sich vor mich hin, verschränkte die Hände hinter dem Rücken und sagte dann: „Das bedeutet, lieber Johannes, dass ich mir jetzt schön langsam eine Vorstellung davon machen kann, wie die Tunnel gebaut wurden und wie das Riesenskelett in die Wand geschmolzen ist."

Kapitel 38

Ich schlug die Augen auf. Ich hatte geschlafen, lag auf dem Rücken und wusste im ersten Moment nicht, wo ich war. Es war düster.
Erst langsam wurde mir bewusst, dass ich noch immer in der Höhle war. Siegfried hatte eine Laterne brennen lassen und lag neben mir, eingerollt in seinen Schlafsack und schnarchte leise. Es war schon bemerkenswert, was dieser Mann alles auf sich nahm, um den Geheimnissen dieser Gänge und Höhlen auf die Spur zu kommen. Nach meinen üblichen Gymnastikübungen, um auch meinen Körper wieder ans Aufstehen zu gewöhnen, rollte ich mich zur Seite und richtete mich vorsichtig auf. Ich habe mir angewöhnt, die ersten Bewegungen meines Körpers nach dem Schlaf eher langsam angehen zu lassen, um nicht wieder in den Genuss eines Bandscheibenproblems zu kommen. Während ich mich also langsam aus meinem Schlafsack schälte, warf ich einen Blick zu unserem Big Mac. Das Skelett des Riesen lag auf dem Bauch und die hohlen Augen schauten mich an. Mir lief ein kalter Schauer über den Rücken, als ich mir vorzustellen versuchte, wie er wohl ausgesehen hatte. Noch mehr aber, als ich darüber nachdachte, was für einen schrecklichen Tod er erleiden hatte müssen.
Wer war er und woher kam er?
Und überhaupt, er war ein Riese. Die Geschichten waren also wahr, es gab sie wirklich. Aber was heißt gab, möglicherweise gibt es sie noch? Sollte an der Geschichte von François etwas Wahres dran sein? Gab es Leben innerhalb unserer Erde, von dem niemand wusste?
Während ich so vor mich hin grübelte, sah ich, dass auch Siegfried erwacht war. Er sah mich an.
„An was denkst du?", fragte er, müde seine Augen reibend.
„Ich denke daran, ob es sie noch gibt, oder ob François die Geschichte nur erfunden hat", antwortete ich.
„Wer ist François?", fragte Siegfried.
„Ach, eine lange Geschichte. Wie spät mag es wohl sein?"
„Es ist vier Uhr früh. Die beste Zeit, um aufzustehen und die Welt zu entdecken, findest du nicht?", meinte der Professor und streckte sich mit einem herzhaften Gähnen.

Kurz darauf, nachdem mir Siegfried die Stelle für die Toilette gezeigt hatte, sie war praktischerweise in einem kurzen anderen Gang, der am Ende ein drei Meter tiefes Loch aufwies, gab es Frühstück. Ach, welch opulentes Mahl! Bauernomelette-Pulver mit heißem Wasser vermengt, ergibt ein fast echtes Bauernomelette, welches man mangels Geschirr direkt aus der Plastikverpackung löffelt. Lecker!
Sarkasmus? Ja.
Aber es erfüllte seinen Zweck und wir erhielten dadurch unsere notwendigen Proteine und Eiweiß. Einen löslichen Kaffee dazu und man war bereit für den Tag. Was würde ich jetzt für einen doppelten Espresso samt einer Zigarette dazu geben, aber Siegfried hatte mir verboten, hier unten zu rauchen.
Weil ich mich ablenken wollte, fragte ich ihn eher beiläufig: „Was hast du gestern Abend damit gemeint, als du sagtest, du wüsstest, wie die Tunnel gebaut wurden und was mit unserem Freund passiert ist." Ich deutete mit dem Daumen zum Riesen.
„Nun, ich sagte zwar nicht, ich wüsste es, sondern ich sagte, ich vermute, wie es gewesen sein könnte. Das ist nicht ganz dasselbe. Aber gut, meine Vermutung wäre folgende: Die Tunnel und dieser Raum könnten durch eine Art Atomverschiebungsmaschine gebaut worden sein. Du weißt, man kann theoretisch Atome verschieben. Wenn diese Tunnelbauer eben genauso eine Maschine erfunden hätten? Man schiebt die Maschine vor sich her und vor ihr werden die Gesteinsatome auf die Seite geschoben. Vielleicht hatte sie die Form einer stehenden und unten abgeschnittenen Ellipse, in deren Inneren sich ein Kraftfeld aufbaut, welches die Atome zur Seite bewegt. Und zwar in den umgebenden Fels hinein. Das wäre eine Erklärung, warum die Wände aus, wie hast du es genannt, Gneis-Plus bestehen."
Bevor ich dazwischenfragen konnte, fuhr er auch schon fort: „Und der lockere Bereich, den du Gneis-Minus genannt hast, entsteht, wenn man das genaue Gegenteil macht. Wenn man einen Tunnel schließen möchte. Dazu fährt man mit einem ähnlichen Gerät den Gang zurück, entzieht dem umliegenden Fels wieder die Atome und der Gang schließt sich. Nachdem aber die Atome lose hereingezogen werden und nicht wieder auf ihren angestammten Platz wandern, gibt es eben diese neu zusammengewürfelte Konsistenz."
Ich war absolut sprachlos. Nach ein paar Sekunden hatte ich mich wieder im Griff und fragte nach: „Gibt es so eine Maschine denn überhaupt?"

Siegfried lächelte verschmitzt. „Bei uns Menschen nicht und wie gesagt, es ist nur einen Vermutung."
„Aber eine sehr plausible", fügte ich kopfnickend hinzu. „Also ist unser Big Mac tatsächlich ein Arbeitsunfall", seufzte ich.
„Ganz so einfach ist es nicht", sagte Siegfried und marschierte zum eingeschlossenen Skelett. „Wie soll er durch die Tunnel gekommen sein? Alle Tunnel sind knapp 1,6 Meter hoch. Nein, unser Freund hier muss durch einen anderen Eingang gekommen sein."
„Ha, ich weiß!", rief ich so laut aus, dass der Professor zusammenzuckte. „Das hier", ich fuchtelte mit dem Arm halbkreisförmig herum, „diese Halle ist eine Art Empfangshalle. Durch die kleinen Tunnel gelangt man von der Oberfläche hierher. Die Verzierungen und Bilder an den Wänden, die wir übrigens dringend begutachten müssen, sind möglicherweise so eine Art Verhaltensregeln für den nächsten Schritt. Und der ist hier", ich klopfte mit beiden Händen an die Wand mit dem eingesperrten Riesen. „Hier ging es weiter. Ein großer Tunnel ähnlich einer Hauptstraße. Auf der gelangten die Besucher, nach dem Lernen der Regeln in die neue Welt oder an einen heiligen Platz."
„Und der wurde verschlossen", ergänzte Siegfried.
„Und es muss extrem schnell gegangen sein, denn sonst wäre unser Freund nicht eingeschlossen worden. Vielleicht war er so eine Art Torwächter. Vielleicht war er auch verurteilt worden, hier als Wächter zu warten und als der Tunnel geschlossen wurde, hat man ihn einfach vergessen."
„Oder auch absichtlich eingeschlossen", fügte Siegfried hinzu.
„Wie es wohl genau war, werden wir wahrscheinlich nie erfahren", seufzte ich resignierend.
„Vielleicht sollten wir in diese Richtung bohren, was meinst du, möglicherweise ist die Wand nicht so dick?", überlegte Siegfried und lehnte sich an die Wand.
„Hmm. Das wäre sicher spannend, aber auch mit heftigen Problemen verbunden. Wie bringst du das Bohrgerät hier herunter und wohin mit dem Material? Vielleicht sollte man es einfach so lassen, wie es ist. Ein Geheimnis, das nicht entdeckt werden möchte." Mit der flachen Hand fuhr ich den Schädel entlang.
Es folgte ein mehrere Minuten andauerndes Schweigen, während jeder seinen eigenen Gedanken nachhing.
„Gut", unterbrach ich die Stille, „sehen wir uns die Reliefbilder an."

Wir bauten die Lampen auf, sodass zumindest eine Wand immer ganz ausgeleuchtet war. Dann legte Siegfried los und fotografierte jedes einzelne Bild.
Ich betrachtete indessen fasziniert die Reliefs. Irgendetwas fiel mir auf, ich konnte den Gedanken aber nicht festhalten und so vergingen mehrere Stunden, ehe es mir wie Schuppen von den Augen fiel: Es waren dieselben Buchstaben wie im Voynich-Manuskript!
Aber es kam noch viel besser, denn den Buchstaben waren Bilder zugeordnet. Es war eine Matrix, ein Lernprogramm. Jeder, der in diesen Raum kam, musste anscheinend zuerst die grundlegenden Begriffe, Wörter und Verhaltensregeln lernen, bevor er weiter vorgelassen wurde. Vielleicht war es auch eine Art Schulungsraum im umgekehrten Sinn. Das heißt, wenn jemand in die Außenwelt gehen wollte, musste er zuerst die wichtigsten Verhaltensregeln durchgehen.
Sofort erzählte ich Siegfried von meiner Theorie, er schien im ersten Moment begeistert. Dann aber wieder etwas ernüchtert sagte er: „Alles schön und gut, du meinst, wir haben hier so eine Art Rosetta-Stein entdeckt. Eine Bild-Text-Übersetzung also, für die Voynich-Schrift."
Ich war noch immer nicht zu bremsen.
„Ja!", rief ich und sprang durch den Raum. „Sieh einmal hier!" Das Reliefbild zeigte eine Art Strichmännchen, das auf einer Geraden zu gehen schien. Unterhalb waren folgende Schriftzeichen:

„Das könnte ‚Der Mann geht' heißen."

„Und das hier", ich zeigte auf ein anderes Piktogramm, welches eine Art Strauch darstellte, hinter dem sich das Strichmännchen versteckte, und einen anderen Mann mit einer Art Hut zeigte, der vor dem Busch stand.

„Das könnte: ‚Versteckt euch, wenn ihr Menschen seht'", heißen.

Siegfried trat an meine Seite und zeigte auf ein anderes Bild samt Schriftzeichen:

„Und das da vielleicht: ‚Seid vorsichtig wenn ihr einen großen Ball treffen solltet'", spottete Siegfried. Ich strafte ihn mit einem bösen Seitenblick, aber Siegfried grinste spitzbübisch. „War nur Spaß", beruhigte mich der Professor. „Ich weiß schon, dass die Sonne damit gemeint ist. Ich denke mal, es ist eine Warnung vor den kräftigen Strahlen der Sonne."
Siegfried hatte damit wahrscheinlich auch den Nagel auf den Kopf getroffen, denn das Bild zeigte wiederum unser Strichmännchen, das sich in einer Art Höhle befand und von oben schien die Sonne herab. Ich war jetzt aber vollkommen aufgewühlt und lief mit wenigen Schritten zu meinen Sachen, um die Holzlinse oder besser noch: die Einladung zu suchen, die ich, seit ich sie bekommen hatte, immer mit mir trug.
„Sieh nur, hier ist die Einladung, die ich von dem Franzosen bekommen habe. Vielleicht können wir sie mithilfe dieser Buchstaben und Bilder übersetzen."
„Das wird nicht ganz so einfach werden, schließlich versuchen sich schon die besten Codeknacker der Welt seit 100 Jahren an dieser Schrift. Aber wenn wir wirklich mit den Bildern eine Matrix haben, könnte es funktionieren", sagte der Professor und kratzte sich am Kinn. Der weiße, stoppelige Bart verstärkte durch sein raues Kratzen die Stimmung in der Höhle.
„Wann gehst du wieder an die Oberfläche?", fragte ich Siegfried.
„Ich habe mir gedacht, ich werde morgen wieder hinaufsteigen. Ich muss den Fund an das Stift melden, schließlich befindet er sich auf ihrem Grund. Dann möchte ich nach Wien auf die Universität und mit ein paar meiner Kollegen sprechen, wie wir den Fund geheim, ohne öffentlich zu werden, genauer untersuchen können. Wir brauchen moderne Gerätschaften: Röntgenapparate, seismische Messinstrumente und natürlich müssen wir die Kammer und die Gänge genau kartografieren. Ich denke, ich kann dir aber morgen Abend die Fotos der ganzen Reliefs mailen. Einverstanden?"
„Natürlich", antwortete ich „Perfekt, dann kann ich schon morgen Abend die Buchstaben mit den Scans des Voynich-Manuskriptes und auch mit denen auf

meinen Bildern vergleichen. Parallel dazu habe ich auch den Text von der kleinen Schweizerin."

Ich war so euphorisch, ich befand mich in einer Art Rauschzustand, sodass ich das sehr ernst blickende Gesicht von Siegfried erst wahrnahm, als ich schon meine Sachen zusammengepackt hatte und mich zum Gehen wandte. Siegfried hielt mich am Oberarm fest und sein Gesicht war voller Sorgenfalten. So hatte ich ihn noch nie gesehen.

„Johannes, was wir hier gefunden haben und was du in der letzten Zeit alles an Informationen erhalten hast, macht mir etwas Angst. Das Ganze ist groß, richtig groß. Denk nur, alles müsste neu geschrieben werden und vielen Menschen wird das möglicherweise nicht recht sein, denn sie würden unweigerlich ihre komplette Macht und Glaubwürdigkeit einbüßen. Nicht ich, nicht du, niemand könnte es mit diesen Organisationen aufnehmen. Und ich rede nicht von den religiösen Organisationen, sondern von den Wirtschaftskapitänen dieser Welt, die sämtliche politische und religiöse Würdenträger auf ihrer Gehaltsliste haben. Ich weiß nicht, ob die Menschen für die Wahrheit, wie immer sie auch aussieht, schon bereit sind. Die meisten sind glücklich in ihrem 38-Stunden-Job, zweimal Urlaub im Jahr, eine kleine Familie, ein Reihenhäuschen, ein Auto und jedem sein Handy. Die meisten Menschen hassen Veränderungen und werden auch alles dafür tun, damit diese nicht stattfinden. Deshalb sei vorsichtig, wessen Weltbild du zerstörst, damit nicht am Ende du der Zerstörte bist."

Siegfrieds Ansprache ging mir direkt unter die Haut, aber er hatte vollkommen recht, ich musste sehr vorsichtig sein.

Nach einer herzlichen Umarmung schleppte ich mich den Weg zurück. Beim Durchschlüpfen durch das am Ende des Tunnels befindliche Erdloch büßte ich den Rest meiner vielleicht gerade noch überlebensfähigen Garderobe ein. Glücklicherweise war es ein trüber, nebeliger Tag und so musste ich nur kurz warten, bis sich meine Augen wieder an das Tageslicht gewöhnt hatten.

Nachdem es in der Höhle so still gewesen war, erschrak ich nun beim Ruf einer Elster, die anscheinend den Rest des Waldes warnen wollte, dass hier plötzlich ein schmutziger Mensch aus dem Nichts aufgetaucht war.

Voll motiviert, endlich eine Zigarette rauchend und froh darüber, wieder frische Luft atmen zu können, marschierte ich zu meinem Auto

Kapitel 39

War lange unten.
Hat wohl die alte Kammer gefunden.
Und auch den alten Torwächter.
Die Alten hatten wohl recht, er scheint wirklich ein Auserwählter zu sein.
So weit war bisher noch niemand vorgedrungen.
Trotzdem aufpassen.

Huch!
Blöde Elster, mich so zu erschrecken.
Mann geht.
Werde Meldung machen.

Er streifte sein Fell über und hüpfte davon.

Kapitel 40

Daheim.
Nachdem ich mich der traurigen Reste meiner Garderobe schon in der Garage entledigt und eine heiße Dusche genossen hatte, fand ich mich in der Küche wieder. Guggi, mein guter Geist, hatte meinen Kühlschrank angefüllt und sogar für mich vorgekocht. Essen aufzuwärmen schaffte ich gerade noch.
Ich lag auf der Couch, neben mir die Reste des „Faschierten Bratens", einen Espresso in der Hand und schaute auf das Feld, als es zu schneien begann. Zuerst nur ganz sanft, als wollte der Winter einmal testen, ob die Natur schon bereit für ihn sei, dann immer stärker und mit dickeren, größeren Flocken. Ich schürte ein Feuer im Kamin, nahm mir eine Decke und schaute den tanzenden Flocken durch die Glasscheibe zu.
Ich musste wohl eingenickt sein, denn als ich meine Augen aufschlug, war die Nacht hereingebrochen und die beiden glühenden Holzstücke verströmten einen rötlichen Schimmer in meinem Wohnzimmer.
Mir war kalt.
Nicht unbedingt körperlich, eher geistig, denn ich spürte eine leichte Angst in mir emporsteigen. Wie sollte das alles weitergehen?
Ich befand mich auf einem Weg, der mir ein bisschen ungeheuer war. Wenn ich diesen Weg weiterging, wo würde er enden? Würde ich einen Einstieg finden, so wie er auf der Einladung der Holzlinse vermerkt war? Was würde ich finden? Tatsächlich eine andere Zivilisation, ein anderes Volk, unsere Schöpfer? Musste ich alles zurücklassen, gesetzt den Fall, ich würde einen Eingang finden und ihn hinabsteigen? Würde ich mich in der Erdrinde verirren und nie mehr das Tageslicht sehen, weil ich einem Hirngespinst nachgelaufen war und schlussendlich dadurch umkomme werde? Wie viele Menschen hatten ihr Leben wohl verloren, weil sie nicht aufhören wollten, Fiktionen nachzujagen, obwohl ihnen ihre Familien und Freunde sagten: „Hör auf, es ist genug!"
Andererseits, war es nicht genau das, was uns Menschen auszeichnet: Über den Horizont zu sehen, Fragen zu stellen und den Antworten nachzujagen – in Dschungeln und Wüsten, auf Bergen und im ewigen Eis?

Trotzdem hatte ich Angst.
Gut, ich hatte keine Familie und nur sehr wenig Freunde, aber das Gefühl, das eigene Leben für etwas Nutzloses, Surreales zu vergeuden, war in diesem Augenblick ausgesprochen stark.
„Ich werde mich morgen wieder einmal um meine Firma kümmern", sagte ich halblaut zu mir selbst, um mich einfach wieder mit der Banalität der Realität befassen zu müssen, die uns doch allen so viel Sicherheit gibt.
Ich erwachte durch das Klingeln meines Handys.
„Wer ruft denn in aller Herrgottsfrühe an?", dachte ich. Ich schlug die Decke zurück und begann mit meinen Rückenübungen. Ruhig, verschlafen, aber doch konzentriert. Beim Aufstehen hatte ich keine Eile, den Anruf konnte ich später auch beantworten. Nach ein paar Minuten rollte ich aus dem Bett und schlurfte ins Wohnzimmer. Es war erst dämmrig und es konnte nicht viel später als sechs Uhr sein. Aha. Guggi hatte angerufen. Ich drückte die Rückruftaste.
„Guten Morgen, Schlafmütze", flötete sie ins Telefon. „Magst du gar nicht mehr aufstehen, oder was?"
„Was soll das heißen", antwortete ich, „wieso rufst du mich mitten in der Nacht an?" Am anderen Ende der Leitung trat Stille ein.
„Wieso Nacht? Es ist bereits später Vormittag, beinahe elf Uhr. Und überhaupt hast du schon einmal hinausgesehen?", fragte Guggi nach.
Ich drehte mich zur Schrägverglasung im Wohnzimmer. Erst jetzt bemerkte ich, dass es nicht dämmrig, sondern die Verglasung völlig zugeschneit war. Es musste also richtig viel auf einmal geschneit haben, denn wenige Flocken wären auf dem Glas geschmolzen. So hatte sich aber eine schummrige Decke über das Glas gelegt und mir vorgegaukelt, es wäre noch früh am Morgen.
„Ich brauche jemanden, der mir beim Schneeschaufeln hilft. Kennst du so jemanden?", säuselte Guggi ins Telefon. Ich dachte an den gestrigen Braten und den gefüllten Kühlschrank, sah mein blitzblankes Zuhause und sagte: „Selbstverständlich, ich bin in zehn Minuten bei dir, in Ordnung?" „Du bist ein Schatz, also bis gleich", lachte sie und legte auf.
Während ich mich anzog und die Reste meiner gestrigen Braten-Orgie aus dem Wohnzimmer entfernte, beobachtete ich, wie der Schnee auf der Verglasung zu Rutschen begann.

Die mittlerweile gestiegenen Temperaturen erwärmten die Scheiben. Der untere Schnee schmolz und bildete einen Wasserfilm, auf dem der frisch gefallene Schnee langsam die schräge Verglasung hinabrutschte. Das Lustige daran war, er tat es erstens sehr langsam und zweitens bauten sich in den unteren Bereichen durch den sanften Druck von oben Wellen und Falten auf. Wie ein gespannter Vorhang, den man langsam von oben nach unten zieht, dachte ich und beobachtete fasziniert das Erscheinen der verschneiten Landschaft.
Die Natur zu beobachten war eine Sache, sich auf sie einzulassen oder auch mit ihr zu leben, eine andere.
Ich stellte fest, dass ich geistig noch nicht auf den Winter vorbereitet war, als ich mit Halbschuhen im 30 Zentimeter hohen Schnee vor meiner Garage stand. Ich liebte zwar jede Jahreszeit und vor allem den Winter, aber die Heftigkeit, mit der er bereits Anfang Dezember in unser Dorf zog, überraschte mich doch etwas. Minus acht Grad Celsius, 30 Zentimeter Neuschnee und ein arktischer Wind, ja, man kann sagen, der Winter war angekommen.
Nachdem ich meine Halbschuhe gegen gefütterte Stiefel getauscht, den Parka, Haube und Handschuhe eingepackt hatte, rollte ich mit meinem treuen Landy aus der Garage. Irgendwie hatte ich immer das Gefühl, mein Auto liebte den Winter und die Kälte. Es sprang immer sofort an und zog gemütlich seine Bahn durch den jungfräulichen Schnee.
Als ich bei Guggi ankam, war sie schon am Schaufeln. Ich sprang aus dem Wagen, schnappte mir eine Schaufel und gemeinsam zogen wir die Bahnen auf dem Vorplatz ihres Hauses. Es war nicht so viel Arbeit wie angenommen und die körperliche Betätigung tat mir gut. Die kalte Luft regte mein Gehirn an.
„Na, wie geht's dem alten Haudegen Siegfried?", fragte mich Guggi danach bei einem Kakao mit Rum und Schlagobers. Wir standen unter dem Vordach ihres Eingangs. Zwischen den Zügen an meiner Zigarette erzählte ich ihr von den letzten Tagen. Guggi quittierte meine Geschichte mit einem Pfeifton und Kopfschütteln.
„Gratuliere, da habt ihr was entdeckt, aber ich glaube, es wird unmöglich sein, eure Entdeckung einer breiten Öffentlichkeit zugänglich zu machen, denn du weißt ja, wie Menschen es lieben, wenn ihr ach so harmonisches Weltbild zerstört wird."
Guggi sollte mit ihrer Meinung recht behalten.

Am Nachmittag rief mich ein aufgebrachter Siegfried an, und erzählte mir, dass die Verantwortlichen des Stiftes beschlossen hatten, den Eingang sofort zu versiegeln und ihm sämtliche weiteren Untersuchungen zu untersagen. Des Weiteren musste er schriftlich bestätigen, bei seinen Veröffentlichungen – sollte er welche vorhaben – niemals den Ursprung, respektive das Stift zu erwähnen. Siegfried war außer sich, denn sie verwehrten ihm sogar, seine noch vor Ort befindliche Ausrüstung zu holen. Sie werde ihm ersetzt, war die einsilbige Antwort. Er hatte nicht einmal mehr die Chance gehabt, etwas zu holen, denn schon während des Gespräches war ein Bauarbeiter verständigt worden, der den Eingang mittels einer Betonplatte versiegelt hatte.
„Was ist mit der Kamera und den Bildern von den Piktogrammen?", fragte ich mit einem Zittern in der Stimme.
„Teilweise habe ich sie", kam die Antwort.
„Meine Kamera ist unten, aber ich hatte bei meinem Ausstieg eine Speicherkarte eingesteckt. Ich schicke dir heute Abend, was ich habe. Tut mir leid, dass es nicht alles ist, sondern nur ein Teil des Ganzen."
„Was wirst du jetzt machen", fragte ich nach.
„Weiß ich noch nicht, ich bin ein kleines bisschen frustriert, so wie die Dinge gelaufen sind. Ich denke, ich mach einmal ein paar Wochen Urlaub, vielleicht ergibt sich etwas Neues. Vorher möchte ich noch mit vertrauten Kollegen sprechen, ob sie bereits ähnliche Funde hatten oder von solchen Funden wissen."
„Pass gut auf dich auf, Siegfried!", wünschte ich ihm.
„Dasselbe gilt auch für dich, Johannes, erinnere dich, was wir unten in der Höhle besprochen haben. Wir beide wissen, was wir gesehen haben, und das ist für mich der Beweis dafür, dass es noch andere Wirklichkeiten gibt oder gegeben hat, als uns die normale Schulmeinung glauben machen will."

Kapitel 41

Am frühen Nachmittag setzte ich mich ins Büro und checkte wieder einmal meine E-Mails. Ein paar Anfragen betreffend Schriften und Bücher, die ich zu verkaufen hatte, waren eingetroffen. Ich nahm alle Angebote an und war eigentlich mit meinen Gedanken ganz woanders.
Irgendwie interessierte mich das ganze Bücher-Aufstöbern und -Weiterverkaufen nicht mehr. Meine Gedanken kreisten immer wieder um die Geschichte, in der ich mich befand. Eine bereits mehrere Tage alte E-Mail von Friederike, der zwergenhaften Schweizerin, brachte mich dann endgültig von meiner Arbeit ab.

Lieber Johannes!

Ich muss mich entschuldigen.
Mein Verhalten als dein Gast, war nicht besonders damenhaft und auch nicht unbedingt so, dass ich stolz auf mich bin.
Zu meiner Verteidigung muss ich sagen, ich war einfach so maßlos enttäuscht, dass ich sicher nicht klaren Verstandes war. Ich bin seit Jahren auf der Suche nach Bildern der Serie und als ich es wirklich in Griffweite vor mir sah, vergaß ich wohl all meine gute Erziehung.
Ich hoffe, du und auch die Schwestern verzeihen mir noch einmal.
Nichtsdestotrotz möchte ich aber noch mal mein Angebot zum Kauf des Bildes erneuern. Ich könnte mir auch vorstellen den Preis zu erhöhen, wenngleich ich das Gefühl habe, dich damit auch nicht locken zu können.
Weißt du, ich glaube, mir liegt einfach mehr an dem Bild als dir und ich begreife nicht, dass du das nicht sehen kannst.
Vielleicht ist der Tag noch nicht heute, aber irgendwann wird es in meinen Besitz wechseln, davon bin ich felsenfest überzeugt.
Du könntest es jedoch auch einfach an mich verkaufen, dann hätten wir ja auch beide etwas davon.

Liebe Grüße
F. M.

Ich saß vor meinem Computer und sah im Geiste die kleine Schweizerin direkt vor mir, wie sie diese Mail schrieb. Sie war ja wirklich besessen von diesem Bild. Alleine beim Durchlesen der E-Mail merkte man, wie sehr sie sich zusammenreißen musste, um nicht zu explodieren. Ich dachte: Die Dame hat ein echtes psychisches Problem. Unterschwellig hatte sie mir wieder gedroht, und das machte mich nur noch sturer, ihr das Bild unter keinen Umständen und für keinen Preis der Welt zu verkaufen. Ich schob die E-Mail in einen Unterordner. Gelesen und unwichtig.
Eine andere E-Mail war von Freya gekommen. Nachdem mir die zwei Prinzessinnen wirklich ans Herz gewachsen waren, freute ich mich immer, von ihnen zu hören.

Lieber Johannes !

Eingangs nochmals herzlichen Dank von meiner Schwester und auch mir, für die Einladung.
Es war so ein Abend, den man sein Leben lang nicht vergessen wird und das nicht nur wegen der verrückten Schweizerin.
Wie besprochen haben wir versucht, noch mehr Informationen über die Erde und ihren Aufbau zu erhalten. Interessanterweise gibt es zwar die allgemeine Lehrmeinung, wie die Erde aufgebaut sei, aber eben nur Theorien. Es ist sogar so, dass auch die renommiertesten Wissenschaftler davon ausgehen, dass in der Erde durchaus riesige Hohlstellen vorkommen könnten. Ob und wie man dorthin gelangen kann, darüber war nichts zu finden.
Faktum ist jedoch auch, dass unsere Erdrinde löchrig wie ein Schweizer Käse ist. Wir haben über Höhlensysteme gelesen, die ganze Großstädte beherbergen könnten und dabei noch nicht einmal komplett erforscht wurden. Man hat auch irgendwie das Gefühl, niemand interessiert sich so richtig dafür.
Höhlenforschung ist eher eine Randwissenschaft, ähnlich wie Frauenschlammcatchen im Sport. ;-)
Das Einzige, worüber sich alle einig sind, ist, dass je tiefer man vordringt, es umso heißer wird. Also wenn du losgehst, packe dir ein luftiges Sommergewand ein. ;-)
Von der mythologischen Seite her gesehen hat Gullveig Folgendes gefunden: Sämtliche Kulturen, egal wo auf unserem Planeten, haben in ihrer Mythologie

und ihren alten Geschichten überall Teile verpackt, wo es um Lebewesen geht, die in der Erde wohnen.
Interessanterweise sind das bei den meisten Völkern auch sehr kleine Lebewesen. Trolle, Zwerge, Elfen, Berggeister und so weiter.

Übrigens, hast du dich eigentlich nie gefragt, warum es auf allen deinen Bildern immer Frauen sind, die augenscheinlich hervorgehoben sind? Diese Frauen geben auch immer einen Hinweis oder ein Zeichen. Sie zeigen auf die Erde oder aber das Erdinnere.
Und es sind immer drei!
Bei Yggdrasil sind es die drei Nornen, die Vergangenheit, die Gegenwart und die Zukunft.
Also, lieber Johannes, du siehst, dass der Weg zur Erleuchtung nur über die wegweisenden drei Frauen funktioniert.

Wir hoffen, dir geht es gut und die Reise zu Siegfried hat sich gelohnt.
Lass wieder einmal etwas von dir hören.
Vielleicht treffen wir uns das nächste Mal bei uns?

Alles Liebe

Freya und Gullveig

Ich fand mich in Gedanken versunken auf meinem Lieblingsplatz im Wohnzimmer, mit dem Ausblick auf die verschneite Landschaft, wieder. Bald ist Weihnachten, dachte ich. Die Zeit der Familie, das Fest der Liebe. Ich musste laut über meinen absurden Gedanken auflachen.
Das Fest der Liebe?
Wohl eher das Fest des Konsumrausches und des Kitschs. Ich muss zugeben, ich verabscheue den Weihnachtswahn samt seiner aufgeblähten Absonderlichkeiten wie übergewichtige Weihnachtsmänner aus Plastik, die zu Dekorationszwecken beleuchtet mit bunten Lichtern die Fassaden hochklettern. In den Vorgärten und auf Garagen stehen Rentiere samt Schlitten, ebenfalls in den obszönsten Farben beleuchtet. Die Menschen rasen in blinder Kaufgier

von einem Schnäppchenbunker zum Nächsten, um auch ja für jeden Bekannten noch ein Geschenk zu kaufen, welches der dann spätestens einen Monat später in den Müll entsorgt. Warum schenken sich die Menschen nicht etwas, was jeder brauchen könnte? Zeit für ein Gespräch, freundschaftliche Wärme, Frieden? Ich gebe zu, das sind natürlich hochtrabende Worte, aber warum denn nicht? Jemanden in der Vorweihnachtszeit zu Tee und Keksen einzuladen, kostet außer Zeit nicht viel. Oder vielleicht am Weihnachtstag seine Nachbarn besuchen und ihnen frohe Weihnacht zu wünschen, da man vielleicht sonst das ganze Jahr zwar nebeneinander wohnt, aber trotzdem kaum miteinander spricht.

Nachdem ich alleine war und keine Familie hatte, hatte ich vor Jahren damit begonnen, am 24. und 25. Dezember ältere und ebenfalls alleinstehende Menschen in unserem Dorf zu besuchen und mit ihnen zu plaudern. Ich brachte die Kekse und eine Jausenplatte mit, sie machten den Tee und spendierten auch mal ein Gläschen Wein. Das war wirklich wunderschön und nur zu empfehlen. Die Menschen waren dankbar und glücklich, an diesen Tagen nicht alleine zu sein, und hatten auch immer tolle Geschichten aus vergangenen Zeiten zu erzählen. So hatten wir gegenseitig etwas davon.

Das vertraute Geräusch des E-Mail-Eingangs riss mich aus meinen Tagträumen.

Eine Nachricht von Siegfried, endlich.

Lieber Johannes!

Du wartest sicher schon gespannt auf meine Nachricht und was auf dieser verbliebenen Speicherkarte drauf ist, oder?
Da es meine erste verwendete Karte bei der Expedition war, habe ich darauf den Eingang und den gesamten Weg zur Haupthalle dokumentiert.
Der Schlupf ist darauf und ein paar Gesamtfotos der Halle.
Die Detailbilder waren – oder besser noch – sind in der Kamera, die jetzt in der Halle liegt. Versiegelt und unzugänglich.
Ich habe dir alle Fotos in komprimierter Form mit dieser E-Mail gesendet, aber ich denke, das, was du brauchst – die Bilder der Piktogramme auf den Wänden – sind leider nicht dabei.

Es tut mir leid.
Vielleicht muntert es dich etwas auf, wenn ich dir erzähle, dass die Oberen des Stiftes mich sehr, sehr großzügig abgefunden haben.
Sie haben mir alle Utensilien ersetzt und mir sogar einen ansehnlichen Betrag als eine Art Schmerzensgeld dazugelegt.
Ich weiß schon, was du jetzt denkst: Sie haben mich damit bestochen, damit ich auch sicher schweige.
Nun, sie haben mich darum gebeten, das stimmt.
Weißt du, ich habe im Laufe meines Lebens so viele Geheimnisse gefunden und bin leider bei keinem wirklich näher an die Lösung gekommen. Ich bin mittlerweile müde und auch etwas frustriert. Ich glaube auch, ich bin nunmehr in einem Alter, wo es besser wäre, in den Thermen zu sitzen, anstatt in feuchten und kalten Höhlen.
Mit meinem Ersparten und dem zusätzlichen Geld des Stiftes habe ich mehr als genug für einen schönen Lebensabend.
Ich weiß, du bist jetzt enttäuscht, aber ich werde mich zur Ruhe setzen und mir als Anfang einen lange ersehnten Wunsch erfüllen: Ich fliege morgen spontan nach Australien und werde mir mindestens drei Monate Zeit nehmen, dieses wunderbare Land zu erkunden.
Nach meiner Rückkehr werde ich dich anrufen, denn ich möchte dir einen Teil meiner Forschungsergebnisse schenken.
In der Zwischenzeit wünsche ich dir alles, alles Gute.
Pass gut auf dich auf und sei nicht allzu sehr enttäuscht.
Vielleicht ist es besser so, dass manche Geheimnisse auch welche bleiben.

Alles Liebe
Siegfried

PS: Denke daran, was ich zu dir in der Höhle gesagt habe: Die Frage ist immer, ob die Menschen bereit für die Wahrheit sind?!

Ich lehnte mich in meinem Sessel zurück und war enttäuscht. Es war eine so tiefe Enttäuschung, dass ich Traurigkeit und Depression in mir aufsteigen fühlte – wie Kälte, die in die Glieder kriecht.

Ich war nicht nur enttäuscht, sondern eigentlich fassungslos. Hatten Siegfried die Herren des Stiftes so zugesetzt, dass er aufgegeben hatte?

Was war da wohl passiert?

Hatten sie ihn erpresst und schlussendlich einfach mit Geld mundtot gemacht? Oder war er, wie er schrieb, es einfach leid und müde? Gut, das wäre natürlich auch denkbar, er war ja eigentlich schon ein alter Mann im besten Pensionsalter.

Kopfschüttelnd beugte ich mich wieder nach vorne, und sah mir die Bilder im Anhang an. Es war so, wie der Professor es beschrieben hatte: Eingang, Gang, Schlupf, Halle. Wunderbar dokumentiert, aber leider nicht das, was ich so dringend benötigte.

Es war zum Aus-der-Haut-Fahren!

So kam ich nicht weiter. Ein Gedanke drängte sich mir auf: Vielleicht sollte ich auch nicht weiterkommen? Vielleicht sollte ich das Angebot für den Yggdrasil annehmen und auch gleich die restlichen Bilder mitverkaufen und mir dann ein schönes Leben machen?

Das Problem war nur, dass ich bereits ein schönes Leben und alles, was ich brauchte, hatte. Also brauchte ich für mein Seelenheil die Lösung dieses Rätsels. Ob jetzt die Einladung von François real war oder nicht, ob es die Anderen gab oder nicht, ob der lange Franzose ein Verrückter und Schwindler war, der mich einfach nur in seine Wahnvorstellungen mit einbauen wollte – das alles war irrelevant. Es musste doch lösbar sein, was es mit den Bildern, den Höhlen, den Voynich-Zeichen, den Muttermalen und allen weiteren Dingen auf sich hatte.

Das Tagebuch fiel mir wieder ein. Ich kramte es hervor und begann zu lesen. Nach einer weiteren Stunde schlug ich es wieder zu. Keine Hinweise, keine Botschaften.

Ich glaubte, mein Vater und dessen Vater waren in der Geschichte nicht annähernd so weit vorgedrungen, wie ich es momentan war. Eigentlich passten die Bilder, die ich in dem alten Sekretär gefunden hatte, sowieso nicht ins Bild. Es war ein Riesenzufall, dass ich den Sekretär entdeckt, gekauft und dann die Bilder gefunden hatte. Die Bilder mit den Voynich-Zeichen. Vielleicht hatte sie ein Eingeweihter gemalt? Vielleicht auch derselbe, der das Voynich-Manuskript geschrieben oder zumindest Zugang zu dem Manuskript hatte?

Vielleicht wusste der Maler nichts darüber und brachte die geheimnisvollen Buchstaben nur als Verschönerung auf, um den Bildern etwas Mystisches einzuhauchen?

Aber die Botschaft war klar: Drei weise Frauen, über der normalen Gesellschaft stehend, wiesen den Betrachter darauf hin, dass die Erde oder eben in der Erde etwas war, das wichtig war. Und es waren keine normalen Frauen, sondern immer Priesterinnen, Druidinnen oder eben andere, dem Glauben verbundene Frauen. Sie waren sozusagen über die geografischen und zeitlichen Hürden immer über ihr Wissen in Bezug auf die Erde verbunden.

Ich lehnte mich zurück und blätterte durch meinen Geist: Das Tagebuch, die Höhlen, François, der lange Franzose, Friederike, die kleine Schweizerin, die Weisen Weiber, die Bilder, die angebliche Einladung in Form einer Holzscheibe.

Irgendwie beschlich mich das Gefühl, dass ich in einer Geschichte steckte, die möglicherweise völlig unstimmig und an den Haaren herbeigezogen war. Der lange Franzose mit seinen schrägen Geschichten von den außerirdischen Siedlern, die sich Arbeiter schufen, um sich dann in die Erde zurückzuziehen. „Sie laden nur wenige ein und du bist auserwählt", spottete ich in seinem französischen Akzent nach. Vielleicht war er ein Verrückter oder Mitglied einer Sekte? Aber diesen Gedanken verwarf ich wieder, denn er hatte keinerlei Anzeichen von Irrsinn an sich, und wenn er bei einer Sekte gewesen wäre, hätte er etwas verlangt. Geld, Glauben, was auch immer.

Wie hatte Gullveig es genannt?

„Es könnte auch alles wahr sein." Genau das waren ihre Worte gewesen.

Mittlerweile war es Abend geworden und ich merkte schon, dass ich so nicht weiterkam. Vielleicht wäre es klug, die Einladung von Freya und Gullveig anzunehmen.

Mein Anruf freute die beiden und wir vereinbarten, dass ich morgen Mittag bei ihnen sein würde. Als ich in dieser Nacht wieder meinen Traum träumte, wusste ich plötzlich, was zu tun war.

Es war so einfach.

Kapitel 42

Neu motiviert ratterte ich nach Osten in Richtung Hauptstadt. Der Traum hatte nicht nur mir Kraft gegeben, ich hatte diese anscheinend auch auf meinen fahrbaren Untersatz übertragen. Der alte Landy fuhr 135 km/h auf gerader Strecke. Das war seit Langem wieder einmal Höchstgeschwindigkeit. Ich war ebenfalls gut drauf und summte sogar ein Liedchen. Ich wusste, was zu tun war, und genoss die verschneite Landschaft, die vorüberzog. Der Himmel hatte aufgeklart und ein wunderschöner Wintertag war zu erwarten.
Überraschend schnell hatte ich die 150 Kilometer hinter mich gebracht und stand nun vor der angegebenen Adresse. Passend, dachte ich. Ein altes Häuschen im Jugendstil am Rande der im Weihnachts-Wahnsinn brodelnden Großstadt. Ein kleiner Platz vor einer Garage, ein rostiger Gartenzaun und ein großer Garten voller alter Laubbäume. Schön.
Als ich ausstieg, hörte ich schon die imposante hölzerne Haustüre knarren und Freya erschien im Türrahmen. „Ja schau, ein Land-Ei!", begrüßte sie mich lachend.
Als ich mit meinem Gepäck bei ihr war, umarmte sie mich herzlich und drückte mich fest an sich. Sie hielt mich bei den Schultern, sah mir in die Augen und murmelte: „Es ist sehr schön, dass du da bist."
Als ich meine Jacke abgelegt hatte, bewunderte ich das Innere des Hauses. Irgendetwas war anders, als man es von Häusern gewöhnt war, aber was? Es wirkte alles einfach größer und offener. Sämtliche Innentüren waren entfernt worden und wie es dem Stil dieser Häuser entsprach, waren die Räume sehr hoch, sicherlich weit über drei Meter. Es waren jedoch nicht nur die Innentüren entfernt worden, auch der Teil über den Türen bis zur Decke, der sogenannte Sturz, war entfernt.
Natürlich, schoss es mir durch den Kopf, bei einer Familie, die sich jenseits der 2 Meter 20 Körpergröße bewegt, ist das einfach notwendig. So können sie sich ganz normal bewegen, ohne immer Angst haben zu müssen, sich irgendwo den Kopf zu stoßen. Auch die Küche war bemerkenswert. Die Arbeitsplatte war auf beachtlichen 1,4 Meter und auch die Küchenkästen hingen auf Höhen, die für „normale" Menschen nahezu unerreichbar hoch waren. Die ganze Einrichtung des Hauses war praxisorientiert. Keine kleinen Tischchen mit

Zierlampen darauf oder kleine Schälchen mit Glitzerzeug. Es passte irgendwie zu den Schwestern. Geradlinig und ehrlich. Einfach und praktisch. Ohne Schnick-Schnack.

Gullveig hatte ein herrliches isländisches Abendessen gekocht. Eine Art Fischeintopf mit Kohl und Kartoffeln. Das selbst gemachte Brot dazu war sogar noch warm, frisch aus dem Ofen. Ich aß wieder einmal mehr, als ich sollte, und nach der obligatorischen Zigarette auf der Terrasse fanden wir uns alle im Wohnzimmer wieder. Selbst die drei im Wohnzimmer verteilten Couches waren überdimensional groß. Das Wohnzimmer war so wie das ganze Haus mit einem schweren Eichendielenboden ausgelegt, dem man die Lebensjahre ansah. Aber es passte.

An der Wohnzimmerdecke hing ein riesiger, alter hölzerner Kronleuchter, dessen Kerzen durch Glühbirnen ersetzt worden waren. Freya bemerkte meinen Blick zur Decke und sagte: „Den haben wir aus Island mitgebracht. Er hing dort ebenfalls im Wohnzimmer. Unser Vater liebte ihn. Er sagte, dieser sei schon seit Generationen im Familienbesitz. Übrigens, er wiegt 120 Kilogramm und ist von einer extrem dicken Wachs-, Ruß- und Fettschicht überzogen."

Und Gullveig fügte hinzu: „Er wird uns alle noch überleben, da bin ich mir sicher."

Nachdem das Lachen verstummt war, kam jeder von uns kurz ins Grübeln.

Ich starrte in das Feuer, das mittlerweile im Kamin brannte und den Raum in eine mystische Stube verwandelte, in der sich lange Schatten gegenseitig jagten. Meine Gedanken schweiften ab. Weit weg. Zurück in die Vergangenheit: Ich saß wieder am Küchentisch meiner Eltern und mein Vater erzählte mir, dass er bald sterben werde. Ich sehe sein Gesicht. Müde, voller Falten. Die Augen, deren Feuer schon fast erloschen ist. Den Mund, den ein kleines Lächeln umspielt. Er freut sich. Ja, genau. Er hat keine Angst vor dem Tod. Eigenartig, denke ich mir und Gullveigs Stimme reißt mich aus meinen Gedanken: „Bist du zufrieden? Fühlst du dich wohl bei uns?", tönte es von der Seite. Ich musste kurz die Augen schließen, um wieder vollkommen im Hier und Jetzt anzukommen. Mit geschlossenen Lidern sagte ich: „Oh ja. Danke. Ich fühle mich sehr willkommen."

„Das ist gut", meinte Gullveig, „denn du musst wissen, Gastfreundschaft ist uns Isländern sehr, sehr wichtig."

„Das heißt jetzt aber nicht, dass du ein Weibchen ins Bett gelegt bekommst, wir sind ja keine Inuit!", polterte Freya dazwischen. Ich staunte mit offenem Mund und hatte sicher eine etwas gesündere Gesichtsfarbe als sonst, Gullveig blickte böse und Freya prustete vor Lachen und klatschte sich aufs Knie.
„Du musst meine liebe Schwester entschuldigen, sie ist mit ihren Späßen manchmal etwas … derb!" Sie schickte Freya einen weiteren bösen Blick zu. Doch so ganz gelang es ihr nicht, denn Freya kicherte weiter.
Ich ging in die Gegenoffensive: „Schade, dann kann es mit eurer Gastfreundschaft aber nicht weit her sein", sagte ich todernst. Freya verschluckte sich und sah mich mit starrem Blick an. Auch Gullveig war etwas verunsichert, aber mit einem verräterischen Zwinkern konnte ich sie davon überzeugen, dass ich den Spaß mitspielte.
Auch Freya hatte ihn durchschaut und grinste nun breit.
„Nachdem wir jetzt alle Höflichkeiten ausgetauscht haben, erzähl einmal, was denn in letzter Zeit so alles los war bei dir", begann sie und trank einen Schluck ihres Kräutertees.
Die nächste Stunde verging schnell und ich brachte die Schwestern auf meinen Wissenstand. Natürlich wollten sie alles wissen, speziell von Siegfrieds Big Mac, dem Riesenskelett in der Höhle. Als ich davon erzählte, saßen sie nicht mehr entspannt auf der Couch, sondern an deren Kante und bei Gullveig bemerkte ich sogar, wie sie nervös an ihren langen blonden Haaren herumspielte.
„Und was machst du jetzt?", fragte mich Freya, nachdem ich geendet hatte.
„Ehrlich gesagt, ich habe keine Ahnung. Zuerst dachte ich mir, ich bin vielleicht einem Spinner aufgegessen, ihr wisst schon François, dem dünnen Langen aus Paris, aber heute beim Fahren hatte ich plötzlich eine Idee."
Ich nahm einen Schluck des hervorragenden Rotweines, den Gullveig mir kredenzt hatte, und blickte die beiden an.
„Nun sag schon!", drängte Freya.
„Ich habe mir gedacht, ich werde die Höhle suchen, aus der Johannes der Erste aufgetaucht ist. Irgendwo im Dwergazgebirge müsste sie doch sein. Ich hoffe, sie wurde im Laufe der Zeit nicht verschüttet."
„Das ist sicher eine gute Idee", sagte Gullveig und stand auf, um noch einen Holzscheit ins Feuer zu werfen. Während Gullveig zum Feuer ging, fragte Freya: „Und, wenn du sie gefunden hast, was dann?"

„Ehrlich gesagt, ich weiß es nicht, noch nicht. Ich bin kein Höhlenforscher, so wie Siegfried. Ich weiß nicht, ob ich den Mut aufbringen werde, sie zu erforschen." Ich blickte Gullveig nach und schaute dann auf den Boden vor mir. Da war doch …!?
Halt, Moment mal.
„Stopp! Nicht das Feuer schüren!", rief ich aus und sprang auf. Gullveig wirbelte herum und blieb wie versteinert stehen. Ich stand mittlerweile mitten im Raum, deutete auf den Fußboden und rief: „Seht ihr das, da auf dem Boden!"
„Die Lichtpunkte, ja und?", fragte Freya völlig ruhig und mittlerweile neben mir stehend. Ich blickte nach oben, und murmelte: „Der Luster …"
„Fasst nichts an, ich bin sofort wieder da, ich muss etwas überprüfen", rief ich und rannte aus dem Zimmer, die Treppe hinauf, um die Ecke herum in das mir zugeteilte Gästezimmer. Ich stürzte hinein und riss meinen Rucksack auf, den ich vorher nur aufs Bett geworfen hatte. Eine Minute später war ich wieder im Wohnzimmer und traf die beiden Schwestern genau so an, wie ich sie verlassen hatte: Gullveig lehnte lässig am Kaminsims, wobei ihr Haar durch die Glut golden schimmert, und Freya stand hünenhaft in der Mitte des Raumes. Ihr schwarzes Haar umrahmte ihr Gesicht. Ich blieb stehen, denn dieser Eindruck war absolut gewaltig. Wenn sie jetzt noch Helm, Harnisch und einen Bidenhänder gehabt hätten, wären das zwei Walküren, denke ich bei mir.
„Was ist?", fragte Gullveig und der Zauber war verflogen.
„Ich musste etwas aus meiner Tasche holen", sagte ich und zeigte ihnen die Holzlinse, die ich vom Franzosen erhalte hatte. Gullveig nahm sie in die Hand und drehte sie vorsichtig auf alle Seiten, um sie zu betrachten.
„Schön. Sind das Edelsteine, diese Markierungen?"
„Ich denke ja", murmelte ich. Ich war selbst vollkommen gefangen von der Schönheit, die diese Holzlinse samt ihren Intarsien bei diesem Licht ausstrahlte. Nach ein paar Augenblicken der Ruhe und des Betrachtens der Linse fiel mir wieder ein, warum ich sie überhaupt geholt hatte. Ich schüttelte den Kopf, um meine Gedanken wieder zu ordnen.
„Ich möchte euch etwas zeigen. Es kann natürlich sein, dass ich mich geirrt habe, aber ich denke nicht. Kommt einmal her", sagte ich und winkte die Schwestern zu mir in die Mitte des Raumes. Neugierig kamen die beiden näher und nahmen mich in die Mitte. Interessiert betrachteten wir die Holzlinse. Die fein gearbeiteten Linien, die die Erdkarte darstellen sollen, waren auf-

grund der schummrigen Licht- und Schattenspiele im Raum sehr deutlich zu erkennen. Die durchsichtigen Edelsteine, die angebliche Einstiege markierten, spiegelten den rötlichen Schein der Kaminglut und glitzerten durch das Licht, welches vom Luster auf uns herabschien.

Gullveig sagte, während sie auf die Linse zeigte: „Schaut mal, in Island gibt es auch einen Einstieg, es könnte sogar in der Nähe des Snaefellsjökull sein. Wir bräuchten eine größere Karte, um dies genau zu lokalisieren."

Ich ließ die Hand mit der Holzlinse langsam sinken, trat einen Schritt nach vorne und drehte mich um. Ich sah die beiden Schwestern ratlos dreinblickend vor mir stehen und sagte: „Die haben wir."

Ich trat einen Schritt zur Seite und zeigte auf den Fußboden hinter mir. Im ganzen Raum war der Boden in Dunkelheit gehüllt, das Feuer war nahezu ausgegangen und nur hier in der Mitte des Zimmers war der Boden erhellt. Der Luster strahlte durch die Öffnungen im Holz nach unten und zeigte genau dieselbe Karte wie meine Linse. Natürlich, aufgrund der Höhe, in der er hing, an den Rändern unscharf, aber trotzdem eine runde Weltkarte, auf der alle Kontinente abgebildet waren.

„Unscharf, wie bei einem Kurzsichtigen, aber du hast recht", sagte Freya mit Erstaunen in der Stimme und schob sich an mir vorbei.

„Es ist uns nie aufgefallen", begann Gullveig. „Hier stand früher der große Esstisch."

Während Gullveig noch wie versteinert dastand, war Freya unter den Luster getreten. „Man muss dieses Ding herunterbringen, um es sich genauer anzusehen." Mit diesen Worten streckte sie ihre Hände nach oben aus und bekam den Rand des Lusters zu packen. Dann ging alles sehr schnell. Freya streckte ihre Hände durch und man konnte sehen, wie die Kette, an der der Luster hing, erschlaffte. Mit einem kleinen metallischen Geräusch hängte sich der Haken, auf dem er hing, aus und Freya hatte den riesigen, sicherlich zwei Meter im Durchmesser großen Luster in ihren Händen. Sie sah ein bisschen aus wie Atlas, der die Welt in seinen Händen hält. In gewisser Weise war es ja auch so.

„Wollt ihr zwei weiter blöd herumstehen oder mir vielleicht etwas zur Hand gehen?!", sagte sie mit zusammengebissenen Zähnen. „Er ist wirklich sehr schwer." Sofort lösten Gullveig und ich uns aus unserer Erstarrung und holten zwei Sessel, damit wir auch hinaufreichen konnten. Gemeinsam schafften wir es, den Luster heil nach unten zu befördern, wobei natürlich das Kabel, an dem er angeschlossen war, ausriss, etwas Putz von der Decke bröckelte und der Raum plötzlich durch das fehlende Licht in eine mystische Finsternis getaucht war.

Als wir den Luster schnaufend auf den beiden Sesseln abgelegt hatten, sagte Gullveig tadelnd zu ihrer Schwester: „Wieder einmal typisch du, zuerst handeln und dann denken."

„Licht ist aus, finster war's im Haus", kam die prompte Antwort. „Keine Sorge, ich hole Taschenlampen und Kerzen."

Nachdem wir sämtliche Glühbirnen, wie ursprünglich gedacht, durch Kerzen ersetzt hatten, verschwand Gullveig, um Papier zu besorgen, damit wir den Schein des Lichtes nachzeichnen konnten. Nachdem wir das Papier mit Klebestreifen auf dem Boden fixiert hatten und die Brennweite mit diversen Büchern, die wir übereinanderstapelten, eingestellt hatten, erhielten wir eine nahezu perfekte Umriss-Skizze der Kontinente samt Markierungspunkten auf den Boden projiziert.

Es war eine eigenartige Situation.

Drei sehr große Menschen lagen auf dem Boden, quasi unter einem alten hölzernen Luster, der einen halben Meter vom Boden entfernt auf zwei Sesseln war und auf dem zwölf Kerzen brannten.

„Es ist so unglaublich", murmelte Gullveig. „Vater hat einmal erzählt, dass sein Ururgroßvater ihn gebaut hat. Also müsste er knapp 150 Jahre alt sein."

Freya stand auf. „Aber wie funktioniert das?", raunte sie ehrfurchtsvoll in den Raum. Als ich mich ebenfalls erhob, betrachtete ich den Luster.

Es war genial. Außen befand sich rundherum eine Art Schiebemechanismus, um das Licht der Kerzen entweder nach innen zu lenken oder auch nach außen. Je nachdem, ob der Ring gehoben oder gesenkt wurde. Innen war eine Platte aus mehreren Teilen gefertigt, die exakt die Konturen der Kontinente abbildete. Diese war so exakt, dass sogar kleinere Inseln wie die Malediven und auch die Seychellen-Gruppe eingezeichnet waren. Wenn dies wirklich das Produkt eines Isländers vor 150 Jahren war, so war es ein echtes Meisterwerk.

Erst jetzt fiel mir auf, dass der Bereich des Himalaya-Gebirges erhaben war, während der Rest der Welt flach angelegt war. Beim Berühren der Erhebung spürte ich einen sehr vertrauten Umriss und nach dem Entfernen der jahrzehntealten Ruß-, Fett- und Wachsschicht sah ich bekannte Zeichen. Hier war

dieselbe Linse eingearbeitet, wie ich sie erhalten hatte. Der Erbauer dieses Lichtspieles musste also auch ein Eingeladener gewesen sein. Es war unglaublich, hier und jetzt hatte ich meine Bestätigung, dass vielleicht doch mehr an der Geschichte dran war, als nur die Fantasien des Franzosen.
Auch die beiden Damen waren jetzt richtig aus dem Häuschen und lachten und klopften mir auf die Schulter. Ich grübelte schon wieder. „Wenn der Erbauer eine Einladung bekommen hat, wieso hat er sie nicht angenommen?", stellte ich als Frage einfach so in den Raum.
Gullveig antwortete sofort: „Erstens, wer sagt dir, dass er sie nicht angenommen hat? Und zweitens war er in Island zu Hause. Siehst du, mit welcher Präzision er die Konturen herausgearbeitet hat. Er liebte diese, seine Insel. Der Punkt in Island ist tatsächlich der Snaefellsjökull. Aber ein Seitenteil davon. So sah er in Natura nicht aus."
„Vielleicht", begann Freya, „war das vor dem Felssturz, der durch eine Eruption verursacht wurde. Erinnerst du dich? Wir haben in unserer Kindheit immer vom halben Berg geredet, weil es aussah, als ob jemand ein Stück abgebissen und am Fuß des Berges wieder ausgespuckt hätte."
„Du hast recht. Vielleicht konnte unser Vorfahr gar nicht nach dem Einstieg suchen, da es ihn nicht mehr gab. Und da er keine Möglichkeit hatte, an anderer Stelle sein Glück zu versuchen, blieb er einfach an Ort und Stelle und gründete unsere Familie."
„So könnte es wirklich gewesen sein. Und um sein Geheimnis der Nachwelt weiterzugeben, baute er diese Lampe oder besser noch diesen Projektor", fügte ich hinzu.
„Ich denke, du hast deinen Beweis, Johannes. Es gibt diese Geschichte schon länger auf Erden und ich fühle mich fast genötigt, sie zu glauben", murmelte Gullveig geheimnisvoll.
„Ich habe noch einen Hinweis entdeckt", sagte ich.
Neugierig beugten sich die Damen unter den Luster und folgten meinem Finger auf der beleuchteten Landkarte. „Hier sind wir jetzt ungefähr. Und hier", ich zog meinen Zeigefinger etwas nach links, „hier wohne ich. Aber hier", ich zog ihn noch weiter nach links, „hier, meine Damen, hier hat alles angefangen. Hier ist das Truglingergebirge oder die Dwergaz-Höh'. Hier kam mein Ururgroßvater zu der Köhlerfamilie. Und hier ist auch eine Markierung."

Kapitel 43

Nun war klar, wie die Geschichte weitergehen würde: Ich werde nach einem Hinweis oder einer Höhle im Truglinger Gebirge suchen. Es könnte natürlich sein, dass auch diese aufgrund von Erosion, Wind und Wetter bereits nicht mehr existierte, aber einen Versuch war es allemal wert.
Gullveig hatte Holz nachgelegt und wir saßen auf dem Boden um den Leuchter herum. Mit Polstern und Decken war es richtig gemütlich geworden und das knisternde Feuer sowie das Kerzenlicht des Lusters taten ein Übriges.
Wir schwatzten über unsere Entdeckung und plötzlich fing Freya zu singen an. Am Anfang war ich irritiert, das legte sich aber bereits nach Sekunden, denn so etwas hatte ich noch nie gehört Sie sang in einer mir völlig unbekannten Sprache, ich verstand kein Wort, aber aufgrund der Intensität der gesungenen Töne konnte man eine Geschichte spüren. Ich war völlig verblüfft, niemals hätte ich Freya zugetraut, so gefühlvoll singen zu können. Sie hielt die Töne sekundenlang, ohne ein Zittern in der Stimme. Ihre Höhen waren so klar und rein, dass ich sofort Bilder von klaren Wasserfällen, Meereswinden an Küsten und Nordlichtern im Kopf hatte. Was aber fast noch mehr beeindruckte als ihre Stimmfülle waren der Stimmumfang und die Oktavensprünge. Sie einzuordnen war nicht möglich. Sie sprang mit ihrer Stimme von einem reinen, engelsgleichen Sopran hinab zu einem kasachischen, wodkaunterstützten Bass.
Ich saß da mit offenem Mund und war gefangen von den Tönen, die sich da im Raum ausbreiteten. Während ein Ton in meine Ohren eindrang, wurde er von einem anderen überlagert und gemeinsam trugen sie meine Gedanken davon. Ich schwebte auf den Tönen, sie trugen mich sanft dahin. Ich fühlte mich leicht und nahezu schwerelos, dann wieder unendlich schwer und unbeweglich. Es war eine Achterbahn der Gefühle und Empfindungen.
Nach einer Weile endete das Lied und Freya verstummte wieder. Ich merkte das aber gar nicht, sondern saß gebannt da, meinen Blick in mein Inneres gerichtet, und starrte in die Unendlichkeit.
Erst als Gullveig mich sanft am Arm berührte, erwachte ich aus meiner Starre.
„Na, so beeindruckt?", schmunzelte sie.

Ich war aber noch nicht bereit zu sprechen und so nickte ich nur mit offenem Mund. Freya grinste: „Ist schon unglaublich, was Töne alles bewirken können, oder?"
Mühsam versuchte ich einen Satz: „Was, war das? Was hast du da gesungen?" Freya antwortete: „Es ist sehr alt. Wie alt, wissen wir nicht. Es ist eine aus mehreren Strophen bestehende Volksweise. Im Laufe der Zeit sind zwar viele isländische Wörter hinzugefügt worden, aber das Urlied selber dürfte aus der Zeit der Wikinger stammen oder noch älter sein. Jedenfalls ist es zum größten Teil in einer Sprache, die niemand mehr spricht. Das Lied wird nur mündlich überliefert, es gibt keinen geschriebenen Text."
„Es war unglaublich, ich war völlig weg, ich habe mich richtiggehend in den Tönen aufgelöst", stotterte ich.
„Mmmh", sagte Gullveig, „sensiblen Menschen geschieht dies ab und zu."
Für mich als Mann in den besten Jahren von hünenhafter Gestalt war das Wort *sensibel* fast die gröbste Beleidigung, die man mir antun konnte. Aber statt einen wütenden Blick zustande zu bringen, sah ich Gullveig nur verstört an.
„Ich habe irgendwie das Gefühl, ich habe dieses Lied schon gehört, es kommt mir vor wie ein alter Bekannter. Wisst ihr, wie so jemanden, den man oft Jahre nicht sieht und wenn man ihn wieder trifft, ist man sofort auf einer gemeinsamen Wellenlänge. Es ist auch irgendwie so, dass man sich verbunden fühlt."
Beide nickten.
„Weißt du, Johannes", begann Freya, „bei den Weisen Weibern erlebt man sehr oft derlei Dinge. Frauen, die sich noch nie vorher im Leben gesehen haben und teils von völlig unterschiedlichen Kulturen und Kontinenten stammen, fühlen sich miteinander verbunden. Mehr noch, wie Schwestern. Und dasselbe gilt auch für Tonfolgen, Gerüche, Empfindungen und so weiter. Es ist fast so, als wenn ein Teil unseres Geistes eine Verbindung oder Verknüpfung findet, die uns nicht direkt bewusst ist. Die meisten von uns sagen, dass es die gewanderte Seele ist, die einen eigenen Teil des Gehirns innehat und nur zaghaft Informationen aus dem vorherigen Leben preisgibt. Wie eben vertraute Wahrnehmungen. Erinnerungen aus Raum und Zeit. Déjà-vu sagt die Wissenschaft hierzu."
Wir diskutierten noch lange über dieses Phänomen der Vertrautheit und beide konnten mir auch bestätigen, dass sie dasselbe vertraute Gefühl bei mir hatten

wie ich bei ihnen. Einfach eine innerliche, seelische Verbundenheit. Nicht rationell erklärbar, aber einfach vorhanden. Vielleicht, so einigten wir uns, muss man nicht alles erklären, sondern sich daran erfreuen, dass dem so ist.
Auf einen sehr angenehmen Abend folgte eine wahrlich tiefenentspannte Nacht. Die erste seit geraumer Zeit, in der ich das Gefühl hatte, dass sich nicht nur der Körper, sondern auch der Geist entspannen konnte.
Ich stand sehr früh auf. Es war knapp nach sechs Uhr und ich schlich nach unten, in die Küche. Überrascht hielt ich im Durchgang inne.
Ich hätte gar nicht so schleichen müssen. Beide Schwestern saßen bereits in der Küche, in ihre Morgenmäntel gehüllt, und schlürften Tee.
„Na du?", grinste Freya mich an, „wolltest du dich ohne Verabschiedung davonschleichen?"
„Mitnichten", war meine knappe Antwort. „Ohne Frühstück werdet ihr mich nicht los."
Es folgte ein Frühstück, wie ich es liebe, mit allen Köstlichkeiten, die ein Frühstück so gemütlich machen: Kaffee, frischer Orangensaft, saftige frische Omeletten, knuspriges Weißbrot, Salami, vielen verschiedenen Käsesorten, Joghurt mit frischen Früchten und vor allem viel Zeit und anregenden Gesprächen.
Wir sprachen darüber, dass ich nun einen Beweis hatte, dass es anscheinend wirklich schon mehr Einladungen im Laufe der Jahrhunderte gegeben hatte. Es steckte also möglicherweise wirklich mehr hinter dieser Geschichte, als ich zuerst vermutet hatte.
Ich sagte ihnen, dass ich mich noch vor Weihnachten auf die Suche nach der Herkunft meiner Vorfahren machen wollte, vielleicht hatte ich ja Glück und würde etwas finden.
Als ich um 10.30 Uhr aus der Haustüre trat, war nicht nur mein Bauch voll, sondern auch meine Seele. Ich hatte diese beiden wirklich ins Herz geschlossen, ihre offene, herzliche Art, ihren Intellekt und ihren wunderbaren Humor.
Ich bin zwar nicht der Typ für längere Verabschiedungszeremonien, aber diese heute war eine Besondere. Wir umarmten uns und wünschten uns Wohlergehen. Wir versprachen uns auch Beistand im weiteren Leben, wenn er notwendig wäre. Einfach das, was eine gute Freundschaft, die von Herzen kommt, ausmacht.

Wie schon gesagt, war die Freundschaft mit den beiden isländischen Schwestern etwas Besonderes. Sie stand über Zeit und Raum und auch über allen geschlechtlichen Komponenten. Sie war tiefer und fester. Sie hatte etwas Familiäres. Das Gefühl, sich schon lange zu kennen und zu vertrauen.
Als ich ins Auto stieg, waren meine Augen feucht. Die starke Freya weinen zu sehen, hatte etwas Irritierendes. Ich weinte zwar nicht, denn echte Männer weinen ja nicht, aber ich fühlte mich ziemlich schwermütig.
Im Zuge der Heimfahrt beschlich mich das Gefühl, dass wir uns für eine lange Zeit nicht sehen würden. Der intensive Abschied war vielleicht auch der Vorbote einer langen Trennung

Kapitel 44

Wieder zu Hause.
Ich wollte keine Zeit vergeuden und bereitete meinen Ausflug in die Vergangenheit vor. Mein Vorhaben war, hinauf ins Truglingergebirge zu gehen und mich einfach einmal umzusehen. Vielleicht fand ich ja so etwas wie eine Höhle, in der es vielleicht Inschriften oder andere Spuren gab, die mich näher an des Rätsels Lösung bringen würden.
In meiner Garage breitete ich sämtliche notwendigen Expeditions-Utensilien vor mir auf. Ich hatte vor, zuerst einmal einen Tagesausflug zu machen, um mich einfach in dem Gebiet umzusehen. Dazu hatte ich mir den großen Tramperrucksack, Wechselkleidung, Proviant, die Wanderstöcke, die Winterstiefel, Haube, Handschuhe, Stirnlampe und die Schneeschuhe zusammengelegt.
Am Tag darauf, es war der 17. Dezember 2007, fuhr ich mit meinem braven Wägelchen in Richtung Westen zum Truglingergebirge. Es war nicht weit. Nach einer nur 20-minütigen Fahrt bog ich von der Autobahn auf die Landstraße ab und zweigte nach wenigen Kilometern in das Tal ab. Bis auf einen kleinen Gasthof, der jedoch nur im Sommer geöffnet hatte, war das Tal verwaist. Die wenigen Autospuren im Schnee stammten vermutlich von Jägern, Förstern und Wanderern, die in das Tal gefahren waren. Unsere Gegend war ja schon sehr ländlich, aber dieses Tal war noch so richtig urtümlich. Mein Vater war mit mir einmal hier, um mir den Platz, an dem die Köhlerhütte gestanden hatte, zu zeigen. Das war ein Jahr vor seinem Tod.
Das Tal öffnet sich genau nach Süden und die einzige Zufahrt war ein Forstweg. Viel hatte sich hier nicht verändert, eigentlich gar nichts.
Am Ende des Tales endete auch die Stichstraße. Hier, wo seinerzeit meine Ururgroßeltern gelebt hatten, fand man nur mehr Mauerüberreste ihrer einstigen Behausung. Ein Bach sprudelte vom Berg herab und das ganze Tal war gesäumt von Nadelbäumen. Genauer gesagt waren es Fichten, die hoch in den Himmel aufragten. Wenn ich mich recht entsinne, gehörte das ganze Gebiet den Bundesforsten, die auch das Wasserrecht in Anspruch nahmen und in riesigen Pipelines das Wasser in die Hauptstadt beförderten.
Eine Art Umkehrplatz zeigte das Ende der Straße an. Hier stellte ich meinen fahrbaren Untersatz ab.

Es war noch früh, und beim Aussteigen überraschte mich nun doch die Kälte etwas. Zu Hause hatte es bei der Abfahrt drei Grad unter null gehabt, aber hier war es deutlich kälter. Ich schätzte einmal, acht Grad Minus.

Es war bereits 8.30 Uhr und die Sonne hätte erscheinen müssen, aber in diesem Tal mit seinen hohen Felswänden an drei Seiten konnte das noch etwas dauern. Die Dwergaz-Höh' befand sich rechts von mir und war knapp 1200 Meter hoch. Da ich mich auf zirka 700 Metern Seehöhe befand, bedeutete das 500 Höhenmeter Aufstieg. Nicht ganz leicht, aber nachdem ich den ganzen Tag Zeit hatte, durchaus machbar. Ich schulterte also meinen Rucksack, nachdem ich die Schneeschuhe daran befestigt hatte, und stampfte los.

Aufgrund der Kälte hatte sich der Schnee verfestigt, was aber trotzdem nicht verhinderte, dass ich immer wieder einbrach. Er war zwar nicht tief, aber ich war froh, die Winterbergschuhe mit den Gamaschen anzuhaben, sodass mir kein Schnee in den Schuh drang. Hierzulande sagt man zu dieser Art Schnee „Bruchharsch".

Da fiel mir der Film „Fräulein Smillas Gespür für Schnee" ein, in dem eine großartige Julia Ormond eine halbe Inuit spielt und in einer Szene sagt, dass die Inuit 50 verschiedene Arten von Schnee kennen. Als Berg-Österreicher kennt man leider nicht annähernd so viele.

Der Berg war fast vollständig von einem Fichtenwald überzogen und nach der Dicke der Stämme zu urteilen, wuchsen diese hier schon eine lange Zeit. Ich schätzte sie auf hundert Jahre. Zur Zeit meines Ururgroßvaters waren hier nur wenige Bäume und auch sicherlich nicht so eine Monokultur. Aber die obere Spitze des Truglinger-Gebirges, wie die ganze Bergkette hieß, die das Tal umsäumte, war baumfrei.

Innerhalb des Waldes war der Schnee auch nur knapp 30 cm tief, aber wenn man bei jedem Schritt einbrach, wird es beschwerlich. Deshalb nahm ich bei der ersten Rast die Schneeschuhe und die Stöcke von meinem Rucksack und legte sie an. Siehe da, kein Einbrechen durch die oberste Schneeschicht mehr und wesentlich kräfteschonender. Das hätte ich auch von Anfang an machen können, sagte ich zu mir selbst und stapfte weiter in Serpentinen durch den Wald.

Nach zwei Stunden erreichte ich eine Lichtung und konnte auf das Tal hinabsehen. Es war wunderschön, wie es völlig geräuschlos unter mir lag. Ich sah meinen Landy und konnte auch den Platz der ehemaligen Köhlerbehausung gut überblicken.

Wie oft mein Ururgroßvater wohl hier oben war und wie er wohl ausgesehen hatte, der Blick vor 170 Jahren hier ins Tal? War er auch diesen Weg gekommen? Werde ich seine Höhle überhaupt noch finden?

Solche Fragen schwirrten durch meinen Kopf.

Ich stützte mein Kinn auf die im Schnee steckenden Schistecken und lauschte. Ich weiß nicht mehr, was ich erwartet hatte, aber ich fühlte mich, obwohl ich völlig alleine war, sehr wohl und gut aufgehoben. Ich war irgendwie eins mit der Natur, dem Wald, dem Schnee, dem Wind.

Eine Bewegung im Augenwinkel ließ mich aufblicken. Drei Gämsen standen knapp 30 Meter über mir und blickten auf mich herab. In diesem Gebiet gibt es sehr viele Gämsen und ich hatte auf meinem bisherigen Weg schon die Spuren und Ausscheidungen dieser Gebirgsbewohner gesehen. Ich bin also doch nicht ganz allein, dachte ich bei mir.

Nachdem ich mich mit Wasser und einem Energieriegel gestärkt hatte, winkte ich ihnen zu und pfiff dabei. Am Anfang waren die drei Gämsen etwas irritiert, von dem, der da so unbeholfen durch den Schnee stapfte, aber sie nahmen mich wohl nicht als gefährlich wahr. Deshalb senkten sie wieder ihren Kopf und trabten munter von dannen.

Eine Stunde später – ich gebe zu, ich war schon sehr müde – erreichte ich die Waldgrenze. Und nicht nur das, auch das Gelände änderte sich. Vorher noch ein gemütlicher Waldboden und jetzt eine von Felsen durchsetzte kahle Schräge.

Da ich nicht vorhatte, in den Felsen herumzuklettern und auch keine wirkliche Kletterausrüstung mitführte, die hing trocken und warm in meiner Garage, beschloss ich, in einem langen Querschlag oberhalb des Waldes nach der Höhle Ausschau zu halten.

Endlich hatte auch die Sonne den Kamm erreicht und es konnte nicht mehr lange dauern, bis sie sich auch auf diesen Hang herabsenkte. Ich stampfte in Gedanken an die Menschen, die ich in letzter Zeit kennenlernen hatte dürfen, oberhalb des Waldes und unterhalb der Felsen dahin, als ich über mir ein Zischen vernahm. Ich hob meinen Kopf und sah zwei Gebirgsraben vielleicht zehn Meter über mir ihre Kreise ziehen. Jetzt begannen sie auch noch zu krächzen. Anscheinend war ich in ihr Territorium geraten und sie beratschlagten gerade, ob sie mich vertreiben sollten oder nicht. Ich mag Raben und Krähen. Sie sind unheimlich intelligente Tiere und werden auch in Märchen und in der Mythologie hoch geschätzt. So sollen Raben immer wieder verirrten Wanderern geholfen haben und auch der Allvater Odin war niemals ohne seine beiden Begleiter *Hugin* und *Munin* anzutreffen. Sogar Noah ließ einen Raben fliegen, um zu sehen, ob schon wieder irgendwo Land auftauchte.

Also ein gutes Zeichen, aber hoffentlich ließen sie nichts fallen, dachte ich bei mir und grinste vor mich hin. Die Raben flogen noch eine Zeitlang über mir ihre Kreise und ich ertappte mich auch dabei, wie ich ihre Rufe nachmachte. Sie entschieden dann aber offensichtlich, dass der Zweibeiner mit den großen Füßen und der schlechten Aussprache harmlos sei, denn nach einigen Minuten flogen sie davon.

Das war auch genau der Augenblick, als die Sonne mich erreichte. Es war ein irres Gefühl. Alle diese Eindrücke. Einsamkeit, Stille, Kälte, Anstrengung und nun das warme Licht der Sonne. Es war einfach herrlich. Ich blieb stehen, schloss meine Augen und genoss den Moment.

Ich kann nicht sagen, wie lange ich so dastand. Vielleicht fünf oder zehn Minuten. Ein Krächzen der beiden Raben ließ mich wieder meine Augen öffnen. Sie waren knapp 100 Meter entfernt und etwas tiefer am Hang, schon über dem Wald. Sie kreisten über den Baumwipfeln und krächzten durchdringend. Wird wohl ihr Nest sein, dachte ich mir. Aber schon der nächste Gedanke schalt mich einen Narren. Welche Vögel machten laut kreischend auf ihr Nest aufmerksam? Etwas anderes musste sie aufgeregt haben, vielleicht ein Räuber? Ein Fuchs oder ein Luchs konnte es sein. Die zwei Raben waren richtiggehend penetrant mit ihrer Ruferei. Einer flog etwas höher und hielt direkt auf mich zu. Laut krächzend flog er über mich hinweg, drehte um und flog zu seinem Kumpel zurück. Was hatte das zu bedeuten? Wollten die beiden mir etwas zeigen?

Nach einem kurzen Blick auf die Uhr – es war knapp nach ein Uhr Mittag – beschloss ich, mir das anzusehen, was mir die zwei schwarzgefiederten Schreihälse zeigen wollten. Vorsichtig ging ich nun schräg nach unten. Jetzt wäre es gut gewesen, ein bisschen einzubrechen, aber mit den Krallen auf der Unterseite der Schneeschuhe hatte ich einen guten Halt. Dachte ich mir zumindest.

Aber nach zwanzig Schritten rutschte ich doch aus, denn hier hatten der Wind und die Sonne eine wunderschöne Eisfläche fabriziert. Es zog mir die Füße weg und ich fiel auf den Rücken. Das alles wäre noch nicht so schlimm gewesen, aber die Eisfläche war viel größer als zuerst vermutet, und so schlitterte ich auf dem Rücken liegend nach unten. Ich wurde immer schneller, unter Kontrolle hatte ich es schon lange nicht mehr. Als ich mir ernsthaft Sorgen zu machen begann, denn der Wald kam immer näher, hörte die Eisfläche auf und ich bremste mit einem satten Geräusch im tiefen, weichen Schnee ab. Hier war der Schnee wesentlich tiefer als im Tal, und ich verschwand bis zur Brust in der weißen Pracht.

Ein paar Augenblicke blieb ich sitzen, bevor ich langsam aufstand, um mich abzuklopfen und auch meine Ausrüstung auf Vollständigkeit zu überprüfen. Es war eigenartig. Diese Eisfläche, es war eigentlich völlig unlogisch, dass sie hier war. Es hatte in den letzten Wochen nie getaut oder Fön gegeben und trotzdem war hier eine 30 Meter lange und soweit ich sehen konnte, auch 50 Meter breite Eisfläche entstanden. Und dann kam mir die Erleuchtung – die Höhle musste in unmittelbarer Nähe sein. Wenn sie sehr tief ging, könnte warme Luft permanent aufsteigen, aus der Höhle austreten und diese Eisfläche erzeugt haben.

Die Raben flogen krächzend über mich hinweg und kreisten einen Steinwurf entfernt über dem Waldrand. Jetzt war ich neugierig geworden und stapfte auf den Bereich ihres Interesses zu. Tatsächlich. Jetzt konnte ich sie erkennen: Direkt am Waldrand war eine Höhle.

Von oben nicht zu sehen, war ihr Eingang nach Norden gerichtet und nicht viel höher als zwei Meter. Der gesamte Eingangsbereich war nicht viel größer als ein zweiflügeliges Tor. Also in etwa zwei Meter breit und ebenso hoch.

Als ich vor der Höhle stand, war ich ehrlich gesagt etwas enttäuscht.

Aber was hatte ich mir erwartet? Einen prunkvollen Eingang mit Marmorsäulen? Es war verrückt, am Baum daneben saßen die zwei Raben und sahen zu mir herunter. Sie saßen völlig still, kein Krächzen kam aus ihren Schnäbeln.

„Und jetzt?", entfuhr es mir. Ich hatte plötzlich ein bisschen Fracksausen, denn eigentlich hatte ich insgeheim erwartet, nichts zu finden.

Gut, wer sagte denn, dass dies die richtige Höhle war. Und außerdem, was heißt schon richtige Höhle? Vielleicht war sie eingestürzt und, und, und.

Ich suchte für mich verzweifelt nach Gründen, dass es nicht so war, wie es möglicherweise sein könnte.
„Schauen wir einmal hinein, ob jemand zu Hause ist", sagte ich wieder laut zu mir selbst. Humor ist bei Unsicherheit immer etwas Feines.
Ich legte die Schneeschuhe und den Rucksack ab und näherte mich dem Eingang. Es war wirklich so, wie ich vermutet hatte. Rechts von der Höhle war der Hang völlig vereist und das nahezu bis zu den Felsen. Meine Theorie, dass die warme Luft aus der Höhle diese Eisfläche gebildet hatte, war also stimmig.
Ich hatte den Eingang erreicht und spähte hinein. Das Licht fiel durch den Eingang ins Innere und erhellte die Höhle etwa 15 Meter tief. Sie war geräumiger, als ich gedacht hatte. Mehr noch, sie wurde anscheinend größer, als der Eingang vermuten hatte lassen.
Soweit ich sehen konnte, stieg die Decke schräg nach oben an und hatte bereits nach wenigen Metern sicherlich vier Meter erreicht.
Ich ging hinein.
Eigenartigerweise klopfte ich meine Bergschuhe vom Schnee ab, als ob man zu jemandem auf Besuch kommt. Dann möchte man auch keinen Schmutz oder Schnee ins Haus tragen.
Die Höhle war trocken und wirklich warm. Hier herrschten sicherlich einige Plusgrade, was meine Eisflächentheorie noch handfester machte. Der Boden war ebenmäßig und erdig. Nur einige Felsbrocken säumten ihn. Es war irgendwie eine *schöne* Höhle. Schön ist zwar ein eigenartiges Wort in diesem Zusammenhang, aber mir fiel zu diesem Zeitpunkt kein besseres ein. Die Wände und die Decke waren schroff und felsig, aber der Boden war aus so fester Erde, dass man barfuß hätte laufen können.
Ich ging weiter nach hinten, tiefer in die Höhle hinein. Jetzt wurde mir auch klar, was ich vergessen hatte. Ich hatte jegliches künstliches Licht vergessen. Keine Taschenlampe, keine Stirnlampe, nichts. Außer meinem Feuerzeug. Und da es sowieso Zeit für eine Zigarette war, machte ich es an und lugte weiter in die Dunkelheit. Das Feuerzeug eröffnete mir zumindest weitere drei Meter Sicht. Die Höhle schien sich so fortzusetzen. Es wäre ziemlich doof, weiter hineinzugehen, ohne ein Licht.
Also ging ich wieder zum Ausgang, setzte mich hin und dachte nach. Jetzt, da ich wusste, wo die Höhle war, würde ich nochmals herkommen, aber mit ei-

ner besseren Ausrüstung. Und da es hier durchaus wohnlich war, würde ich mich auch für eine zwei- bis dreitägige Expedition einrichten. Ich ging im Geiste schon die notwendigen Utensilien durch, als mein Blick auf einen Stein in der Nähe des Eingangs fiel. Auf der dem Eingang zugewandten Seite war er relativ glatt und es waren Linien zu erkennen. Neugierig stand ich auf und ging zu ihm hin. Er war knapp einen halben Meter hoch und als ich das Feuerzeug entflammte, sah ich, dass die Rückseite glatt bearbeitet war und Schriftzeichen eingeritzt waren. Voynich-Schriftzeichen!

Es war die richtige Höhle, daran konnte es keinen Zweifel mehr geben!

Langsam fuhr ich mit den Fingerspitzen die Schriftzeichen entlang. Es war einfach unglaublich. Am liebsten wäre ich sofort in das Innere der Höhle aufgebrochen. Aber die Vernunft hielt mich zurück. Vielleicht war sie weiter hinten eingestürzt oder es war ein Loch im Boden. Wenn ich mich hier verletzte, fand mich niemand mehr. Also rationell planen und handeln.

Ich saß noch eine Stunde in der Höhle und hing meinen Gedanken nach. François, Siegfried, Guggi, Freya und Gullveig und sogar Friederike tauchten darin auf. Ich riss mich nur mühsam davon los. Ich musste zurück, denn es würde bald dunkel werden.

Also den Rucksack geschultert, die Schneeschuhe angelegt und aus der Höhle gestapft. Als ich mich noch einmal umdrehte, sah ich die beiden Raben immer noch auf dem Baum sitzen und zu mir herunterschauen. „Morgen, komme ich wieder!", rief ich ihnen zu und stapfte durch den Wald hinunter zu meinem Auto.

Kapitel 45

In dieser Nacht schlief ich schlecht. Viel zu viele Dinge spukten durch meinen Kopf.
Der nächste Tag brachte viel Organisatorisches mit sich, vor allem, da ich ja nicht wusste, wie lange ich in der Höhle bleiben würde. Ich kalkulierte vorerst einmal maximal eine Woche. Nach dem Checken meiner Mails, wobei nichts Aufregendes eingegangen war, schrieb ich Freya und Gullveig eine E-Mail:

Liebe Schwestern!

Ich glaube, ich habe die Höhle von Johannes I. gefunden. Ich werde die nächsten sieben Tage dort verbringen, um nach Spuren zu suchen.
Habe am Eingang auch Voynich-Zeichen entdeckt, was mich sicher macht, die richtige gefunden zu haben. Ich werde euch natürlich weiter davon berichten, was ich alles entdecke.
Beim nächsten Besuch nehme ich euch dann auch mit.
Und wenn ich wirklich den Eingang finde, werdet ihr erst wieder viel später von mir hören. ;-)
Guggi hat die Koordinaten, sollte ich wirklich verschollen sein.

Ich umarme euch in tiefer Freundschaft.
Euer Johannes

Nachdem ich auch Guggi von der Notwendigkeit meiner Expedition überzeugt hatte, gab ich ihr noch die Nummer meines Notars, sollte mir wirklich etwas zustoßen. Er kannte dann die weitere Vorgehensweise. Als Alleinstehender hatte ich meine Dinge schon sehr früh geregelt.
Guggi versprach mir, in meinem Haus immer nach dem Rechten zu sehen. Es war sehr beruhigend, denn auf das konnte man sich wirklich verlassen.
Als ich einmal mit dem Packen angefangen hatte, wurde mein Gepäck immer größer: Taschenlampen, Reservebatterien, Kamera, Helm, Gewand zum

Wechseln, Schlafsack, Isoliermatte, Gaskocher, Geschirr, Trockenessen für sieben Tage, ein Laib Brot, Seile, Kletterausrüstung, Reservebrille, Medikamente, Zigaretten, Kaffee, das Tagebuch, Ausdrucke der sieben Bilder des unbekannten Künstlers, ein Überlebensmesser, Knicklichter, Verbandszeug, leere Gebinde für Wasser zum Trinken und Waschen, Seife, Handtuch, Klopapier. Und weil es schon egal war, nahm ich meinen kleinen Klappspaten auch noch mit.

Der Haufen hatte beachtliche Ausmaße angenommen und ich überlegte, wie ich das alles den Berg hinaufbringen sollte. Da fiel mein Blick auf meinen alten Schlitten. Ich hatte ihn vor Jahren getunt, indem ich Schier unter seinen Kufen befestigt hatte. Perfekt! Ich verstaute alles in einem wasserfesten großen Sack und befestigte ihn mit Spanngurten auf dem Schlitten. Nun war ich mein eigenes Zugpferd. In den Rucksack kamen das Wechselgewand und ein paar Kleinteile.

Als ich endlich mit allem fertig und abmarschbereit war, war es bereits zwei Uhr Nachmittag. Ich wollte aber nicht mehr warten und außerdem hatte ich es den beiden Raben versprochen.

Also schloss ich meine Haustür, bepackte meinen vierrädrigen Gefährten und rollte aus der Einfahrt. Ich blickte nochmals in den Rückspiegel und vergewisserte mich geistig, alles erledigt und organisiert zu haben.

Nach der kurzen Fahrt stellte ich meinen Landy wieder an derselben Stelle ab. Nachdem ich die Schneeschuhe angelegt hatte, schulterte ich den Rucksack, band mir das Zugseil des Schlittens um und stapfte los.

Ich folgte meinen Spuren bis zur Waldgrenze, blieb jedoch dann im Wald und ging parallel zur Felswand nach Süden. Ich fand die Höhle auf Anhieb und war auch sehr froh darüber, denn mittlerweile war es 17.30 Uhr und stockfinster. Aber mit meiner Stirnlampe konnte ich den Wald wunderbar erhellen, der reflektierende Schnee tat sein Übriges. Nach dem Auspacken und der Zubereitung eines Abendessens war ich so müde, dass ich es fast nicht mehr schaffte zu essen. Ich schmolz noch etwas Schnee, um in der Früh gleich etwas zu trinken zu haben und natürlich um sofort Kaffee kochen zu können. Danach rauchte ich noch eine Zigarette, kroch in meinen Schlafsack und schlief sofort ein.

Es war der 18. Dezember 2007.

Kapitel 46

Als ich erwachte, brauchte ich ein paar Momente, bis mir klar wurde, wo ich mich befand. Ich lag auf dem Rücken, zwei Meter vom Höhleneingang entfernt, und sah zur Decke der Höhle. Der Fels über mir war vier Meter entfernt und es war bereits hell. Beim Blick auf mein Handy, welches natürlich fast keinen Empfang hatte, sah ich, dass es bereits acht Uhr war. Nach meiner üblichen Morgengymnastik, die ich etwas länger machte als sonst, strampelte ich mich aus dem Schlafsack. Ich hatte gestern Abend meine Gymnastik nicht gemacht und ärgerte mich etwas darüber, denn seit zehn Jahren hatte ich es noch nie vergessen.
Ich hatte mit meiner langen Unterwäsche und einer Mütze geschlafen, um nicht zu frieren. Die Sorge war jedoch unbegründet, denn in der Höhle hatte es Plusgrade. Ich ging zum Ausgang und sah, dass es schneite. Und nicht nur ein bisschen, sondern in richtig dicken Flocken. Es musste schon eine geraume Zeit geschneit haben, denn meine Spuren waren völlig verschwunden.
Nach einer kleinen Morgentoilette kochte ich mir Kaffee, aß Bauernomelette aus meiner Expeditionsnahrungskiste und sah den langsam sinkenden Schneeflocken zu. Wenn es komplett still ist, kann man den fallenden Schnee hören. Es ist eine Art knistern, wenn die Schneeflocken aufeinanderprallen.
Es war einfach nur schön.
Mich hielt es jedoch nicht lange auf meinem Platz. Ich musste tiefer in die Höhle hinein, ich wollte endlich Gewissheit haben. So setzte ich meinen Helm samt Stirnlampe auf, packte in meinen Rucksack zusätzlich ein Seil und die Kletterausrüstung und ging los. Die Höhle wurde nicht enger und auch nicht weiter. Sie blieb bei einem Durchmesser von zirka vier Metern und zog sich wie ein Schlauch in den Berg hinein. Der Boden war leicht abschüssig.
Zehn Meter nach dem Eingang begann der Boden stärker abzufallen, in einem geschätzten Winkel von 20 Grad. Nach 30 Metern war es stockfinster und ich stellte die Stirnlampe auf maximale Leistung.
Der Boden war angenehm zu gehen, hatte sich aber von einem Erdboden im Eingangsbereich zu einem Felsboden verändert. Es waren nur wenige Felsen auf dem Weg, die man aber sehr leicht umgehen konnte. Ich suchte nach irgendwelchen Hinweisen künstlicher Bearbeitung, konnte aber keine finden.

Nach weiteren 20 Metern stand ich vor einem Problem, über das ich leider nicht nachgedacht hatte. Der Gang teilte sich. Wie war das noch mal in einem Labyrinth? Man geht immer nach rechts und beim Zurückgehen immer nach links? Ich würde genauso verfahren, aber eine Markierung zusätzlich anbringen. Also ritzte ich mit dem Messer ein großes J in einen hervorstehenden Felsen an der rechten Seite. Wenn ich den Gang zurückkam und mein Zeichen sah, wusste ich, dass ich dort links abbiegen musste.
„Ok, weiter geht's!", sagte ich zu mir selbst und schulterte wieder meinen Rucksack. Der rechte Gang, den ich ausgewählt hatte, wurde schmäler und niedriger, je weiter ich vordrang. Am Ende, in etwa 50 Metern von der Kreuzung entfernt, ähnelte er mehr einem Riss zwischen den Gesteinsschichten. Mittlerweile streifte ich mit den Schultern an den Wänden und ich fühlte mich keineswegs wohl dabei. An einer breiteren Stelle schien der Gang zu enden. Nur ein Riss auf der anderen Seite zeigte an, dass es hier möglicherweise weiterging. Durch diesen Riss konnte ich mich aber sicher nur seitwärts und mit ausgeatmeter Luft bewegen, sonst würde ich da niemals durchkommen.
Vorher jedoch leuchtete ich durch den Riss und versuchte zu ergründen, wie lange er wohl war und ob er sich erweiterte. Was ich sah, ließ mich erschauern. Diese Engstelle war nur kurz, vielleicht zwei Meter lang. Dann öffnete sich der Fels in eine Art Kamin, das heißt, ein großes Loch war im Boden. Ich konnte in meinem Gesicht fühlen, wie warme Luft aus dem Kamin heraufströmte.
Das musste ich mir ansehen.
Ich legte meinen Rucksack ab und zog die Jacke aus. Dann nahm ich ein paar Knicklichter in die Hand und quetschte mich seitlich durch den Spalt. Zentimeter für Zentimeter, wobei ich mit der Brust und dem Rücken entlangschabte. Das gibt wieder ein paar Kratzer mehr, dachte ich und versuchte flach zu atmen, um nicht steckenzubleiben.
Endlich war ich durch und stand auf einem Vorsprung in einem sehr eigenartigen Raum. Er war nahezu rund und hatte bis auf den kleinen Absatz, auf dem ich stand, keine weiteren waagrechten Vorsprünge, nur das schwarze Loch in der Mitte. Ein gähnendes, schwarzes, unheilvolles Loch, das nahezu vier Meter im Durchmesser hatte. Es wirkte wie ein Industrie-Kamin, der jedoch oben geschlossen war, und ich stand knapp unter der Decke. Ich ließ mich auf die Knie sinken, um hinabzusehen, aber außer unendlicher Dunkel-

heit war da nichts zu erkennen. So nahm ich ein Knicklicht zur Hand, aktivierte es und ließ es fallen. Es fiel und beleuchtete die Wände zu einer Seite. Dieses Loch schien unendlich tief zu sein. Unmöglich, da hinunterzusteigen, denn das Knicklicht fiel immer noch, ich konnte sein Licht gerade noch ausmachen, das zunehmend schwächer wurde.
„Hier geht's nicht weiter", sagte ich zu mir selbst, und erhob mich. Dann werden wir eben den anderen Weg erkunden.
Ich quetschte mich wieder durch den Spalt und war froh, als ich auf der anderen Seite war. Nicht auszudenken, wenn man bei so einer Aktion steckenbleiben würde. Nachdem ich meine Sachen eingesammelt hatte, ging ich den Weg zurück. Ich kam zur Kreuzung und wollte schon um die Ecke gehen, als mein Blick eher zufällig auf mein geritztes J fiel. Zumindest blickte ich dorthin, wo ich es eingeritzt hatte, nur – da war kein J mehr. Es war nichts zu sehen, außer glattem Fels!
„Zum Teufel, was ist hier los?!", rief ich aus und suchte die Wand nach meinem Zeichen ab. Hier war es doch, wo ich mein Zeichen gesetzt hatte. Sollte ich mich wirklich vergangen sein? Unmöglich.
Kopfschüttelnd und irritiert ging ich links um die Ecke herum und strebte dem Ausgang zu. Es wurde heller und der Eingang zu Höhle kam in Sichtweite. Eigenartig, dachte ich noch.
Als ich jedoch beim Eingang ankam, der nächste Schock: Alle meine Sachen waren weg. Nichts war mehr da. Der Schlafsack, mein Essen und sogar der Schlitten, einfach alles. Spurlos verschwunden, geklaut, war mein erster Gedanke.
Ich stürzte zum Eingang und war noch mehr irritiert. Der Schneefall hatte aufgehört und vor mir breitete sich eine herrlich verschneite Winterlandschaft aus. Jedoch, ohne jegliche Spur. Kein Hinweis auf einen Eindringling, der meine Sachen entwendet haben hätte können.
Während ich noch in den Wald starrte, und versuchte, mir einen Reim auf die ganze Geschichte zu machen, hörte ich hinter mir eine Stimme: „Willkommen Johannes. Wir haben schon sehr lange auf dich gewartet."
Es war der 19. Dezember 2007.

Ende Teil 1

Zeitstrahl

Jahr	
1800	
1810	
1820	
1830	Geburt Johannes I
1840	
1850	Ankunft Johannes I
1860	
1861	Geburt Johannes II
1870	
1880	
1887	Geburt Johannes III
1890	
1894	Tod Johannes I
1900	
1910	
1914	Geburt Johannes IV
1920	
1925	Tod Johannes II
1930	
1940	
1950	
1951	Tod Johannes III
1958	Geburt Johannes V
1960	
1970	
1978	Tod Johannes IV
1980	
1990	
2000	
2007	Geschichte Teil 1
2010	
2015	Geschichte Teil 2
2020	
2021	Geschichte Teil 3
2022	berechneter Tod Johannes V
2030	

DANKSAGUNG

Ganz, ganz herzlich möchte ich mich bei vielen lieben Menschen bedanken, die mich bestärkt haben, die Geschichte aufzuschreiben und auch während des Schreibprozesses und danach immer Zeit gefunden haben, mir zu helfen oder meine Fragen zu beantworten, als Testleser fungiert haben oder meine Texte korrigiert haben!!

Claudia, Papa, Renate, Peter 1, Guggi 1, Felix, Uschi, Werner, Helge, Michi, Guggi 2, Gilli, und meinen Lektoren Christine, Peter 2, Barbara, Heinrich

DANKE, DANKE, DANKE!!

Vorschau auf Teil 2:

Um die Spannung nicht zu verlieren, gibt es keine Vorschau, sorry! ;-)

2. Auflage 2015

© 2014 by Tauchmaske / The wooky people GmbH

ISBN 978-3-200-03690-1